FRIEDA RADLOF

# Gut Rosenthal – Heimkehr nach Pommern

## Weitere Titel der Autorin

Gut Rosenthal – Das Gestüt in Pommern
Gut Rosenthal – Nebel über Pommern

## Über die Autorin

**Frieda Radlof** ist eine deutsche Autorin und schreibt mit Begeisterung Familiensagas und Familiengeheimnis-Romane. Die Gut-Rosenthal-Saga ist ihr Debüt.

Frieda Radlof

# Gut Rosenthal

## Heimkehr nach Pommern

Lübbe

Die Bastei Lübbe AG verfolgt eine nachhaltige Buchproduktion. Wir verwenden Papiere aus nachhaltiger Forstwirtschaft und verzichten darauf, Bücher einzeln in Folie zu verpacken. Wir stellen unsere Bücher in Deutschland und Europa (EU) her und arbeiten mit den Druckereien kontinuierlich an einer positiven Ökobilanz.

MIX
Papier | Fördert gute Waldnutzung
FSC® C014496

Vollständige Taschenbuchausgabe
der bei Bastei Lübbe erschienenen E-Book-Ausgabe



Umschlaggestaltung: Guter Punkt, München | www.guter-punkt.de unter Verwendung von Motiven von © Richard Jenkins Photography und © iStock/Getty Images Plus: JM_Image_Factory | aphotostory | Coldimages | Erik_V | yotrak | Peter Llewellyn
Satz: 3w+p GmbH, Rimpar (www.3wplusp.de)
Gesetzt aus der Adobe Caslon Pro
Druck und Verarbeitung: GGP Media GmbH, Pößneck

Printed in Germany
ISBN 978-3-404-19252-6

5 4 3 2 1

Sie finden uns im Internet unter luebbe.de
Bitte beachten Sie auch: lesejury.de

# Kapitel 1

Als Cida großjährig wurde, erzählten ihre Eltern ihr eine Geschichte. Es war keine schöne Geschichte. Nicht wie die, die ihre Mutter sich ständig für sie ausdachte, oder die Märchen, die Großvater Tayo ihr in der Sprache ihrer Vorfahren erzählte. Diese Geschichte fuhr wie eine kalte Windböe ins Haus und legte die winzig kleinen Risse frei, die schon immer dort gewesen waren. Das Flackern im Blick ihrer Mutter, manchmal, wenn sie Cida ansah und glaubte, sie würde es nicht bemerken. Die stummen Gespräche, die ihre Eltern über den Frühstückstisch hinweg führten, seit sie angefangen hatte, Fragen zu stellen, und das Wachstuch mit dem gelb-braunen Zopfmuster und dem Blutfleck, das ihre Mutter ganz unten in der Wäschetruhe aufbewahrte. All die kleinen Dinge, die sich jetzt zu einem Bild fügten, von dem ein Teil von ihr wünschte, sie hätte es nie gesehen.

Es war der Tag ihres Geburtstags, als Cida die Wahrheit einforderte. »Wenn du volljährig bist«, hatte ihr Vater, Johann Engel, stets gesagt, und jetzt war es so weit.

Es war schon spät am Abend, als Cida ihre eigene Feier im Hof verließ und ihren Vater an das Versprechen erinnerte, das er ihr gegeben hatte.

Bevor sie ins Haus ging, warf sie einen Blick auf den staubigen Hof, gesäumt von Pferdestall und Scheune und beschienen von bunten Lampions. Ihr Großvater saß im Schatten der großen Palme und rauchte, während Ayana um die Feiernden herumwuselte und selbst gemachtes Konfekt verteilte. Cida lächelte, als die alte Frau ihren Großvater sanft an der Schulter berührte und einige Worte mit ihm wechselte. Tayo hatte in seinem hohen Alter tatsächlich noch die große Liebe gefunden.

Yaris hockte neben Großvater auf einem Schemel, eine Trommel zwischen den Beinen, und gab einen schwungvollen Rhythmus vor. Er fing ihren Blick auf und blinzelte ihr zu. *Du schaffst das*, schien er ihr sagen zu wollen.

Sie nickte kaum merklich, bevor sie das trutzige Holzhaus betrat, in dem sie aufgewachsen war, um endlich eine Antwort zu bekommen – darauf, wer sie war und woher sie gekommen war.

Cida hatte immer gewusst, dass Lotte und Johann Engel nicht ihre richtigen Eltern waren. Weder hatte sie die knabenhafte Statur ihrer Mutter noch das weizenblonde Haar ihres Vaters. Ihre Haut hatte die Farbe von Milchkaffee, ihre Augen waren von einem warmen Braun, das manchmal, wenn die Sonne in einem bestimmten Winkel stand, aussehen konnte wie Gold. Das jedenfalls sagte Yaris immer.

Als sie das Haus verließ, war es mitten in der Nacht. Draußen lag der Hof unter einem hell scheinenden Vollmond. Keine Wolke war am Nachthimmel zu sehen, und ein lauer Wind strich über das Gras und die Pferdekoppeln, die sich links und rechts der sandigen Zufahrt erstreckten, die zum Haus führte. Die Musik war verstummt, und alles, was die nächtliche Stille durchbrach, waren die Zikaden in den Bäumen.

Cida blickte über die Schulter zurück zum Haus. Im Schlafzimmer ihrer Eltern brannte noch Licht. Jetzt wusste sie alles. Alles über ihre beiden Mütter. Alles über ihren leiblichen Vater.

Tränen der Wut schossen ihr in die Augen. Nun verstand sie, warum sie so lange gewartet hatten. Sie wischte sich über das Gesicht. Sie war so wütend! Wie konnte sie die Toten ruhen lassen, jetzt, da sie wusste, dass das Ungeheuer, das sie gezeugt hatte, am Leben war? Und wie hätte sie sich nicht fragen können, wie viel sie von ihm hatte? Hatte sie seine Augen, sein Gesicht, hatte sie ihre Wut von ihm?

»Cida?«

Sie wirbelte herum. Sie hatte seine Schritte nicht gehört. Wieder wischte sie sich über die Augen. »Was machst du hier?«

Yaris schenkte ihr ein schiefes Lächeln. »Ich dachte, ich gratuliere dir noch einmal zum Geburtstag. Ist das ein schlechter Zeitpunkt?«

Sie verschränkte die Arme vor der Brust. »Papa bringt dich um, wenn er herausfindet, dass du mir nachläufst.«

Er machte einen Schritt auf sie zu und berührte hauchzart ihre Wange. »Was ist passiert? Du hast geweint.«

»Habe ich überhaupt nicht«, murmelte sie.

Yaris war Stallbursche auf dem Gestüt, und er hatte das schönste Lächeln der Welt. Er war vierzehn gewesen, als er bei ihnen angefangen hatte, genauso alt wie Cida damals. Schon am ersten Tag hatte er ihr dieses Lächeln geschenkt. Wenn seine schwarzen Augen zu funkeln begannen, wenn sich die Grübchen in seinen Wangen vertieften, dann fühlte sie sich vollständiger als an jedem anderen Ort auf der Welt.

Am Anfang hatte Cida so getan, als würde sie ihn überhaupt nicht mögen. Jedes Mal, wenn er sie sah, hatte er so gelächelt. Als hätte er nur auf sie gewartet. Und irgendwie hatte sie gedacht, er würde sich über sie lustig machen. Sie hatte ihn immer böse angeguckt, aber statt sich davon abschrecken zu lassen, lächelte er sie beim nächsten Mal, wenn sie einander auf dem Hof oder bei den Ställen begegneten, wieder an. Offen, herzlich, als gäbe es nichts, was seine Welt trüben könnte.

Eines Tages hatte er sie gefragt, warum sie ihn nicht mochte. Ihr war die Hitze in die Wangen gestiegen – schließlich kritzelte sie seinen Namen heimlich in ihr Tagebuch!

»Weißt du«, hatte er gesagt, als sie nur verstockt geschwiegen hatte. »Ich weiß, du magst mich nicht. Das ist in Ordnung, wirklich. Ich wüsste nur gern, warum. Ich mag dich nämlich.« Er hatte linkisch mit den Schultern gezuckt, während Cidas Herz wild zu klopfen begonnen hatte. Als er Anstalten gemacht hatte, sich abzuwenden, hatte sie ihn am Handgelenk gefasst und ihn auf die Wange geküsst. Sie hatte den Stall mit glühenden Wangen verlassen, nicht ohne noch einmal über die Schultern zu blicken und sein glückliches Lächeln schüchtern zu erwidern.

So hatte das mit ihnen angefangen. Ein Jahr später hatte Yaris Cida ihren ersten richtigen Kuss gegeben. Es war Liebe auf den ersten Blick gewesen, das wusste sie heute. Und sie warteten nur auf die richtige Gelegenheit, es ihren Eltern zu sagen – schließlich war sie sicher, dass Yaris eines Tages um sie anhalten würde. Sie wusste, dass er fleißig sparte, um irgendwann ein Haus bauen und eine Familie ernähren zu können. Da sollten ihre Eltern nicht aus allen Wolken fallen.

Sie ließ zu, dass er sie an sich zog und die Arme um sie schlang. »Ich weiß, wer mein Vater ist«, flüsterte sie schließlich. Er umfasste sie eine Spur fester. »So schlimm?«

Sie nickte kaum merklich, presste das Gesicht an seine Brust. Er roch nach Erde und frischem Heu. Nach Pferd. Nach Zuhause.

»Und was willst du jetzt tun?«, fragte er, als sie sich ein wenig voneinander gelöst hatten.

Sie musste nicht über die Antwort nachdenken. »Ich will ihn sehen.«

»Soll ich mitkommen?«

Sie zögerte nur eine Sekunde. Dann nickte sie, bevor sie sich auf Zehenspitzen stellte, um ihn zu küssen. Wenn sie nur erst aufhörte, sich so unvollständig zu fühlen. Dann würde sie mit Yaris so glücklich sein, dass selbst der Mond am Himmel heller für sie leuchten würde.

# Kapitel 2

Cida sagte niemandem, was sie vorhatte.

Als sie in der Nacht aus dem Haus schlich, schien nicht einmal der Mond am Himmel. Yaris erwartete sie schon. In Windeseile sattelte sie ihre Schimmelstute Luana. Ihre Eltern hatten sie ihr zu ihrem siebzehnten Geburtstag geschenkt, und Cida hatte sie Luana nach dem Mond genannt, weil sie ihn jede Nacht, wenn sie nicht einschlafen konnte, am Himmel betrachtete.

Als sie den Hof verließen, erklang ein leises Zischen.

Cida fuhr zusammen. Da stand Großvater Tayo auf einer der Pferdekoppeln, auf einen Stock gestützt, als hätte er schon längst gewusst, dass sie sich davonschleichen wollten. »Habt ihr den Verstand verloren?«, fragte er auf Yoruba.

»Wir sind bald zurück, Großvater«, antwortete Cida leise. Wenn sie schnell ritten, konnten sie in weniger als einem Tag wieder auf dem elterlichen Gestüt sein. Das Land war nicht mehr so unwegsam wie noch vor zwanzig Jahren. Überall schossen Siedlungen aus dem Boden, die Urwälder wichen Feldern und Weideflächen, und die Straßen, die hinunter nach Monte Mor führten, waren größtenteils gut passierbar. Vor allem jetzt in der Trockenzeit.

Sie blickte Tayo flehentlich an. Ihre Eltern hätten viel zu viel Angst um sie, um zu verstehen, wie wichtig ihr dieser kurze Blick in die Vergangenheit war, aber Großvater musste sie einfach verstehen! Wenigstens ein Mal musste sie diesem Menschen in die Augen sehen.

Großvater schüttelte den Kopf. »Du kannst die Vergangenheit nicht ändern, Kind.«

»Das will ich doch auch gar nicht«, flüsterte sie. »Ich will einfach nur verstehen, warum …«

»Warum du bist, wer du bist? Warum du hier bist? Wohin du gehörst? Sieh hinter dich.« Cida folgte seinem Blick zu ihrem im Dunkeln liegenden Elternhaus. Es war ein zweistöckiges Holzhaus, von Palmen flankiert, dahinter die Ställe, das weite, grüne Land und die in der Dunkelheit auf den Koppeln stehenden Pferde.

»Deine Eltern sind dort, in diesem Haus, und was immer sie glauben werden, wo du bist – wenn sie auch nur ahnen, wo du wirklich hingehst, werden sie umkommen vor Sorge«, sagte Tayo. »Das hier ist dein Zuhause. Es ist aus viel Leid geboren, und auch du trägst es in dir. Es ist dein Erbe. Aber du kannst die Toten nicht wieder lebendig machen und die Uhren nicht zurückdrehen.«

»Ich muss es wissen«, beharrte sie.

Tayo nickte bedächtig. »Ja, vielleicht musst du das. Wirf einen Blick auf die Vergangenheit. Und dann versuch, sie endlich loszulassen.«

Cida nickte mit einem Kloß im Hals.

Seit dem Moment, in dem ihre Eltern ihr die Wahrheit gesagt hatten, waren auch die letzten ihrer kindlichen Illusionen gefallen. Sie wusste, wie glücklich sie hier lebte, wie frei und wie behütet vor den Reichen, den Mächtigen, den Adligen. Denen, die sich die Welt unter den Nagel gerissen hatten und sich einen Dreck um die scherten, die unter ihnen standen und ihrer Willkür ausgeliefert waren. Von so einem Menschen stammte sie ab, und es machte sie krank. Sie musste ihm in die Augen sehen, ein einziges Mal nur. Und dann wollte sie mit dieser Welt nie wieder etwas zu tun haben.

Cida und Yaris ritten die ganze Nacht, immer nach Süden. Die Straßen waren sandig, gesäumt von Grasland und im lauen Nachtwind wogenden Palmen. Manchmal sahen sie einen

Fluss in der Dunkelheit schimmern. Ihr Weg führte über sanfte Hügel, und hin und wieder passierten sie still daliegende Siedlungen, die umgeben waren von weiten Getreide- und Reisfeldern. Hier und da grasten Rinder auf den riesigen, umzäunten Weideflächen.

In den frühen Morgenstunden, als die Luft schon nach Sonnenaufgang schmeckte, erreichten sie die deutsche Siedlung Monte Mor und kurz darauf die Pflanzungen der Fazenda Olivera.

Sie ritten die Wirtschaftswege entlang, schweigend. Es war Mai und die Kaffeeernte war in vollem Gange. Überall sah man die Arbeiter der Fazenda mit gebeugtem Rücken die reifen Kirschen von den Sträuchern pflücken. Sie sortierten sie gleich bei der Ernte, und nur die guten Kirschen fanden den Weg in die geflochtenen Körbe.

Cida war angespannt bis in die Zehenspitzen, aber irgendwann nahm sie doch den Blick von dem sandigen Weg, der sich vor ihnen durch die Pflanzungen schlängelte, und sah zu Yaris hinüber. Seine sonst so ansteckende Fröhlichkeit war wie fortgewischt. Stattdessen ließ er den Blick über die Gesichter der Arbeiter schweifen. Cida wusste, auch er haderte mit dem wenigen, was er über seine Eltern wusste. Noch etwas, was sie gemeinsam hatten.

Yaris war in einem katholischen Waisenhaus aufgewachsen. Sein Vater war ein Wanderarbeiter gewesen, der sich auf Plantagen wie dieser verdingt hatte, seine Mutter eine Angehörige der Tupi, einer der vielen Indianerstämme Brasiliens, gestorben bei seiner Geburt. Cida wusste, welche Fragen er sich stellte, stumm und mit düsterer Miene. Wie viele Indianer waren während der Kolonisation ermordet worden, dahingerafft von den Krankheiten, die die Einwanderer aus Europa eingeschleppt hatten, als Opfer der Sklaverei oder der blutigen Kämpfe, die sie um ihr Land hatten führen müssen? Und wie viele arbeiteten heute für einen Hungerlohn auf

Plantagen wie dieser, weil man sie von ihrem Land vertrieben hatte?

»Warte hier auf mich«, sagte Cida, als das Herrenhaus in Sicht kam. Es thronte auf einem Hügel über den Pflanzungen, flankiert von Palmen. Kurz glaubte sie, Blutspritzer am schneeweißen Eingangsportal zu sehen – aber natürlich war das Einbildung. Sie erschauderte.

Yaris blieb zurück, als sie weiterritt. Sie spürte seine angespannten Blicke in ihrem Rücken und fragte sich, was zum Teufel sie hier tat. Wollte sie sich wirklich auf diese Weise quälen?

Sie setzte ihren Weg dennoch fort, über die von gleißendem Sonnenlicht beschienenen Pflanzungen, die staubigen Wirtschaftswege, bis sie die breite Zufahrt erreichte, die zum Herrenhaus führte.

Ein Mann auf einem kleinen, stämmigen Pferd kam heran. Er trug einen Strohhut und hatte von der Sonne gebräunte Haut. »Wohin des Weges, Senhorita?«, rief er.

Cida richtete sich im Sattel auf und erwiderte den unfreundlichen Blick des Aufsehers. »Ich suche Senhor Olivera. Sagen Sie ihm …« Sie stockte. Ja, was? Was wollte sie hier? Einen Beweis dafür, dass das, was ihre Eltern ihr erzählt hatten, die Wahrheit war? Ihr Verstand zweifelte nicht daran, und dennoch weigerte sich ein Teil von ihr, es zu akzeptieren.

»Wer sucht nach mir?«, ließ sich da eine andere Stimme vernehmen.

Cida wendete Luana. Der Mann, der jetzt auf einem stolzen Rappen heranritt, mochte vielleicht sechzig Jahre alt sein. Tiefe Linien in einem strengen Gesicht, unnachgiebige Augen, die im Sonnenlicht gleißten wie Gold. Mutter hat recht gehabt, schoss es Cida durch den Kopf. Sie sah nicht aus wie dieser Mann. Und trotzdem erkannte sie sich in Gabriel Oliveras Zügen. In der Unerbittlichkeit in seinem Blick, in der fast schon Angst einflößenden Farbe seiner Augen, in seiner aufrechten Haltung. Sie hatte gefunden, was sie gesucht hatte. Da war sie, die Vergangenheit, blickte ihr ins Gesicht und erkannte sie im gleichen Moment.

Eine Augenbraue von Gabriel Olivera zuckte kaum merklich nach oben, bevor Cida sich endlich fasste.

»Niemand«, sagte sie. »Niemand sucht nach Ihnen.« Mit diesen Worten trieb sie ihre Stute an und preschte davon.

Bei Einbruch der Nacht erreichten sie das Gestüt.

Es lag ganz friedlich da unter dem Mond, der sich an diesem Abend nur schüchtern hinter den Wolken hervortraute und seinen Schein über die Pferde auf den Koppeln, das Holzhaus und die Wirtschaftsgebäude rechts und links davon legte.

Sie führten Luana und Raio, Yaris' gutmütigen Rappen, ganz leise auf den Hof. In einträchtigem Schweigen halfterten sie die Tiere ab, rieben sie trocken und brachten sie in ihre Boxen, wo schon Wasser und Heu für sie bereitstand.

Tayo war noch wach. Er war jetzt schon über achtzig Jahre alt und ging gebeugt, immer auf seinen Stock gestützt. Aber seine Augen waren wach wie eh und je. Er legte Cida kurz eine Hand auf die Schulter, so als verstünde er, wie sie sich fühlte. Wie ein Baum, sicher und fest verwurzelt in seiner Heimat, der nun bemerkt hatte, dass Ungeziefer längst begonnen hatte, an seinen Wurzeln zu nagen. Sie drückte seine Hand und wusste, dass sie nichts zu sagen brauchte. Er verstand. Sie hatte die Vergangenheit gesehen, und es tat weh. Sie fühlte sich nicht vollständiger als zuvor.

Gerade, als sie die Tür von Luanas Box schloss, erschien ein Schatten an der Stalltür und verdeckte das Mondlicht. Cida rutschte das Herz in die Kniekehlen. »Papa«, flüsterte sie.

Johann Engel deutete ein Kopfschütteln an. Kurz wanderte

sein Blick zu Yaris. »Wir unterhalten uns morgen«, sagte er nur.

»Es war meine Idee«, erklärte Cida schnell.

Johann sah zwischen seiner Tochter und dem Stallburschen hin und her und seufzte. »Ich sagte, wir sprechen morgen darüber.« Mit diesen Worten wandte er sich ab und ging hinaus.

Cida berührte Yaris kurz am Arm.

Er schenkte ihr ein schiefes Grinsen. »Glaub mir doch, er entlässt mich nicht.«

»Pass bloß auf, Junge«, ließ sich Johann von draußen vernehmen. »Noch habe ich nicht entschieden, was ich mit dir mache. Am besten, ich lasse dich für den Rest deines Lebens Mist schaufeln.«

Yaris' Grinsen wurde noch eine Spur breiter. Er deutete eine Verbeugung in Cidas Richtung an und lachte, als sie die Augen verdrehte. »Gute Nacht, Senhorita.«

Sie berührte kurz das Grübchen an seiner Wange. Sie war nicht gut darin, in Worte zu fassen, was sie fühlte, aber der zärtliche Ausdruck in seinen Augen verriet ihr, dass diese kleine Geste ihm alles sagte. *Danke, dass du für mich da warst, heute. Danke, dass du immer da bist.* Yaris war Zuhause. So wie Großvater, so wie ihre Eltern. Obwohl sie sich eingeredet hatte, dass sie keine Wahl gehabt hatte, lastete das schlechte Gewissen auf ihr. Das Letzte, was sie wollte, war, ihren Eltern wehzutun.

Sie holte tief Luft. Dann folgte sie ihrem Vater.

Eine Weile liefen sie schweigend nebeneinander her und blickten ihrem Zuhause entgegen. Cida schluckte. Alles an diesem Ort war richtig. Es war so friedlich hier. Nur sie selbst war es, die einfach nicht passen wollte. Alles, was sie wollte, war, dass die Vergangenheit aufhörte, ihren Schatten über ihr Zuhause zu werfen. Sie wollte nicht jede Nacht wach liegen und sich quälende Fragen stellen. Aber sie konnte ihre Gedanken nicht zum Schweigen bringen, ihre dummen, widerspenstigen Gefühle nicht entwirren.

»Es tut mir leid«, sagte sie irgendwann in die Stille hinein.

Ihr Vater blieb stehen und sah sie an. »Tu das nie wieder. Was hast du dir dabei gedacht, ohne ein Wort zu verschwinden? Wir waren krank vor Sorge.«

»Es tut mir leid«, wiederholte sie.

Sie hatte gedacht, dass es vielleicht aufhören würde, wenn sie sich dem stellte, was sie verfolgte: ihrem Vater. Stattdessen war passiert, was Großvater vorausgesagt hatte: Die Zeit ließ sich nicht zurückdrehen, was geschehen war, war geschehen. Sie hatte jetzt den Beweis, nach dem sie gesucht hatte. Der letzte Zweifel war ausgeräumt. Sie hatte sich selbst in seinen Augen gesehen, und jetzt war etwas in ihr mehr denn je überzeugt, dass sie all das hier gar nicht verdiente. Die Liebe ihrer Eltern, die glückliche Kindheit, die sie statt des Mädchens geführt hatte, das auf dem Hügel hinter dem Haus begraben lag. Nicht einmal Yaris. Entsetzt bemerkte sie, wie ihr die Tränen in die Augen stiegen. Wütend wischte sie sie weg, aber es kamen immer neue nach.

Papa sagte nichts, nahm sie nur wortlos in den Arm.

»Es tut mir leid«, sagte sie noch einmal, und dieses Mal meinte sie nicht nur ihr Verschwinden. »Ich wollte doch nur …«

»Ich weiß, was du wolltest«, erwiderte Johann Engel. »Ich weiß es, Cida. Ich mag nicht …« Er schob sie ein Stück von sich weg, und sie sah, wie er das Gesicht verzog. »Ich mag nicht dein richtiger Vater sein, doch ich weiß trotzdem, wonach du gesucht hast.«

»Er ist nicht mein Vater!«, stieß sie hervor. Jetzt flossen die Tränen ungehindert. »Das war er nie! Ich musste ihm einfach … in die Augen sehen. Ich musste sehen, dass er existiert. Ich wünschte, es wäre nicht so. Ich wünschte, ich wäre deine richtige Tochter.«

Er umarmte sie noch einmal. »Du bist meine richtige Tochter. Blut hin und her.«

Cida nickte. Sie musste endlich damit aufhören, darüber nachzudenken. Was spielte es schon für eine Rolle, woher sie stammte? Wichtig war, wo sie jetzt zu Hause war.

»Es tut mir auch leid, dass ich euch nichts von Yaris erzählt habe«, fügte sie hinzu, als sie das Haus fast erreicht hatten.

»Du entschuldigst dich oft heute«, brummte Papa.

»Ich habe ja auch Grund dazu«, erwiderte Cida zerknirscht. »Doch bitte, lass es nicht an Yaris aus. Er ist davon überzeugt, dass du ihn magst.«

»Ich bin wirklich wütend, dass ihr uns an der Nase herumgeführt habt«, sagte ihr Vater. »Dieser kleine …« Er schnaubte und schüttelte den Kopf.

»Hast du was dagegen?«, fragte Cida.

Er blickte sie überrascht an. »Dagegen, dass ihr gelogen habt? Ja. Aber davon abgesehen …« Er schien einen Moment nachzudenken. »Er ist ein guter Kerl, und er hat eine ehrliche Arbeit. Wenn ihr zwei euch gern habt … Das ist schon in Ordnung. Doch bevor ich euch meinen Segen gebe, werde ich ihm das Leben zur Hölle machen. Vor allem, wenn … Du bist doch nicht schwanger, oder?«

Cida lachte. Sie hatte ihren Vater nie derart verlegen erlebt. »Nein«, beruhigte sie ihn. So weit war es zwischen ihr und Yaris noch nicht gekommen. »Und überhaupt, über solche Dinge rede ich lieber mit Mama.«

»Gott sei Dank«, murmelte er.

Sie lachte erneut, stockte dann aber. Schlagartig war das schlechte Gewissen wieder da. Sie musste unbedingt mit ihrer Mutter sprechen. »Wo ist sie?«, fragte sie und sah sich um. »Im Haus?«

Johann schüttelte den Kopf. »Nein.« Er deutete auf den

Hügel, der von hier aus nur teilweise zu sehen war. »Geh ruhig zu ihr.«

Lotte Engel stand auf der Kuppe des Hügels und blickte in die Ferne. Noch immer war es Nacht. Es war warm, und ein sachter Windhauch spielte an ihrem dunklen Haar. Nach Osten hin standen drei Gedenksteine auf dem Hügel. Cida las die Inschriften, wie sie es so oft schon getan hatte. *Ines. Filipa. Helena.*

Ihre Mutter drehte sich nicht zu ihr um, obwohl sie ihre Schritte gehört haben musste. Cida blieb stehen, und lange flüsterte nur der Nachtwind zwischen ihnen.

Irgendwann straffte Lotte die Schultern und wandte sich zu ihr um. »Tu das nie wieder.«

Cida bemerkte, dass ihre Mutter geweint hatte. Und da war er wieder, der Schmerz in ihren Augen, wenn sie sie ansah. Er war immer da.

»Es tut mir leid, dass du sie verloren hast«, flüsterte Cida und blickte hinab auf das Kindergrab. »Ich wünschte …«

Ihre Mutter schüttelte den Kopf. »Jedes Mal, wenn ich dich ansehe, sehe ich sie«, sagte sie irgendwann.

Cida schluckte, wollte etwas antworten, wusste nicht, was.

Lotte Engel fuhr schon fort: »Ich stehe hier und bitte sie um Rat, und es kommt keine Antwort. Und seit du die Wahrheit kennst … Es tut mir so leid, dass du sie nie kennenlernen konntest. Sie hätte nicht sterben dürfen. Nicht auf diese Weise. Nicht für mich. Sie hat dich geliebt. Das musst du wissen. Und du bist ihr …« Lotte fuhr sich über das Gesicht, lachte und schluchzte gleichzeitig. »Du bist ihr so ähnlich!«

Erst jetzt begriff Cida, dass ihre Mutter nicht von Helena, ihrer Tochter, sprach. »Ich habe Angst, dass ich wie er bin«, flüsterte sie.

Ihre Mutter schüttelte den Kopf. »Ihr habt die gleichen Augen. Doch das ist alles. Alles, was zählt, hast du von ihr.«

Sie holte tief Luft und fasste Cida bei den Händen. »Manchmal mache ich mir Sorgen deswegen. Immer eigentlich. Deine Mutter ist um meinetwillen gestorben, und manchmal … Du bist in so vielem wie sie, Cida. Hin und wieder jagt mir das Angst ein.«

# Kapitel 3

Die Wochen zogen ins Land, die Sonne schien heiß auf den Hof der Engels herab. Als es September wurde, färbten sich die Ähren des Weizens, den sie auf einem kleinen Feld hinter dem Haus anbauten, golden, und die ersten Regenschauer zogen über die grünen Hügel, die sich in alle Richtungen bis zum Horizont erstreckten.

Die Engels versorgten sich selbst. Sie zogen Gemüse in einem Garten hinter dem Haus, Süßkartoffeln, Rote Beete und Steckrüben, und hielten sich neben den Pferden auch ein paar Rinder und ein überaus schlecht gelauntes Schwein.

In den ersten Jahren hatte die Landwirtschaft das Überleben der kleinen Familie gesichert: Es hatte viele Jahre gedauert, bis Lotte und Johann Engel genug Geld gehabt hatten, um ihre Pferdezucht zu beginnen. Jetzt florierte das Geschäft, und sogar aus São Paulo kamen wohlhabende Kunden, um die prächtigen Tiere zu erwerben, die noch von den Pferden abstammten, die Großvater Tayo vor vielen Jahren bis zu den Engels gefolgt waren. Ursprünglich stammten sie von der Fazenda Olivera, aber nachdem die ehemaligen Sklaven gegen ihren vormaligen Besitzer, den grausamen Gabriel Olivera, revoltiert hatten und ein Feuer über die Plantage hinweggefegt war, waren die scheuen Tiere in alle Himmelsrichtungen geflohen. Schließlich waren sie draußen in der Wildnis Tayo begegnet.

Es hatte lange gedauert, bis Cidas Eltern die ersten Vollblüter hatten verkaufen können, denn die Tiere waren teuer, und viele Farmer aus der Region konnten sich die Haltung solch anspruchsvoller Tiere weder leisten, noch konnten sie

sie für die tägliche Arbeit auf ihren Höfen gebrauchen. Deshalb hatten die Engels begonnen, Mangalarga zu züchten, eine brave brasilianische Pferderasse, die ihren Ursprung, wie man sagte, am Hofe des portugiesischen Königshofs hatte. Die Zucht der Mangalarga hatte schnell Geld in die leeren Kassen gespült, denn sie waren beliebte Reitpferde mit einem ganz besonders weichen Gang und einem freundlichen Gemüt.

Trotzdem waren die Engels keine reichen Leute. Sie waren hart arbeitende Grundbesitzer, die nicht annähernd so viel Land besaßen wie die Plantagenbesitzer, die ganz besonders im Süden Brasiliens, den Regionen São Paulo, Paraná, Santa Catarina und Mato Grosso do Sul Zucker, Tabak und Kaffee anbauten.

Sie hatten mit weniger als fünfzehn Hektar hier, im fruchtbaren Norden der Region São Paulo, begonnen – nur mit einem Stamm edler Pferde und ihrer eigenen Hände Arbeit. Und auch jetzt, da die Ernte ins Haus stand, arbeiteten sie alle wie selbstverständlich mit ihren wenigen Angestellten und den Saisonarbeitern auf dem Feld, um die Ernte einzufahren.

Zur Erntezeit brauchten sie jede Hand, denn teure Maschinen, wie sie jetzt schon auf manchen der großen Pflanzungen eingesetzt wurden, konnten sie sich nicht leisten. Also ernteten sie die Ähren mit Sicheln und Sensen, schwitzen in der prallen Sonne und freuten sich darauf, am Abend bei einem Schwarzbier im Hof zusammenzusitzen und den Tag ausklingen zu lassen.

Cida warf Yaris ein Lächeln zu. Er war auf dem Feld bei ihrem Vater, dem anderen Stallburschen Mika und einigen Wanderarbeitern, die für die Ernte auf dem Hof der Engels unterkommen würden, während sie mit den anderen Frauen das geerntete Getreide zu Garben band.

Nachdem das Tagewerk getan und die Ernte eingefahren war, lief Cida zur Koppel und lachte, als Luana den Kopf über den

Zaun streckte und sie mit einem vorwurfsvollen Schnauben begrüßte. »Bist du etwa wütend, weil ich dich heute noch gar nicht beachtet habe?«, fragte sie und streichelte die weichen Nüstern der Schimmelstute.

Luana machte den Hals lang und drückte ihr den Kopf gegen die Schulter.

»Ist ja schon gut!« Cida warf einen Blick in den Himmel, der noch immer strahlend blau war. Kein Wölkchen war zu sehen, und es war drückend heiß. Es würde noch Stunden dauern, bis in den Abend hinein, bis die Luft sich ein wenig abkühlen würde und vielleicht der ein oder andere zarte Windhauch bis in diesen Winkel der Welt gelangen würde.

»Siehst du, du hast gewonnen, du Sturkopf«, sagte sie und öffnete das Tor zur Koppel. Die Stute kam ihr sogleich entgegengetrottet. »Wir machen noch eine Runde.«

Ohne sich darum zu scheren, dass sie schmutzig und verschwitzt war und eigentlich dringend ein Bad benötigt hätte, streifte sie die Sandalen von den Füßen, schwang sich barfuß auf Luanas Rücken und drückte ihr die Fersen in die Flanken.

Sie galoppierte den staubigen Weg hinab, der zum Hof führte, und schon bald war sie umgeben von grünem Land, während Luanas Hufe den roten Sand der Straße aufwirbelten. Vor ihr erstreckten sich bewaldete Hügel und weite Felder, und am Wegesrand standen Jupati-Palmen, Gummibäume, Brasilkiefern und mannshohe Farne. Wenn man tiefer ins Landesinnere ritt, wo es feuchter war, sah man sogar winzige Orchideen auf den Bäumen wachsen.

»Was meinst du?«, fragte Cida und klopfte Luana den Hals. Sie waren an einer Weggabelung angekommen. Ein schmaler Pfad führte von der Straße weg und einen bewaldeten Hügel hinauf. »Wollen wir noch nach Lino sehen?«

Lino war ein Faultier; Cida hatte es während eines ihrer Ausritte entdeckt, als es noch ein Baby gewesen war. Sie bezweifelte zwar, dass Lino ein Geist ihrer Vorfahren war – das hatte Großvater Tayo behauptet, aber nur, um sich über Ayana lustig zu machen, die an Geister glaubte und ihn für diese Bemerkung sehr böse angesehen hatte –, doch Cida fand das Faultier immer an der gleichen Stelle.

Als sie ihren üblichen Pfad einschlug, bemerkte sie die Spuren von Pferdehufen. Sie runzelte die Stirn. Für gewöhnlich kamen hier nur selten Menschen entlang, denn die einzige Farm weit und breit war die ihrer Eltern. Sie folgte dem Pfad trotzdem, bis er schließlich schmaler wurde und in einem lichten Stück Regenwald endete.

Cida versammelte Luana und ließ sie in einen gemächlichen Trab fallen. Hier musste man aufpassen, nicht nur wegen der Lianen, sondern auch, weil es einen schmalen Flusslauf gab und sie den Verdacht hegte, dass sich im dunklen Wasser der ein oder andere Kaiman verstecken könnte.

Sie fand die Stelle, an der Lino für gewöhnlich herumhing, aber dieses Mal konnte sie ihr Faultier nirgendwo entdecken. Sie wischte sich den Schweiß von der Stirn und verscheuchte eine lästige Fliege, während sie sich aufmerksam umsah. Die Sonne stand jetzt schon tiefer, und das ganze Land war wie in goldenes Licht getaucht.

Da erklang ein Schnauben. Luana stellte die Ohren auf, und Cida schnalzte nach kurzem Zögern mit der Zunge und ritt in die Richtung, aus der sie das Geräusch vernommen hatte. »*Oi?*«, rief sie, erhielt jedoch keine Antwort.

Sie fand das Pferd, einen hübschen Braunen, gesattelt und mit gut gefüllten Satteltaschen, aber keinen Reiter. Es war an einem Baum festgebunden und verscheuchte mit seinem Schweif ein paar aufdringliche Fliegen. Als Cida von Luanas Rücken sprang, schnaubte der Wallach und kam ihr ein paar Schritte entgegen, um sich zwischen den Ohren kraulen zu lassen. »Du bist aber hübsch«, sagte Cida auf Portugiesisch. »Wo ist denn dein Reiter?«

Das Pferd gab nur ein Schnauben zur Antwort, und sie

seufzte und blickte sich um. Wer kam denn auf die Idee, ausgerechnet hier zu rasten? Entweder ein Fremder oder ein Idiot, dachte sie, oder beides. Es würde bald dunkel werden, und in diesem Land verbrachte man die Nacht besser nicht draußen. Sie rief noch einmal, erhielt jedoch nach wie vor keine Antwort, und so machte sie sich nach kurzem Zögern auf die Suche.

Sie musste nicht lange suchen. Kaum war sie ein paar Schritte gegangen, erklang ein Platschen, nur ein paar Schritte von ihr entfernt. Sie machte noch einen Schritt, schob einen großen Farn zur Seite – und prallte gegen einen festen Körper.

Cida stolperte und rutschte im Schlamm aus. Eine Hand packte sie am Oberarm und bewahrte sie vor dem Fall, und ehe sie sich's versah, blickte sie in das Gesicht eines Mannes.

Eine Sekunde lang starrten sie einander einfach nur an. Der Fremde war groß und schlank, mit weißblondem Haar und grauen Augen. »Sieh mal einer an«, murmelte er auf Deutsch. Seine Hand lag noch immer an ihrem Oberarm, und er war ihr so nah, dass sie das belustigte Funkeln in seinem Blick sehen konnte. »Wen haben wir denn da?«

Das holte sie aus ihrer Starre. Sie machte sich los, so abrupt, dass er einen Schritt zurückstolperte – und im schlammigen Uferbereich ausrutschte. Im nächsten Augenblick saß er im Schlamm und starrte sie so verblüfft an, dass sie beinahe gelacht hätte. Stattdessen verschränkte sie die Arme vor der Brust und trat ein paar Schritte zurück, während er sich auf die Beine kämpfte.

Als er aus dem Fluss watete, wischte er sich einmal mit beiden Händen über das schlammbespritzte Hemd. Zwei Handabdrücke blieben auf dem weißen Leinenstoff zurück, und jetzt entkam ihr doch ein Lachen.

»Also wirklich«, sagte der Fremde und kam mit großen Schritten die Böschung hoch. Zu ihrer Überraschung wirkte er nicht das kleinste bisschen ärgerlich, sondern vielmehr erheitert. Dann warf er ihr ein nachsichtiges Lächeln zu. »Na, bei so einem hübschen Gesicht werde ich wohl Gnade vor Recht ergehen lassen müssen. Wie ist dein Name?«

Sie verschränkte die Arme vor der Brust und funkelte ihn an. Am liebsten hätte sie ihn zurück ins Wasser gestoßen.

»Ich vergaß«, fuhr er fort, winkte ab und ging an ihr vorbei zu seinem Pferd. »Du verstehst natürlich kein Wort. Mein Portugiesisch ist allerdings ziemlich schlecht, daher …« Er drehte sich halb zu ihr um und deutete eine Verbeugung an. »Daher werde ich meiner Verehrung wohl nur mimisch Ausdruck verleihen können.« Er zwinkerte ihr zu und brachte das Fass damit endgültig zum Überlaufen.

»Schade, dass gerade kein Krokodil unterwegs war«, sagte sie und ging zu Luana, die schon ungeduldig auf sie wartete. »Ich hätte zu gern gesehen, wie es Sie in den Hintern beißt, Senhor.«

»Warten Sie!« Er kam ihr nach, als sie sich auf Luanas Rücken schwang. »Sie sprechen Deutsch!«

Sie schnaubte. »Monte Mor ist nur ein paar Kilometer von hier entfernt, Senhor. Die meisten Menschen in dieser Gegend sprechen Deutsch. Leben Sie wohl.«

»Warten Sie, bitte.« Er hob beide Hände und warf ihr ein weiteres Mal sein charmantes Lächeln zu. »Ich habe Sie keinesfalls kränken wollen – ganz im Gegenteil. Ich habe mich verlaufen.«

»Was Sie nicht sagen.«

Seine Mundwinkel zuckten. »Hübsch und ein freches Mundwerk noch dazu. Obwohl ich Ihretwegen Bekanntschaft mit dem Fluss gemacht habe, muss ich zugeben, mir gefällt diese Fügung des Schicksals.«

Eigentlich wollte sie Luana die Fersen in die Flanken drücken und davonreiten. Dieser Kerl reizte sie bis aufs Blut. Nur die Tatsache, dass er vermutlich die Nacht nicht überleben würde, wenn sie ihn jetzt sich selbst überließ, hielt sie davon ab. »Was haben Sie hier draußen verloren, Senhor?«, rief sie ihm zu. »Monte Mor liegt in dieser Richtung.« Sie deutete nach Süden.

»Nein, nein, daher komme ich ja.« Er fuhr sich durch das Haar und blickte sich dann um, mit einem so hilflosen Ausdruck im Gesicht, dass ihre Wut über sein arrogantes Verhalten sich etwas legte. »Ich habe mir das Ganze irgendwie anders vorgestellt. Wie ein großes Abenteuer.« Jetzt wandte er sich ihr zu. »Ich suche ein Gestüt, das hier ganz in der Nähe liegen soll. Angeblich wird es von einem Ehepaar Engel geführt. Sie wissen nicht zufällig, wie ich dorthin komme?«

Sie hob die Augenbraue. »Was wollen Sie denn von den Engels?«

Sein Gesicht hellte sich auf. »Sie wissen also, von wem ich spreche! Wunderbar! Ich ziehe schon seit Tagen durch dieses Land … Ich sage Ihnen, dieser Hof ist wirklich nicht leicht zu finden.«

Das hat auch seine Gründe, dachte sie. In dieser Gegend lebten viele Deutsche, doch dieser Fremde machte sie misstrauisch. »Erzählen Sie mir erst, was Sie wollen«, verlangte sie. »Sonst überlasse ich Sie hier draußen den Krokodilen.«

»Es handelt sich um eine … nun, eine Familienangelegenheit, Senhorita«, antwortete er. »Mehr kann ich Ihnen nicht sagen, fürchte ich.« Er räusperte sich und deutete zum zweiten Mal während dieser Begegnung eine knappe Verbeugung an. »Wenn ich mich vorstellen darf … Leutnant Karl von Bütow. Ich komme im Auftrag eines wichtigen Mannes nach Brasilien.«

Ihre Augenbrauen wanderten noch etwas höher. »Und wer ist dieser wichtige Mann, Senhor?«

»Graf Friedrich von Neuenstedt, Senhorita. Und ich bin mir sicher, er würde sich erkenntlich zeigen, wenn Sie mich aus meiner unangenehmen Lage befreien und zum Hof der Engels eskortieren würden.« Er schenkte ihr ein Lächeln. »Bestimmt sind Sie dort angestellt, nicht wahr? Wenn Sie mich aus diesem Wald führen, verspreche ich Ihnen, dass ich Ihnen genug bezahle, um ein ganzes Jahr lang nicht mehr arbeiten zu müssen.«

Sie wollte ihm den Hals umdrehen. Unbedingt. Es war sein Glück, dass sie neugierig auf das war, was er ihren Eltern zu berichten haben könnte.

»Kommen Sie, Senhor Bütow.« Sie wartete, bis er sich auf den Rücken seines Wallachs geschwungen hatte. »Und wenn Sie sich für meine Hilfe wirklich erkenntlich zeigen wollen, schlage ich vor, Sie halten den Mund, bis wir angekommen sind. Sonst verfüttere ich Sie vielleicht doch an ein Krokodil.«

Er schloss zu ihr auf und ließ ein leises Lachen hören. »Ich habe nicht geahnt, dass ich hier draußen auf derart faszinierende Gesellschaft treffen würde. Verraten Sie mir Ihren Namen?«

Sie schnalzte mit der Zunge, und Luana setzte sich in Bewegung. »Cida.«

»Cida«, wiederholte er. »Ein schöner Name.« Sie spürte seinen Blick auf sich, sah jedoch nicht in seine Richtung. Sie konnte nicht sagen, warum ihre Wangen auf einmal zu glühen begannen.

Als sie den Hof erreichten, ging die Sonne gerade unter. Cida sprang von Luanas Rücken und zupfte ihren Rock zurecht, während der Besucher aus Deutschland sich aufmerksam umsah. »Ein schöner Ort. Sind Sie hier aufgewachsen?«

Sie nickte, und wieder einmal ertappte sie ihn dabei, wie er sie betrachtete. Als sich ihre Blicke trafen, wanderte wieder dieses überhebliche kleine Lächeln über sein Gesicht. »Sie denken doch nicht immer noch daran, mich an ein Krokodil zu verfüttern, oder, Senhorita?«

Cida schüttelte den Kopf. »Nein. Aber es gibt in diesem Land ja auch noch Jaguare, Würgeschlangen, Skorpione …«

Er lachte auf. »Verhalten Sie sich wichtigen Gästen gegenüber immer so frech?«

Sie schnaubte. »Ob Sie ein wichtiger Gast sind, wird sich erst noch zeigen.«

Sein Lächeln vertiefte sich, als wüsste er etwas, was sie nicht wusste. »Sie machen sich keine Vorstellung, Senhorita. Nicht, dass Ihre Dienstherren Sie am Ende dafür tadeln, dass sie es so sehr an Respekt mangeln lassen. Doch keine Sorge … ich werde mit Freuden ein gutes Wort für Sie einlegen.«

Bevor sie darauf etwas nicht allzu Schmeichelhaftes erwidern konnte, erklang die Stimme ihrer Mutter. »Cida!«

Erst jetzt bemerkte sie, wie nah Karl von Bütow und sie einander gekommen waren. Sie warf ihm einen bösen Blick zu, den er wiederum mit einem spöttischen Lächeln quittierte.

Lotte Engel kam heran, wie üblich mit staubigen Röcken und zu einem lockeren Knoten gebundenem Haar. Fragend sah sie zwischen ihrer Tochter und dem Gast hin und her. »Was ist denn hier los?«

»Frau Gräfin von Eichberg«, sagte Karl von Bütow zu Cidas Überraschung und deutete eine Verbeugung an. Er schien Lotte sofort erkannt zu haben. »Mein Name ist Leutnant Karl von Bütow. Sie sind wahrlich nicht leicht zu finden. Ihr reizendes Dienstmädchen war so freundlich, mich hierherzuführen.«

Lotte sah einen Moment erschrocken aus. Sie tauschte einen Blick mit Cida, die immer noch kurz davor war, den werten Herrn Leutnant zu erwürgen.

»Ich fürchte, ich muss Sie enttäuschen, Herr Leutnant von Bütow«, sagte sie dann. Sie klang vorsichtig. »Die Gräfin von Eichberg gibt es schon lange nicht mehr. Ich habe wieder geheiratet und heiße jetzt einfach nur Charlotte Engel.«

Karl von Bütow zog die Augenbrauen hoch. »Also haben Sie wirklich einen Bürgerlichen geheiratet? Nun …« Ihm war anzusehen, was er davon hielt.

Cidas Mutter verschränkte die Arme vor der Brust. »Was führt Sie nach Brasilien, Herr Leutnant?«

»Es handelt sich um eine private Angelegenheit«, antwortete er mit einem Blick auf Cida. »Und … bevor ich Sie über den Grund meines Hierseins informiere, würde ich es sehr zu schätzen wissen, wenn ich ein warmes Bad und eine Möglichkeit bekäme, mich umzuziehen.«

»Ein Bad würde Ihnen wirklich nicht schaden«, bemerkte Cida und warf Karl von Bütow ein süßes Lächeln zu.

Er presste kurz die Lippen aufeinander und blickte sie mit einer Mischung aus Belustigung und Ärger an. *Na warte*, schien sein Blick zu sagen, was sie noch mehr zum Lächeln brachte.

Lotte Engel sah ein weiteres Mal zwischen ihrer Tochter und dem Neuankömmling hin und her, und Cida bemerkte, dass ihre Mutter sich mit aller Kraft ein Lachen verbiss. Sie konnte sich nicht zurückhalten und verfiel in einen spöttischen Knicks. »Verzeihen Sie mein vorlautes Mundwerk, Frau Gräfin.«

Jetzt begann Lotte zu lachen. Cida fiel ein, als sie den verdatterten Blick ihres Gastes bemerkte.

»Hier gab es anscheinend ein Missverständnis«, erklärte Lotte schließlich und legte Cida einen Arm um die Schultern. »Herr Leutnant von Bütow, darf ich Ihnen meine Tochter, Cida Engel, vorstellen?«

Ein Ausdruck der Überraschung huschte über sein Gesicht, und ein Hauch von Rosa legte sich über seine Wangen. Doch er hatte sich sogleich wieder im Griff. »Fräulein Engel, es ist mir eine Freude, dass wir einander nun auch offiziell vorgestellt werden«, sagte er galant und ergriff ihre Hand, um einen Kuss auf ihre Fingerknöchel zu hauchen.

Cida entzog sich ihm eine Spur zu hastig und verschränkte die Arme vor der Brust. »Na, kommen Sie, Senhor Bütow«, meinte sie, als sie sich wieder gefangen hatte. »Bringen wir erst einmal Ihr Pferd in den Stall. Und dann schaue ich mal, ob ich Ayana überzeugen kann, ein Bad für Sie einzulassen.«

Es war schon dunkel, als der Gast aus Deutschland sein Bad beendet hatte und nach draußen in den Hof kam, wo die Familie Engel mit Tayo, Ayana und Yaris im Schatten der großen Palme saß. Cida spielte Dame gegen ihren Großvater, und Ayana und Yaris saßen daneben und beobachteten jeden Zug mit Argusaugen, während Lotte und Johann sich mit gedämpften Stimmen unterhielten.

Auch ein paar Saisonarbeiter waren noch auf den Beinen, tranken Schwarzbier in der Nähe des Stalles und unterhielten sich angeregt. Hin und wieder schallte lautes Lachen herüber.

»Guten Abend«, sagte Karl von Bütow zu den Anwesenden und schaute von einem zum anderen. Dabei blieb sein Blick an Cida hängen.

Sie betrachtete den Gast misstrauisch, was dieser beantwortete, indem er ihr zuzwinkerte. Sie funkelte ihn an, und seine Mundwinkel zuckten. Aus den Augenwinkeln sah sie, dass auch ihr Vater das Zwinkern bemerkt hatte, denn er bedachte den Gast mit einem finsteren Blick.

Cida wusste genau, was er von jemandem wie Karl von Bütow halten musste: Ihm war an der Nasenspitze anzusehen, dass er den jungen Mann am liebsten in hohem Bogen vom Hof geworfen hätte. Adliger Besuch aus Deutschland konnte nichts Gutes bedeuten. Nicht ohne Grund hatte Charlotte von Eichberg, spätere Charlotte Engel, ihre Spuren verwischt, so gut es ging.

»Leutnant von Bütow«, begann Johann Engel jetzt und erhob sich, um dem Besucher die Hand zu schütteln. »Es ist uns eine Ehre, Sie auf unserem Hof zu begrüßen.«

Karl von Bütow erwiderte den Händedruck mit einem blasierten Lächeln. »Herr Engel, ich freue mich, hier zu sein. Einen schönen Hof haben Sie … und eine reizende Familie.«

Cidas Vater nickte knapp. »Es liegt mir fern, unhöflich zu sein, Herr Leutnant«, erwiderte er. »Aber nun interessiert mich doch, was Sie nach Brasilien – und auf unseren Hof führt.«

Der Gast lächelte unverbindlich. »Natürlich. Nur ...« Er blickte einmal in die Runde. »Es handelt sich um eine sehr delikate Familienangelegenheit, daher ...«

»Wir gehen ins Haus«, erklärte Lotte. Sie war blasser als gewöhnlich, und Cida begann zu argwöhnen, dass ihre Mutter längst ahnte, warum dieser überhebliche Mensch den weiten Weg von Deutschland nach Brasilien angetreten hatte, um sie zu finden.

Johann hob kurz die Augenbrauen, dann nickte er. Auch er war sichtlich angespannt. »Am besten, wir gehen in die Küche.«

»Dann nehmt das Geschirr mit«, bestimmte Ayana auf Portugiesisch und drückte Johann eine leere Schüssel in die Hand, aus der sie vorhin noch Feijoada, Ayanas köstlichen Bohneneintopf, gegessen hatten.

»Ich erledige das schon«, erklärte Cida hastig und machte sich daran, die Schüsseln einzusammeln. Sie hatte längst nach einem Vorwand gesucht, bei dieser Unterhaltung dabei sein zu können.

Sie drückte Ayanas Arm und gab ihr einen Kuss auf die Wange. »Jetzt musst du Großvater für mich schlagen«, sagte sie und deutete auf das Spielbrett.

Ayana zwinkerte ihr verschwörerisch zu, nahm den Platz Tayo gegenüber ein und beugte sich über das Spiel.

»Aber ...« Karl von Bütow hatte anscheinend genug von ihrer Unterhaltung verstanden, um jetzt missbilligend die Augenbrauen zu heben. »Bei allem Respekt, doch die Themen, die wir zu besprechen haben, sind wohl nicht für die Ohren einer jungen Dame bestimmt.«

»Ich werde schon nicht in Ohnmacht fallen«, gab Cida zurück und ging voran, ohne sich um den ärgerlichen Blick des Leutnants zu scheren.

In der Küche machte sie sich daran, ganz langsam aufzuräumen, während ihre Eltern sich mit Karl von Bütow am Tisch niederließen.

»Nun«, begann Cidas Vater. »Sie haben ja ein großes Geheimnis um den Grund Ihres Hierseins gemacht. Also? Wir hören.«

Der Leutnant von Bütow räusperte sich. »Und das aus gutem Grund, Herr Engel. Ich komme am besten sofort zur Sache.« Er wandte sich an Lotte. »Ich denke, der Name von Neuenstedt sagt Ihnen etwas?«

Cidas Mutter wurde noch eine Spur blasser. »Ganz recht.«

Karl von Bütow nickte beifällig. »Nun, es ist ebenjene Familie, in deren Auftrag ich nach Brasilien gereist bin.« Er blickte Lotte prüfend an. »Ursprünglich ging es bei meinen Nachforschungen um das spurlose Verschwinden Ihres Mannes, Graf Andreas von Eichberg. Wie Sie vielleicht wissen, verschwand er vor etwa einundzwanzig Jahren spurlos, und zwar irgendwo in Amerika. Hier in Brasilien, um genau zu sein. Der alte Graf von Neuenstedt suchte viele Jahre lang nach einer Spur von Andreas von Eichberg. Nach seinem Tod vor zwei Jahren erbte sein ältester Sohn Friedrich nicht nur seine Besitzungen, sondern auch diese schier ausweglose Suche. Er heuerte mich an – und nun bin ich hier.«

Cida, die bis zu diesem Moment fein säuberlich Schüssel für Schüssel gespült und abgetrocknet hatte, hielt inne und drehte sich zu ihren Eltern und Karl von Bütow um.

Ihr Vater hatte die Unterarme auf den Tisch gestützt, und Cida sah, dass er vor Anspannung bebte. Ihre Mutter Lotte hingegen war mittlerweile so bleich wie der Tod.

Cida dachte mit einem Schaudern an die sterblichen Überreste des Grafen von Eichberg, die in irgendeinem Sumpf von Monte Mor lagen. Mit klopfendem Herzen musterte sie Karl von Bütow und verfluchte dabei stumm ihre eigene Dummheit. Sie hätte ihn nicht hierherbringen dürfen. Ihre Eltern hatten immer befürchtet, dass dieser Tag kommen würde: der Tag, an dem jemand aus der Vergangenheit auftauchen würde, um den Tod des verschollenen Grafen Andreas von Eichberg zu sühnen.

»Warum sind Sie hier?«, fragte Lotte schließlich leise.

Karl von Bütow straffte sich kaum merklich. »Während meiner Nachforschungen überprüfte ich verschiedene Passagierlisten von Schiffen, die während der späten 1880er-Jahre aus Deutschland ausliefen. Sie können sich meine Aufregung vorstellen, als ich die Namen Charlotte und Johann Engel auf einer der Listen fand. Ich konnte natürlich nur vermuten, dass Sie es sind – aber ich glaube nicht an Zufälle, also folgte ich der Spur. Erst versuchte ich, mit den offiziellen Stellen hier in Brasilien zu kommunizieren, doch das war nicht so einfach. Ich erfuhr lediglich, dass Ihr Schiff niemals in Rio de Janeiro angekommen ist. Ich stellte irgendwann fest, dass ich auf diese Weise keine Antwort bekommen würde. Also schickte mich der Graf von Neuenstedt nach Brasilien, um persönlich nachzuforschen.

Ich reiste daher nach Rio und fand dort heraus, dass die Passagiere der *Amanha* 1887 in Santos registriert worden waren – allerdings wurde das in Rio nie so aufgezeichnet. Die wenigen Unterlagen, die noch existierten, waren ein heilloses Durcheinander und unvollständig noch dazu. Das hat es schwierig gemacht.«

Karl von Bütow runzelte die Stirn. »Da lobe ich mir die preußische Bürokratie. Nun, jedenfalls … Von Santos aus habe ich mich dann durchgefragt. Es hat eine Weile gedauert, doch dann hörte ich von einem Gestüt in der Nähe der deutschen Kolonie Monte Mor … Ich machte mich also auf den Weg nach Norden, und heute …« Er sah Cida an. »Heute begegnete ich Ihrem Fräulein Tochter. Eine der erfreulicheren

Begegnungen auf meiner Reise, so viel kann ich Ihnen versichern.«

Nach seinem Bericht war es eine ganze Weile still.

»Was wollen Sie von uns?«, fragte Cidas Vater schließlich. Er sprach ganz leise. »Was will die Familie von Neuenstedt? Wir haben Ihnen nichts zu sagen.«

Karl von Bütow lehnte sich in seinem Stuhl zurück. Trotz des drohenden Tonfalls seines Gastgebers wirkte er gelassen, fast schon belustigt. »Keine Sorge, Herr Engel. Ich bin nicht in Brasilien, um Ihrer Familie Schwierigkeiten zu machen. Sehen Sie: Der Graf von Eichberg wurde vor vielen Jahren für tot erklärt, und der junge Graf von Neuenstedt ist als sein nächster männlicher Verwandter nun der Besitzer von Gut Rosenthal. Er interessiert sich für seine Familiengeschichte. Das ist alles. Nennen wir es …« Ein feines Lächeln. »… einen kostspieligen Zeitvertreib.«

»Nun, hier werden Sie nichts finden«, erwiderte Johann Engel. »Wir wissen nichts über das Schicksal des Grafen von Eichberg, und wir haben auch keinerlei Interesse an diesen alten Geschichten. Wenn Sie nur deshalb hier sind …«

»Ich habe *Sie* gefunden, oder etwa nicht?«, sagte Karl von Bütow. Immer noch lag dieses gelassene Lächeln auf seinem Gesicht. »Das ist an und für sich schon ein großer Erfolg für den Grafen von Neuenstedt. Wenn Sie nicht möchten, dass ich weiterspreche, Frau Engel, werde ich das respektieren. Aber ich habe im Zuge meiner Nachforschungen auch einige Dinge herausgefunden, die Sie interessieren dürften.«

Cida musterte ihn verstohlen. Er wirkte wie elektrisiert – als wäre dies der interessanteste Tag seines Lebens. Seine Augen funkelten, und das ließ ihr Misstrauen weiter anwachsen. Irgendetwas stimmte nicht mit diesem Kerl.

»Und was haben Sie herausgefunden?«, fragte Lotte.

Ihr Gast räusperte sich. »Wieso fangen wir nicht bei Ihrer Familie an? Bei Ihren Eltern und Ihrem Bruder?

Alle Farbe wich aus Lottes Gesicht. »Was wissen Sie?«, flüsterte sie.

Eine Gänsehaut wanderte über Cidas Körper, trotz der drückenden Hitze, die das Land auch jetzt, am Abend, noch fest im Griff hatte. Sie wusste, ihre Mutter hatte jahrelang versucht, etwas über das Schicksal ihrer Eltern und ihres Bruders Franz von Breskow herauszufinden – jedoch erfolglos. Die Briefe, die sie mit äußerster Vorsicht über eine polnische Freundin verschickt hatte, waren unbeantwortet geblieben. Es war, als hätte die Familie von Breskow niemals existiert. Nach langen Jahren erfolgloser Suche hatte Lotte Engel ihre Bemühungen schließlich eingestellt, auch in der Angst, Feinde aus der Vergangenheit könnten sie über die Nachverfolgung der unter falschem Namen verfassten Briefe hier in Brasilien aufspüren.

Der Leutnant von Bütow verschränkte die Hände auf der Tischplatte. »Ich werde wohl am besten ganz am Anfang beginnen. Im Sommer 1887, nach Ihrer Flucht aus Pommern, wurden Ihre Eltern sowie Ihr Bruder Franz von Breskow zu Feinden des Staates erklärt. Sie wurden festgesetzt und zu Zuchthausstrafen verurteilt: Ihre Eltern bekamen jeweils fünf, Ihr Bruder wegen wiederholter Fahnenflucht fünfzehn Jahre. Ihr Titel und ihr Vermögen wurden ihnen vom Kaiser selbst aberkannt. Eine unschöne Sache, schließlich ist der adlige Stand heilig. In diesem Falle jedoch war eine andere Lösung schlicht undenkbar; immerhin hat Ihre Familie sich des Staatsverrats schuldig gemacht. Das Gut ging schließlich in die kaiserliche Verwaltung über.«

Ihre Mutter war während der Erzählung des jungen Leutnants noch blasser geworden. Sogar aus ihren Lippen war die Farbe gewichen. Papa tastete nach ihrer Hand und starrte währenddessen Karl von Bütow wütend an – so als wäre dieser allein schuld an dem Schicksal der Familie von Breskow.

Cida musterte den jungen Mann. Seine Miene hatte sich

kaum verändert. Von dem offenkundigen Zorn ihres Vaters ließ er sich anscheinend nicht beunruhigen.

Irgendwann schien Cidas Mutter sich wieder einigermaßen gefasst zu haben. »Was ist danach mit meiner Familie geschehen?«, fragte sie. »Wissen Sie darüber etwas?«

Karl von Bütow nickte. »Ihre Eltern ... Mein aufrichtiges Beileid, Frau Engel. Ihre Eltern starben noch während der Haft. Ihr Vater erlag im Jahr 1887 einem Herzanfall. Ihre Mutter verschied im Winter 1891 infolge einer Lungenentzündung, ein paar Monate vor ihrer Entlassung.«

Lotte Engel klammerte sich an die Hand ihres Mannes. Dieser sah jetzt nicht mehr wütend aus, sondern musterte stattdessen besorgt seine Frau.

Schließlich wandte sich Cidas Mutter wieder an Karl von Bütow, der die Szene schweigend beobachtet hatte. »Und mein Bruder?«

»Er wurde vor einigen Jahren aus der Haft entlassen«, antwortete Karl von Bütow. »Danach verschwand er, und man hörte für eine lange Zeit nichts mehr von ihm. Bis zum Dezember letzten Jahres.«

Cida hielt den Atem an. Konnte das sein? Würde ihre Mutter vielleicht nach all den Jahren der Ungewissheit mit ihrem Bruder wiedervereint werden?

Karl von Bütow straffte sich. »Wie ich schon sagte, lange Zeit wusste niemand, wo Franz Breskow sich aufhielt oder ob er überhaupt noch am Leben war. Erst im vergangenen Jahr habe ich erfahren, dass es eine Person gab, die anscheinend ihre letzten Jahre damit zugebracht hat, Franz Breskow aufzuspüren: Ihr Name ist Annemarie Brieger.«

Lotte Engel schnappte nach Luft. »Mamsell Brieger! Natürlich! Aber warum hätte sie denn nach Franz suchen sollen?«

Cida gab es auf, ihre Neugier verbergen zu wollen. Sie

lehnte sich mit verschränkten Armen gegen die Spüle und sog jedes Wort in sich auf, das Karl von Bütow von sich gab.

Dieser wirkte auf einmal grimmig. »Bevor ich weiterspreche, Frau Engel, müssen Sie verstehen, dass Mamsell Brieger in den letzten Jahren immer … verwirrter geworden ist. Sie hat bis zu ihrem Tod im letzten Winter auf Gut Rosenthal gedient, doch mit ihren bald siebzig Jahren war sie dafür eigentlich zu alt. Sie war sehr zerstreut. Manchmal kam sie hoch in die Räume der Herrschaft und wusste auf dem letzten Treppenabsatz nicht mehr, weshalb sie den Gang gemacht hatte. In der gleichen Zeit muss sie begonnen haben, Nachforschungen über den Verbleib Ihres Bruders anzustellen … und schließlich ist es ihr tatsächlich gelungen, ihn aufzuspüren.«

Der junge Leutnant räusperte sich. »Am letzten Weihnachtsfest verschwand sie dann von Gut Rosenthal. Ihren … Leichnam fand man ein paar Tage später im Wald, nahe eines kleinen Dorfes – viele Kilometer von Gut Rosenthal entfernt. Sie muss den ganzen Weg zu Fuß gelaufen sein.« Er schüttelte den Kopf. »Der Graf von Neuenstedt und seine Familie hatten Weihnachten auf Gut Rosenthal verbracht. Als man dort von Mamsells Verschwinden erfuhr, wurden natürlich sofort Suchtrupps organisiert. Doch niemand hätte sich je denken können, dass sie einen so weiten Weg gegangen ist, allein, zu Fuß, in ihrem hohen Alter, durch die Eiseskälte und die verschneiten Wälder.

Ich habe dann versucht, in Erfahrung zu bringen, was sie an diesen einsam gelegenen Ort verschlug – und hatte bald meine Antwort. Franz Breskow lebt dort, in einem Dorf namens Krackow. Am ersten Weihnachtstag stand Mamsell Brieger vor seiner Tür – mitten in der Nacht. Sie sagte etwas sehr Rätselhaftes. Dann ging sie davon, in den Wald. Und kam nicht wieder zurück. Ihr Bruder ist … versehrt, Frau Engel. Er konnte ihr nicht folgen.«

»Was hat Mamsell Brieger meinem Bruder vor ihrem Tod anvertraut?«, fragte Cidas Mutter schließlich.

»Wie bereits erwähnt, sie war verwirrt«, antwortete Karl von Bütow nach kurzem Zögern. »Sie sagte, und ich zitiere: *Helena von Eichberg ist am Leben.*«

Stille. Für kurze Zeit waren sie alle wie erstarrt.

»Mama?«, flüsterte Cida irgendwann. Lottes Hand war zu ihrer Brust gefahren, ihre Augen hatten sich geweitet.

»Wie können Sie es wagen?« Johann war aufgestanden. »Sie haben keine Ahnung, was Sie hier anrichten. Verlassen Sie dieses Haus. Auf der Stelle.«

Karl von Bütow ignorierte ihn und wandte sich stattdessen an Lotte. »Frau Engel, ich versichere Ihnen, das Misstrauen Ihrer Familie kann ich verstehen. Aber ich lüge nicht.«

Johann Engel schob sich zwischen den Besucher und seine Frau. »Ich sagte …«

»Lass ihn ausreden, Papa«, bat Cida. Es tat ihr weh, ihre Mutter so zu sehen. Ihr Verlust hatte nie aufgehört, sie zu quälen. Wenn es jetzt auch nur die geringste Möglichkeit gab zu erfahren, was damals wirklich geschehen war, dann mussten sie diesem Mann zuhören – ganz gleich, wie sehr er Cida auf die Palme brachte.

Langes Schweigen, alle Blicke lagen auf Lotte Engel, die schließlich kaum merklich nickte, ohne einen von ihnen anzusehen.

Cidas Vater atmete tief durch und setzte sich wieder.

»Frau Engel, ich weiß nicht, ob das, was Mamsell Brieger Ihrem Bruder in dieser Nacht anvertraut hat, die Wahrheit ist«, fuhr Karl von Bütow fort. »Aber Graf Friedrich von Neuenstedt ist fest entschlossen, die Geheimnisse seiner Familie zu lüften. Er hat mich angewiesen, jeden Stein umzudrehen, und das habe ich getan. Ich habe Sie gefunden. Und wenn ich hier in Brasilien fertig bin, werde ich in Erfahrung bringen, was damals wirklich mit Ihrer Tochter geschehen ist. Das verspreche ich Ihnen.«

Nach dem Gespräch in der Küche ging Cida hinaus und sog die kalte Nachtluft tief in sich ein. Die Worte ihres Besuchers hallten noch in ihr nach, und sie sah noch immer den Gesichtsausdruck ihrer Mutter vor sich. Wie war das alles nur möglich?

Sie blickte hinüber zu dem Hügel, auf dem ihre Eltern nicht nur ihrer leiblichen Mutter Filipa, sondern auch Helena von Eichberg einen Grabstein gesetzt hatten. Was, wenn sie wirklich am Leben war? Was würde das bedeuten? Sie versuchte, sich Helena von Eichberg vorzustellen. Wenn sie am Leben war – wer mochte sie dann heute sein? Wusste sie, dass sie als Baby von ihrer Mutter getrennt worden war?

Der Klang von Schritten riss sie aus ihren Gedanken.

»Fräulein Engel«, sagte Karl von Bütow und trat zu ihr.

»Herr Leutnant …«

Er wandte sich ihr mit einem verschmitzten Lächeln zu. »Ich weiß, es ist spät … doch wären Sie vielleicht so freundlich, mich etwas auf dem Hof herumzuführen? Ich würde ihn mir gern ansehen.«

Cida nickte nach kurzem Zögern. Sie gingen über den Hof und in Richtung der Ställe, und dabei war ihr die Nähe des Deutschen die ganze Zeit über viel zu bewusst. Immer wieder warf sie verstohlene Blicke auf ihn, und manches Mal fing er sie auf und schenkte ihr sein charmantes Lächeln.

Sie erklärte ihm, wie der Betrieb auf ihrem kleinen Hof funktionierte, zeigte ihm die Ställe und schließlich die Koppeln links und rechts der Zufahrt, auf denen auch jetzt noch die Pferde grasten.

Als sie näher ans Gatter traten, kam Luana heran und reckte den Kopf, um sich von Cida streicheln zu lassen. »Tut mir leid«, murmelte sie. »Ich fürchte, ich habe gerade keine Leckerei für dich dabei.«

Die ganze Zeit über spürte sie den Blick des Besuchers auf sich. Irgendwann drehte sie sich zu ihm um und verschränkte die Arme vor der Brust. »Was ist?«

Wieder erschien dieses kleine, überhebliche Lächeln auf seinen Lippen, das sie schon bei ihrer ersten Begegnung auf die Palme gebracht hatte. »Sie faszinieren mich. Das ist alles.«

Sie schnaubte. »Und Sie machen mich misstrauisch, Herr von Bütow.«

Er hob die Augenbrauen. »Wirklich? Was habe ich denn getan, um Ihr Misstrauen zu verdienen, Fräulein Engel?«

»So einiges«, gab sie zurück. Sein Gesichtsausdruck machte sie noch wütender. Er sah sie an, als wäre dieses Gespräch so etwas wie ein netter kleiner Zeitvertreib für ihn und als nähme er nichts von dem, was sie sagte, auch nur im Geringsten ernst.

Ihre Wut ließ sie mit Ihrer Vermutung herausplatzen. »Ist Ihr Name überhaupt Karl von Bütow? Oder sind Sie in Wahrheit ein Hochstapler?«

Etwas blitzte in seinen Augen auf. Er machte einen Schritt auf sie zu, und das Lächeln, mit dem er sie jetzt bedachte, war abwartend. »Und wer sollte ich Ihrer Meinung nach sein, Fräulein Engel?«

Sie betrachtete ihn mit klopfendem Herzen. Er tat überhaupt nichts, sagte kein Wort. Er sah sie nur an und wartete. Irgendwann lachte er leise auf. »Sie sind gut, Fräulein Engel. Wirklich. Aber überraschend finde ich, dass Sie anscheinend immer noch nicht darauf gekommen sind, wer wirklich vor Ihnen steht – wo Sie mich doch ansonsten so schnell durchschaut haben.«

Cida schwieg. Sie hatte die Arme vor der Brust verschränkt und beobachtete jede seiner Bewegungen. Die schlanke Statur, das ebenmäßige Gesicht, das weißblonde Haar und die Augen, die sich verdunkelt hatten.

»Sie kennen meine Mutter«, bemerkte sie schließlich.

Sein Lächeln wurde noch eine Spur breiter. »In der Tat. Woher wissen Sie das?«

»Sie haben sie gleich erkannt«, gab Cida zurück. »Sie wussten sofort, wer sie war.«

»Und Sie haben trotzdem noch immer keine Idee, wer ich sein könnte?«

Cida schluckte. Sie hatte eine Vermutung, aber das war verrückt. Und doch … sein überhebliches Lächeln und die Art und Weise, wie er mit ihr und ihren Eltern sprach … wie jemand, der in der Überzeugung aufgewachsen war, schwindelerregend weit über allen anderen Menschen zu stehen.

»Ich gebe Ihnen einen Hinweis«, meinte er und legte eine Hand aufs Gatter. »Ihre Mutter hat mir das Reiten beigebracht, vor vielen Jahren auf Gut Rosenthal.«

Eine Weile war es still. »Sie sind Friedrich von Neuenstedt«, sagte Cida schließlich.

Aus seinem Lächeln wurde ein Grinsen. Er sah so vergnügt aus wie ein Kind am Weihnachtsabend. »Sehen Sie, Sie haben es herausgefunden.« Mit diesen Worten ließ er sie stehen und schlenderte zurück zum Haus.

Sie stieß einen Fluch aus und folgte ihm. Er hatte lange Beine; es war gar nicht so einfach, mit ihm Schritt zu halten.

Im Schatten der Scheune holte sie ihn schließlich ein. »Was haben Sie hier verloren? Warum sind Sie so weit gereist? Antworten Sie!«

Er blieb stehen und wandte sich ihr mit gehobenen Augenbrauen zu. »Ich mag Sie, Cida«, gab er freundlich zurück. »Wirklich, das tue ich. Sie sind sehr erfrischend. Aber Sie sprechen nicht mit mir wie mit einem Dienstboten, haben Sie verstanden? Die korrekte Anrede ist *Herr Graf.*«

Mit diesen Worten ließ er sie stehen.

# Kapitel 4

Am Morgen darauf stand Cida mit dem ersten Licht der Morgendämmerung auf und machte sich auf den Weg zu den Ställen. Sie hatte nicht geschlafen. Stattdessen hatte sie sich im Bett herumgewälzt, die Gedanken bei dem Gast aus Deutschland, seinem unmöglichen Verhalten und der Geschichte, die er ihren Eltern aufgetischt hatte. Helena. Sie formte den Namen mit den Lippen, stumm, während sie die Tür zum Stall aufschob.

Der vertraute Geruch der Pferde umfing sie, als sie an den Boxen vorbeiging. Bei Luana blieb sie stehen und kraulte ihre Stute zwischen den Ohren. Wie ihre Schwester wohl heute aussah? Konnte es stimmen und sie war wirklich am Leben, auf der anderen Seite der Welt? Wusste sie, wer sie war? Oder war es, wie Friedrich von Neuenstedt sagte, und die verschiedene Mamsell von Gut Rosenthal war einfach nur verwirrt gewesen und hatte ein Gerücht in die Welt gesetzt, das jetzt bis auf die andere Erdhalbkugel gedrungen war, um ihre Familie zu quälen?

Das Knarren der Stalltür riss sie aus ihren Gedanken. Yaris trat in das lang gezogene Gebäude. Einer seiner Hosenträger war verdreht, und auf seinem Gesicht erblickte Cida einen Kissenabdruck. Der Anblick entlockte ihr ein Lächeln.

Yaris' Augen leuchteten auf, als er sie sah. Ohne ein Wort zu sagen, sank sie in seine ausgebreiteten Arme und atmete seinen vertrauten Geruch ein, bevor sie ihm alles erzählte, auch, wer ihr Gast aus Deutschland wirklich war. Ein Schauer überkam sie. Warum nur war er hier? Er hatte sie alle an der Nase herumgeführt, und sie traute ihm nicht einmal bis zu ihrer eigenen Nasenspitze. Sie musste unbedingt ihren Eltern sagen, wer ihr rätselhafter Gast in Wahrheit war.

»Was, wenn sie lebt?«, flüsterte sie, als sie geendet hatte. »Was, wenn sie wirklich irgendwo am Leben ist und nur darauf wartet, endlich gefunden zu werden?«

Yaris seufzte und umfasste sie noch ein wenig fester. »Ich wünschte, der Kerl wäre in Deutschland geblieben, statt hier für Unruhe zu sorgen. Er macht deiner Mutter Kummer und dir auch.«

»Ich kann ihn auch nicht ausstehen«, gab Cida zu. »Aber trotzdem … ich wünsche mir, dass es wahr ist, verstehst du?«

»Dafür liebe ich dich«, murmelte Yaris und legte eine Hand zärtlich um ihre Wange. »Dafür, dass dir deine Familie über alles geht.«

Sie lächelte. Mit Liebesgeständnissen tat sie sich schwer, doch sie sagte ihm, was sie fühlte, mit einem leidenschaftlichen Kuss. Als sie sich wieder voneinander lösten, nestelte er an der Brusttasche seines Hemdes. Sie lehnte mit dem Rücken an Luanas Box, und er war ihr so nah, dass sie seinen schnell gehenden Atem spüren konnte.

»Cida …«, sagte er. »Ich …«

In diesem Moment knarrte die Stalltür, und er verstummte.

»Was haben wir denn da?« Friedrich von Neuenstedt betrat den Stall und sah sich um, als gehörte ihm jeder Quadratmeter. Cidas Herz begann sofort, schneller zu schlagen. Der vergangene Abend war ihr nicht mehr aus dem Kopf gegangen – die Arroganz dieses Mannes, seine dreiste Lüge und das verschmitzte Lächeln, das er ihr auch jetzt zuwarf. Sie funkelte ihn wütend an, doch natürlich ließ er sich davon nicht aus der Ruhe bringen. Stattdessen wandte er sich an Yaris. »Sattel mir ein Pferd, Junge.«

Cida platzte der Kragen. »Satteln Sie sich gefälligst selbst ein Pferd!« Dummerweise konnte sie es ihm nicht verbieten.

Erst am vergangenen Tag hatte ihr Vater gesagt, er könne ausreiten, wenn ihm der Sinn danach stünde.

Jetzt wandte er sich wieder ihr zu. Sein Lächeln war noch eine Spur herablassender geworden. »Vielleicht sollte ich Ihren Eltern verraten, dass ihre Tochter sich mit den Stallburschen in dunklen Ecken herumdrückt, Fräulein Engel.«

Sie erwiderte seinen Blick, ohne mit der Wimper zu zucken. »Tun Sie sich keinen Zwang an, *Herr Graf*. Doch passen Sie auf, dass Sie dann nicht mit einem Fußtritt vor die Tür befördert werden.«

Sie maßen sich mit Blicken.

Yaris sattelte Friedrich von Neuenstedt dann doch ein Pferd, einen jungen Wallach, der noch von Wolke abstammte, dem Pferd, das Lotte Engel aus Deutschland mitgebracht und sehr geliebt hatte. Geschecktes Fell, dunkle Mähne, feuriges Gemüt. Zu Cidas Unmut schienen Pferd und Reiter sofort miteinander auszukommen.

»Wie heißt er?«, fragte Friedrich.

»Sturm«, antwortete Cida.

Er nickte anerkennend. Dann schlich sich ein Lächeln auf seine Lippen. »Sie sollten mich begleiten, Fräulein Engel. Sie können mir die Umgebung zeigen.«

Sie hob die Augenbrauen. »Vielen Dank für das Angebot, *Herr Graf*. Ich verzichte.«

»Weil Sie nicht mithalten können?«

Cida presste die Lippen aufeinander. Sie hatte keine Lust auf Friedrich von Neuenstedts überhebliche Gesellschaft, doch die Fragen, die sein Besuch aufgeworfen hatte, ließen ihr keine Ruhe. Sie bedachte ihn mit einem wütenden Blick, dann wandte sie sich abrupt ab und klopfte Luana den Hals. »Wir machen den Kerl fertig, habe ich recht?«

Die Schimmelstute antwortete, indem sie ihr den warmen Atem ins Gesicht pustete. Aus den Augenwinkeln sah Cida, dass Friedrich von Neuenstedts Miene einen triumphierenden Ausdruck angenommen hatte.

Sturm machte seiner Abstammung alle Ehre, und Friedrich von Neuenstedt war ein wackerer Reiter. Der Himmel war an diesem Morgen grau, die Luft schwül. Sie preschten an den Koppeln entlang, über sandige Pfade und einen Hügel hinauf, von dem aus man die Umgebung überblicken konnte. In weiter Ferne erblickte Cida unter dem stahlgrauen Himmel den Fluss Rio Paraná, ein silbernes Band, das sich durch die grüne Landschaft schlängelte. Am Horizont stiegen dunkle Wolken auf. Die warme Luft trug die ersten Vorboten eines Gewitters mit sich.

Cida sog den Geruch ihrer Heimat tief in sich ein, bevor sie Luana wendete und Friedrich von Neuenstedt, der auf Sturm nur knapp hinter ihr den Hügel heraufjagte, herausfordernd entgegenblickte. Der Ausdruck widerwilliger Bewunderung in seinen Augen entging ihr nicht.

»Nun«, sagte er, als er Sturm neben ihr versammelt hatte. »Zugegeben, Sie sind eine recht passable Reiterin, Fräulein Engel.«

Sie schnaubte. »Passabel?«

Er antwortete mit einem spöttischen Lächeln. Natürlich, er wollte sie ärgern.

»Wenn Sie jetzt behaupten, Sie hätten mich gewinnen lassen, garantiere ich nicht, dass Sie diesen Hügel lebend verlassen«, drohte sie.

Er lachte. »Man merkt, dass Sie in einer Republik groß geworden sind. In Deutschland würde sich niemand trauen, so mit einem Mitglied meiner Familie zu reden.« Er sagte das ganz leichthin, als wäre es nichts, was ihn ernsthaft ärgerte – es schien ihn vielmehr zu belustigen, und genau das reizte sie bis aufs Blut.

»Meine Eltern haben mir beigebracht, dass alle Menschen

den gleichen Wert haben«, gab sie zurück. »Ganz egal, ob sie nun einen Titel tragen oder nicht.«

Wieder ein Lachen. »Sie sind sehr erfrischend, Fräulein Engel. Nicht, dass das nicht der größte Unsinn ist, den ich je gehört habe – aber Sie sind dennoch nicht die schlechteste Gesellschaft, die man hier im Nirgendwo erwarten könnte.«

»Dafür sind Sie der unerträglichste Mensch, der mir je begegnet ist«, versetzte sie, was ihm ein weiteres Lachen entlockte. Es verwirrte sie, dass sie nicht entscheiden konnte, ob er sich über sie lustig machte oder mit ihr flirtete – oder beides.

Sie führte Luana näher zu ihm heran und blickte ihn geradeheraus an. »Verraten Sie mir, Friedrich von Neuenstedt, warum sind Sie wirklich hier?«

Seine Augenbrauen zuckten nach oben. »Ich fürchte, ich verstehe nicht.«

»Ich denke, das tun Sie doch«, entgegnete Cida. »Und wenn ich erfahre, dass Sie hier sind, um meiner Familie zu schaden, dann gnade Ihnen Gott.«

Er erwiderte ihren Blick, beugte sich sogar ein kleines bisschen vor. »Sie drohen sehr viel für eine so zarte Person, Fräulein Engel«, sagte er mit gesenkter Stimme.

Sie bemühte sich, sich nicht durch den kampfeslustigen Ausdruck in seinen Augen oder den Klang seiner Stimme aus dem Konzept bringen zu lassen. Sie wusste ganz genau, dass er etwas ausließ. »Sie haben sich für jemand anders ausgegeben«, sagte sie schließlich. »Wieso?«

Ihre Frage brachte ihn zum Schmunzeln. »Ich wollte mich in Ruhe umsehen, bevor ich mich zu erkennen gebe. Es macht Spaß, als einfacher Soldat durch die Lande zu reisen: Niemand verneigt sich, niemand will einen ausrauben, niemand interessiert sich überhaupt für einen einfachen Leutnant. Und die Leute reden mehr, sind viel offener, wenn sie einen nicht für einen Grafen halten … Es ist schon erstaunlich.« Ein Grinsen wanderte über sein Gesicht und trieb ihr die Hitze in die Wangen. »Und ein wenig hat es mich auch amüsiert, Sie an der Nase herumzuführen, Fräulein Engel. Es hat mir gefallen, Ihnen als Karl von Bütow zu begegnen – und Ihnen zuzusehen, wie Sie mir am Ende doch auf die Schliche gekommen sind. Nicht einmal Ihre Mutter hat mich erkannt. Aber Sie … Sie haben sofort gewusst, dass ich nicht Karl von Bütow bin. Das macht Sie nur noch faszinierender für mich.«

Sie schnaubte, darum bemüht, sich nicht anmerken zu lassen, wie sehr er sie durcheinanderbrachte. Das Leuchten in seinen Augen und die Eindringlichkeit, mit der er sie betrachtete … Sie umfasste Luanas Zügel noch eine Spur fester und erwiderte seinen Blick so streng, wie es ihr nur möglich war. »Es hat Sie also amüsiert, dieses Schauspiel aufzuführen? Wirklich? Sind Sie in Wahrheit nur deshalb nach Brasilien gekommen, *Herr Graf*? Weil es Sie amüsiert? Ist das alles ein großer Spaß für Sie? Für meine Familie ist es nämlich sicher kein Spaß.«

Er schien ernsthaft über ihre Frage nachzudenken. Auf einmal glaubte sie, einen Anflug von Verlorenheit in seinen Augen zu sehen – so als hätte er sich verlaufen. Als suchte er nach etwas oder jemandem und als täten sich am Ende doch nur Irrwege vor ihm auf. »Ich habe mich auf diese Reise gefreut«, bekannte er schließlich. »Darauf, all diesen Spuren zu folgen – ohne Dienstboten, ohne dass jemand weiß, wo ich bin. Es ist … Es ist ein Abenteuer.«

»Ein Abenteuer«, wiederholte sie.

Er lächelte über ihre misstrauische Miene, und schon war der verschmitzte Ausdruck in seinem Gesicht zurück. »Allerdings. Was ist schon abenteuerlicher, als auf ein Schiff zu springen, auf die andere Seite der Welt zu reisen und von einer schönen Fremden in einen Fluss geschubst zu werden?«

Daraufhin konnte sie nur den Kopf schütteln. Ihre Wangen brannten, und statt Friedrich von Neuenstedts Blick zu erwidern, sah sie zum Horizont hin, wo sich der wolkenverhangene Himmel über das Land senkte. Sie spürte, dass er sie noch immer beobachtete, und es ließ eine Gänsehaut über ihren ganzen Körper wandern. Schließlich räusperte sie sich und zwang sich, ihren Begleiter wieder anzusehen – und die Frage zu stellen, die sie seit dem gestrigen Abend nicht losließ. »Wieso sind Sie so überzeugt davon, dass Helena am Leben ist? Irgendetwas muss geschehen sein, dass Sie sich jetzt so sicher sind. Dass Sie sogar bis nach Brasilien gereist sind!«

Sein Kiefer verhärtete sich, und auch der letzte Rest von Verlegenheit verschwand aus seiner Miene. »Sie geben einfach nicht nach, nicht wahr, Fräulein Engel?«

»Nein«, antwortete sie. »Also?«

Er deutete ein Kopfschütteln an.

»Haben Sie das Grab geöffnet?«, fragte Cida.

Seine Gesichtszüge entgleisten für einen Moment. »Wie bitte?«

Sie wiederholte die Frage, obwohl sie natürlich wusste, dass er sie sehr gut verstanden hatte. Der Gedanke, jemand könnte das Grab der neugeborenen Helena von Eichberg geöffnet haben, ließ sie erschaudern, war jedoch zugleich erschreckend naheliegend.

»Das ist kein Thema, über das ich mit Ihnen sprechen werde«, erklärte er. »Über solche Dinge sollten Sie überhaupt nicht nachdenken, Fräulein Engel.«

Sie hielt seinem Blick stand. »Sie werden mir sicher nicht vorschreiben, worüber ich mir Gedanken mache«, erwiderte sie schließlich leise. »Sagen Sie mir die Wahrheit.«

Ein Donnerschlag krachte, kaum dass sie den Satz beendet hatte, und sie zuckte zusammen. Im Westen, wo sich dunkle Wolken geballt hatten, zuckte ein Blitz über den Himmel. Auch der Wind frischte jetzt auf.

Sie sah, dass Friedrich von Neuenstedt mit sich rang. Sein Blick folgte der Spur der ersten Regentropfen, die jetzt aus dem immer dunkler werdenden Himmel auf sie herabfielen, seine Haltung war angespannt. »Jemand hat das Grab geöffnet«, antwortete er schließlich. »Doch ich war es nicht. Ich habe es entdeckt, da war es schon offen – und wer immer das getan hat, ist verschwunden. Es war leer.«

Cida schluckte. Jetzt prasselte der Regen stärker auf sie nieder, und trotz der schwülen Luft wurde ihr kalt. »Aber wer …«

»Ich weiß es nicht«, sagte Friedrich von Neuenstedt. Er ließ den Blick über ihre Gestalt wandern. Sie waren mittlerweile beide klatschnass. »Wir sollten zurückreiten. Sie werden sich noch erkälten.«

Als sie, wieder auf dem Hof der Engels, die Pferde abgehalftert und trocken gerieben hatten, wandte er sich ihr noch einmal zu. »Ich bin nicht Ihr Feind, Fräulein Engel. Und diese Reise ist nicht nur ein großer Spaß für mich. Ich will wirklich herausfinden, was damals geschehen ist. Ich dachte, Ihre Mutter freut sich darüber, dass ich so weit gereist bin, um sie zu finden und ihr zu sagen, dass ihre Tochter am Leben sein könnte.« Ein schiefes Lächeln. »Ich habe mich wohl geirrt, nicht wahr? Es scheint fast so, als wäre das einzig Gute an dieser Reise, dass ich Ihnen begegnet bin.«

An diesem Abend stritt sie mit ihren Eltern. Beide waren entsetzt, als sie von der wahren Identität ihres Besuchers erfuhren – und von der Idee, die sich in den vergangenen Stunden in Cida festgesetzt hatte.

»Nein«, sagte Johann Engel entschieden. »Du wirst nicht mit diesem von Neuenstedt nach Deutschland gehen. Du hast keine Ahnung, was das für eine Welt ist.«

»Friedrich von Neuenstedt und seinesgleichen machen mir keine Angst«, gab Cida hitzig zurück.

»Aber mir machen sie Angst«, erwiderte ihre Mutter. »Dein Vater hat recht. Niemand in Pommern hat vergeben oder vergessen. Dort gibt es Menschen, die jedem, der mit mir in Verbindung steht, schaden wollen. Auch die Neuenstedts sind sicher keine barmherzigen Samariter.«

»Was meinst du damit?«, fragte Cida.

Lotte Engel, die zuvor wie ein gehetztes Tier im Zimmer auf und ab gelaufen war, blieb stehen und holte tief Luft. »Ich bin dieser Familie vor vielen Jahren schon einmal begegnet. Gräfin Eleonora von Neuenstedt ist die Cousine von Andreas von Eichberg, und sie sind sich in vielerlei Hinsicht ähnlich. Ihre Söhne haben mir damals schon Sorgen gemacht.« Sie fuhr sich mit einer Hand über das Gesicht. »Ich habe ihm und seinem Bruder damals das Reiten beigebracht. Weihnachten 1886 war das. Friedrich war vielleicht fünf Jahre alt.« Sie schüttelte den Kopf. »Ich habe ihn nicht erkannt. Den kleinen Jungen von damals. Und ehrlich gesagt macht es mir Sorgen, dass wir jetzt einen von Neuenstedt auf unserem Hof beherbergen. Wahrscheinlich führt er etwas im Schilde.«

»Aber damals hast du ihn doch gemocht, oder nicht?«, warf Cida ein.

Ihre Mutter schüttelte den Kopf. »Das ist zwanzig Jahre her. Damals war er ein kleines Kind – doch heute ist er ein erwachsener Mann und ein Lügner noch dazu. Er hat uns seit seinem Auftauchen hier auf Gut Rosenthal angeschwindelt, und ich traue ihm nicht. Er und sein Bruder waren als Kinder schon kleine Despoten, und ich habe keinen Anlass anzunehmen, dass man sie zu guten Menschen erzogen hat. Was immer Friedrich von Neuenstedt wirklich von uns will – ich glaube einfach nicht, dass er gute Absichten hat.«

»Und wenn er die Wahrheit sagt?«, rief Cida.

Ihre Mutter schlang die Arme um sich und erwiderte ihren Blick. »Meine Tochter ist tot! Ich habe an ihrem Grab gestanden. Ich habe mehr als zwanzig Jahre um sie getrauert, und jetzt kommt dieser Mann daher und … Wie kann er es wagen, nach all dieser Zeit hierherzukommen und diese Wunden wieder aufzureißen? Wir sind hier glücklich!«

»Du weißt, dass das nicht wahr ist«, widersprach Cida.

Sie wusste, was ihre Mutter ängstigte. Sie hatte ihre Tochter begraben und um sie getrauert, und nun tauchte dieser Fremde auf und behauptete, dass Helena am Leben war. Es schien vollkommen unmöglich zu sein, dass diese Behauptung stimmen könnte … und wenn sie jetzt wagten, sich Hoffnungen zu machen – was, wenn sie schon bald enttäuscht würden?

Cida zwang sich, den verletzten Blick ihrer Mutter zu erwidern. »Du verschließt die Augen vor dem, was dieser Friedrich von Neuenstedt gesagt hat, weil du Angst davor hast. Aber was, wenn es keine Lüge ist? Was, wenn er die Wahrheit spricht und Helena all die Jahre über am Leben war?«

Lotte Engel straffte sich. Sie war kalkweiß im Gesicht. »Ich will nicht mehr darüber reden. Vergiss die Idee, nach Deutschland zu gehen. Vergiss, dass dieser Mann überhaupt hier war. Ich will, dass er geht. Heute noch.«

# Kapitel 5

Cida traf Friedrich von Neuenstedt noch am selben Abend im Gästezimmer beim Packen an. »Sie verlassen uns.«

Er sah auf. »Ihr Vater wirft mich raus.« Wieder dieses spöttische Lächeln. »Ich glaube, er kann mich nicht leiden.«

»Das liegt wohl in der Familie«, gab Cida mit vor der Brust verschränkten Armen zurück und beobachtete seine überaus ungeschickten Versuche, seine Habseligkeiten zu verstauen. Er schien nicht gewohnt zu sein, ohne Diener zu reisen.

»Großer Gott«, sagte sie. »Mussten Sie in Deutschland nicht eine Wehrpflicht ableisten?«

Er sah überrascht zu ihr auf. »Natürlich.«

»Und warum stellen Sie sich dann an, als hätten Sie in Ihrem Leben noch nie ein Hemd gefaltet? Ich dachte, Disziplin und Ordnung lernt man beim Militär.«

Er presste die Lippen aufeinander, schwieg jedoch.

»Sagen Sie mir jetzt bitte nicht, dass Sie dort auch von vorn bis hinten bedient worden sind«, seufzte sie.

Er richtete sich auf und straffte sich. Sein Blick hatte den fast schon verlegenen Ausdruck verloren und war wieder blasiert wie eh und je. Die leichte Röte auf seinen Wangen entging ihr jedoch nicht. »Das ist nur standesgemäß, Fräulein Engel.«

»Oh, ich vergaß, *Herr Graf.*«

Er lachte. »Also wirklich, Fräulein Engel. Sie lassen es ja immer noch an Respekt mangeln.«

Sie erwiderte seinen Blick angriffslustig. »Sie bekommen von mir keinen Respekt wegen Ihres Standes.«

Er zog die Augenbrauen zusammen, so als verstünde er

wirklich nicht, was sie da sagte. »Und womit erlangt man dann Ihren Respekt?«

Sie überlegte einen Moment. »Mit einem aufrichtigen Charakter.«

»Wie gut, dass Sie hier und nicht in Deutschland leben«, murmelte er. »Dort würden Sie mit dieser Haltung einen überaus schweren Stand haben.«

»Nun, das werden wir sehen«, entgegnete sie, ebenso leise.

Er hob die Augenbrauen. »Was soll das heißen?«

Sie sah ihn herausfordernd an. »Ich werde Sie nach Deutschland begleiten.«

»Das werden Sie nicht«, gab er prompt zurück.

Sie erwiderte seinen Blick mit der gleichen Entschlossenheit. »Ich werde meine Schwester finden.«

Jetzt machte er noch einen Schritt auf sie zu, überschritt eine unsichtbare Grenze. Ganz langsam beugte er sich zu ihr herab. »Das ist eine dumme Idee, Fräulein Engel«, raunte er ihr zu. »Ich kann Ihnen gar nicht beschreiben, wie dumm. Was glauben Sie? Dass ich einer der unangenehmeren Zeitgenossen meines Standes bin? Weit gefehlt. Mit Ihrem frechen Mundwerk würden Sie sich in Deutschland eine Menge Feinde machen. Ganz zu schweigen davon, dass Ihre reizende Erscheinung mehr als nur ein wenig Aufmerksamkeit erregen würde.«

Zornig starrte sie ihn an. Schon wollte sie ihm entgegenschleudern, was genau sie von ihm hielt, da hob er die Hand und fuhr fort: »Sie können so wütend auf mich sein, wie Sie wollen, Fräulein Engel. Ich sage Ihnen die Wahrheit, und ich tue das keinesfalls, um Sie zu verletzen. Also seien Sie vernünftig und vergessen Sie die unselige Idee, mich nach Deutschland zu begleiten.«

Friedrich von Neuenstedt reiste am nächsten Tag vor Sonnenaufgang ab. Johann Engel brachte ihn mit dem Einspänner zum Bahnhof. Als er wiederkam, hatte es zu regnen begonnen.

Cida bemühte sich, ihrem Alltag nachzugehen, so gut es ging. Sie war hier geboren. Brasilien war ihre Heimat, und bevor Friedrich von Neuenstedt aufgetaucht war, hätte sie niemals auch nur einen Gedanken daran verschwendet, woanders hinzugehen. Doch sie konnte den Sturm nicht ignorieren, der sich über ihnen zusammengebraut hatte.

Die Tage vergingen, Wochen zogen ins Land, und die Regenzeit brach über sie herein. Wenn sich die Palmen im Wind bogen und der Regen aufs Dach prasselte, konnte Cida manchmal nicht anders, als wieder an Friedrich von Neuenstedt zu denken. Warum nur hatte er diesen weiten Weg auf sich genommen? Warum kümmerte ihn die Vergangenheit so sehr? Und war die Verlorenheit in seinen Augen echt gewesen? So wälzte sie sich Nacht für Nacht im Bett herum und fand keinen Schlaf.

Und dann, nur wenige Wochen nach der Abreise des deutschen Grafen geschah erneut etwas, was ihre Welt aus den Angeln heben sollte.

Es war mitten in der Nacht, als Cida von einem hohen Wimmern wach wurde. Sofort sprang sie aus dem Bett und eilte zu der Schlafkammer, in der Tayo und Ayana schliefen. Die Tür stand offen. Im Türrahmen stand ihr Vater. Seine Hand ruhte auf der Schulter der alten Frau, und es war gespenstisch still.

Bevor jemand sie aufhalten konnte, schlüpfte Cida an den beiden vorbei in die kleine Kammer. Ein Bett, ein Stuhl, eine Kommode, auf der ordentlich gefaltet die Kleidung vom Vortag lag. Auf einem Nachttisch brannte eine Kerze. Großvater lag reglos und mit geschlossenen Augen in seinem Bett, die Hände über der Brust gefaltet. Das Licht der Kerze vertiefte die Furchen in seinem Gesicht. Auf der Bettkante saß Lotte und hielt seine Hand.

Eine Weile sagte niemand etwas. Alles, was die Stille durchbrach, war das Heulen des Windes vor dem Fenster.

»Er ist tot, nicht wahr?«, flüsterte Cida schließlich.

Ihre Mutter sah sie an. Tränen liefen ihr über die Wangen. »Ja, er ist tot.«

Die Beerdigung fand einige Tage später statt. Der Regen gönnte ihnen eine Pause. Die Sonne kam hervor und ließ ihr goldenes Licht auf den Hof herabscheinen.

Großvater war aufgebahrt worden, und ein Pastor aus Jundiai sprach den Letzten Segen. Sie begruben ihn auf ebenjenem Hügel, auf dem sie auch ihren anderen geliebten Familienmitgliedern ein Denkmal gesetzt hatten.

Cida hatte tagelang geweint, und jetzt fühlte sie sich ausgelaugt und erschöpft. Tayo hatte sie mehr als jeder andere an ihre Wurzeln erinnert. Er hatte ihr die Sprache ihrer Mutter beigebracht, er hatte ihr die Geschichten erzählt, mit denen auch Filipa aufgewachsen sein musste. Der Teil von ihr, der sich verzweifelt wünschte, ihre leibliche Mutter ein einziges Mal gesehen zu haben, fühlte sich verlorener denn je.

Während sie den Worten des Pastors lauschte, lehnte sie sich an Yaris, doch heute konnte nicht einmal seine Umarmung sie trösten. Jetzt, da Großvater nicht mehr da war, schienen die vielen unausgesprochenen Worte zwischen ihr und ihrer Familie immer lauter zu werden. Die Weigerung ihrer Mutter, über die Vergangenheit zu sprechen. Die Ungehaltenheit ihres Vaters, wann immer sie das Thema anschnitt. Es gärte zwischen ihnen.

Als es Abend wurde, blieben nur Cida und Lotte auf dem Hügel zurück. Die Sonne ging unter und tauchte die Berge im Osten und die beiden Frauen auf dem Hügel in ihren feurigen Schein.

»Ich verstehe dich nicht, Mama«, flüsterte Cida irgendwann.

Ihre Mutter schlang die Arme um sich. »Ich wünschte, dieser Mann wäre niemals hierhergekommen. Ich wünschte …« Sie stockte und senkte den Kopf. »Zweiundzwanzig Jahre. Zweiundzwanzig Geburtstage, die ich auf diesem Hügel gefeiert habe. Ich wünschte, Friedrich von Neuenstedt hätte uns nie gefunden. Und vor allem wünsche ich mir, dass du aufhörst, dich mit der Vergangenheit zu quälen. Ich weiß, ich bin nicht deine richtige Mutter, ich …«

»Darum geht es nicht.«

»Doch«, sagte Lotte. »Doch, darum geht es. Ich wusste es von Anfang an. Ich wusste, dass die Wahrheit über deine Mutter dir das Herz brechen würde; ich wusste, es würde eine Wunde hinterlassen, die nichts und niemand schließen kann. Du klammerst dich an die Vergangenheit, um sie nicht ganz gehen lassen zu müssen. Du greifst nach jedem Strohhalm, der uns vollständiger machen könnte, während ich in all den Jahren nach vorn gesehen habe, um nicht zu zerbrechen. Und es tut mir so leid.«

Cida schluckte. Ja, es stimmte. Sie wünschte sich mit aller Kraft, sie hätte ihre leibliche Mutter kennenlernen können. Sie wenigstens einmal sehen können. Nur ein Mal. Stattdessen war alles, was sie hatte, dieser Grabstein. Und jetzt, da ihr Großvater tot war, fühlte sie sich, als würden ihre Wurzeln langsam zu Staub zerfallen. Ihr Leben lang war sie so sicher gewesen, dass sie hierhergehörte – und jetzt wusste sie überhaupt nichts mehr. Alles, was sie wusste, war, dass sie diese Ungewissheit nicht aushielt. Irgendwo dort draußen war vielleicht eine junge Frau, die ihre Mutter auch nie kennengelernt hatte. Wenn sie sie finden könnte, vielleicht würde sie sich dann nicht mehr so verloren fühlen. Und vielleicht könnte sie endlich den Schmerz aus den Augen ihrer Mutter vertreiben.

»Ich kann das einfach nicht vergessen«, bekannte sie schließlich mit leiser Stimme. »Egal, wohin ich schaue, ich sehe sie immer vor mir.«

Lotte schloss kurz die Augen. »So war es schon immer mit uns beiden. Ich kann nur nach vorn sehen und du nur zurück. Ich fürchte den vergangenen Schmerz, und du verzehrst dich nach ihm.« Sie strich Cida über die dunkelbraunen Locken. Tränen glänzten in ihren Augen. »Ich habe nach Krackow telegrafiert. Das Dorf, in dem angeblich mein Bruder lebt. Gestern habe ich Antwort bekommen.« Sie schluckte hörbar und wandte sich ab. »Niemand kennt dort einen Franz Breskow.«

Cida presste die Lippen aufeinander, während sie den schmalen Rücken ihrer Mutter betrachtete, umspielt vom Licht der untergehenden Sonne. Das letzte Licht, rot wie eine Feuersbrunst, verfing sich in den grauen Haarsträhnen, die jetzt die dunklen Locken durchzogen. Lotte Engel erschien jedem als tatkräftig, immer voller Entschlossenheit, den Kopf voller Ideen. Deshalb übersahen die meisten Menschen, wie verletzlich sie wirklich war. Vielleicht hatte sie es selbst vor langer Zeit vergessen.

»Das heißt, es war alles gelogen.«

Lotte Engel nickte unbestimmt, wischte sich über die Augen, bevor sie ihre Tochter schließlich wieder ansah. »Ja. Es scheint so.«

Cida schlang die Arme um sich. Sollte Friedrich von Neuenstedt am Ende ein Lügner gewesen sein? Sie wusste nicht das Geringste über diesen Mann und war trotzdem verrückt genug gewesen, mit ihm eine Reise über den Ozean antreten zu wollen. In ein Land, das sie nur aus Geschichten kannte. Von Landkarten, die ebenso gut den Mond abbilden könnten. Ein Land, nach dem sie sich nie gesehnt hatte – nicht bis zu dem Tag, an dem sie erfahren hatte, dass ihre Schwester am Leben sein könnte.

»Aber warum hätte er uns belügen sollen?«, fragte sie. »Warum ist er hierhergekommen? Er muss doch einen Grund gehabt haben.«

»Wir wissen nichts über ihn«, sagte Lotte. »Er könnte ein

Hochstapler sein. Er sieht dem Jungen von damals ähnlich, aber es ist mehr als zwanzig Jahre her … Vielleicht haben die Neuenstedts ihn geschickt. Vielleicht haben sie meine Spur nach all den Jahren auf dieser unseligen Passagierliste entdeckt und jemanden angeheuert, um herauszufinden, was damals mit … meinem Ehemann passiert ist.«

Cida schwieg. Sie musste zugeben, dass das denkbar war. Viel wahrscheinlicher, als dass ein deutscher Graf bis ans andere Ende der Welt reiste, um ein altes Familiengeheimnis zu lüften. Und jetzt, da sich schon ein Teil seiner Geschichte als Lüge herausgestellt hatte, wie konnte dann der Rest stimmen?

Nun, da sie sah, dass ihre Mutter doch Hoffnung gehabt hatte, Hoffnung, die mit einem einzigen Telegramm zerstört worden war und nur noch mehr Schmerz verursacht hatte, sollte sie Friedrich von Neuenstedt und die Geschichte, die er im Gepäck gehabt hatte, vergessen. Nur konnte sie das nicht.

Cida suchte nach Worten, um ihrer Mutter zu erklären, was in ihr vorging – warum sie diesen inneren Drang, jedes Sandkorn der Vergangenheit ihrer Familie mühsam zusammenzuklauben, nicht abstellen konnte. Sie fand sie nicht.

Lotte lächelte, wissend und zugleich auch traurig. »Ich weiß, du musst deinen Weg finden … vielleicht weit weg von hier. Du bist auf der Suche. Nach was, das wirst du selbst herausfinden müssen. Ich weiß, du wirst zurückkommen.« Wehmut schlich sich in ihren Blick. »Davor hatte ich immer Angst. Vor dem Tag, an dem ich dich nicht mehr beschützen kann. Wärst du nicht gewesen … Ich weiß nicht, wohin der Wind mich geweht hätte.«

Cida begriff, was ihre Mutter ihr sagen wollte. Liebe und Pflichtgefühl … das waren die beiden Dinge, die Lotte Engel hierhergebracht hatten. Die sie dazu gebracht hatten, zu bleiben und nicht eines Tages den wilden Geschichten zu folgen, die sie Cida früher zum Einschlafen erzählt hatte. Liebe, Pflicht … und Schuld. Die Angst, noch ein Kind zu verlieren.

Das Opfer, das Cidas leibliche Mutter für Lotte gebracht hatte, und der Verlust, den sie in ihrer alten Heimat erlebt hatte, waren der Stoff, aus dem der Schmerz in ihren Augen gemacht war. In all den Jahren musste sie ihrer Mutter eine lebende, sprechende Erinnerung an das gewesen sein, was sie verloren hatte … und zugleich ihr Weg aus der Vergangenheit, ihre Zuflucht in eine Zukunft, in der es eine fast heile Familie auf einem Stück Erde weit weg von der Welt gab.

Doch jetzt, nach all den Jahren, war ihre Insel keine Insel mehr. Jetzt hatte die Welt den Weg in ihr fast perfektes Zuhause gefunden.

Cida wusste auf einmal, dass sie nicht hierbleiben konnte. Ihre Mutter hatte die Tür zur Vergangenheit vor langer Zeit geschlossen, aber für sie selbst war diese weit geöffnet. Selbst jetzt noch. Solange sie keine Gewissheit hatte, würde sie für immer in diesem Zustand leben – gefangen zwischen heute und gestern, jeder Blick nach vorn ein Blick zurück. Friedrich von Neuenstedts Auftauchen war der Pfeil, der ihr die Richtung wies. Um an dem Ort ihrer glücklichen Kindheitstage eine Zukunft haben zu können, musste sie eine Reise in die Vergangenheit unternehmen.

»Ich werde nach Deutschland gehen«, sagte sie.

Ihre Mutter tastete nach ihrer Hand, blickte dem Sonnenuntergang entgegen und schwieg.

Die letzten Sonnenstrahlen streiften gerade die Giebel des Hauses, in dem Cida aufgewachsen war, als sie den Hügel verließ und durch die aufziehende Dämmerung zu den Pferdekoppeln lief.

Kein Lüftchen ging. Sie blickte in den Himmel. Keine Sterne, kein Mond. Nur weiche, nachtblaue Wolken, die tief über dem Hof hingen. Jeder Atemzug schmeckte nach Regen, und die Stille war nur Vorbote des Sturms, der bald über das Land rollen würde. In der Ferne, über den schroffen Bergen im Süden, die sich vor dem dunklen Himmel nur noch als Schatten abzeichneten, war das Land finster wie eine Gruft, und ein Donnergrollen hallte bis zu ihr heran.

Sie kletterte über den Zaun auf die Koppel und ging hinüber zu Luana, die im Abendlicht friedlich graste. Die Schimmelstute bemerkte sie und trottete auf sie zu, um ihr mit den Nüstern gegen die Stirn zu stoßen. Vorwurfsvoll, so als ahnte sie bereits, was Cida vorhatte, und wollte sie für ihre Dummheit schelten. Cida streichelte die Nüstern, ließ die Finger durch die helle Mähne gleiten, lächelte, als die Stute sich in ihre Berührung lehnte. Wenn sie so in der aufziehenden Nacht stand, wenn alles still war und nicht einmal der Wind flüsterte, konnte sie sich einbilden, dass sie noch ganz hier war. Dass ihre Gedanken nicht schon weitergewandert waren, dass sie nicht längst den Blick nach Osten gerichtet hatte. Dabei war es dieses Land, das ihre Heimat war, die Erde unter ihren Füßen war die, auf der sie laufen gelernt hatte.

Der Wechsel von Trocken- und Regenzeit war ihr so vertraut wie ihr eigener Herzschlag – die sengende Hitze in den trockenen Monaten, wenn die Luft zu flimmern begann und der Brunnen im Hof auszutrocknen drohte, und die Regenzeit, die Gewitter wie Rachegeister über das Land schickte. Sie wusste, wie der rote Sand ihre Kleider und ihre Hände färbte; sie drehte ihre Schuhe jeden Tag mit einem Stock um, um die Skorpione zu verscheuchen, die sich dort des Nachts eingenistet haben mochten. Ihr Leben hier war nicht perfekt, und es war sicher nicht ungefährlich – aber es war ihr Leben.

»Ich komme zurück«, sagte sie und lehnte sich gegen ihre Stute. »Ich verspreche dir, ich bin bald wieder zurück. Vergiss mich nicht, hörst du?«

Erst, als sie Schritte hinter sich vernahm, löste sie sich von Luana. Yaris sprang über den Zaun, landete fast lautlos im hohen Gras und schlenderte auf sie zu.

Während er näher kam, nahm sie sich Zeit, ihn zu betrachten. Die Grübchen an seinen Wangen. Seine dunklen Augen, seine hochgewachsene, schlanke Gestalt. Und immer wieder dieses Lächeln, das sich manchmal nur in seinen ausdrucksstarken Augen zeigte.

Während der Beerdigung hatte er Cidas Hand gehalten, doch sie war geflohen, bevor sie miteinander hätten reden können. Ob er spürte, dass sie sich mit jeder vergehenden Stunde weiter von ihm entfernte?

»Senhorita«, bemerkte er mit einer leichten Verbeugung.

Sie brachte ein Lächeln zustande. »Papa sagt, er macht dich zum Stallmeister. Wie fühlt sich das an?«

Er strich ihr eine Locke aus der Stirn. »Einsam. Ich mache mir Sorgen um Ayana.«

Cida blickte hinüber zum Hof. »Ich auch.«

Ayana schien nicht mehr zu schlafen. Stattdessen wanderte sie durchs Haus und über den Hof wie ein Schatten, der nach seinem Gegenstück suchte. »Glaubst du, es ist möglich, an gebrochenem Herzen zu sterben?«

Er schenkte ihr sein schiefes Lächeln. »Wenn wir so alt sind, werden wir es herausfinden.«

Cida schluckte. »Denkst du jetzt schon darüber nach?«

Er hob die Schultern. »Heute schon. Einer von uns wird zuerst sterben, wenn wir alt sind. Und der andere bleibt dann allein.«

Sie betrachtete sein Gesicht. Es lag im Schatten, aber ihr war jeder Zug vertraut. Sieben Jahre waren es jetzt. Sieben Jahre heimliche Küsse, nächtliche Treffen, ein Lächeln im Vorübergehen. Ein stummes Versprechen, das jeden gemeinsamen Schritt begleitete. *Wir bleiben immer zusammen.* Wie konnte sie dieses Versprechen jetzt brechen? Warum konnte sie nicht einfach akzeptieren, dass Friedrich von Neuenstedt sie belogen hatte? Seine Erinnerung hing noch über diesem Hof. Er hatte einen kalten Wind mitgebracht, den Gedanken an tiefsten Winter und Rätsel im Dunkeln. Es war, als hätte er sich in ihr eingenistet.

»Ich liebe dich«, sagte Yaris unvermittelt. Im Dunkeln glänzten seine Augen wie zwei schwarze Seen. Er klang ernst, vielleicht ernster, als sie ihn je zuvor erlebt hatte.

Sie streckte eine Hand nach ihm aus, und ihre Finger streiften einander kaum merklich. »Ich liebe dich auch. Was auch passiert.«

Er trat noch einen Schritt näher und legte eine Hand um ihre Wange. »Was auch passiert? Das klingt so endgültig. Und viel zu traurig.«

Sie brachte ein Lächeln zustande. »Du bist es, der mit dem Sterben angefangen hat.«

»In meinem Kopf klang es romantischer«, gab er zu. Sein zerknirschter Tonfall entlockte ihr ein Lachen, aber der Knoten in ihrem Magen wurde nur fester und fester. *Es ist nicht für immer*, sagte sie sich stumm. *Ich verlasse ihn nicht für immer. Nur bis …* An dieser Stelle stockte sie immer. Hier wusste sie nicht weiter. Wann würde sie zurückkommen? Wenn es keine Rätsel mehr zu lösen, keine Vergangenheit mehr zu durchforsten gab? Wann würde das sein? Wenn sie alle Fragen beantwortet hatte? Würde sie dann endlich aufhören können, sich in ihrem eigenen Zuhause wie ein Fremdkörper zu fühlen? Und was sollte sie Yaris sagen? Konnte sie wirklich erwarten, dass er auf sie wartete?

Er räusperte sich. »Ich fange noch einmal an. Cida, bevor einer von uns stirbt, haben wir noch ein … ein sehr langes Leben vor uns. Und ich will dieses Leben mit dir verbringen.« Er fischte einen Ring aus seiner Hemdtasche und ging mit einem verlegenen Lächeln vor ihr auf die Knie. »Heute ist vielleicht der falsche Tag dafür … oder der richtige. Ich will, dass du weißt, dass ich dich liebe – ich habe dich gestern geliebt und werde das auch morgen tun, übermorgen … Du weißt ja, wie es weitergeht. Willst du meine Frau werden?«

Sie wollte Ja sagen. Bevor sie auf diese Reise ging, wollte sie ihm und sich selbst versprechen, dass sie eines Tages wieder hier stehen würde, auf dieser Pferdekoppel, im Schatten eines dunklen Himmels und auf der Erde, auf der ihr Zuhause stand. Yaris gehörte zu ihrem Zuhause, gehörte zu ihr, wie sie zu ihm gehörte. Sonne und Mond, Himmel und Erde, Yaris und Cida. Sie wollte Ja sagen.

»Ich gehe nach Deutschland«, flüsterte sie stattdessen. Der Nachklang ihrer Worte flog mit der ersten Windböe davon, die über den Hof der Engels preschte. Es roch nach Regen, und es war unerträglich warm geworden.

Yaris sah zu ihr auf, Überraschung und Unverständnis in den Augen. »Was sagst du da?«

Sie umschlang seine Hände mit ihren und zog ihn auf die Füße. Hielt ihn ganz fest, obwohl sie sich ja längst entschieden hatte, ihn zu verlassen. »Ich werde nach Deutschland reisen«, erklärte sie. »Nach Pommern.«

»Das kannst du nicht«, sagte er. Nie zuvor hatte sie ihn derart verunsichert gesehen. »Das ist … Was willst du denn in einem Land auf der anderen Seite des Ozeans? Was … Wie willst du überhaupt dorthin kommen?«

Sie lächelte, obwohl ihr zum Heulen zumute war. »Mit einem Schiff. Ich fahre morgen nach São Paulo und buche eine Passage.«

Er hielt ihre Hände noch etwas fester, während um sie herum die ersten Sturmböen über die Koppel zogen. »Aber … Was willst du denn dort tun? Ist es wegen der Geschichte dieses angeblichen Grafen? Cida …«

»Versuch nicht, es mir auszureden«, unterbrach sie ihn. »Ich …« Sie löste sich aus seinem Griff und umfasste sein Gesicht mit beiden Händen. »Ich muss das tun. Ich kann es dir nicht einmal erklären. Ich habe einfach das Gefühl, dass irgendetwas in mir so … unvollständig ist.«

»Du wirst nicht vollständiger, wenn du einem Gerücht nachjagst«, flüsterte er.

Bevor er noch etwas hinzufügen konnte, stellte sie sich auf Zehenspitzen, um ihn zu küssen. Leidenschaftlich, verzweifelt, viel zu kurz. In ihren Bewegungen lag schon der Abschied.

»Wir müssen die Pferde in den Stall bringen«, sagte sie, als sie sich von ihm löste.

Die ersten Regentropfen fielen aus dem wolkenverhangenen Nachthimmel auf sie herab und vermischten sich mit den Tränen auf ihren Wangen. Lotte und Johann kamen soeben aus dem Haus, um die Pferde in den Stall zu führen, bevor das Unwetter über sie hereinbrach.

»Warte!« Yaris fasste sie am Handgelenk, als sie Luana mit einigen leisen Worten zum Stall dirigierte. Die Stute trottete wie üblich brav neben ihr her.

Cida hielt inne, sah ihn an. Seine Augen glänzten verdächtig. Er musste nicht sagen, was in ihm vorging. Sie wusste es, weil sie ihn kannte. Weil er seit sieben Jahren ein Teil ihres Lebens war, sie nicht einen einzigen Tag verbracht hatte, ohne ihn wenigstens ein Mal zu sehen. Ohne wenigstens ein Mal von ihm angelächelte zu werden.

»Wann kommst du zurück?«, fragte er, nachdem sie einander viel zu lange angesehen hatten, in der stummen Gewissheit, dass Cida eine unsichtbare Grenze zwischen ihnen gezogen hatte. Dass ihre Kindheit vorbei war und dass sie sie niemals würden zurückholen können. Jetzt würde alles anders werden, und nichts so, wie sie es geplant hatten.

»Ich weiß es nicht«, sagte sie.

Nun war die Verwirrung in seinen Augen tiefer Verletztheit gewichen. Er sah sie noch eine Sekunde länger an, als wollte er sie fragen, was sich zwischen ihnen geändert hatte. Ob sie ihn überhaupt noch liebte. Doch er schwieg und wandte sich schließlich abrupt ab.

»Ich liebe dich«, sagte sie hilflos, als der erste Blitz über den Himmel zuckte. Er erwiderte nichts auf ihre Worte. Stattdessen ging er davon, zum Stall, wo er gebraucht wurde. Er blickte sich kein einziges Mal zu ihr um.

# Kapitel 6

Cida strich sich den Rock über den Knien zurecht und lauschte dem Rattern der Eisenbahnräder auf den Schienen und dem Stampfen und Schnaufen der Lokomotive. Ihr Koffer lag in der Gepäckablage über ihr, ihr gegenüber saß ein älteres Ehepaar. Als der Schaffner die Fahrscheine kontrollierte, reichte sie ihm das *boleto*, ohne ihren Blick von der Landschaft abzuwenden, die draußen vor dem Fenster vorbeizog. Bananenpalmen, Farne, Urwald. Grüne Berge, hier und da eine sandige Straße, eine Farm, Rinder auf einer Weide. Ihr Reisekostüm hatte die Farbe des rotbraunen Sandes, der jetzt noch feucht vom letzten Regenguss war.

Der Himmel war grau, und Cida sah die Spiegelung ihres Gesichts in der Fensterscheibe. Sie trug ein einfaches Reisekleid, hatte das Haar aufgesteckt und ein Tuch darum geschlungen. In ihrer Handtasche, die sie auf dem Schoß umklammert hielt, waren ihre Reisedokumente und etwas Geld verstaut. Ihrem Koffer sah man sein Alter an – es handelte sich um ein leichtes Coupé-Modell, das Ayana gehörte. Sie hatte ihn von ihrer früheren Arbeitgeberin in Santos geerbt. Bis zum Tod der alten Senhora hatte Ayana als ihre Gesellschafterin und Köchin gelebt, und am Ende hatte sie nichts als diesen Koffer und einen alten Hut erhalten.

Im Koffer verstaut war ein wenig Wäsche, eine kleine Reisetoilette, zwei Wollkleider, zwei Kerzen und das Tagebuch, das sie führte, seit sie sechs Jahre alt war.

Am vergangenen Abend hatten sie eine kleine Abschiedsfeier im Familienkreis gehabt. Nur mit Ayanas Kokoskuchen und ein bisschen zu viel Cachaca. Heute Morgen hatten Lotte und Johann Engel ihre Tochter mit dem Einspänner zum Bahnhof gebracht. Ihr Abschied war innig gewesen, obwohl weder ihr Vater noch ihre Mutter ihre Entscheidung guthießen.

Am Ende hatten ihre Eltern es aufgegeben, ihr ihr Vorhaben auszureden.

Der Zug fuhr in Santos ein, und das Quietschen der Räder riss Cida aus ihrer Erinnerung. Sie holte ihren Koffer aus der Gepäckablage und holte tief Luft, bevor sie in das Gedränge auf dem Bahnsteig tauchte.

Sie verließ den Bahnhof durch das große Eingangsportal, löste ein Ticket für die Straßenbahn und sprang gerade noch hinein, bevor sich das Gefährt in Bewegung setzte.

Und dann stand sie am Hafen von Santos und blickte zurück auf den mächtigen Gebirgszug Serra do Mar, den ihre Eltern vor mehr als zwanzig Jahren überquert hatten. Mittellose Einwanderer, gestrandet und auf der Flucht. Damals hatte Santos noch keinen richtigen Hafen gehabt, doch in den vergangenen Jahren war die Stadt zu einer blühenden Hafenmetropole geworden.

Cida würde zunächst mit einem Linienschiff nach Rio de Janeiro fahren. Dort würde sie den Übersee-Dampfer *Germania* besteigen, ein Schiff aus der Flotte der deutschen HAPAG. Der Liniendampfer würde bald auslaufen und am nächsten Morgen in der Früh Rio de Janeiro erreichen. Sie hatte das lange, schmale Schiff, das den Namen *Alvorecer* trug, bereits entdeckt – es lief soeben in die Bucht von Santos ein.

Eine Weile stand sie reglos da und beobachtete das Treiben am Hafen – die Matrosen, die Hafenarbeiter, die die Schiffe be- und entluden, die grauen Rauchwolken, die aus den Schloten der Dampfer in den ebenso grauen Himmel stiegen. Es waren so viele Geräusche zu hören, dass einem schwindelig davon werden konnte, Möwengeschrei, Stimmengewirr, das Stampfen von Maschinen und das Rauschen des

Meeres. Es war drückend warm, aber hier, so nah am Meer, wehte eine leichte Brise den Geruch nach Salz und Aufbruch heran.

Hatte sie sich richtig entschieden? War es nicht Wahnsinn, auf dieses Schiff zu steigen und auf die andere Seite der Welt zu reisen? Was mochte sie in Deutschland erwarten? Sicher kein herzlicher Empfang. Aber vielleicht eine Antwort. Eine Antwort auf eine Frage, deren Wortlaut sie nicht einmal kannte. Sie wusste nur, ihr Drang zu gehen war stärker als ihre Furcht davor.

Sie wischte sich mit einem Taschentuch über die Stirn und umfasste den Griff ihres Koffers fester. Straffte die Schultern und verbot sich einen weiteren Blick zurück auf die Serra do Mar. Der Anblick würde sie nur schwanken lassen, sie traurig machen, sie wieder zurückbringen zu dem Abend, an dem Yaris um ihre Hand angehalten hatte. Sie hatte immer gedacht, die Antwort, die sie ihm geben würden, wenn er diese Frage stellte, wäre so klar, wie der Himmel blau und das Gras grün war. Und er hatte das auch geglaubt. Sie hatte sie beide an allem zweifeln lassen, was in den vergangenen Jahren zwischen ihnen gewachsen war.

Die Erinnerung an ihr letztes Gespräch trieb ihr die Tränen in die Augen. Sie war in der Küche gewesen, noch spät am Abend, weil sie einfach keinen Schlaf finden konnte. Ayana hatte auf ihrem Stuhl gesessen und leise geschnarcht, als Yaris den niedrigen Raum betreten hatte.

Draußen war der Regen auf den Hof niedergeprasselt, als er auf einmal vor Cida gestanden hatte, einen fragenden Ausdruck in den Augen, die Händen in den Hosentaschen vergraben. »Du gehst wirklich.«

Sie nickte, die Hände hinter sich auf die Spüle gestützt. »Ich reise morgen früh ab.«

»Wann wolltest du dich verabschieden?«

Sie sah zu ihm auf. Die Verletztheit in seinen Augen tat

weh. Die eine Frage, die zwischen ihnen hing. *War es je genug?*

»Ich wusste nicht, ob …«, begann sie, doch er unterbrach sie schon.

»Du wolltest dich nicht einmal verabschieden.«

»Ich wusste nicht, wie«, gab sie zu. Die Distanz, die plötzlich zwischen ihnen klaffte, war unerträglich. Wo waren die vertrauten Gespräche, das Geflüster, die Küsse in der Nacht? Seit wann waren sie nicht mehr unzertrennlich? Sie wollte nichts lieber, als zu ihm zu gehen, das vertraute Gesicht zu berühren, seinen Geruch nach Sonnenlicht und Sand und zu Hause einzuatmen. Für einen kurzen Moment wollte sie ihr Vorhaben in den Wind schlagen und vergessen, dass es noch eine Welt außerhalb dieses Hofes gab. Aber sie überbrückte die Distanz zwischen ihnen nicht. Etwas war geschehen, etwas hatte sie voneinander getrennt – und es hatte schon lange vor Friedrich von Neuenstedts Ankunft begonnen. War es die Nacht ihres Geburtstages gewesen? War es die Wahrheit um ihre Herkunft, die sie dazu gebracht hatte, sich hier fremd zu fühlen?

»Ich komme wieder«, flüsterte sie.

»Wir hätten zusammen gehen können«, sagte er. »Wir hätten unsere Hochzeitsreise nach Pommern machen können. Ich habe gespart …« Seine Augen sagten noch viel mehr. Wie sehr sie seine Welt zerschmettert hatte, an dem Abend, an dem sie auf seinen Antrag mit der Ankündigung geantwortet hatte, dass sie ihn verlassen würde.

Sie machte einen Schritt auf ihn zu, doch er kam nicht zu ihr. Er stand nur im Türrahmen und beobachtete sie.

»Ich muss das allein tun«, erwiderte sie, während sie in seinem Gesicht nach einem Funken von Verständnis suchte. Irgendetwas, das ihr versicherte, dass ihre Reise nicht das Ende ihrer Liebe war.

Er schwieg. Lange. Schwieg, sah sie an, mit einem Ausdruck in den Augen, der sie an den Tag vor so vielen Jahren erinnerte, als er sie gefragt hatte, warum sie ihn nicht mochte. Schließlich sackte er kaum merklich in sich zusammen und wandte sich ab.

»Wirst du warten?«, fragte sie und beobachtete, wie er innehielt. Ihre Stimme klang flehend. »Wirst du auf mich warten?«

Seine Rückenmuskulatur verkrampfte sich. Als er sich wieder umdrehte, sah sie erschrocken, dass er den Tränen nahe war. Es dauerte eine viel zu lange Zeit, die sie einander nur ansahen und Ayanas Schnarchen und dem Prasseln des Regens lauschten, bevor er sprach.

»Ich habe mich in dich verliebt, als ich dich zum ersten Mal gesehen habe. Du hast mich angesehen, so unendlich misstrauisch, als wolltest du mich nur mit einem Blick zwingen, mich dir zu Füßen zu werfen. Und ich hätte es beinahe getan. Es war nicht deine Schönheit, sondern der Ausdruck in deinen Augen. Ich war ein Eindringling an dem Ort, der dir alles bedeutet. Weißt du noch, wie du am Anfang immer in den Stall gekommen bist, um mich bei der Arbeit zu überwachen? Ich wollte unbedingt ein Teil dieser Welt sein, die du so liebst. Und während ich versuchte, Teil deiner Welt zu werden, wurdest du meine. Du bist mein erster Gedanke, wenn ich die Augen öffne. Mein letzter, bevor ich sie schließe. Ich dachte, wir wären untrennbar. Empfindest du das Gleiche, wenn du mich ansiehst?«

Sie hatte geweint. Zwischen ihnen stand unausgesprochen das, was sie nicht sagte. Sie liebte ihn, aber genug war es nicht. Seit dem Tag, an dem sie ihrem leiblichen Vater in die Augen gesehen hatte, fühlte sie sich hier nicht mehr zu Hause. Nicht einmal, wenn sie bei Yaris war. Ein Teil von ihr war irgendwo auf dem Weg verloren gegangen, und bevor sie diesen Teil nicht fand, konnte sie nicht mit ihm zusammen sein.

Als sie sich am Pier bei den anderen Reisenden einreihte,

die es an Bord des Liniendampfers der Schifffahrtsgesellschaft Lloyd Brasileiro zog, stieg schon die Abenddämmerung herauf. Es war ein reges Stimmengewirr von überallher zu hören – ein wildes Gemisch aus Portugiesisch, Italienisch, Deutsch … Santos hatte sich seit 1892 zu einer der bedeutendsten Städte an der brasilianischen Küste entwickelt und war der zentrale Punkt des brasilianischen Kaffee- und Tabakhandels.

Bevor die Passagiere des Liniendampfers über die Landungsbrücke an Bord gehen konnten, kontrollierte ein schnauzbärtiger Angestellter der *Lloyd Brasileiro* die Fahrkarten der Reisenden. Cidas Herz schlug mit jeder Sekunde etwas schneller. Sie war noch nie mit einem Schiff gefahren. Es war ein Abenteuer, etwas, das so weit weg von ihrem Leben auf dem elterlichen Hof war, dass sie sich kaum vorstellen mochte, wie es sich anfühlen würde, erst auf dem Ozean zu sein.

Und dann, kurz bevor sie an der Reihe war, hörte sie eine Stimme ihren Namen rufen. Sie wirbelte herum. Diese Stimme würde sie überall erkennen. Diese Stimme war wie ein Ruf aus ihrer Heimat, die jetzt schon eine Erinnerung war. Und da war er, nur angestrahlt von den Gaslampen, die an der Reling des Schiffes baumelten.

»Yaris!« Sie winkte, und er erblickte sie und eilte zu ihr. Sein Gesicht war schweißüberströmt. »Was machst du denn hier?«, brachte sie hervor.

Statt ihr eine Antwort zu geben, umfasste er ihr Gesicht mit beiden Händen und gab ihr einen langen, leidenschaftlichen Kuss.

Cida schlang die Arme um ihn und küsste ihn zurück. Als sie sich endlich voneinander lösten, bemerkte sie, dass sie schon an der Reihe war. Den tadelnden Blicken, die man Yaris und ihr zuwarf, wich sie mit glühenden Wangen aus.

»Yaris«, flüsterte sie. Noch immer hielt sie seine Hand.

»Geh schon«, sagte er rau.

Sie zeigte die Fahrkarte vor, und dann drängelten die Leute hinter ihr auf einmal so sehr, dass sie weitergeschoben wurde und ihre schwitzigen Finger sich aus den seinen lösten. Auf einmal stand sie auf dem Laufgang, der an Deck führte. Sie hielt noch einmal inne und sah zurück. Prägte ihn sich ein. Dann wandte sie sich ab und ging hinauf, ohne sich noch einmal umzudrehen.

Die Überfahrt von Santos nach Rio de Janeiro dauerte vier Tage. Cida teilte sich ihre winzige Kajüte mit einer schweigsamen Senhora aus Santos, einer glühenden Katholikin, die nur den Mund öffnete, um zu beten. Sie hatten starken Seegang, und Cida bekam schon am ersten Tag die Seekrankheit. Meist war ihr sogar zu übel, um aufzustehen. Wenn sie nur an die lange Fahrt über den Atlantik dachte, wollte sie sich wieder übergeben.

Wenn es Nacht wurde, die alte Senhora neben ihr schnarchte und draußen die Wellen gegen die Bordwand schlugen, lag sie wach und dachte an zu Hause. An die Sonne, die heiß auf das Lehmhaus brannte, in dem sie aufgewachsen war, und die Pferde, die mit dem Schweif nach den lästigen Fliegen schlugen. Und an Yaris. Sein letzter Kuss war ein Versprechen gewesen. *Ich warte auf dich.*

Vielleicht machte sie wirklich einen Fehler. Sie wusste nicht, was sie in Pommern finden würde – vielleicht würde sie gar nichts finden und sich eingestehen müssen, dass in der Vergangenheit nichts mehr auf sie wartete. Keine lange verschollene Schwester, keine Erkenntnis, keine Antworten. Doch solange es diese Ungewissheit gab – solange es auch nur die geringste Möglichkeit gab, Helena von Eichberg zu finden –, würde sie nicht aufhören können zu suchen. So sehr ihre Eltern auch daran glauben wollten, dass die Vergangenheit ein abgeschlossenes Kapitel war, sie konnte den Funken, den

Friedrich von Neuenstedts Besuch in ihr entzündet hatte, nicht zum Erlöschen bringen. Sie musste es wissen.

Am zwanzigsten November 1909 erreichte das Linienschiff *Alvocerer* Rio de Janeiro. Cida erwachte früh. Die alte Senhora, mit der sie sich die Kajüte teilte, schnarchte noch, als sie sich ankleidete, sich das Haar aufsteckte und noch einmal ihre Taschen kontrollierte. Dann nahm sie ihren kleinen Koffer und ging an Deck.

Es war noch dunkel, das Morgengrauen noch ein paar Stunden entfernt. Cida ging hinüber zur Reling, fröstelnd im kühlen Wind, und blickte auf das dunkle Wasser. Es nieselte, und sie konnte beobachten, wie die Tropfen in den Ozean fielen, dort zu kleinen Wellen und schließlich eins mit dem Meer wurden.

Ihre Eltern hatten sie beschworen, doch mit ihrer Reise bis zur Trockenzeit zu warten, aber davon hatte sie nichts hören wollen. Sie musste diese Reise machen, nicht irgendwann, sondern jetzt. Es fühlte sich wie das Wichtigste an, das sie je getan hatte. Davon abgesehen waren die Schiffspassagen während der Regenzeit erschwinglicher, was gut für ihre ohnehin knapp bemessene Reisekasse war.

Um sich die Zeit bis zu ihrer Ankunft zu vertreiben, blickte Cida sich an Deck um und musterte die wenigen Passagiere der *Alvocerer*, die mit ihr wach waren, während alle anderen noch tief und fest in ihren Kojen schliefen. Ein Mann in einem zerknitterten Frack mit einer aufgeschlagenen Zeitung auf dem Schoß, der in sich zusammengesunken auf der Bank döste, ein Ehepaar, das in die Richtung blickte, in der sich schon die Lichter der Stadt aus der Dunkelheit schälten, und eine junge Frau, die einen Fächer zwischen den Fingern drehte und dabei nachdenklich in die Ferne blickte. Den Kopf hatte sie so gewandt, dass Cida nur ihre dunklen Locken sehen konnte.

Erst, als sich die ersten Strahlen der Morgensonne am Horizont zeigten und sich das Deck langsam füllte, schien die Fremde aus ihren Träumereien zu erwachen. Sie rückte sich das kleine schwarze Hütchen auf dem Kopf zurecht, strich ihren am Saum gerüschten Rock glatt und blickte sich dann an Deck um. Als Cida endlich einen Blick auf ihr Gesicht erhaschen konnte, hielt sie unwillkürlich den Atem an.

Sie hatte immer wieder an Gabriella und Isabella Olivera, ihre Halbschwestern, gedacht. Ihre Mutter Lotte besaß eine Fotografie von den zwei Mädchen, die sie vor all den Jahren auf der Fazenda Olivera unterrichtet hatte – und so erkannte Cida die ältere der beiden, Gabriella Olivera, sofort.

Sie zögerte. Die Familie Olivera war ein Teil ihrer Vergangenheit, mit Gewalt in ihre Gene geschrieben, sosehr sie sich auch wünschte, es wäre anders. Diese Familie war der Teil von ihr, der sie bis in ihre Albträume verfolgte.

Mit klopfendem Herzen musterte sie Gabriella Olivera und suchte in ihrem Gesicht Spuren von sich selbst. Ein rosafarbenes Kleid mit schimmerndem Taillenband, sorgsam aufgesteckte Locken, manikürte Nägel, ein Gesicht von zeitloser Schönheit. Wahrscheinlich stolperten Männer über die eigenen Füße, wenn sie sie sahen.

Jetzt erhob sich die junge Frau und schlenderte zur Reling, dorthin, wo auch Cida stand, während die Morgensonne ihre ersten Strahlen über die von Bergen umgebene Bucht von Rio de Janeiro schickte.

Gabriella Olivera stellte sich neben Cida an die Reling und legte eine behandschuhte Hand darauf ab, während sie mit nicht zu deutender Miene zur Stadt sah. Erst nachdem einige Sekunden vergangen waren, wandte sie sich schließlich Cida zu. »Kann ich Ihnen helfen?«

»Ich … bewundere nur Ihr Kleid«, antwortete Cida nach einem unangenehmen Moment der Stille. Was sollte sie auch sonst sagen? *Sie sind meine Halbschwester, und unser gemein-*

*samer Vater ist ein Schinder und Frauenschänder, und deshalb starre ich Sie an? Falls Sie das bisher nicht wussten, tut es mir ja leid, aber die Wahrheit schmerzt nun einmal.* Ein wunderbarer Gesprächseinstieg.

»Oh.« Gabriella Olivera blickte an sich herab. »Es ist die neueste Mode aus New York. Ich habe es …« Sie stockte und musterte Cida mit schief gelegtem Kopf. »Sie kommen mir bekannt vor. Kennen wir uns irgendwoher?«

Cida schluckte. Sie wusste, dass ihre leibliche Mutter Filipa vor vielen Jahren beim Reitunterricht der Olivera-Mädchen assistiert hatte. Sie hatten einander gut gekannt. Und immer wieder hatten Cidas Ziehmutter Lotte und ihr Großvater Tayo ihr gesagt, dass sie selbst Filipa wie aus dem Gesicht geschnitten war. Vielleicht kam sie Gabriella aus dem Grund so bekannt vor – weil sie sie an Filipa erinnerte.

Endlich gab sie sich einen Ruck. »Ich … ich bin mit Charlotte Engel bekannt. Vielleicht erinnern Sie sich noch an sie.«

Gabriellas Gesicht hellte sich auf. »Aber natürlich! Charlotte Engel, ich erinnere mich! Sie war früher meine Hauslehrerin.« Sie ließ ein glockenhelles Lachen hören. »Das ist bestimmt zwanzig Jahre her. Was ist aus ihr geworden?«

Cida erzählte Gabriella von dem Gestüt ihrer Eltern, und ein versonnenes Lächeln huschte über das Gesicht der Älteren. »Ein Gestüt, natürlich. Ihre Mutter wusste immer so gut mit den Tieren umzugehen; es war fast wie Magie. Wie schön. Ich glaube, ich muss sie einmal besuchen, um der alten Zeiten willen. Und Sie …« Gabriella Olivera blickte Cida fragend an. »Sind Sie auf dem Hof der Engels angestellt?«

»Nein, ich …« Cida zögerte. Wie viel konnte sie Gabriella Olivera erzählen? Wie viel wollte sie ihr erzählen?

*Wir sind beide verkommene Saat, Senhora Olivera.*

Bevor sie eine Entscheidung treffen konnte, erklang hinter ihr eine männliche Stimme. »*Querida*, wir haben uns schon Sorgen gemacht. Konntest du wieder nicht schlafen?«

Als Cida sich umdrehte, erblickte sie einen Mann in einem dunklen Anzug und hinter ihm eine junge Frau mit zwei Kindern an der Hand. Ein Junge und ein Mädchen, vielleicht zehn Jahre alt und Gabriella Olivera wie aus dem Gesicht geschnitten. Cida begriff, dass sie den Ehemann, die Kinder und das Kindermädchen ihrer Halbschwester vor sich hatte.

Jetzt wandte Gabriellas Ehemann sich mit einem abschätzigen Blick an Cida. Sie ahnte sehr wohl, was er über ihre einfache Kleidung und ihren zerkratzten Koffer dachte. »Kann ich Ihnen helfen, Senhorita?« Das letzte Wort betonte er auf eine Weise, die ihr deutlich machte, dass er ihr eigentlich keine förmliche Anrede zugestehen wollte.

»Oh, kein Grund zur Aufregung, Ernesto«, sagte Gabriella leichthin und legte ihrem Mann eine Hand auf den Arm. »Das Mädchen wollte nur wissen, woher ich mein Kleid habe.«

»Als könnte sie sich das leisten. Komm, Liebste.«

Bevor Cida ihm eine wütende Antwort geben konnte, wandten er und seine Frau sich schon ab. Das Paar entfernte sich mit den fröhlich plappernden Kindern und dem überfordert wirkenden Kindermädchen im Schlepptau.

Während der vergangenen Minuten war die Sonne aufgegangen und beschien jetzt die Bucht von Rio de Janeiro. Das Deck hatte sich mit verschlafenen Passagieren gefüllt, die der von aus dem Wasser ragenden Bergen umschlossenen Bucht und der Stadt entgegensahen.

»Senhora«, sagte Cida, als Gabriella Olivera sich schon ein paar Schritte von ihr entfernt hatte.

Diese drehte sich noch einmal zu ihr um, dieses Mal offensichtlich ungeduldig.

»Fragen Sie Ihren Vater nach einer Frau namens Filipa, wenn Sie ihn das nächste Mal sehen«, sagte sie und erwiderte dabei den ungehaltenen Blick der Älteren mit aller Entschlossenheit.

Ihre Halbschwester sah sie noch einen Moment länger an und wandte sich dann abrupt ab.

Als der Liniendampfer im Hafen von Rio de Janeiro anlegte, hatte Cida die Familie schon aus den Augen verloren. Aber die Erinnerung an ihre Begegnung mit Gabriella Olivera verfolgte sie auch noch, als sie und die anderen Passagiere raus zum Pier gefahren wurden, an dem die *Germania* mit ihren stattlichen zweihundert Metern und ihrem großen gelben Schornstein lag, als sie in die Passagierliste eingetragen wurde und ein Angestellter der HAPAG flüchtig ihren Gesundheitszustand überprüfte, und auch dann noch, als sie die Gangway des gewaltigen Ozeandampfers erklomm.

Um zwei Uhr am Nachmittag blickte sie ein letztes Mal auf die in der Mittagssonne erstrahlende Bucht von Rio de Janeiro und schwor sich, dass dieser Tag der letzte gewesen war, an dem sie an die Oliveras gedacht hatte.

# Kapitel 7

Es war gar nicht so leicht, sich an Bord der *Germania* zurechtzufinden. Das Schiff war riesig und verwinkelt, und außer Cida waren noch sechshundert andere Passagiere an Bord – ganz zu schweigen von der Mannschaft, die noch einmal bestimmt dreihundert Personen zählte.

Cida, die sich ihre Kajüte in der zweiten Klasse mit einer jungen Deutsch-Brasilianerin aus Rio de Janeiro teilte, verlief sich gleich am ersten Abend auf dem Weg zum Speiseraum der zweiten Klasse. Stattdessen stand sie unversehens in einem prächtigen Saal, in dem livrierte Kellner elegant gekleideten Damen und Herren mit Champagner aufwarteten. Cida blickte sich um. Sie musste auf dem Hauptdeck sein, im Speisesaal der ersten Klasse. Der elegant eingerichtete Raum mit dem goldenen Kuppeldach und den holzgetäfelten Wänden sprühte nur so vor Dekadenz. Soeben wurde die Vorspeise serviert, dampfende Suppe auf Porzellantellern.

Cida nahm sich einen Augenblick, um sich umzuschauen. Sie sah viele feine Leute in Fracks und mit Spitze besetzten Abendkleidern. Der Schein des Kronleuchters fiel auf silbernes Besteck, blütenweiße Servietten, Champagnergläser, glänzendes Porzellan. Das also war die Welt, in die ihre Mutter hineingeboren war.

»Senhorita, kann ich Ihnen behilflich sein?« Da stand unversehens ein Kellner im weißen Frack neben ihr, in einer Hand ein Tablett mit Champagner, eine Augenbraue fast bis zum Haaransatz hochgezogen.

»Allerdings«, sagte sie, nachdem sie noch einen letzten

Blick auf die Szenerie geworfen hatte. »Ich finde den Speisesaal II nicht. Hier bin ich anscheinend nicht richtig.«

»Und ob Sie hier nicht richtig sind«, murmelte der Kellner. Sie verschränkte die Arme vor der Brust, und er räusperte sich unbehaglich und erklärte ihr dann, wohin sie sich wenden musste, während er zugleich an ihrem Ärmel zupfte, um sie in Richtung Ausgang zu dirigieren. Mittlerweile hatten sich einige Köpfe in ihre Richtung gedreht. Cida straffte unter den missbilligenden Blicken die Schultern. Niemand sollte glauben, sie würde sich einschüchtern lassen. Sie hatte sich verlaufen, weiter nichts.

Als sie endlich den Speisesaal der zweiten Klasse fand, freilich weit weniger elegant als der prächtige Saal, in dem die Passagiere der ersten Klasse dinierten, atmete sie dennoch erleichtert auf. Nach einigem Suchen entdeckte sie Theresa, die junge Frau, mit der sie ihre Kabine teilte. Diese hatte sie ebenfalls entdeckt und winkte ihr schüchtern zu. Als Cida ihr erzählte, was ihr soeben widerfahren war, brach ein glucksendes kleines Lachen aus ihr heraus.

»Ich finde das nicht lustig«, sagte Cida in einem Tonfall, der dies auch verriet. »Die feinen Herrschaften haben mich angesehen, als hätte ich ein Kapitalverbrechen begangen.«

»Das haben Sie ja auch, Fräulein Engel«, erwiderte Theresa mit einem Kichern. »Wegen solcher Dinge sind meine Eltern seinerzeit aus Deutschland weggegangen.«

»Weil sie sich nicht den Adligen unterordnen wollten?«, fragte Cida.

Theresa nickte. »Aber ja. Meine Eltern sind wegen dem Sozialistengesetz geflohen. Bei meiner Mutter haben sie damals ein verdächtiges Magazin gefunden, da hat sie ihre Stelle verloren und mein Vater gleich mit. Weil sie Angst hatten, ins Zuchthaus zu kommen, haben sie uns Kinder genommen und einen Vertrag mit der Deutschen Kolonisationsgesellschaft geschlossen. Wie ja viele damals.«

Cida nickte. All diese Dinge wusste sie von ihren Eltern. »Und warum gehen Sie nach Deutschland?«, fragte sie weiter. »Besuchen Sie jemanden?«

Theresa schüttelte den Kopf. »Nein, ich gehe ganz zurück. Ich habe eine gute Stelle in Deutschland bekommen. Ich werde im Städtischen Krankenhaus in Stettin arbeiten.« Jetzt erhellte ein stolzes Lächeln ihr Gesicht. »Ich bin Krankenschwester. Wenn ich gutes Geld verdiene, kann meine Familie vielleicht bald nachkommen.«

Cida wusste, Theresas Familie war nicht die einzige, die es nach Jahren in der Fremde zurück in die Heimat zog. Brasilien war ein wunderschönes, aber sicher kein gnädiges Land. Die wenigsten hatten das Glück, das Lotte und Johann Engel gehabt hatten. Stattdessen machten ihnen die Verträge mit den Kolonisationsgesellschaften, das schlechte und oft umkämpfte Land, das Klima und natürlich auch die Krankheiten und die wilden Tiere zu schaffen. Bei vielen der weniger wohlhabenden Passagiere der *Germania* schien es sich um Rückkehrer zu handeln.

»Dann können wir ja zusammen reisen«, überlegte Cida und erzählte ihrer neuen Freundin, dass es sie wegen familiärer Angelegenheiten nach Pommern zog.

Theresa stimmte freudig zu. »Ich kann es gar nicht erwarten, das Land meiner Eltern zu sehen.«

»Ich auch nicht«, gab Cida zu. Sie lauschte in sich hinein, während sie die Worte aussprach. Es stimmte. Bevor Friedrich von Neuenstedt auf dem Hof ihrer Eltern aufgetaucht war, hatte sie sich nie gewünscht, einmal den Ort zu sehen, an dem Lotte und Johann sich ineinander verliebt hatten. Aber jetzt spürte sie, dass es für sie bedeutsam war, das alles selbst zu sehen. In gewisser Weise besuchte auch sie einen Teil ihrer Identität. Vielleicht war Pommern wirklich das Bruchstück, das fehlte, um aus dem Mosaik, das sie war, ein vollständiges Bild zu machen.

Entgegen Cidas Befürchtungen gerieten sie nicht in einen Sturm oder erlitten Schiffbruch wie ihre Eltern damals. Nach einigen Tagen legte sich sogar ihre Übelkeit.

Die raue Wildheit des Atlantiks und die kalten Böen, die Tag um Tag über die Germania hinwegstrichen, machten ihr eindrücklich deutlich, wie weit sie mittlerweile von ihrer Heimat entfernt war. War sie nicht noch vor ein paar Tagen auf Luanas Rücken über den elterlichen Hof geritten? Jetzt schlang sie das Schultertuch fester um sich und blickte hinaus auf den Ozean.

Sie versuchte, sich das Land vorzustellen, das sie am Ende dieser Fahrt erwartete. Dort war jetzt Winter.

Cida rieb sich die Oberarme und blickte nach Norden. Der Himmel über ihr war rosafarben, und dunkle Wolken hingen über der Germania. Cida war eine der wenigen, die sich bei dem beißenden Wind und der Kälte hinausgewagt hatten. Sie stützte die Unterarme auf die Reling. Sie befand sich auf dem Hauptdeck, und die Wellen klatschten unter ihr gegen die Bordwand. Der Atlantik mit seinen stuckigen Wellen war fast schwarz unter dem eigenartig gefärbten Himmel.

Hin und wieder blickte sie nach oben zum Sonnendeck. Dort flanierten an schönen Tagen die wohlhabenden Reisenden. Manches Mal hatte Cida sich eingebildet, Friedrich von Neuenstedt dort oben zu sehen, aber natürlich war das Unsinn.

Manchmal versuchte sie auch, sich ihre Mutter dort oben vorzustellen, in einem anderen Leben, in dem sie statt einer Tochter einen Sohn geboren hatte und nicht vor ihrem Mann davongelaufen war. Ob eine Charlotte von Eichberg heute eine verbitterte Matrone wäre wie so viele der Damen, die an weniger stürmischen Tagen mit ihren aufgespannten Sonnenschirmen und schnauzbärtigen Ehemännern über das Promenadendeck flanierten?

Sie wandte sich wieder ab und blickte über die aufgewühlte

See bis zum Horizont. Man würde sie sicher nicht auf Gut Rosenthal willkommen heißen. Sie war eine Fremde, jetzt schon. Schon nach wenigen Tagen begann sie, sich an die indignierten Blicke zu gewöhnen, die viele ihrer Mitreisenden ihr zuwarfen. Eigentlich alle außer Theresa, die sich als gute Freundin erwies.

Cida krallte die Finger um die Reling. Ihre Hände waren eiskalt, fast schon taub vom beißenden Wind. Alles, was zählte, war, dass sie herausfand, was mit Helena geschehen war. Sie würde sich weder einschüchtern noch abkanzeln lassen, nicht von Friedrich von Neuenstedt und seiner Familie und auch nicht von ihren eigenen Gedanken, die ihr nachts vorlogen, sie hätte doch besser in Brasilien bleiben und Yaris heiraten sollen.

Allerdings wankten ihre guten Vorsätze, als die *Germania* am zehnten Dezember 1909 in den Hamburger Hafen einlief. Seit sie die Elbmündung passiert hatten, schwebten erste Schneeflocken durch die Luft. Der Wind war noch beißender geworden, noch kälter, und Cidas Atem kam in kleinen Wolken aus ihrem Mund, als sie den Blick über die Landungsbrücken, die Lastenzüge und Dampfschlote, die unzähligen Dampfer und kleinen Kähne schweifen ließ, die den Hafen bevölkerten. Nicht die riesige Stadt und der verwinkelte, belebte Hafen machten ihr zu schaffen, sondern die Kälte. Nie zuvor hätte sie sich eine solche Eiseskälte vorstellen können.

Bevor die Passagiere der *Germania* auch nur einen Fuß auf deutschen Boden setzen durften, mussten sie sich einer Gesundheitskontrolle durch den Hafenarzt unterziehen. Cida hatte das Gefühl, dass man bei ihr besonders lange verweilte, und presste die Zähne zusammen, um nicht ausfällig zu werden. Als man sie nach dem Zweck ihrer Reise befragte und sie darauf mit »Familienbesuch«, antwortete, waren Gelächter und ungläubige Blicke die Antwort. Sie bewahrte Haltung, war sich jedoch ziemlich sicher, dass der Hafenarzt und der

Polizist auf der Stelle umgefallen wären, wenn ihre Blicke hätten töten können. Sich das vorzustellen verbesserte ihre Laune ein wenig.

»Nehmen Sie das nicht persönlich«, sagte der junge Polizist zu ihr, kurz bevor er das Schiff verließ. »Seit die verdammten Chinesen uns damals die Cholera eingeschleppt haben … nun, Sie wissen ja.«

»Wissen die nicht, wie viele Europäer Krankheiten nach Amerika und Asien eingeschleppt und damit ganze Völker vom Erdboden getilgt haben?«, schimpfte Cida, als sie in das Beiboot stiegen, das sie an Land bringen würde.

Theresa kicherte. »Was er wohl getan hätte, wenn Sie ihm das ins Gesicht gesagt hätten?«

»Ich wünschte, das hätte ich«, gab Cida zurück. »Warum nur fallen einem die besten Erwiderungen viel zu spät ein?«

»Es ist vielleicht besser so.« Theresa stieß sie sanft mit dem Ellenbogen an. »Der hätte Sie noch verhaftet wegen Majestätsbeleidigung.«

»Nehmen die Deutschen ihren Kaiser wirklich so ernst?«

»Oh ja.« Theresa nickte eifrig. »Ihren Kaiser, ihren Adel und ihren Staatsapparat. Meine Eltern haben erzählt, obwohl das Sozialistengesetz abgeschafft ist, sei Mundhalten auch heute noch das Mittel der Wahl. Umso mehr, wenn Sie es mit Adligen zu tun haben«, fügte sie mit einem vielsagenden Blick auf die Freundin hinzu. Cida hatte den Grund ihrer Reise zwar nicht in allen Details vor ihr ausgebreitet, aber Theresa wusste, dass sie auf ein großes pommersches Gut reisen würde.

»Ich fürchte, ich bin nicht so gut darin, meinen Mund zu halten«, sagte Cida, ohne den Blick von der Stadt zu wenden. Der Rauch aus den Schloten der Schornsteine lag so dick über der Stadt, dass er sogar den Himmel verschluckte.

»Das ist mir bisher gar nicht aufgefallen«, erwiderte Theresa unschuldig.

Cida knuffte sie, und beide fingen an zu lachen.

Die *Germania* war am späten Nachmittag in Hamburg eingetroffen, und so verbrachten die beiden Frauen die Nacht in einer Herberge am Hafen. Am nächsten Morgen reisten sie mit der Bahn weiter nach Stettin.

Während der Fahrt blickten sie schweigend aus dem Fenster. Flaches Land, kahle Bäume, vereinzelte Schneeflocken. Hin und wieder Rehe auf den abgeernteten Feldern, auf denen jetzt gepflügt wurde. Manche Pflüge wurden noch von Ochsen gezogen, während auf anderen schon die modernen Dampfpflüge benutzt wurden, die man auch in Brasilien bereits auf den großen Besitzungen gebrauchte.

Immer, wenn Cida aufsah, begegnete sie den Blicken ihrer Mitreisenden. Manche schauten gleich wieder in eine andere Richtung, andere starrten sie ganz unverhohlen an. Sie sah wieder aus dem Fenster, während sich ihre Finger um die Handtasche in ihrem Schoß verkrampften.

Theresa saß ihr gegenüber, der Hut verrutscht, die Hände in den dunklen Röcken vergraben. Sie war grün im Gesicht, und weil sie während der Überfahr nicht ein einziges Mal Anzeichen der Seekrankheit gezeigt hatte, nahm Cida an, dass ihre neue Freundin gerade vor Aufregung starb. Sie tauschten ein wackliges Lächeln.

Am frühen Nachmittag erreichten sie Stettin. Fröstelnd stiegen die beiden jungen Frauen aus der Eisenbahn und gingen dann vom Bahnsteig in die Vorhalle. Hier trennten sich die Wege der beiden Frauen. Sie verabschiedeten sich mit einer Umarmung, und Cida versprach Theresa, sie bald einmal zu besuchen. Die junge Krankenschwester würde die Straßenbahn in Richtung Pommerensdorf und Cida den Anschlusszug nach Greifenhagen nehmen.

Jetzt, da sie ohne Reisebegleitung war, war es ihr auf einmal, als würde der Wind beißender. Sie holte tief Luft. Ich werde das schon schaffen, sagte sie sich wieder und wieder. Immerhin hatte sie es bisher ohne Katastrophen von ihrem vertrauten Zuhause in Brasilien bis in die Fremde geschafft. Jetzt kann doch so viel gar nicht mehr schiefgehen, versuchte sie sich zu beruhigen.

Mit neu erwachtem Mut machte sie sich auf zu Gleis drei, von dem aus der Zug nach Greifenhagen abfahren würde. Eine ganze Stunde lang wartete sie in der Kälte, bevor es endlich weiterging. Der Zug hatte Verspätung. Die Fahrt nach Greifenhagen dauerte eine halbe Stunde, und Cida wippte die ganze Zeit mit den Knien auf und ab, ungeduldig jetzt und besorgt, weil sie sich einbildete, dass der Himmel schon dunkler wurde. Was, wenn sie es heute gar nicht mehr bis nach Rosenthal schaffte? Sie hatte ihre Reise akribisch geplant, aber natürlich konnte man nicht jede Wendung vorhersehen.

Und dann, nach einer halben Stunde ruckeliger Zugfahrt, stand sie an dem ländlich anmutenden Bahnhof von Greifenhagen. Zwei Gleise, winzige Schneeflocken, die hier, am Ende der Welt, wie es schien, schon liegen blieben und eine weiße Schicht über das Gleisbett legten. Der Boden war mit einer dünnen Schicht Frost bedeckt, und einmal rutschte sie fast aus.

Es war halb fünf Uhr am Nachmittag und schon dunkel, als sie den Bahnhof durch die winzige Vorhalle verließ. Sie rieb sich die Arme und blickte sich nach einer Kutsche um. Bis nach Rosenthal waren es bestimmt noch fünfundvierzig Kilometer.

Vom Bahnhofsvorsteher erfuhr sie schließlich, dass die letzte Postkutsche über die Dörfer Bartikow und Stecklin und Rosenthal bis rüber nach Kunow vor einer Viertelstunde vom Bahnhofsvorplatz abgefahren war. Und da stand sie nun, ratlos in der Dunkelheit, während die winzigen weißen Flocken vom Wind getragen um sie herum tanzten. Jetzt musste sie sich wohl überlegen, wo sie die Nacht verbringen konnte.

Ein Mann und ein Junge, beide mit feuerrotem Haar, gingen an ihr vorbei, während sie noch fieberhaft überlegte, was nun zu tun sei.

»Hast du mir auch keine Schande gemacht bei den feinen Leuten?«, fragte der Mann, der zielstrebig auf einen Einspänner zuhielt, der auf dem Bahnhofsvorplatz stand und vor den ein kräftiges Maultier gespannt war.

»Nein, Papa«, sagte der Junge. »Ich bin sogar Klassenbester!«

»Na, so ist's wohl auch besser«, brummte der Vater. Sie hatten sich schon ein paar Schritte von Cida entfernt, doch der Wind trug die gemurmelten Worte doch zu ihr heran. »Im ganzen Dorf erzählen deine Schwestern herum, dass du jetzt ein feiner Herr bist, der aufs Gymnasium geht. Der Lehrer Hausmann hat sogar dem Grafen von Neuenstedt von dir erzählt. Ruh dich aber ja nicht aus auf deinen Lorbeeren. Du musst immer besser sein als die feinen Pinkel, hast du verstanden?«

»Ja, Papa.«

Cidas Herz begann unterdessen, vor Aufregung schneller zu schlagen. »Entschuldigen Sie!«, rief sie und lief den beiden nach. Vater und Sohn drehten sich zu ihr um. »Entschuldigen Sie, mein Herr. Fahren Sie nach Gut Rosenthal?«

»Ins Dorf«, brummte der Mann. Er musterte Cida mit misstrauischer Miene. »Was wollen Sie denn in Rosenthal, Fräulein …«

»Engel.« Cida straffte sich und reichte ihm die Hand. »Cida Engel ist mein Name. Wenn es Ihnen keine Umstände macht … ist auf Ihrem Wagen vielleicht noch Platz für mich? Selbstverständlich bezahle ich Sie dafür.«

Er schien kurz irritiert von ihrem deutschen Nachnamen zu sein, war aber nicht mehr ganz so reserviert. Bevor er allerdings etwas erwidern konnte, meldete sich der Junge zu Wort.

»Wir nehmen Sie doch gerne mit, Fräulein!« Er ergriff Cidas dargebotene Hand und hauchte einen formvollendeten Handkuss darauf. »Emil Meissner mein Name. Und das da ist mein Herr Vater, Konrad Meissner.«

»Ich hätt wohl doch nicht erlauben sollen, dass er auf diese Feine-Herren-Schule geht«, brummelte Konrad Meissner in seinen roten Bart. Mit diesen Worten drehte er sich um und band das Maultier los. »Na, kommen Sie, Fräulein Engel. Sie können neben mir auf dem Kutschbock sitzen. Ihr Geld will ich nicht. Emil, du gehst auf die Ladefläche.«

Der Junge grinste und rückte sich dabei die Mütze auf dem Kopf zurecht. »Zu Befehl, Papa!«

Erleichtert folgte Cida den beiden. Anscheinend würde sie es doch heute noch nach Gut Rosenthal schaffen.

Als sie das kleine Dorf Rosenthal erreichten, war es gerade dunkel geworden. Es hatte stärker zu schneien begonnen, und die dichten Wälder und mächtigen Kastanienalleen, die die Straßen flankierten, waren von frischem Schnee bedeckt. Cida fror erbärmlich, gab sich jedoch Mühe, es sich nicht anmerken zu lassen. Sie hatte schon darauf geachtet, warme Kleidung einzupacken, doch auf den Dezember in Hinterpommern hätte nichts und niemand sie vorbereiten können.

Emil Meissner war ein aufgeweckter Junge. Sein Mundwerk stand während der ganzen Fahrt nicht ein einziges Mal still. Er ging nun seit einem halben Jahr auf das Gymnasium in Stettin und war mächtig stolz darauf. Cida musste sich zu ihrer Schande eingestehen, dass sie vieles von dem, was der Junge erzählte, nicht ansatzweise verstand. Trotz der guten Erziehung, die sie von ihrer Mutter Lotte erhalten hatte.

Irgendwann beugte sie sich kaum merklich in Konrad Meissners Richtung und flüsterte: »Er ist wirklich sehr klug, nicht wahr?«

Herr Meissner brummte. »Mein Schwester sagte mir: ›Heirate nicht das schönste, sondern das klügste Mädchen im

Dorf, dann bringst du die Muskeln und sie den Verstand in die Ehe.‹« Er ließ die Peitsche knallen, um das Maultier anzutreiben. »Niemand hat mir gesagt, dass ich fünfzehn Jahre später vier Blagen haben würde, die das ganze Dorf dumm aussehen lassen, wenn sie nur den Mund aufmachen, und dass jeden verdammten Tag der Dorflehrer bei mir auf der Matte stehen würde.«

Cida verkniff sich ein Lachen. Sie mochte den mürrischen Konrad Meissner, und seinen Sohn auch. Hinter all dem Gebrumme war die Liebe im Blick und in den Worten des Vaters deutlich zu erkennen.

Rosenthal war ein kleines Dorf, nur ein winziger runder Marktplatz, eine Kirche aus rotem Backstein mit spitzem Turm und einem ummauerten Friedhof, kleine Häuser, die sich an der Dorfstraße aneinanderschmiegten, und über allem der Schnee. Die Meissners bewohnten ein Haus direkt am Marktplatz. Konrad Meissner war Schreiner, seine Frau führte die Bücher. Das alles bekam Cida während der Fahrt aus dem grummeligen Mann heraus.

»Wollen Sie heute wirklich noch bis zum Gutshof?«, fragte Herr Meissner, als er das Maultier zügelte.

Cida nickte. »Jetzt habe ich es fast geschafft, jetzt muss ich auch noch den Rest des Weges gehen.« Irgendwie käme ihr dieser aufregende Tag unvollständig vor, wenn sie nun nicht auch noch die fünf Kilometer vom Dorf bis zum Gutshof gehen würde.

Als sie vom Kutschbock stieg, bedeutete Herr Meissner ihr, noch einen Moment zu warten. Genau in diesem Moment öffnete sich die Tür zu dem Haus der Meissners, und eine dunkelhaarige Frau und drei kleine rothaarige Mädchen steckten die Köpfe heraus. Als sie Cida erblickten, machten alle drei Kinder große Augen.

»Wer ist das, Mama?«, wollte ein vielleicht sechs Jahre altes Mädchen leise wissen.

Cida stellte sich vor.

»Liebes, du hast doch noch deinen alten Wollmantel?«, sagte Konrad Meissner zu seiner Frau. »Das Fräulein hier will heute Abend noch zum Gutshof, und du siehst ja, wie sie angezogen ist.«

Bevor Cida protestieren konnte, war Frau Meissner schon im Haus verschwunden. Da zupfte Emil an ihrem Ärmel. »Nehmen Sie's an, Fräulein«, meinte er leise. »Und bieten Sie auch nicht an, dafür zu zahlen. Man hilft sich hier, so ist das einfach.«

Cida schenkte ihm ein Lächeln. Auf so viel Freundlichkeit gleich bei ihrer Ankunft war sie nicht vorbereitet gewesen, und sie fühlte sich ebenso dankbar wie überfordert.

Als Emils Mutter ihr den Mantel reichte, bedankte sie sich herzlich und versprach, das gute Stück so bald wie möglich zurückzubringen.

»Oh, nur keine Eile«, erwiderte Frau Meissner. »Unter uns, der Mantel ist mir schon vor Jahren zu eng geworden … und bis meine Eva hineinpasst, werden noch ein paar Jährchen ins Land ziehen.« Sie musterte Cida aufmerksam. »Sind Sie sicher, dass Sie heute Abend noch den Weg zum Gut gehen wollen? Der führt durch ein Stück Wald, und es ist doch lausig kalt … Wir haben ein Gästezimmer unterm Dach. Meist vermieten wir es, aber im Augenblick steht es leer.«

Cida wehrte verlegen ab, auch, als Frau Meissner ihr anbot, ihr Mann könne sie doch noch bis zum Gutshof fahren. Das konnte sie nun wirklich nicht annehmen. Außerdem gefiel ihr der Gedanke, die letzten Schritte auf dieser Reise allein zu tun.

Sie verabschiedete sich von den Meissners, winkte noch einmal verlegen in Richtung der kleinen Mädchen, die noch immer in der Tür standen und sie mit offenem Mund anstarrten, und machte sich dann auf den Weg, den Frau Meissner ihr gewiesen hatte. Sie war vollkommen verwirrt von der

Herzlichkeit, die ihr diese fremde Familie entgegengebracht hatte. Noch immer spürte sie die Trennung von ihrer Heimat am ganzen Körper, wie ein schmerzhaftes Reißen in der Brust, aber zum ersten Mal glaubte sie mit aller Überzeugung daran, dass es richtig gewesen war hierherzukommen. Vielleicht würde sie ja doch auf viel mehr Gastfreundschaft und Hilfsbereitschaft treffen, als sie nach den eindrücklichen Warnungen ihrer Eltern und den unmissverständlichen Worten Friedrich von Neuenstedts angenommen hatte.

Sie sog die kalte Luft tief in sich ein und schritt entschlossen aus, den kleinen Koffer fest in der Hand, den Blick nach Osten gerichtet. Jetzt erst, nach der langen Reise, hatte sie die Muße, die Erkenntnis zuzulassen. Sie war wirklich und wahrhaftig angekommen. Sie war in Deutschland. Und nun würde sie ihre Schwester finden.

Der Mond stand schon hoch am Himmel, als das Gutshaus vor ihr auftauchte. Es schneite in dicken Flocken, und den letzten Kilometer war Cida durch dichten, dunklen Wald gelaufen. Die Straße war kaum mehr als ein Pfad, weiß von Schnee, gesäumt von hohen Bäumen. Sie war forsch ausgeschritten, den Blick immer auf den Weg vor sich gerichtet. Es war eisig kalt, aber dank des Mantels von Frau Meissner war sie noch nicht zum Eiszapfen geworden.

Jetzt blieb sie stehen und betrachtete das herrschaftliche Anwesen, das sich vor ihr aus Schnee und Dunkelheit erhob. Das Gebäude war schneeweiß, und alle Fenster waren hell erleuchtet. Es strahlte in der Dunkelheit genau wie der Mond am Himmel. Ein richtiges Schloss. Cida dachte, dass ihr Vater den gleichen Blick auf das Anwesen geworfen haben musste, als er damals seine Stellung hier angetreten hatte. Kurz glaubte Cida, die Anwesenheit ihrer Eltern genau hier zu spüren. Ein Gefühl wie ein Windhauch. Mit einem kleinen Lächeln ging sie weiter.

Ayana war schon immer davon überzeugt gewesen, dass die Welt von Geistern bevölkert war, den Orisha. Als Cida noch ein Kind gewesen war, war es eine ihrer liebsten Beschäftigungen gewesen, ihren Großeltern dabei zuzuhören, wie sie sich leidenschaftlich darüber stritten, ob es nun wirklich Geister gab oder nicht. Großvater Tayo war ein begnadeter Geschichtenerzähler gewesen, aber während ihre Mutter an Gott glaubte und Ayana zu den Orisha betete, war Tayo davon überzeugt gewesen, dass es so etwas wie eine höhere Gewalt nicht gab.

»Es gibt nur Menschen, die Gutes tun, und Menschen, die Böses tun«, hatte er zu sagen gepflegt. »Es gibt keine höhere Macht, die für dein Schicksal verantwortlich ist. Das bist nur du allein.«

Als sie aus dem Schatten des Waldes trat, schlug ihr das Herz bis zum Hals. Immerhin schien man im Hause Neuenstedt zu dieser unchristlichen Zeit noch auf den Beinen zu sein. Sie glaubte auch, Musik zu hören. Ob sie wohl in ein Fest hineinplatzte? Nun. Sie straffte die Schultern und machte sich auf die Suche nach dem Haupteingang. Das war jetzt wohl nicht zu ändern. Trotz ihrer aufrechten Haltung und ihrer forschen Schritte waren ihre Knie weich vor Aufregung. Mit jedem Meter, den sie näher kam, ein wenig mehr.

Der Haupteingang war hell erleuchtet, und davor auf dem Kies standen Kutschen und Automobile. Jetzt konnte sie auch die Musik ganz deutlich hören. Sie lauschte einen Moment lang. Ein Walzer. Trotz der Kälte war die Hand, die den Griff des Koffers umklammert hielt, schweißnass. Ja, ganz offensichtlich wurde an diesem Abend auf Gut Rosenthal gefeiert.

Cida atmete tief durch, dann erklomm sie die marmorne Freitreppe und läutete. Ihr antwortete lautes Hundegebell. Im nächsten Moment öffnete ihr ein livrierter Diener mit blasierter Miene. Im Schlepptau hatte er zwei imposante Deutsche Doggen. »Sie wünschen?«

Sie richtete sich zu ihrer vollen Größe auf. »Guten Abend. Mein Name ist Fräulein Cida Engel. Ich …«

»Der Dienstboteneingang befindet sich hinterm Haus«, unterbrach ihr Gegenüber sie. Ein Blick auf sie schien ihm genügt zu haben, um sie einzuordnen.

Sie dachte jedoch gar nicht daran, sich so leicht abweisen zu lassen. »Nein, nein. Ich bin hier schon richtig, haben Sie vielen Dank. Melden Sie mich doch bitte …«

Wieder unterbrach er sie. »Fräulein Engel, die Gesellschaft ist geschlossen. Die Mamsell empfängt Sie sicher am Hintereingang und gibt Ihnen eine warme Suppe, wenn Sie sie höflich darum bitten. Wenn Sie gekommen sind, um sich für die Stelle als Hausmädchen zu bewerben, muss ich Sie bitten, es morgen noch einmal zu versuchen …«

»Ich bin nicht gekommen, um mich um eine Stelle zu bewerben«, erklärte Cida. »Ich möchte bitte mit dem Hausherrn sprechen.«

Bevor einer von ihnen noch etwas sagen konnte, erklang eine dritte Stimme. »Herr Walters, wer ist denn da? Es zieht, merken Sie das nicht?«

Der Hausdiener gab den Weg frei und verneigte sich vor Friedrich von Neuenstedt, der erst beiläufig einen der Hunde hinterm Ohr kraulte und sich dann Cida zuwandte, die Augenbrauen hochgezogen. »Fräulein Engel. Wenn das keine Überraschung ist.« Keine angenehme Überraschung, seinem Gesichtsausdruck nach zu schließen. Er sah aus, als hätte er auf eine besonders saure Zitrone gebissen. Er trug eine Garde-Uniform und wirkte sogar noch hochnäsiger als bei ihrer ersten Begegnung.

»Herr Graf von Neuenstedt«, sagte sie.

Er bedeutete dem Hausdiener, sich zurückzuziehen, und trat dann, statt sie hereinzubitten, zu ihr in die Kälte. Die Tür schloss er hinter sich, ohne sich um das protestierende Winseln der Hunde zu scheren. Erst dann wandte er sich ihr wieder zu. »Was haben Sie hier verloren?«

Mit einer herzlichen Begrüßung hatte sie sicher nicht gerechnet. Damit, dass man sie gar nicht erst ins Haus lassen würde, allerdings auch nicht. Seine Miene versprach nichts Gutes, und nur mit Mühe widerstand sie dem Impuls, seinem durchdringenden Blick auszuweichen.

Stattdessen sah sie ihn ebenso kampfeslustig an wie er sie. »Ich bin hier, um meine Schwester zu suchen.«

Er schwieg einen Moment. Musterte sie von oben bis unten und deutete dann ein ungehaltenes Kopfschütteln an. »Sie hätten nicht hierherkommen sollen. Ich weiß nicht, was Sie sich gedacht haben, doch es versteht sich von selbst, dass Sie wieder abreisen müssen.«

Sie machte einen Schritt auf ihn zu und funkelte ihn an. »Ich gehe nirgendwo hin.«

»Hören Sie«, entgegnete er ungeduldig. »Sie sind hier nicht auf Ihrem Bauernhof. Sie …«

»Auf meinem Bauernhof?« Ihr stieg die Hitze in die Wangen. Dieser ungehobelte Mensch! Ja, da war es wieder, das dringende Bedürfnis, ihm den Hals umzudrehen. Das hatte ihr beinahe schon gefehlt.

»Wie auch immer«, sagte er und wischte ihre Wut mit einer nachlässigen Handbewegung beiseite. »Sie können nicht einfach mitten in der Nacht in eine geschlossene Gesellschaft platzen, Fräulein Engel. Und da ich nicht das Verlangen habe, Sie gewaltsam von meinem Grund und Boden entfernen zu lassen, bitte ich Sie, jetzt zu gehen.«

Sie presste die Lippen aufeinander, machte keine Anstalten irgendwo hinzugehen. Ja, sie würde es darauf ankommen lassen.

Er seufzte und fuhr sich durch das blonde Haar. »Hören Sie, das hier ist wirklich kein Ort für Sie. Gehen Sie zurück nach Brasilien.«

»Ich will wissen, was mit meiner Schwester passiert ist«, erwiderte sie stur. »Sobald ich meine Antworten habe, schwöre ich Ihnen, müssen Sie mich keine Sekunde länger ertragen.«

Seine Miene verhärtete sich. »Ich sagte Ihnen bereits, ich kümmere mich darum. Ein Telegramm, in dem Sie nach dem Stand der Dinge fragen, hätte vollkommen gereicht.«

Sie konnte nicht glauben, dass sie hier mitten in der Nacht in klirrender Kälte standen und das ausdiskutierten. Sie blickte ihn zornig an. »Dann haben Sie also neue Erkenntnisse?«

»Nein«, gab er zu. »Aber ich verspreche Ihnen, sollte ich etwas Neues erfahren, informiere ich Sie.«

Als würde sie ihm das so einfach abkaufen! Sie musterte ihn, seine schmucke Uniform, sein jetzt zerzaustes blondes Haar, die angespannte Haltung. In Brasilien hatte er ganz anders gewirkt, viel gelöster. Nun war es, als hätte er einen Besenstiel verschluckt oder sich gleich in einen Eiszapfen verwandelt. Einen sehr ungeduldigen Eiszapfen.

Ja, sie konnte sich gut vorstellen, dass ihr Erscheinen für den Herrn Grafen unbequem war, vor allem, wenn er gerade ein Fest gab, doch das würde sie nicht davon abhalten, das Rätsel um Helena von Eichberg zu lösen. Da er nun einmal der neue Besitzer von Gut Rosenthal war, musste sie ihm auf die Nerven gehen. »Nachdem Sie schon gelogen haben, was den Aufenthaltsort meines Onkels betrifft, glaube ich Ihnen kein Wort mehr, Herr Graf.«

Er runzelte kurz die Stirn, dann deutete er ein Kopfschütteln an. »Himmel. Ich habe wahrlich andere Probleme. Falls ich bislang nicht deutlich genug war, Fräulein Engel: Ich will Sie nicht hierhaben, heute schon gar nicht. Vertrauen Sie mir, wenn ich Ihnen sage, dass es auch nicht in Ihrem Interesse ist, hier zu sein. Ich wünsche eine gute Nacht.«

Mit diesen Worten drehte er sich um und riss die Tür auf. Ehe er im Haus verschwand, drehte er sich noch einmal zu ihr um. »Was den Aufenthaltsort von Franz Breskow betrifft, habe ich nicht gelogen. Kommen Sie nicht wieder hierher, Fräulein Engel.« Die Tür schloss er vor ihrer Nase.

Fassungslos blickte sie hinauf zu den hell erleuchteten Fenstern und lauschte dem Wind und dem Klang der Violinen. So überheblich und unerträglich Friedrich von Neuenstedt ihr während seines Aufenthalts in Brasilien auch vorgekommen war, eine solche Eiseskälte hatte er da noch nicht ausgestrahlt. Ihr dämmerte, dass ihre Eltern recht gehabt hatten. Hier in Pommern liefen die Dinge anders. Hier galten ganz andere Regeln als die, an die sie gewöhnt war. Sie läutete noch mehrere Male, aber niemand öffnete ihr, und ihr wurde mit jeder Sekunde kälter.

Verzweifelt blickte sie an der Fassade des Herrenhauses hinauf. Das konnte er doch nicht machen! Er konnte sie doch nicht mitten in der Nacht in der Kälte stehen lassen! Sie befolgte den Rat des Hausdieners und ging um das Haus herum zum Dienstboteneingang, aber auch dort wies man sie ab.

Sie fuhr sich über das Gesicht und stieß die Luft durch die Zähne aus. Was sollte sie denn nun tun?

Als sie vor der Tür der Meissners stand, war sie vollkommen durchgefroren. Es war mitten in der Nacht, und sie musste sich einen gewaltigen Ruck geben, um zu klopfen. Frau Meissner, die sich als Rebecca vorstellte und Cida im Morgenrock die Tür öffnete, stellte glücklicherweise keine Fragen, sondern machte in Windeseile das Gästezimmer für sie fertig, richtete ihr ein bescheidenes Nachtmahl und überließ sie dann ihren eigenen Gedanken.

An Schlaf war nicht zu denken. Cida entzündete eine der Kerzen, die sie mit auf die Reise genommen hatte, und schlug ihr Tagebuch auf. Bis zum Morgengrauen schrieb sie, beobachtet nur vom Mond am Himmel und der Kerzenflamme, die ihr spärliches Licht spendete. Das tat sie oft, wenn ihre

Gedanken nicht Ruhe geben wollten. Und hier, in der Fremde, konnte sie ihre Schlaflosigkeit nicht verleugnen, indem sie sich des Nachts mit Yaris traf, um heimliche Küsse zu tauschen. Jetzt würde sie doch nur wach liegen und sich nach seiner Umarmung und seinem verschmitzten Lächeln sehnen. Also blieb ihr einzig das Schreiben.

Mit ihren Worten erschuf sie wieder die Geschichten, die ihr Großvater ihr erzählt hatte, als sie klein gewesen war. Über den gefräßigen Kürbis oder das Spinnenmännchen Kwaku Ananse. Irgendwann hörte sie auf zu schreiben, weil ihr die Tränen über das Gesicht liefen. Mit einem unterdrückten unwirschen Fluch wischte sie sie weg. Großvater hätte vielleicht auch nicht gewusst, was sie jetzt tun sollte, aber bestimmt hätte er einen weisen Sinnspruch parat gehabt. *Ertrinke lieber in einem großen Gewässer als in einem kleinen.*

Gegen ihren Willen musste sie lächeln. Dann klappte sie das Buch zu. Würde sie etwa jetzt aufgeben und weinen, weil nicht alles so lief, wie sie sich das vorgestellt hatte? Hatte sie geglaubt, sie würde die Hinweise auf das Schicksal von Helena von Eichberg am Straßenrand finden? Sie wischte sich auch die letzten Tränen aus den Augen und blickte aus dem Fenster, hinauf zum Mond, der über den Kronen der Bäume zwischen dem Dorf und dem Gutshof hing wie ein silbernes Auge.

*Schöne Dinge wachsen mitten in den Dornen.*

Als der Morgen graute, hatte sie neuen, grimmigen Mut gefasst. Sie verstaute sorgsam ihr Tagebuch und den Füllhalter, frisierte die widerspenstigen Locken und warf einen Blick auf ihr Spiegelbild in dem angeschlagenen Spiegel an der Wand. Sie würde dieses Rätsel lösen, und wenn Friedrich von Neuenstedt ihr nicht helfen wollte, würde sie es eben allein tun.

Von den Meissners verabschiedete sie sich mit aller Herzlichkeit. Jetzt, während die ersten Strahlen der fahlen Dezembersonne die Giebel der Häuser von Rosenthal und den spitzen Kirchturm streiften, schien das ganze Dorf auf den Beinen zu sein. Der Dorfladen gegenüber der Kirche öffnete, der Pastor im dunklen Talar verschwand durch das hohe Eingangsportal des Gotteshauses, einige Jungen kickten einen Lederball über den Marktplatz. Sie alle hielten in ihrem Tun inne und starrten zu ihr herüber, als sie aus dem Haus der Meissners trat.

Unter vielen neugierigen Blicken ging sie zum Dorfpostamt und bestieg eine Postkutsche nach Penkun. In Krackow, einem kleinen Dorf nur wenige Kilometer von Penkun entfernt, war Mamsell Brieger zum letzten Mal gesehen worden.

Die Fahrt dauert nicht lange, und die verschneite Landschaft war so herrschaftlich schön, dass Cida sogar Friedrich von Neuenstedt und ihren Ärger darüber, wie er sie behandelt hatte, für eine Weile vergaß.

Als die Postkutsche Penkun erreichte, erhaschte sie einen Blick auf das herrschaftliche Schloss, das über einem in der Mittagssonne schimmernden Schlosssee thronte, bevor sie sich zu Fuß auf den Weg nach Krackow machte. Vom dortigen Pastor hatte Lotte per Telegramm erfahren, dass es keinen Mann mit dem Namen Franz Breskow in dem kleinen Dorf gab, aber vielleicht würde sie trotzdem eine Spur finden – von Lottes Bruder oder von Mamsell Brieger.

Krackow war ein winziges Dorf, kaum mehr als eine Ansammlung mittelalterlich anmutender Häuser, in deren Zentrum eine trutzige kleine Kirche thronte.

Auch hier wurde jeder ihrer Schritte von misstrauischen Blicken begleitet. Mit Einkaufskörben beladene Frauen blieben stehen, um ihr nachzusehen, einem Kind fiel der Apfel aus dem Mund, woraufhin seine Großmutter zu schimpfen begann. Der Bäcker in seiner weißen Schürze trat mit in die Hüfte gestützten Händen heraus und sah ihr nach. Sie grüßte ihn, als wären sie alte Freunde, und lächelte still über seine verdatterte Miene.

Vor der Kirche blieb sie stehen. Auf dem Platz davor stand ein geschmückter Tannenbaum mit einer winzigen Haube aus Schnee auf dem Stern an der Spitze. Es war Sonntag, der zwölfte Dezember 1909, der dritte Advent, und bald darauf schon Weihnachten. Zu Hause in Brasilien schmückten sie zu Weihnachten jedes Jahr die große Palme im Hof.

»Fräulein? Kann ich Ihnen helfen?«

Ertappt wandte sie sich von dem Baum ab und dem uralten Pastor zu, der soeben aus dem Häuschen neben der Kirche trat und sie aus zusammengekniffenen Augen ansah.

»Ja, ich …« Sie fasste sich. »Ich bin auf der Suche nach jemandem. Einem Mann namens Franz Breskow. Kennen Sie ihn?«

Der Pastor runzelte die Stirn. Es ließ ihn wie einen zu lange eingelagerten Apfel aussehen. »Eigenartig. Erst vor ein paar Wochen hat mich ein Telegramm erreicht, in dem man mich nach einem Herrn dieses Namens gefragt hat. Aus Brasilien.« Er musterte sie von oben bis unten. »Es muss ja sehr wichtig sein.«

Cida nickte. »Ist es, Herr Pastor.«

Der alte Mann wiegte den Kopf. »Ich fürchte nur, ich kann Ihnen nicht helfen, mein Kind. Ich kenne meine Schäfchen, jedes einzelne, seit ich das Amt vor vierzig Jahren übernommen habe. Hier in unserem schönen Krackow gibt es niemanden dieses Namens.« Er schenkte ihr ein bedauerndes kleines Lächeln, bevor er in der Kirche verschwand.

Cida fuhr sich mit einer Hand über das Gesicht. Sollte es das etwa schon gewesen sein? Nein, irgendetwas musste sie hier finden! Sie hatte es einfach im Gefühl. »Und die Frau, die hier im letzten Jahr gestorben ist?«, fragte sie, als der Pastor sich schon längst von ihr abgewandt hatte. »Im letzten Jahr zu Weihnachten muss das gewesen sein.«

Der Geistliche wandte sich zur ihr um, den Blick nachdenklich auf einen Punkt hinter ihrer Schulter gerichtet. »Ja, ich erinnere mich an den Suchtrupp, der damals ins Dorf kam. Die arme Frau. Mitten im Wald hat man sie gefunden. Kurz bevor man sie entdeckt hat, ist mir ihr Geist noch im Schlaf erschienen.« Mit diesen Worten verschwand er im Haus.

Cida blieb ratlos zurück. Tief im Wald? Blieb ihr am Ende nichts anderes übrig, als Mamsell Briegers Spuren in den Wald zu folgen, der sich jenseits des Dorfes erstreckte? Sie hatte keine Angst vor wilden Tieren, aber das eigenartige Gerede des Pastors über einen Geist, der ihn heimgesucht hatte, hatte ihre Erinnerung an den vergangenen Abend wieder lebendig gemacht. Ein winzig kleiner Teil von ihr glaubte daran, dass die Erde eines jeden Ortes Erinnerungen bewahrte.

Suchend sah sie sich um. Wieso nur kannte hier niemand Franz Breskow? Hatte Friedrich von Neuenstedt sie am vergangenen Abend ein zweites Mal belogen? Was wusste sie denn schon über diesen Mann, außer, dass er arrogant war und sie gestern eiskalt vor der Tür hatte stehen lassen?

Seit dem gestrigen Abend war er noch rätselhafter für sie geworden. Erst unternahm er die lange Reise nach Brasilien, einzig, um ihre Mutter zu finden, und dann benahm er sich nur wenige Monate später, als wäre ihr Auftauchen ein unheilvoller Fingerzeig. Der Gedanke brachte sie auf eine Idee.

Sie brauchte nicht lange, um den Dorfladen zu finden. Ihre Mutter hatte an den Geistlichen von Krackow geschrieben, doch manchmal wussten die Leute mehr an Orten, an denen sie täglich zusammenkamen und Klatsch und Tratsch austauschten. Sie hoffte, dass das ein universelles Gesetz war.

Zu ihrer Enttäuschung schüttelte jedoch auch die verhärmte Frau hinter der Ladentheke den Kopf, als Cida nach Franz Breskow fragte. »Gibt hier im Dorf keinen, der so heißt«, brummte sie. »Den weiten Weg haben Sie wohl umsonst gemacht, Fräulein.«

Als Cida Anstalten machte, den Laden zu verlassen, zupfte jemand an ihrem Ärmel. Es war ein Mädchen, ganz spillerig in ihrem viel zu großen Kleid und mit aschblonden Zöpfen. In einer Hand trug sie einen mit Lebensmitteln gefüllten Korb. »Von 'nem Franz Breskow weiß ich nix«, sagte sie zu Cida. »Aber ich wohn auf 'nem Bauernhof weiter draußen. Da gibt es einen Mann, der lebt im Wald. Meiner Mutter hat er geholfen, als unsere Kuh krank geworden ist. Manche aus dem Dorf sind früher zu ihm gegangen, wenn ihre Tiere krank geworden sind, doch wegen dem Wolf, der die alte Frau gefressen hat, traut sich keiner mehr in den Wald. Bestimmt ist er auch längst aufgefressen worden.«

»Warum glaubst du das?«, fragte Cida.

Das Kind zuckte mit den Schultern. »Er hat ein schlimmes Bein. Wegrennen kann der bestimmt nicht.«

»Kind«, sagte die Frau hinter dem Tresen scharf. »Hör auf, so einen Bockmist zu verbreiten. Deine Mutter, die wird auch immer wunderlicher, so ganz allein da draußen.«

Das kleine Mädchen senkte gescholten den Kopf, doch Cidas Herz schlug auf einmal sehr schnell. Sie wusste, dass Franz Breskow verwundet worden war an dem Tag, an dem er und Lotte vor der Gendarmerie geflohen waren. Lotte war die Flucht geglückt, dank ihres Bruders, der angeschossen worden und zurückgeblieben war. »Kannst du mich zu diesem Mann führen?«, bat sie das Mädchen, als sie den Laden verließen.

»Nee«, antwortete die Kleine. »In den Wald geh ich nicht. Aber Sie können mir helfen, den Korb zum Hof zu tragen, und meine Mutter fragen.«

Das Mädchen, das Cida über gefrorene Feldwege aus dem Dorf bis zu einem heruntergekommenen Bauernhof führte, hieß Grete. Sehr gesprächig war es nicht. Dafür jedoch genoss es die Freiheit, von einer vereisten Pfütze zur anderen zu springen, während Cida den schweren Korb und ihren eigenen Koffer über den Feldweg balancierte.

Gretes Mutter war eine vor den Jahren gealterte, zahnlose Frau, die ihr schon ergrautes Haar mehr schlecht als recht unter einem Kopftuch verbarg. Ein dürrer Hütehund knurrte Cida an, als sie Gretes Mutter den Korb reichte, und statt ihn zurückzupfeifen, beobachtete die Frau nur mäßig interessiert, wie der Hund auf die Fremde reagierte. Cida hatte das Gefühl, dass sie wahrscheinlich mit dem gleichen gleichgültigen Gesichtsausdruck zusehen würde, wenn das Tier sie anfiele.

Im Gegensatz zu den freundlichen Meissners ließ sich Gretes Mutter ihre Auskunft fürstlich bezahlen. Cida dachte mit einem Kloß im Magen an ihre schrumpfende Reisekasse.

Die verhärmte Bäuerin gab ihr keine sonderlich hilfreiche Auskunft. Nur ein Fingerzeig, eine vage Richtung. Irgendwo im Wald. Fünf Kilometer, vielleicht auch sechs oder sieben. Und außerdem glaubte die Bäuerin fest daran, dass der humpelnde Einsiedler sich des Nachts in einen Wolf verwandelte und einsame alte Frauen fraß. Andere schienen ihn für einen Waldgeist zu halten, dem man nur zu bestimmten Tageszeiten begegnete, wenn sie der kleinen Greta Glauben schenken konnte.

Sie seufzte. Ob Brasilien oder Pommern, die Leute liebten Geistergeschichten. Was wirklich dran war, würde sie nur erfahren, wenn sie weitersuchte. Und egal, wie gering die Wahrscheinlichkeit war, den Bruder ihrer Mutter irgendwo hier draußen zu finden, sie musste es versuchen.

Cida verließ den Hof und folgte einem schmalen Pfad in den Wald hinein. Es hatte aufgehört zu schneien, aber der Wind, der über die Baumwipfel fegte, war eiskalt, und unter ihren Füßen knirschte der Frost.

Als der Pfad unversehens endete, überkam sie eine Gänsehaut. Sie hielt inne und lauschte, doch bis auf ein gelegentliches Knacken im Unterholz und das leise Pfeifen des Windes in den Baumkronen hörte sie nichts. Auch einem Wolf begegnete sie nicht. Trotz des schrecklichen Schicksals von Mamsell Brieger und der Angst der Dorfbewohner dachte sie nicht daran umzukehren.

Sie irrte stundenlang durch den Wald, und irgendwann senkte sich die Dämmerung über die Bäume. Eigentlich liebte sie den Moment, wenn der Tag hinter dem Horizont verschwand und die Nacht heraufzog, wenn der Mond aufging und alles im Schatten verborgen lag. Doch hier draußen war die Dunkelheit vor allem gefährlich, denn mit dem Abend kamen eisige Kälte und neuer Schnee. Wenn nicht bald ein Wunder geschah, würde sie die Nacht im Wald verbringen müssen.

Irgendwann blieb sie stehen und lauschte. Aber da war nichts. Sie strich sich eine widerspenstige Locke aus dem Gesicht und atmete tief durch. Was hatte die Bäuerin noch gesagt? Der geheimnisvolle Mann im Wald half den Menschen, wenn ihre Tiere krank wurden, mit Kräutern und guten Ratschlägen aus – so sie ihn denn hier draußen fanden.

Als sie die Hoffnung schon fast aufgegeben hatte, entdeckte sie von Frost überzogene Brennnesseln am Wegesrand. Es war eine der wenigen Pflanzen, die sie auch aus ihrer Heimat kannte. Die Pflanze war schon vor langer Zeit von Europa nach Amerika gelangt. Einige Blätter waren abgerupft worden. Bald darauf entdeckte sie weitere Pflanzen, von denen Blätter abgezupft worden waren, frische Erde unter dem Herbstlaub und dann, endlich, kaum sichtbare Fußabdrücke auf dem Waldboden.

Sie ließ den Pfad endgültig hinter sich und drang tiefer in den Wald. Bis es dunkel wurde und sie nicht mehr sehen konnte, wo die Spuren waren. Waren es am Ende Wildtiere gewesen, die hier und da Blätter abgezupft und Pflanzen aus der Erde gerissen und nur die Wurzel im Boden gelassen hatten? Waren die Fußabdrücke bloß Einbildung gewesen? Sie tat noch einen Schritt – und da erklang das leise Gackern von Hühnern.

Und dann trat sie aus dem Schatten der Bäume und auf eine Lichtung. Hier stand eine heruntergekommene Hütte, schief zusammengezimmert und ohne Fenster. Eigentlich war es kaum mehr als ein von Moos überwachsener Verschlag, und wäre kein Rauch aus dem Abzug gequollen, hätte Cida sie für unbewohnt gehalten.

Mit klopfendem Herzen trat sie näher, die Faust so fest um den Griff ihres Koffers geschlossen, dass ihre Fingerknöchel schmerzten.

Die Tür der kleinen Behausung schwang auf, und plötzlich sah sich Cida einem Gewehrlauf gegenüber. »Wer da?«, sagte eine Männerstimme. »Du schon wieder, Rudi?«

»Nicht schießen!«, rief Cida und hob die Hände. »Es tut mir leid, wenn ich Sie erschreckt habe.«

»Also doch nicht der Wolf«, murmelte der Mann mehr zu sich selbst als zu Cida. »Ich habe ihm einen Namen gegeben, weil er sich ständig hier herumtreibt, aber zahm ist er davon nicht geworden. Versucht trotzdem ständig, mir die Hühner zu stehlen. Kommen Sie ins Licht, Fräulein.«

Cida tat, wie ihr geheißen. Erst jetzt konnte sie den Mann richtig sehen. Mit einer Hand hielt er die Büchse, mit der anderen stützte er sich am Türrahmen ab. Er hatte einen dichten Bart und graue Locken, die ihm ein ebenso verlottertes wie verrücktes Aussehen verliehen, und er war spindeldürr.

»Sind Sie Franz Breskow?«, fragte sie.

Auf einmal schien es, als hätte alle Kraft seinen Körper verlassen. Er ließ das Gewehr ganz sinken. »Wer will das wissen?«

Cida traten die Tränen in die Augen. Würde die Erinnerung an die Vergangenheit ihn ebenso erschüttern wie ihre

Mutter? Seine Behausung wirkte wie eine kleine Welt, in der nichts vorwärtsging und nichts zurück.

»Mein Name ist Cida«, sagte sie. »Cida Engel. Ich bin Lotte Engels Tochter. Früher hieß sie Charlotte von Breskow.« Ihr entkam ein atemloses Lachen. »Sie können sich gar nicht vorstellen, wie froh ich bin, dass ich Sie gefunden habe.«

Franz Breskow sank noch ein wenig mehr in sich zusammen. Dann drehte er sich um und humpelte zurück in seine Hütte. Nach kurzem Zögern folgte Cida ihm.

# Kapitel 8

Das Innere der kleinen Behausung war dunkel und verqualmt. Der Rauch stieg von einer offenen Feuerstelle in der Mitte des Raumes zum Abzug auf, und aus dem Schein der Glut und der winzigen Flammen schälten sich eine Schlafstatt bestehend nur aus einem Strohsack, ein anscheinend selbst zusammengezimmerter Tisch und ein schiefes Regal an der Wand, getrocknete Kräuter, die von der Decke hingen, und eine Kiste mit winzigen Kartoffeln.

Es gab nur einen Hocker, und Franz Breskow wies schweigend darauf. Während Cida sich setzte, beobachtete sie, wie ihr schweigsamer Gastgeber einen Topf mit Wasser füllte und über die Feuerstelle hängte. »Ist Kamillentee recht?«

Sie nickte, als er fragend in ihre Richtung sah.

»Wenn es nach den Menschen im Dorf geht, bist du eine Art Geist«, sagte sie leise.

»Die Menschen lieben das Mysteriöse. Vor allem hier im Nirgendwo.« Er klopfte sich gegen das Bein. »In Wahrheit bin ich nur ein Waldschrat, der in der Wildnis lebt und sein begrenztes Wissen gegen das tauscht, was die Leute gerade bei sich haben. Freilich ist das schwerer geworden, seit Rudi beschlossen hat, dass ihm Menschen besser schmecken als Rehe.«

»Die Bäuerin, die mir den Weg zu dir gewiesen hat, erzählte mir, du hast ihre Kuh von der Rinderpest geheilt. Woher weißt du so viel darüber?«

Er warf ihr einen flüchtigen Blick zu. »Als Kind habe ich mich um die Tiere auf unserem Hof gekümmert, und später im Zuchthaus habe ich kein einziges Wort mit den anderen

Häftlingen gesprochen … dafür jedoch umso mehr mit der Amsel vor meinem Fenster.« Er tippte sich gegen die Schläfe und grinste. »Der ›Verrückte von Breskow‹, so haben sie mich genannt.«

Sie musterte ihn, während er getrocknete Kamillenblüten in zwei Becher gab, diese mit heißem Wasser füllte und einen vor ihr abstellte. Er wirkte nicht verrückt. Nur einsam.

»Cida Engel also«, murmelte er, als er seinen Strohsack herangezogen und sich mit einem Ächzen darauf niedergelassen hatte, die Hände um seinen Becher gekrampft. »Dann hat meine Schwester wieder geheiratet?«

Sie nickte und erzählte ihm von ihrem Vater.

Ihr Gegenüber blickte versonnen in die Glut, während sie sprach. »Wie hast du mich gefunden?«, fragte er schließlich.

Sie schluckte. »Ich bin geradeaus gelaufen.«

»Durch den Wald? Ganz allein?«

»Ja.«

»Hattest du denn keine Angst?«

Sie dachte kurz darüber nach, dann schüttelte sie den Kopf.

»Auch nicht vor dem Wolf?«

Sie schüttelte noch einmal den Kopf.

Er stieß ein Geräusch aus, dass ein Lachen oder Fluch sein mochte. »Ich lebe hier schon seit Jahren mit Rudi zusammen. Wir haben uns aneinander gewöhnt. Doch als ich ihn zum ersten Mal gesehen habe, habe ich mir fast in die Hose gemacht. Und da hatte ich noch keine Ahnung, dass er gelegentlich Menschen vertilgt.«

Sie blickte zur Tür. »Hat er kein Rudel?«

»Nein.« Auf einmal brach Franz Breskows Stimme. »Nein, sie sind alle fort.«

Nach kurzem Zögern ging Cida zu ihm hin und schlang die Arme um seine knochigen Schultern. Sie hatte ihn wirklich und wahrhaftig gefunden.

Cida erfuhr, dass Franz Breskow niemals in Krackow gewesen war. Nach seiner Entlassung aus dem Gefängnis hatte er versucht, etwas über den Verbleib seiner Schwester herauszufinden, aber er war arm und seines Namens beraubt worden – jetzt war er nur eine von so vielen bedauernswerten Gestalten in diesem Land. Als sich dann seine im Gefängnis nur schlecht verheilte Hüfte entzündete, musste er die Suche abbrechen, und es hatte ihn an diesen abgelegenen Ort verschlagen. Zurück nach Greifenhagen hatte er sich nur ein einziges Mal gewagt. Das verlassene Gut seiner Familie hatte er nie wiedergesehen.

»Der Graf von Answeiler würde mich ohnehin erschießen, wenn ich mich noch einmal nach Greifenhagen wagte«, bemerkte er düster. »Der Mann, der mich damals niedergeschossen hat. Er ist auch derjenige, der dafür gesorgt hat, dass jedermann in Greifenhagen auch heute noch den Namen meiner Schwester verflucht. Was sie ihr alles anhängen …« Er schüttelte den Kopf. »Würde er noch einmal ein Mitglied unserer Familie in die Finger bekommen, zögern würde er nicht. Du musst vorsichtig sein, hörst du?«

Eine Weile schwiegen sie und lauschten nur dem Knistern des Feuers. Eine Gänsehaut hatte sich in Cidas Nacken ausgebreitet. Ihre Suche würde auf Widerstand stoßen und vielleicht sogar alte Feinde an ihre Familie erinnern.

»Und was ist mit Helena?«, fragte sie schließlich. »Ich bin hier, um sie zu finden.« Sie erzählte von Friedrich von Neuenstedts plötzlichem Auftauchen in Brasilien.

»Dass er so eine weite Reise macht, hätte ich nicht gedacht«, murmelte Franz, als sie geendet hatte, und blickte nachdenklich in die Glut.

Cida beugte sich kaum merklich vor. »Dann war er noch einmal hier, nachdem er dich im letzten Winter hier draußen gefunden hat?«

Ihr Onkel nickte. »Ein paarmal, ja. Als er das letzte Mal

hier war, sagte er nur, er würde eine Reise unternehmen. Das war im Sommer. Seitdem habe ich nichts mehr von ihm gehört. Ich habe die Welt außerhalb dieses Waldes vor vielen Jahren hinter mir gelassen, doch seit dieser Nacht im letzten Dezember habe ich immer wieder darüber nachgedacht, zurückzukehren und die Suche wieder aufzunehmen. Aber ich kann nicht.« Er stieß ein frustriertes Schnauben aus und legte eine knochige Hand auf seinem Knie ab. »Es wird von Jahr zu Jahr schlimmer. Dagegen hilft keine Medizin der Welt mehr.«

Cida schüttelte den Kopf. Friedrich von Neuenstedt war ein weiteres Rätsel, das es zu lösen galt. All der Aufwand, den er betrieb … Er suchte wie ein Kind, das sich im Schneesturm verirrt hatte. Und trotzdem hatte er ihr die Tür gewiesen. Warum?

»Ein eigenartiger junger Mann, in jedem Fall«, murmelte Franz Breskow, als sie ihn nach ihm fragte. »Er wirkt ziemlich rastlos, nicht?«

»Was, glaubst du, führt er im Schilde?«

»Ich weiß es nicht.« Ihr Onkel wiegte den Kopf. »Ich mag voreingenommen sein, doch ich traue ihm nicht über den Weg. Es waren Männer wie Friedrich von Neuenstedt, die mir damals meine Ausbildung zur Hölle gemacht haben. Männer der … alten Welt.« Er verzog das Gesicht zu einem Grinsen. »Er und seinesgleichen denken anders als Freigeister wie deine Mutter. Für Weltverbesserer und Wirrköpfe haben sie nichts übrig.«

Cida blickte zur Tür hin. »Und Mamsell Brieger?«

Ihr Onkel schwieg eine Weile. Schließlich sah er sie wieder an, ernster als zuvor. »Du wirst viele schlafende Hunde wecken, wenn du diesen Pfad weitergehst.«

»Das ist meine Absicht.«

Als er darauf nichts erwiderte, stand sie auf und lief in der Hütte auf und ab. Irgendwann blieb sie an der Tür stehen und legte die Hand gegen das raue Holz. »Ich weiß, dass auch du herausfinden willst, was mit Helena geschehen ist.«

Er schwieg so lange, dass sie schon fast glaubte, er wollte überhaupt nichts mehr sagen. »Es könnte gefährlich werden«, warnte er schließlich. »Und schmerzhaft, Begrabenes wieder aus der Erde zu holen. Du weißt nicht, was du finden könntest.«

»Ich habe keine Angst.«

Ein Lächeln huschte über das Gesicht ihres Onkels. »Von einem, der auszog, um das Fürchten zu lernen.« Er klopfte neben sich auf den Strohsack, und nach kurzem Zögern setzte sie sich zu ihm.

Lange Zeit blickte er an ihr vorbei. Der Tee, den er nicht angerührt hatte, dampfte noch und ließ sein Gesicht wie verschwommen im Nebel erscheinen. »Die ganze Nacht lang fiel Schnee«, begann er irgendwann leise. »Als es klopfte, lag er so hoch, dass ich die Tür kaum öffnen konnte. Draußen stand eine Frau, Kopf und Gesicht waren mit einem Tuch verhüllt. Ich habe nur die Augen gesehen. Grau und blutunterlaufen. ›Wer sind Sie?‹, fragte sie, ungefähr so wie du heute. Ich nannte ihr meinen Namen, und sie sah mich an, als hätte sie einen Geist vor sich. Sie erklärte mir weder, wer sie war, noch, wohin sie gehen wollte, als sie wieder im Schneegestöber verschwand.«

»Was genau hat sie gesagt?«

»›Helena von Eichberg ist nicht tot. Sie ist am Leben, und es wird Zeit, dass sie die ganze Wahrheit erfährt. Ich hätte nicht so lange warten dürfen.‹ Das waren ihre Worte. Sie stand auf meiner Türschwelle, sagte es, und dann … dann drehte sie sich um und verschwand im Schneegestöber. Sekunden später war sie fort, als wäre sie nichts weiter gewesen als ein Geist. Ich konnte ihr nicht folgen. Und meine Rufe haben sie nicht aufgehalten.«

Cida erschauderte. War Mamsell Brieger am Ende zum

Sterben in diesen Wald gegangen? Hatte sie gar nicht vorgehabt, je nach Rosenthal zurückzukehren? Es klang beinahe so, als hätte Rudi lediglich zu Ende gebracht, was ohnehin unausweichlich gewesen war.

Als Cida endlich die Stimme wiedergefunden hatte, klang sie rau. »Und das alles hast du Friedrich von Neuenstedt erzählt?«

»Als er vor der Tür stand, habe ich ihn nicht gleich wiedererkannt«, murmelte Franz Breskow. »Den kleinen Jungen von damals. Wer hätte gedacht, dass er mich eines Tages hier draußen finden würde? Er hämmerte gegen die Tür, und kaum, dass ich sie geöffnet hatte, fragte er nach der alten Frau, die nur wenige Stunden zuvor auf meiner Schwelle gestanden hatte. Ich war mir schon gar nicht mehr sicher, ob ich sie mir nicht eingebildet hatte.«

»Was hast du ihm genau gesagt?«, fragte Cida. »Was … Hast du vielleicht etwas ausgelassen? Fällt dir im Nachhinein irgendetwas auf, was merkwürdig war?«

Er runzelte die Stirn. »Alles an dieser Nacht war merkwürdig. Der Schneesturm, Rudis Heulen irgendwo im Wald … Ich habe dem jungen Grafen von Neuenstedt erzählt, was ich auch dir jetzt erzähle. Friedrich von Neuenstedt versprach mir nachzuforschen. Meine Schwester zu finden, meine Nichte zu finden … Ich habe nicht daran geglaubt, dass er es ernst meint, aber jetzt bist du hier.«

»Ich werde zurück nach Rosenthal gehen«, erklärte Cida grimmig. »Und ich werde herausfinden, was dieser von Neuenstedt wirklich im Schilde führt.«

Franz Breskow wiegte den Kopf. »Eines musst du verstehen. Die Familie ist dem ostelbischen Adel heilig. Nicht unbedingt im sentimentalen Sinne, aber dafür umso mehr im Sinne der Institution. Für ihr Erbe und die Familienehre und ihre Blutlinie würden sie alles tun. Friedrich von Neuenstedt mag gute Gründe haben, Helena von Eichberg finden zu wollen.

Wäre sie am Leben … nun, sie wäre eine junge Frau mit einem großen Namen. Vielleicht hat er den Nutzen vor Augen, den sie für die Familie haben könnte. Vielleicht denkt er sogar schon an mögliche Heiratsbündnisse. Eine von Eichberg könnte man an einen Herzog verheiraten, wenn man es geschickt anstellt, und die von Neuenstedts waren schon immer ehrgeizig. Aber egal, was es ist, das ihn motiviert … vermutlich sind seine guten Gründe nicht unsere guten Gründe. Vergiss das nicht, wenn du vorhast, ihn erneut zu konfrontieren.«

Am nächsten Morgen machte Cida sich zurück auf den Weg ins Dorf.

Es schneite in weichen Flocken, doch am Himmel war kaum eine Wolke zu sehen. Auch kam es Cida heute nicht so klirrend kalt vor wie während ihrer gestrigen Wanderung – allerdings lag das wohl an den Handschuhen, die Franz ihr gegeben hatte. Sie schritt entschlossen aus und überlegte sich schon, was sie zu Friedrich von Neuenstedt sagen würde, wenn sie ihm erneut gegenüberstand, da erklang rechts des Pfades, dem sie folgte, ein Rascheln.

Sie blieb stehen und richtete den Blick dorthin, wo sie das Geräusch vernommen hatte. Ganz leise Pfoten im Schnee, ein grauer Schatten zwischen zwei schlanken Baumstämmen, und nur eine Sekunde später stand ein Wolf vor ihr auf dem Pfad. Es war ein stattliches Tier, groß, mit hellgrauem Fell und bernsteinfarbenen Augen. Es blickte sie direkt an.

»Hallo, Rudi«, sagte Cida. Sie regte sich nicht, sah nur den Wolf an. Ebenso unverwandt wie er sie. »Du willst mich doch nicht fressen, oder?«

Das Tier blickte sie noch einen Moment länger aus golden schimmernden Augen an. Dann huschte es davon, zurück in den Wald.

Cida atmete tief durch und wischte sich den Schweiß von der Stirn. Dann setzte sie ihren Weg fort.

Als die Postkutsche Rosenthal erreichte, zog bereits die Dämmerung herauf. Es schneite noch immer, und die Giebel der Häuser trugen jetzt allesamt weiße Kronen.

Cida überlegte, ob sie die Meissners noch einmal um ein Bett für die Nacht bitten sollte, da kam ihr schon Emil entgegengelaufen. Die Wangen des Knaben waren rot von der Kälte. Seine Jacke flatterte im Winterwind, und sein gestreifter Schal schleifte über den Boden und war schon ganz nass vom Schnee.

»Fräulein Engel!«, rief er und blieb schlitternd vor ihr stehen.

»Hallo, Emil«, sagte sie und lächelte über die Art und Weise, wie er die Mütze auf seinem Kopf zurechtrückte. »Was ist denn los?«

Er räusperte sich und stellte sich kerzengerade hin. »Der Herr Graf war heute im Dorf und hat nach Ihnen gefragt, Fräulein. Ich dachte, das würden Sie gern wissen wollen. Wo wir ja gar keine Ahnung hatten, ob Sie überhaupt wiederkommen.«

Cida hob die Augenbrauen. Was wollte Friedrich von Neuenstedt denn nun von ihr? Vermutlich wollte er sichergehen, dass sie sein Land bereits verlassen hatte. »Ich danke dir«, sagte sie zu Emil. »Weißt du, wo der Herr Graf jetzt ist?«

»Nein, Fräulein.« Er blickte sich um. »Sind Sie nun wieder auf dem Weg zum Gutshof?«

Sie bejahte, und er bot ihr sogleich an, sie dorthin zu begleiten. Über seinen Eifer musste sie lachen. »Gern, aber nur, wenn deine Eltern es erlauben.«

Er eilte zur Werkstatt seines Vaters und kehrte gleich darauf mit einem breiten Grinsen im Gesicht zurück.

Den Weg nach Gut Rosenthal brachte Cida damit zu, darüber zu staunen, was dieser Junge alles wusste. Von der Funktionsweise eines Automobils bis hin zu den Unterschieden zwischen Wechselstrom und Gleichstrom. »Wissen Sie, dass der Herr Graf einer der Ersten hier in Greifenhagen ist, der seinen Haushalt elektrifiziert hat?«, fragte er, als das Gutshaus in Sicht kam. »Das war, bevor ich aufs Gymnasium kam, und erst vor ein paar Wochen sind die Arbeiten beendet worden. Der gnädige Herr ist mächtig stolz drauf. Ich hab zugesehen, wie der Strommast aufgestellt worden ist – doch als ich gesagt habe, dass es ganz einfach wäre, einen Stromausfall herbeizuführen, hat mich der Gutsverwalter ordentlich gescholten.«

»Das klingt auch nicht, als wäre es erlaubt«, erwiderte Cida und warf dem Burschen einen mahnenden Blick zu.

»Alles nur rein theoretisch, versteht sich, Fräulein Engel.«

Sie konnte sich das Lachen nicht verkneifen. »Aber natürlich.«

Als sie aus dem Schatten des Waldstückes traten, das das Dorf vom Gutshaus trennte, war der Mond bereits über dem Herrenhaus aufgegangen. Trotzdem war es noch nicht dunkel, und so glänzte die Mondsichel wie ein halb geöffnetes Auge am fahlen Nachmittagshimmel. Die Sonne hatte sich den ganzen Tag lang nicht gezeigt.

Nie hätte Cida gedacht, dass ein Land diese Farben annehmen könnte. In Brasilien waren die Farben kräftig, die Sonne stärker als jeder Regenguss und jede Dämmerung. Hier jedoch lag das Land im Zwielicht. Das Gras war weniger grün, die Wälder schienen ein Geheimnis zu bergen, und über den Feldern hing ein Hauch von Nebel.

Das Herrenhaus ragte über alldem auf, trotzig, als könnte es noch hundert Jahre und mehr hier stehen, unbeeindruckt von Geheimnissen und harten Wintern.

»Lauf jetzt geschwind nach Hause«, sagte Cida zu Emil. »Es ist schon ziemlich dunkel.«

Stirnrunzelnd blickte der Bursche zum Herrenhaus. »Was wollen Sie eigentlich von den Herrschaften, Fräulein?«

»Ich suche jemanden«, antwortete Cida nach kurzem Zögern. Und dann, leiser und mehr zu sich selbst. »Noch einmal lasse ich mich nicht abweisen.« Sie sah die ganze Zeit Franz Breskow und die bernsteinfarbenen Augen des Wolfes vor sich. Ihr Ausflug nach Krackow hatte in ihr die Gewissheit wachsen lassen, dass es hier, in diesem fremden und kalten Land, etwas für sie gab. Was auch immer des Rätsels Lösung war, sie würde sie finden.

In ihrer Rocktasche raschelte der Brief, den ihr Onkel für ihre Mutter verfasst hatte. Morgen würde sie ihn zur Post bringen. Für ihre Familie konnte alles gut werden, und dann würde sie zurückkehren. Und dann wäre sie wirklich und wahrhaftig angekommen.

»Seien Sie aber vorsichtig«, sagte Emil mit einem eigenartigen Blick zum Herrenhaus. »Im Dorf erzählt man sich so einiges.«

Bevor sie ihn fragen konnte, was er damit meinte, oder ihm für seine Begleitung danken konnte, hatte er sich umgedreht und war davongelaufen. Schon bald war er verschwunden, und sie war allein.

Heute nahm sie sich die Zeit, sich aufmerksam umzusehen, während sie auf das Herrenhaus zuhielt. Vor ihr lagen die Wirtschaftsgebäude, umgeben von Pferdekoppeln und weiten Feldern. Die Ställe, die Scheunen und das Arbeiterhaus waren um einen kleinen Hof herum angeordnet, und von da aus führte ein sanft gewundener, von Kastanien gesäumter Weg zum Hintereingang des Herrenhauses.

Rechts vom Gutshaus erblickte Cida einen im Zwielicht schimmernden See, umgeben von Schilf. Eine Esche hatte ihren Kopf über die spiegelglatte Oberfläche des Gewässers geneigt. Ob der See schon zugefroren war? Sie hatte bisher nur in Büchern vom Winter gelesen. Schnee, vereiste Seen, Schlittschuhläufer. Und jetzt spürte sie die Kälte am eigenen Leib, beobachtete, wie der Schnee in dicken Flocken aus dem Himmel fiel und wie ihr Atem in weißen Wölkchen aus ihrem

Mund kam. Sie holte tief Luft und umfasste den Griff ihres Koffers ein wenig fester. Sie war so weit weg von zu Hause.

Dieses Mal ging sie nicht zum Vordereingang. Stattdessen folgte sie dem Pfad, den sie gekommen war, vorbei an weiten Pferdekoppeln, auf denen nur wenige Pferde standen, bis zu den Wirtschaftsgebäuden, den Blick auf den Dienstboteneingang des Herrenhauses gerichtet.

»Stellen Sie sich bei der Mamsell vor«, hatte Emil ihr empfohlen. »Sie ist zwar streng, aber nicht ganz so grantig wie Herr Walters. Mit dem ist eigentlich nie gut Kirschen essen.«

Herr Walters war der Hausdiener, der Cida vor zwei Tagen so schroff abgewiesen hatte.

In Gedanken beschwor sie das letzte Gespräch mit ihrer Mutter wieder herauf. Wenn jemand etwas über Mamsell Briegers Geheimnis wusste, dann waren es die neue Mamsell von Gut Rosenthal und die anderen Bediensteten, die während Charlotte von Eichbergs Zeiten auf Gut Rosenthal gedient hatten. Maximilian Walters war einer der Namen gewesen, die ihre Mutter ihr genannt hatte. Er war schon damals der oberste Hausdiener gewesen.

Als sie gerade eines der Pferde auf der Koppel bewunderte, einen schlanken Rappen mit einer winzigen weißen Blesse auf der Stirn, und sich fragte, ob die wenigen Pferde, die sie sah, die einzigen auf Gut Rosenthal waren, hörte sie Schritte im frisch gefallenen Schnee knirschen. »He! Wer sind Sie?«

Sie blickte auf. Sie hatte nun fast die Ställe erreicht, und im Schatten einer Stalllaterne stand ein kräftiger Mann, die Mütze schief auf dem Kopf, eine Mistgabel in der Hand. Er nahm einen Zigarettenstummel aus dem Mund und warf ihn fort.

Cida straffte sich und ging auf ihn zu. Dabei versuchte sie zu wirken, als gäbe es überhaupt keinen Grund, sich über ihr Auftauchen zu wundern.

»Cida Engel«, sagte sie, als sie vor dem mürrisch blickenden Mann stand, und streckte eine Hand aus. »Sehr erfreut.«

Er schlug nicht ein. »Hans Weber«, erwiderte er schließlich. »Sind Sie hier, um sich auf die Stelle als Hausmädchen zu bewerben, Fräulein Engel? Dafür ist es jetzt reichlich spät.«

»Ich … Nein«, antwortete sie. »Ich möchte zur Mamsell. Eine … hhm … Familienangelegenheit.«

Hans Weber musterte sie mit gerunzelter Stirn. »Hm. Kann mich gar nicht erinnern, wann Mamsell das letzte Mal Besuch bekommen hat. Na, dann kommen Sie mal mit.«

Er machte Anstalten voranzugehen, aber Cida blieb noch einmal stehen, auf einmal nervös geworden. »Ich … gehöre nicht zu Mamsells Familie. Sie … kennt mich gar nicht.«

Er wandte sich ihr mit gerunzelter Stirn zu. »Sie sagten doch, es handle sich um eine Familienangelegenheit.«

Cida nickte. »Tut mir leid, es ist schwer zu erklären.« Sie schaute sich Hilfe suchend um, und ihr Blick blieb an den Ställen hängen. »Mein Vater hat früher hier gearbeitet. Heute heißt er Johann Engel. Früher Johann Büttner. Ich …« Sie verstummte, als sie sah, dass die Miene ihres Gegenübers sich verändert hatte. Er sah aus, als hätte er einen Geist gesehen.

In diesem Augenblick erklang Hufschlag, und sie fuhren beide herum. Ein Reiter näherte sich. Als das Licht des Sichelmonds auf sein Gesicht fiel, glaubte Cida kurz, es handele sich um Friedrich von Neuenstedt. Erst, als der Fremde vom Rücken seines prächtigen Wallachs sprang, bemerkte sie die Unterschiede. Dieser Mann sah Friedrich von Neuenstedt auf den ersten Blick zum Verwechseln ähnlich, doch sein Gesicht war breiter, und sein Körper kräftiger gebaut. Cida ging auf, dass sie den jüngeren Bruder des Grafen vor sich haben musste. Hagen von Neuenstedt.

»Guten Abend, Hans«, sagte der junge Mann gut gelaunt und kam mit großen Schritten auf sie zu.

Der Angesprochene dienerte und beeilte sich, den Wallach am Zügel zu nehmen.

»Und wen haben wir hier?«, fragte Hagen von Neuenstedt

und blickte einmal an Cida auf und ab. »Ist das etwa die geheimnisvolle Fremde, über die sich die Leute im Dorf das Maul zerreißen?«

Cida straffte sich. »Die bin ich dann wohl, Herr Graf.«

»Ah ja, der Pöbel liebt Geschichten über mysteriöse Frauen aus fernen Ländern, nicht wahr?« Er zwinkerte ihr zu, als teilten sie jetzt einen gemeinsamen Scherz. »Hat die schöne Fremde denn auch einen Namen?«

»Cida Engel, Herr Graf«, antwortete sie, bemüht, sich ihre Irritation nicht anmerken zu lassen.

»Ein passender Name für ein so reizendes Fräulein«, bemerkte er und gab ihr einen Handkuss. »Und was führt Sie nach Gut Rosenthal, Fräulein Engel?«

Bildete sie sich das ein, oder benutzte er die respektvolle Anrede als Spott? Hagen von Neuenstedt war sicher ebenso charmant wie sein Bruder, und er schien eine mitreißende Persönlichkeit zu haben. Allerdings konnte sie sich nicht des Eindrucks erwehren, dass ihm jeder Satz mit einer gewissen Doppeldeutigkeit über die Lippen kam.

»Fräulein Engel ist der Familie wegen auf Gut Rosenthal«, erklärte Hans, der soeben den Wallach an ihnen vorbei zum Stall führte. Kurz blieb er stehen und warf einen eigenartigen Blick auf den jungen Grafen. »Ihr Vater war hier früher Stallmeister.«

»Ah, nostalgische Gründe«, bemerkte Hagen von Neuenstedt. »Da sind Sie ja sicher neugierig auf unser schönes Rosenthal.«

»Sehr, Herr Graf«, antwortete Cida wahrheitsgemäß.

»Nun, dann gehen wir doch rein.« Er wies in Richtung des Herrenhauses. »Es ist immer ein großer Spaß, das Gesinde ein bisschen zu erschrecken.« Er senkte die Stimme. »Mamsell mag es gar nicht, wenn sich die Herrschaften in ihrem Refugium aufhalten. Aber wir können schließlich gehen, wohin auch immer wir wollen, nicht wahr?«

Cida folgte Hagen von Neuenstedt zögerlich ins Haus. An der Tür drehte sie sich noch einmal nach dem Stallmeister um, der im Schatten der Remise stand. Sie konnte seine reglose Gestalt nur noch von Weitem ausmachen, aber sie glaubte, dass er in ihre Richtung sah. Er hatte sich eine neue Zigarette angezündet, und der Glimmstängel glühte fast schon bedrohlich auf inmitten der aufziehenden Nacht und der Schneeflocken, die wieder zu fallen begonnen hatten. Cida wandte sich erst ab, als Hagen von Neuenstedt einen Arm ausstreckte und die Tür hinter ihr zuzog.

Von einem kleinen, nur mit flackernden Gaslampen erhellten Flur ging es in die Küche des Gutshauses. In der Mitte des Raumes stand ein gewaltiger Herd, darauf ein Teekessel und lauter dampfende Töpfe.

Durch den Türspalt sah Cida zwei Mädchen, die den Tisch in einem offenen Raum hinter der Küche deckten – das musste die Leutestube sein –, und einen Burschen mit schief sitzender Mütze und darunter hervorquellenden blonden Locken. Er befeuerte soeben den Ofen.

»Wo ist denn Herr Walters?«, fragte eines der Mädchen, das wie das andere eine weiße Haube auf dem Kopf trug. Darunter lugten Strähnen dunkelblonden Haares hervor.

»Drückt sich bei den Herrschaften herum in der Hoffnung, etwas zu tun zu bekommen«, meinte die kleine Frau, die am Herd stand und in einem dampfenden Topf rührte. »Wie immer, Leni. Herrje, Karl, wirst du mir wohl den Ofen nicht so voll machen? Feuerholz wächst schließlich nicht einfach auf den Bäumen …« Sie klappte den Mund zu und verpasste Karl, der zu lachen begonnen hatte, einen Klaps auf den Hinterkopf.

»Es ist eiskalt hier drinnen, Nele«, sagte er anklagend und hielt ein Holzscheit hoch. Draußen ist schon der Boden gefroren.«

»Und es wird noch kälter, wenn wieder Mamsell und Herr

Walters an einem Tisch sitzen und so tun, als wäre der andere nicht da«, bemerkte das andere Küchenmädchen. »Eiskalt. Da hilft auch kein Ofen.«

Darüber kicherten sie alle.

Als Hagen von Neuenstedt sich räusperte und die Tür ganz aufstieß, stieß die Köchin einen leisen Schrei aus und beeilte sich zu knicksen. »Gnädiger Herr! Was machen Sie denn … Ich meine, was für eine Ehre, Sie hier unten … Ich meine, willkommen zu Hause! Wir wussten gar nicht, dass Sie heute schon eintreffen … Soll ich Mamsell rufen? Ist etwas nicht zu Ihrer Zufriedenheit?«

»Aber nein, Nele, es ist alles zu meiner vollsten Zufriedenheit«, gab Hagen von Neuenstedt jovial zurück. »Ich zeige nur unserer Besucherin hier unser schönes Gutshaus.« Er legte Cida eine Hand auf den Rücken und breitete die andere aus, als wollte er sie präsentieren. »Das hier ist das entzückende Fräulein Engel aus … einem sehr weit entfernten Land. Aber Verwandte hat sie sogar hier in Pommern, nicht wahr, Fräulein Engel?«

Cida entzog sich der Berührung und blickte in die Runde. Sie versuchte, sich ihre Mutter an diesem Ort vorzustellen. Die gnädige Frau. Es war unwirklich, schließlich war Lotte Engel keine adlige Dame, sondern eine unverbesserliche Pferdenärrin mit nachlässig aufgestecktem Haar, einem ansteckenden Lachen und der schiefsten Singstimme, die man sich nur vorstellen konnte.

Es war ganz still geworden, und alle Blicke lagen auf dem Neuankömmling. Cida holte tief Luft. »Ich … freue mich, Sie alle kennenzulernen. Meine Eltern haben früher auf diesem Gut gelebt.«

»Soso.« Unversehens betrat eine hochgewachsene Frau die Küche. Kurz knickste sie vor Hagen von Neuenstedt, dann wandte sie sich der Besucherin zu. Sie hat wirklich außergewöhnlich helle Augen, dachte Cida, als die Fremde sie fixierte. »Wer sind Ihre Eltern, Fräulein Engel?«

»Mein Vater war früher Stallmeister hier«, erklärte Cida. »Damals hieß er noch Johann Büttner.«

Die Miene der Älteren veränderte sich. Auf einmal wirkte sie beinahe traurig. »Wirklich. Johann. Ich hätte nicht gedacht, dass wir je wieder von ihm hören. Er ist damals nach Amerika gegangen.«

Cida nickte, und ihr Gegenüber hielt ihr die ausgestreckte Hand hin. »Karla Huppert. Als ich damals hier angefangen habe, ist der Johann gerade Stallmeister geworden.«

Cida ergriff die dargebotene Hand und schenkte Mamsell Huppert ein zögerliches Lächeln.

»Sehr schön!« Hagen klatschte einmal in die Hände. »Sehen Sie, eine gelungene Familienzusammenführung. Da können einem doch glatt die Tränen kommen. Aber Sie wollen doch sicher noch den Rest des Hauses kennenlernen, nicht wahr, Fräulein Engel? Einmal in die Räume hineinsehen, in die Ihr Vater damals nicht einmal seinen schmutzigen Stiefel setzen durfte? Dann haben Sie zu Hause viel zu erzählen!«

Sie warf ihm einen zornigen Blick zu. Beinahe wäre sie damit herausgeplatzt, dass ihre Mutter einmal die Patronin dieses Hauses gewesen war, doch sie hielt sich zurück. Friedrich von Neuenstedt mochte wissen, warum sie hier war, aber sie wollte keinesfalls mit dem Grund ihrer Reise hausieren gehen.

Sie zwang sich zur Ruhe und folgte Hagen von Neuenstedt in die oberen Räumlichkeiten des Gutshauses. In der Eingangshalle begegneten sie den zwei großen Deutschen Doggen, die Cida schon bei ihrem ersten Besuch auf Gut Rosenthal gesehen hatte.

Hagen von Neuenstedt tätschelte beiden Tieren den Kopf, bevor er Cida weiterzog. »Keine Angst«, sagte er zu ihr. »Brutus und Nero sehen gefährlich aus, aber sie beißen nicht.

Friedrich verwöhnt diese Köter nach Strich und Faden – sie taugen höchstens noch zu Schoßhunden.«

Darauf sagte Cida nichts. Sie warf noch einen letzten Blick auf die großen Hunde, die sich jetzt wie Statuen am Fuß der Treppe hingesetzt hatten – und dann folgte sie Hagen in den ersten Stock des Herrenhauses.

Die Flure waren mit dunklem Holz vertäfelt und mit grünem Teppich ausgelegt, auf dem ihre Schritte kaum ein Geräusch erzeugten. Riesige Gemälde schmückten die Wände – Männer in Uniformen und mit dicken Schnauzbärten, römisch anmutende Jagdszenen, Frauen mit aufwendigen Frisuren und in ausladenden Kleidern. Cida betrachtete jedes einzelne dieser Gemälde und fragte sich, ob einer dieser Männer Andreas von Eichberg war. Sie wagte, danach zu fragen.

Hagen von Neuenstedt wandte sich halb zu ihr um und musterte sie, als fiele ihm erst jetzt auf, dass sie sprechen konnte. »Woher kommen Sie, sagten Sie?«

Sie erwiderte nichts darauf, und er schien zu dem Schluss zu kommen, dass es keine Rolle spielte. »Der alte von Eichberg ist vor mehr als zwanzig Jahren verschollen.«

Ihr Gastgeber ging noch ein paar Schritte und blieb dann vor einem Gemälde stehen, das einen Mann mit dickem Schnauzer und einem hintergründigen kleinen Lächeln zeigte. Seine Augen mussten einem unwillkürlich auffallen. Es waren die Augen von jemandem, der immer mehr wusste als die Menschen um ihn herum.

Cida prägte sich jede Einzelheit des Gemäldes ein und versuchte, sich die Tochter dieses Mannes vorzustellen. Ob Helena von Eichberg nach ihren Eltern kam? Und wenn sie tatsächlich am Leben war … wem ähnelte sie mehr? Cidas Adoptivmutter oder dem Mann, der ihre leibliche Mutter Filipa getötet hatte? Was, wenn Helena von Eichberg wirklich am Leben war und sich herausstellte, dass sie nichts mit ihrer Mutter und viel zu viel mit ihrem Vater gemein hatte? Wenn man lange genug in die Augen des verschollenen Andreas von Eichberg blickte, sah man einen Hauch von Grausamkeit in seinem Blick – und noch viel mehr Einsamkeit. Eine gequälte Seele.

Mit einem Schaudern wandte Cida sich ab. »Was ist mit ihm passiert?«

»Nun.« Hagen von Neuenstedt schlenderte zu ihr und blickte ebenfalls zu dem Bild hinauf. »Mein Onkel war ein kluger Mann, wie es heißt. Er hatte ein Händchen für gute Geschäfte. Und für Menschen. Er wusste sie zu lenken, sagt meine Mutter. Freundlich, wenn er konnte, mit Gewalt, wenn man ihm keine andere Wahl ließ. Aber so klug er auch war, er hatte ein Herz. Und das war sein Fehler.« Er warf Cida ein raubtierhaftes Lächeln zu. »Das Gesinde erzählt sich, seine erste Frau, Luise von Eichberg, hätte ihn verflucht. Der Tod ihres Kindes hat sie wahnsinnig gemacht, und danach schlich sie wie ein Gespenst durch das Haus. Der Tag, an dem sie vom Pferd fiel und starb, war eine Erlösung.« Ein Schulterzucken. »Manche glauben, der alte Herr hat nachgeholfen, weil er nicht ertrug, was aus seiner geliebten Frau geworden war. Andere mutmaßen, dass sie sich mit Absicht vom Pferd warf und starb. Aber vermutlich war es einfach ein tragischer Unfall.«

»Und dann hat er wieder geheiratet«, murmelte Cida.

»Da war es schon vorbei mit ihm, sagt Mutter. Er war verzweifelt, und statt eine brave Frau aus gutem Hause zu heiraten, nahm er sich eine, die aussah wie seine geliebte Luise. Die Tochter irgendeines Krautjunkers, die ein Kind gebar, das gleich nach der Geburt starb, und sich kurz darauf davonmachte. Das hätte das Ende dieser unseligen Geschichte sein können, aber der alte Herr war so besessen von dieser Frau, dass er ihr folgte. Er stieg auf ein Schiff nach Amerika und kehrte niemals zurück.«

Cida schluckte. »Und das Kind? Wie ist es gestorben? Was ist passiert?«

Ein Lächeln breitete sich auf dem Gesicht ihres Gegenübers aus. »Interessieren Sie sich etwa für Familiengeheimnisse, Fräulein Engel?«

Sein Tonfall gefiel ihr nicht, aber sie ging trotzdem darauf ein. Vielleicht würde er derjenige sein, der ihr die Antworten gab, nach denen sie suchte.

»Gibt es davon denn welche?«, entgegnete sie mit leiser Stimme. »Familiengeheimnisse?«

Er starrte sie an, vielleicht eine Sekunde zu lange, und viel zu konzentriert. »Warum sind Sie wirklich hier auf Gut Rosenthal, Fräulein Engel?«

»Ich …« Bevor sie sich eine Antwort überlegen konnte, erklangen Schritte im Flur, gedämpft durch den Teppich.

Cida wandte sich eine Spur zu eilig von Hagen von Neuenstedt ab, nur um in der nächsten Sekunde seinem Bruder gegenüberzustehen. Ausgerechnet.

Sie atmete tief ein. Erst jetzt bemerkte sie, dass ihr das Herz bis zum Hals schlug. »Herr Graf von Neuenstedt.«

Er hob eine Augenbraue, und sie dachte flüchtig, dass sie noch nie jemandem begegnet war, der einen derart blasierten Gesichtsausdruck an den Tag legen konnte. Er sagte kein Wort zu ihr, sondern wandte sich seinem Bruder zu. »Hagen. Ich wusste nicht, dass du zu Hause bist.«

Hagen von Neuenstedt grinste. »Schon seit heute Morgen. Ich hätte mich ja beim werten Herrn Grafen angekündigt und dir freudig meine Untertanenschaft zugeschworen, doch leider warst du nicht aufzufinden. Aber mach dir keine Sorgen. Ich habe schon nette Bekanntschaften gemacht.« Er machte eine Handbewegung in Cidas Richtung, als wollte er sie vorführen wie eine besonders faszinierende Erfindung. »Die mysteriöse Fremde, über die man im Dorf spricht, hat den Weg bis auf unser Gut gefunden. Als deine würdige Vertretung dachte ich, ich führe sie ein wenig herum. Sie interessiert sich für Familiengeheimnisse.«

Mit diesen Worten wandte Hagen sich an Cida und legte ihr zum wiederholten Mal eine Hand auf den Rücken. »Kommen Sie, Fräulein Engel. Ich fürchte, mein Bruder ist schönen Fremden gegenüber weniger aufgeschlossen als ich. Der große Graf. Und wir alle sind seine getreuen Untertanen.«

»Es reicht, Hagen«, beschied Friedrich ihn. »Fräulein Engel ist … zufälligerweise mein Gast. Wenn du uns jetzt entschuldigen würdest?«

»Zu Befehl, großer Bruder.« Hagen von Neuenstedt schenkte Cida noch einmal dieses Lächeln, das seine Augen nicht erreichte. »Da Sie ja nun ganz offiziell unser Gast sind, sehen wir uns sicher noch einmal. Ich hoffe, mein verehrter Bruder hat nicht versäumt, Sie einzuladen, Weihnachten hier auf Gut Rosenthal zu verbringen?«

»Das hat er selbstverständlich nicht«, erwiderte Cida mit einem kleinen Lächeln in Friedrichs Richtung. Der machte ein Gesicht, als hätte sie ihm soeben gegen das Schienbein getreten.

»Wunderbar.« Hagen von Neuenstedt wirkte auf einmal fröhlich wie ein Kind. Er ging pfeifend davon, und Cida konnte nicht anders, als ihm verwirrt hinterherzublicken.

Als der jüngere von Neuenstedt gegangen war, wandte Friedrich von Neuenstedt sich seinem ungebetenen Gast zu. »Sie sind wieder hier.«

Cida verschränkte die Arme vor der Brust und reckte das Kinn in seine Richtung. »Dachten Sie wirklich, ich würde nicht zurückkommen?«

Er schnaubte, doch neben seiner Ungehaltenheit sah sie jetzt das in seinen Augen, was sie auch schon während seines Besuchs in Brasilien und später, als er sie am Abend ihrer Ankunft auf Gut Rosenthal abgewiesen hatte, dort hatte aufflackern sehen. Hilflosigkeit.

»Ich war auf der Suche nach Ihnen«, sagte er nach einer viel zu langen Zeit, die sie einander schweigend angesehen hatten. Immer noch bereit, einander beim kleinsten Anlass an die Gurgel zu gehen.

Aus irgendeinem Grund musste Cida sich bei diesem Gedanken ein Lächeln verkneifen. »Ich fühle mich geehrt«, erwiderte sie.

Er legte kaum merklich den Kopf schief und musterte sie. Ihren schmutzigen Rocksaum, den kleinen Koffer, den sie auch jetzt viel zu fest umklammert hielt. »Wo sind Sie gewesen?«

»Sie haben sich doch nicht etwa Sorgen um mich gemacht?«, entgegnete sie und blickte ihn so lange und so durchdringend an, dass er schließlich seufzte und sich durch das Haar fuhr. Beinahe hätte sie darüber gelacht, dass dieser Mann es immer wieder schaffte, sich in weniger als zwei Minuten das sorgsam gekämmte Haar zu zerzausen.

»Kommen Sie«, sagte er schließlich. »Ich werde Ihnen alles erklären.«

Der Graf von Neuenstedt brachte Cida in einen gläsernen Anbau des Herrenhauses. Hier erwartete sie unversehens eine ganz andere Welt.

In einem Ofen prasselte ein Feuer, und Gaslampen spendeten ein wenig Licht. Während draußen der Schnee fiel, wuchsen hier drinnen Zitronen- und Orangenbäumchen, und überall wucherten die schönsten Rosensträucher, die Cida sich je hätte vorstellen können. Blutrot, gelb mit roten Rändern, sogar weiß, im Dunkeln schimmernd wie der Mond am Himmel draußen.

»Die Orangerie hat meine Mutter bauen lassen, als Gut Rosenthal an uns fiel«, erklärte Friedrich, während sie an den Pflanzen entlangschritten. Im Schatten eines Orangenbaums, nur wenige Schritt vom Ofen entfernt, blieb er stehen und sah sie an.

Auch sie hielt im Gehen inne, wartete darauf, dass er etwas sagte. Er tat es nicht. Stattdessen sah er sie an, mit einem fast schon ratlosen Ausdruck in den Augen. Ein wenig erinnerte er sie an einen Schuljungen, der Schelte erwartete.

»Ich habe meinen Onkel gefunden«, sagte sie, als das Schweigen begann, sie nervös zu machen.

Nach kurzem Zögern machte sie noch einen Schritt in seine Richtung. »Warum haben Sie ihn nicht mehr aufgesucht?«

Er seufzte und fuhr sich mit einer Hand über das Gesicht. »Als ich aus Brasilien zurückkehrte, wurde mir bewusst, wie verrückt ich mich verhalte. Ich habe mich in diese Suche hineingestürzt und in der Vergangenheit gewühlt wie ein Wahnsinniger, obwohl ich andere Pflichten habe. Und dann, Wochen, nachdem ich beschlossen habe, die Vergangenheit ruhen zu lassen, stehen Sie vor der Tür.«

Der Blick, mit dem er sie jetzt bedachte, hatte beinahe etwas Entschuldigendes an sich.

Er sollte sich ja auch entschuldigen, dachte Cida und verpasste sich in Gedanken eine Kopfnuss für die kurz aufblitzende Überlegung, dass ein Friedrich von Neuenstedt, der sich ausnahmsweise nicht wie ein überheblicher Mistkerl verhielt, seinen ganz eigenen Charme hatte. »Sie wollten also überhaupt nicht mehr nach meiner Schwester suchen«, sagte sie schließlich.

»Ich habe alles versucht«, gab er zurück, hitzig dieses Mal. Anscheinend weckte ihre Wut seine Lebensgeister. Was war das nur, dass sie bei jeder Begegnung so intensiv aufeinander reagierten? »Herrgott, ich bin sogar auf die andere Seite der Welt gereist! Doch es scheint unmöglich zu sein. Der Pastor von damals ist tot. Sein Nachfolger hat mir Einsicht ins Sterberegister gewährt, aber dort steht nur, dass Helena im Juni 1887 starb. Und der alte Doktor Krause, der Ihre Mutter damals entbunden hat, ist geistig verwirrt. Ich war heute noch einmal bei ihm, und dieses Mal habe ich immerhin ein paar zusammenhängende Worte aus ihm herausbekommen.«

Ihr Herz begann, schneller zu schlagen. »Warum sind Sie noch einmal zu ihm gefahren, wenn Sie die Suche aufgegeben haben?«

Auch der Graf trat jetzt einen Schritt auf sie zu, und unversehens musste sie zu ihm aufblicken. Sie machte die Hitze, die der Ofen ausstrahlte, dafür verantwortlich, dass ihr Gesicht auf einmal glühte. »Als ich Sie nicht gefunden habe, dachte ich … Es ist ja auch egal. Ich sagte ihm, dass Charlotte von Eichbergs Tochter in Rosenthal ist, und auf einmal war er vollkommen beisammen.«

»Was hat er gesagt?«, flüsterte Cida. »Haben Sie irgendetwas aus ihm herausbekommen?«

Ihr Gegenüber zögerte sichtlich. Dann nickte er. »Der alte Doktor packte meinen Arm und sagte, es könne nicht sein. Das Kind sei tot gewesen, er habe es mit eigenen Augen gesehen. Er hat den Tod festgestellt und den Totenschein ausgestellt.« Er holte tief Luft und fuhr sich ein weiteres Mal durch das Haar. »Ich fürchte, wir haben uns beide in etwas verrannt, Fräulein Engel. Helena von Eichberg ist in der Nacht ihrer Geburt gestorben.«

Sie konnte wieder nicht schlafen.

Wie jede Nacht wachte sie im Dunkeln auf, fragte sich eine Schrecksekunde lang mit klopfendem Herzen, wo sie war, und setzte sich dann abrupt auf. Sie schlief in einem Zimmer unter dem Dach, in einem Bett, das zu groß für sie war. Das Bettzeug war schwer und klamm, und trotz der Wärmflasche unter der Decke war es eiskalt. Vor dem Fenster zogen Schneeflocken vorbei, winzig kleine Lichtpunkte in dunkler Nacht.

Cida tastete nach ihrem Koffer und holte eine Kerze hervor, die sie nach kurzem Zögern anzündete und am Fensterbrett befestigte. Sie war fast schon runtergebrannt, das Wachs an den Seiten heruntergelaufen und nun getrocknet.

Sie lauschte in die Dunkelheit, auf das Knacken im Holz und den Wind, der irgendwo im Gebälk pfiff, und glaubte, das große Haus zu spüren, in dem sie sich befand. All die Menschen, die vor ihr hier gewesen waren, und alle, die noch kommen würden. Mit einem Seufzen strich sie sich die widerspenstigen Locken aus dem Gesicht. Wurde sie am Ende genauso abergläubisch wie Ayana?

Sie holte ihr Tagebuch und den Federhalter aus dem Koffer, setzte sich auf die Sitzbank vor dem Erkerfenster, von dem aus sie die von Schnee bedeckte Kastanienallee sehen konnte, die zum Herrenhaus hinaufführte, und begann den Brief, den sie längst hätte schreiben sollen. *Lieber Yaris …*

Sie schrieb sich alles von der Seele. Ihr Glück, ihren Onkel gefunden zu haben, und ihre Verzweiflung über die Neuigkeiten, die Friedrich von Neuenstedt ihr überbracht hatte. Dass sie nicht wusste, was sie jetzt tun sollte. Sie schrieb, bis sie jeden ihrer Gedanken aufs Papier gebannt hatte und sie das kleine, in Leder gebundene Buch zuklappte, viel zu laut, sodass der Knall durch das dunkle Zimmer hallte.

Sie verstaute das Tagebuch wieder in ihrem Koffer und schlüpfte in eines ihrer einfachen Wollkleider. Auf Zehenspitzen verließ sie das Zimmer und schlich durch die dunklen Flure des Hauses, bis sie unversehens in der Orangerie stand.

Der Ofen war auch jetzt, mitten in der Nacht, noch in Betrieb, und über einer zierlichen Sitzecke spendete eine einzige Gaslampe Licht. Als erwartete der Raum auch zu dieser nachtschlafenden Zeit noch einen Gast.

Cida ging langsam an den Zitronen- und Orangenbäumen und den Rosensträuchern vorbei und nahm sich Zeit, jede einzelne Blüte zu betrachten. Schneeweiß, blutrot. Sie hätte keine einzige dieser Rosen benennen können, und ihr Verstand sagte ihr, dass sie diese Art von Dekadenz verabscheuen sollte. Während die Neuenstedts eine Orangerie betrieben, die sicher ein Vermögen gekostet hatte, mussten andere Menschen darum bangen, ob sie im Winter ihr Haus beheizen konnten oder ob ihre Kinder von Krankheiten dahingerafft wurden. Und dennoch konnte sie sich weder des erhabenen Anblicks der Blüten entziehen noch der Faszination darüber, dass hier drinnen so viel Schönes wuchs, während draußen die Schneeflocken an den verglasten Fenstern vorbeiwirbelten.

»Wo bist du?«, flüsterte sie und blickte hinaus in die Nacht. Wieder dachte sie an den Wolf zurück, dem sie im Wald begegnet war. Es war ihr, als würden seine bernsteinfarbenen Augen sie aus der Dunkelheit heraus anleuchten. Es dauerte eine Weile, ehe sie begriff, dass es ihre eigenen waren, die sich im Glas spiegelten.

Sie tastete nach der Halskette, die Ayana ihr vor ihrer Abreise geschenkt hatte. Der kleine Anhänger baumelte unter ihrem Kleid, genau über dem Schlüsselbein. Es war ein winziger Glasanhänger an einem Lederband, und jetzt schien es ihre einzige, letzte Verbindung zu dem Ort zu sein, an dem sie aufgewachsen war und der hier, am anderen Ende der Welt, so weit weg zu sein schien.

Mit Friedrich von Neuenstedt hatte sie die Abmachung getroffen, dass sie bis Neujahr auf Gut Rosenthal bleiben könnte. Er hatte eingesehen, dass es ihr viel bedeutete, hier zu sein und den Spuren ihrer Eltern in die Vergangenheit zu folgen. Sobald das alte Jahr endete, würde sie auf Rosenthal jedoch nicht länger willkommen sein. In wenigen Wochen schon würde sie ihre bescheidenen Habseligkeiten in ihrem Koffer verstauen und Rosenthal verlassen, um nach Hause zurückzukehren. Sie würde ihre Eltern und Ayana wieder in die Arme schließen und Yaris vielleicht im Frühjahr schon heiraten. Ihre Hand schloss sich noch etwas fester um den Anhänger.

Ein Knacken riss sie aus ihren Gedanken.

Sie fuhr herum. Da stand eine Frau auf dem schmalen, von

Rosen gesäumten Weg, im Schatten zweier Orangenbäume, die sich einander wie Liebende zuneigten. Eine Weile schien sie einfach nur in Cidas Richtung zu sehen.

»Guten Abend«, sagte Cida.

Es war, als hätte der Klang ihrer Stimme einen Bann gebrochen. Die Fremde trat ins Licht der Gaslampe, die Hände vor dem Körper gefaltet. Ihre Augen waren von dem gleichen Stahlgrau wie ihr sorgsam aufgestecktes Haar, und in der Hand hielt sie einen Fächer, mit dem sie sich scheinbar gedankenverloren Luft zufächelte. Sie sah Cida so durchdringend an, als könnte ein einziger Blick sämtliche Geheimnisse offenlegen, die ihr Gegenüber mit sich trug – die, von denen sie wusste, und die, über die sie sich sogar selbst belog.

»Ah«, sagte die Fremde schließlich. »Der Gast.«

Cida holte tief Luft und machte dann, nachdem sie eine Sekunde zu lange gezögert hatte, einen Knicks. Sie hatte begriffen, wer da vor ihr stand. »Cida Engel, Frau Gräfin.«

Die stetige Bewegung des Fächers hielt inne. Die grauen Augen der Gräfin von Neuenstedt musterten sie durchdringend, der winzige Mund verzog sich noch etwas mehr. »Faszinierend«, murmelte sie schließlich und machte noch einen Schritt auf Cida zu. Der Fächer schwebte noch immer bewegungslos in der Luft. »Ein fast vollkommener Knicks.«

Cida hob die Augenbrauen. »Fast?«

»Fast«, wiederholte die Gräfin von Neuenstedt mit einem knappen Nicken. »Sie dürfen ihr Gegenüber dabei nicht ansehen, als wollten Sie es herausfordern, mein Kind. Schon gar nicht, wenn er oder sie von höherem Stand ist. Schlagen Sie die Augen nieder.«

Cida straffte sich und erwiderte den Blick der Gräfin, was diese mit einem verkniffenen Lächeln quittierte.

»Faszinierend«, wiederholte sie. »Als ich hörte, dass mein Sohn sich ein Souvenir von seinen Reisen mitgebracht hat, habe ich das Schlimmste befürchtet. Allerdings … selbst ich muss zugeben, dass Sie etwas an sich haben, mein Kind.«

»Ihr Sohn hat mich nicht *mitgebracht*«, widersprach Cida. »Ich bin auf eigene Faust hierhergekommen.«

»Das wird es sein«, murmelte die Gräfin. »Ich hoffe nur, Sie machen sich keine Hoffnungen auf einen gesellschaftlichen Aufstieg.«

Sie hatte Mühe, sich ihre Verwirrung nicht anmerken zu lassen. »Gesellschaftlichen Aufstieg?«

Die Gräfin von Neuenstedt begann wieder, sich mit dem Fächer Luft zuzuwedeln. »Mein Sohn mag ja manchmal eigenwillig sein, doch er ist sich seines Standes sehr bewusst. Er weiß, dass es seine Aufgabe ist, gut zu heiraten und die Familie weiter aufsteigen zu lassen. Es ist sicher nicht seine Aufgabe, sich mit einer … *Amerikanerin* herumzutreiben.«

Cida verkniff sich ein Lachen, als der Groschen endlich fiel. »Seien Sie nur ganz beruhigt, Frau Gräfin. An Ihrem Sohn wäre ich wohl nur interessiert, wenn es keine anderen Männer – oder Frauen – mehr auf dieser Welt gäbe.«

Die Gräfin schnaubte. »Reden Sie keinen Unsinn, Kind. Er ist reich. Und er ist ein Graf.«

Dazu sagte Cida nichts. Sie war dieser Frau keine Erklärung dafür schuldig, warum zwischen ihr und ihrem überheblichen Sohn niemals etwas geschehen würde. Es war nicht nur seine Überheblichkeit oder die Tatsache, dass er einer Welt entstammte, in der sie lediglich ein Gast war – und zwar ein überaus unwillkommener und misstrauischer. Es war nicht nur die Tatsache, dass sie seit ihrer Kindheit in Yaris verliebt war, die sie daran hinderte, sich je zu Friedrich von Neuenstedt hingezogen zu fühlen. Da war noch mehr. Tiefere Gründe, aus denen sie es sich verbat, überhaupt darüber nachzudenken, warum sie so intensiv auf diesen Mann reagierte. Aber das waren Gründe, über die sie nicht nachdenken wollte und die sie mit niemandem teilen würde – schon gar nicht mit dieser Fremden, die sie musterte wie ein schillerndes, seltenes Insekt, von dem sie nicht wusste, ob sie es schön oder abstoßend finden sollte. Ob sie es hinter einer Glasscheibe ausstellen oder mit der Stiefelspitze zertreten sollte.

»Vergessen Sie eines nicht, mein Kind«, fuhr die Gräfin von Neuenstedt jetzt fort und trat noch einen Schritt an Cida heran. Jetzt war sie so nah, dass Cida ihr Rosenwasser riechen konnte. »Welche Avancen ein Mann von Stand Ihnen auch machen sollte … Sie sind keine Frau, der er je ernsthafte Absichten entgegenbringen würde. Also sonnen Sie sich nicht allzu sehr in der Aufmerksamkeit meines Sohnes.«

# Kapitel 9

Am nächsten Morgen sprang Cida noch vor Sonnenaufgang aus dem Bett und machte sich auf den Weg zu den Ställen.

Wie sie erwartet hatte, war der Stallmeister von Gut Rosenthal bereits bei der Arbeit. Soeben wurden die letzten Boxen eingestreut, und die wenigen Tiere im Stall bekamen Heu und frisches Wasser.

Cida trat ein und blickte sich um. In der Erzählung ihrer Mutter war Rosenthal ein imposantes Gestüt mit einer langen Geschichte, aber in den Boxen standen nur wenige Tiere.

Cidas Blick fiel auf einen wunderschönen Rappen. Sie erinnerte sich daran, ihn am gestrigen Abend schon bewundert zu haben. Als sie sich ihm näherte, fing er an, in seiner Box mit den Hufen zu schlagen.

»Vorsicht«, sagte Hans Weber vom anderen Ende des Stalls her, drückte die Mistgabel dem Stallburschen in die Hand und kam auf sie zu. »Das ist Donner, unser ungezogener Neuzugang. Der Herr Graf hat ihn erst vor ein paar Wochen gekauft. Sie kommen ihm besser nicht zu nahe.«

Cida hielt dem unruhigen Hengst die Hand zum Beschnuppern hin. »Ist er ungezogen, oder kann der Herr Graf einfach nicht mit ihm umgehen?«

»Oh nein, der gnädige Herr kann natürlich mit jedem Pferd umgehen …«

Sie hob die Augenbraue, und auf einmal nahm die Miene ihres Gegenübers einen fast schon jungenhaften Ausdruck an. »Sagen wir, der Herr Graf und unser Problemkind hier sind sich nicht immer einig, wer der Chef ist.«

»Männer«, murmelte Cida.

Der Stallmeister drückte ihr einen Apfel in die Hand, und sie hielt die Frucht dem jungen Hengst hin. Er zögerte erst, nahm ihr den Apfel dann jedoch vorsichtig aus den Fingern und kaute zufrieden.

»Ich glaube, er braucht bloß etwas Zeit«, sagte Cida.

Hans Weber nickte. »Manchmal hat man so ein Pferd. Dann hilft es wirklich nur, den Dingen Zeit zu geben. Der Herr Graf ist aber natürlich recht …«

»Selbstherrlich?«, half Cida aus.

Der Stallmeister zuckte mit den Schultern. »Ich wollte sagen, nicht sehr geduldig.«

»Mit Ungeduld wird er bei einem störrischen Pferd kaum vorankommen«, murmelte Cida. »Sie werden sich am Ende nur gegenseitig die Köpfe einhauen. Und bei einer solchen Auseinandersetzung setze ich mein Geld auf das Pferd.«

Hans Weber schüttelte kaum merklich den Kopf. »Verzeihen Sie mir, aber … Das ist verrückt. Nach all den Jahren steht auf einmal ein fremdes Fräulein vor mir, doch wenn sie den Mund aufmacht, höre ich jemand ganz anders.«

»Kannten Sie meinen Vater damals gut?« Cida löste sich fast schon gewaltsam von dem erhabenen Anblick des jungen Hengstes.

Der Stallmeister nickte. »Wir waren Freunde. Bevor er dann wegging. Ich hab nie wieder was von ihm gehört. Nicht mal einen Brief hab ich bekommen.«

»Er hat jetzt ein Gestüt in Brasilien«, erwiderte Cida leise und streckte eine Hand nach Donner aus. Dieses Mal ließ sich der Hengst bereitwillig von ihr streicheln.

»Das war immer sein Traum.«

Cida nickte mit einem Kloß im Hals.

»Und Ihre Mutter?«, fragte Hans Weber nach einigen Sekunden der Stille. »Ich kann mich noch daran erinnern, dass Johann damals unglücklich verliebt war, aber …«

»In die Gräfin Charlotte von Eichberg, ich weiß«, sagte

Cida mit einem Lächeln. »Es ist schon eigenartig, wenn ich heute diesen Ort sehe und daran denke, dass meine Mutter früher die Patronin war … Zu Hause kennt man sie nur noch als Lotte. Sie und mein Vater haben mich adoptiert, da war ich noch ein Baby.«

»Das kann nicht wahr sein!«, rief der Stallmeister von Gut Rosenthal. »Die gnädige Frau ist damals bei Nacht und Nebel von Gut Rosenthal verschwunden … Ich habe mich immer gefragt, was aus ihr geworden ist. Dann haben sie sich also wiedergefunden! Ach, wenn Mamsell Brieger das noch hätte erleben können! Oder …« Er blickte mit nachdenklicher Miene zu den Pferden. »Ich habe schon lange nichts mehr von ihr gehört, doch das würde sie wissen wollen.«

»Wer würde das wissen wollen?«, fragte Cida behutsam. Ihr Gegenüber schien tief in Erinnerungen versunken zu sein, und es fühlte sich falsch an, ihn dabei zu stören.

»Die ehemalige Zofe Ihrer Frau Mutter«, antwortete Hans Weber und sah sie wieder an. »Sie hat Gut Rosenthal kurz nach dem Verschwinden der gnädigen Frau den Rücken gekehrt, und ich weiß nicht mal, wo sie wohnt … Pia Meissner ist ihr Name.«

Der Name Meissner ließ Cidas Herz ein wenig schneller klopfen. »Meissner?«, wiederholte sie. »Wie Konrad Meissner, der Schreiner?«

Der Stallmeister runzelte die Stirn, dann nickte er. »Ja, ja. Konrad Meissner ist der jüngere Bruder.«

»Ich …« Cidas Gedanken überschlugen sich. Pia Meissner! Ihre Mutter hatte ihr erzählt, wie nah sie und ihre Zofe sich damals gestanden hatten. Mamsell Brieger mochte tot sein, aber wenn es jemanden gab, der in ihr Geheimnis eingeweiht war, dann musste es doch die ehemalige Zofe der Gräfin von Eichberg sein!

»Danke!«, rief sie und widerstand im letzten Moment dem Drang, dem ehemaligen Freund ihres Vaters um den Hals zu fallen. »Ich … Könnte ich ein Pferd bekommen? Ich möchte ausreiten.«

Ihre plötzliche Eile schien den Stallmeister zu irritieren. »Wenn der gnädige Herr nichts dagegen hat …«

Da erklang eine weitere Stimme. »Wogegen sollte ich etwas haben?«

Sie fuhren beide zu Friedrich von Neuenstedt herum, der in dieser Sekunde den Stall betrat. Ein schelmisches Grinsen breitete sich auf seinem Gesicht aus, als sein Blick auf Cida fiel. »Ah, guten Morgen, Fräulein Engel. Haben Sie etwa schon Heimweh?«

Sie funkelte ihn an, wobei sie versuchte, den Stich, den seine Worte ihr versetzt hatten, zu ignorieren. Frühstück in der Küche, dampfender Kaffee und dazu ein Sandwich mit Käse oder Schinken, Tayos und Ayanas liebevolles Gestreite, ihr Vater, der vor dem ersten Kaffee stets eine Miene wie drei Tage Regenwetter zog, und ihre Mutter, die um diese Zeit immer schon eine Runde über den Hof geritten war …

Ihr Magen verknotete sich noch ein bisschen mehr. Mit aller Kraft schob sie das Gefühl, am vollkommen falschen Ort zu sein, beiseite, und erwiderte Friedrich von Neuenstedts Blick herausfordernd. Aber statt tot umzufallen, lächelte er einfach noch breiter. Die Verletzlichkeit, die sie gestern noch geglaubt hatte, an ihm wahrzunehmen, war wie fortgewischt.

»Fräulein Engel hat den Wunsch geäußert, einen Ausritt zu unternehmen, gnädiger Herr«, beeilte sich der Stallmeister zu sagen.

»Hhm«, machte Friedrich von Neuenstedt. »Hätten Sie da nicht erst mich bitten müssen, Fräulein Engel?«

Sie hob die Augenbrauen. »Wollen Sie mir etwa eine so einfache Bitte abschlagen, Herr Graf? Das hätte ich nie von Ihnen erwartet.«

Ihr sarkastischer Tonfall schien ihn noch ein wenig mehr zu belustigen. »Nun, ich will ja Ihrer guten Meinung von mir keinen Schaden zufügen«, antwortete er, nachdem sie sich vielleicht eine Sekunde zu lange mit Blicken gemessen hatten. »Ich erlaube Ihnen … großzügig … sich eines meiner Pferde für einen Austritt auszusuchen. Da lässt sich doch sicher ein braves Tier finden, nicht wahr?«, fügte er an den Stallmeister gewandt hinzu. »Wir wollen doch nicht, dass Fräulein Engel sich all die zarten Knochen bricht.«

»Sind Sie etwa so besorgt um mein Wohlergehen?«, fragte Cida mit einem herausfordernden kleinen Lächeln, das er sogleich erwiderte.

»Aber natürlich, Fräulein Engel«, raunte er. »Ihr Wohlergehen ist sehr wichtig für mich.«

Aus irgendeinem Grund stieg ihr die Hitze in die Wangen. Sie sagte sich, dass das nicht das Geringste mit seinem eindringlichen Blick oder seinem spöttischen Lächeln zu tun hatte.

Wieder sahen sie einander etwas zu lange an, bevor sich Friedrich von Neuenstedt an seinen Stallmeister wandte und ihm auftrug, einen Sattel für Cida zu holen.

»Ähm …«, meinte dieser und blickte irritiert von seinem Dienstherrn zu Cida und wieder zurück. »Ähm … ja. Sicher. Ich meine, es ist mir ein Vergnügen, gnädiger Herr.«

Als er sich auf den Weg zur Remise machte, hörte Cida ihn ganz leise vor sich hin grummeln.

Wieder allein mit dem jungen Grafen, wandte sich Cida halb von ihm ab, um Donner zu streicheln. Der Hengst hatte den Kopf aus der Box gestreckt und den Hals lang gemacht. Jetzt ließ er sich bereitwillig von ihr kraulen.

Die ganze Zeit über glaubte sie zu spüren, dass Friedrich von Neuenstedt sie ansah. Die Gänsehaut, die sich auf ihren Armen ausbreitete, versuchte sie zu ignorieren, ebenso wie ihren beschleunigten Herzschlag.

»Donner?«, fragte sie schließlich. »Interessant, dass Sie ihn ausgerechnet so genannt haben.«

Er trat zu ihr. »Ein guter Name, nicht wahr? Eigentlich wollte ich Ihren Eltern Sturm abkaufen, doch leider hat Ihr Herr Vater mich vom Hof gejagt, bevor wir über das Geschäft sprechen konnten.«

Das brachte Cida zum Schmunzeln. Sie wandte sich halb zu ihm um, hörte jedoch nicht damit auf, den schwarzen Hengst zu streicheln. »Mein Vater ist wahrlich kein Freund von Ihnen, Herr Graf. Aber daran sind Sie selbst schuld.«

»Ein kluger Mann«, murmelte Friedrich von Neuenstedt und blickte dabei ganz kurz auf seine Füße. Bevor Cida sich jedoch fragen konnte, was das nun wieder zu bedeuten hatte, sah er sie wieder an, ernster als zuvor. »Und Sie, Fräulein Engel?«

»Was ist mit mir?«

Er trat noch einen Schritt auf sie zu und warf ihr wieder dieses Lächeln zu, das sie so wütend machte. »Was denken *Sie* über mich?«

»Ich frage mich, warum Sie Ihre Versuche aufgegeben haben, mich von Gut Rosenthal zu verjagen«, gab sie zurück.

Seine Mundwinkel zuckten. »Wer sagt, dass ich das habe?«

»Warum?«, entgegnete sie und schalt sich noch im gleichen Moment stumm dafür, wie atemlos ihre Stimme klang.

»Sie gehören hier nicht her«, sagte er, nachdem er eine Weile geschwiegen und sie mit einem nicht zu deutenden Ausdruck in den Augen angesehen hatte. »Besser, Sie gehen so schnell wie möglich wieder zurück nach Hause, bevor …« Er beendete den Satz nicht. Stattdessen beugte er sich zur ihr herunter und musterte sie so eindringlich, dass ihr kurz der Atem stockte.

Sie brauchte viel zu lange, um sich aus ihrer Starre zu lösen. Als es ihr endlich gelang, wich sie vor ihm zurück und verschränkte die Arme vor der Brust. Ihr Atem ging verräterisch schnell.

Er grinste. »Ich mache Sie doch nicht etwa nervös?«

Sie sah ihn böse an. »So ein Unsinn!«

Bevor er noch etwas hinzufügen konnte, kehrte der Stallmeister zurück, um ihr eine hübsche braune Trakehner-Stute zu satteln.

»Schreiben Sie sich eins hinter die Ohren«, sagte sie leise zu Friedrich von Neuenstedt, bevor sie die Stute nach draußen führte und aufsaß. »Ich bin verlobt, und ich habe kein Interesse an Ihnen. Nicht das geringste. Guten Tag, Herr Graf.«

Die Meissners verrieten Cida, dass Pia, die ehemalige Zofe der früheren Gräfin Charlotte von Eichberg, mittlerweile in einem winzigen Nachbardorf von Rosenthal lebte. Es waren nur wenige Kilometer, die Cida auf dem Rücken ihrer Stute zurücklegte, vorbei an verschneiten Feldern und dunklen Waldstücken. Die ganze Zeit über versuchte sie, ihre Wut über Friedrich von Neuenstedt und sein Verhalten zu verdrängen. Aber das zornige Brodeln begleitete sie den ganzen Weg, bis sie schließlich vor Pia Meissners Haus stand.

Auf ihr Klopfen hin öffnete eine kleine Frau, die eine schmutzige Schürze trug und sich ein Tuch um den Kopf geschlungen hatte. Darunter blitzte feuerrotes Haar hervor, das in starkem Kontrast zu ihrer blassen Haut stand.

»Pia Meissner?«, fragte Cida.

Die Angesprochene blickte einmal an dem ungebetenen Gast auf und ab. »Ja, die bin ich. Und Sie sind?«

Cida stellte sich vor. »Sie kennen meine Mutter«, erklärte sie schließlich schnell, da sich im Gesicht ihres Gegenübers ein Ausdruck des Misstrauens breitgemacht hatte. »Früher hieß sie Charlotte von Eichberg. Ich …« Sie sah sich auf der fast leeren Dorfstraße um. »Darf ich hineinkommen?«

Als Cida die einstige Gräfin von Gut Rosenthal erwähnte, versteifte sich ihr Gegenüber. »Es wäre besser, wenn Sie gehen«, sagte Pia Meissner und machte Anstalten, Cida die Tür vor der Nase zuzuschlagen. »Ich wünsche noch einen guten Tag.«

»Warten Sie, bitte«, erwiderte Cida, im gleichen Moment, in dem aus dem Haus das Schreien eines Kindes erklang. »Haben Sie vielleicht an einem anderen Tag Zeit? Ich habe nur ein paar Fragen an Sie. Es geht um den 29. Juni 1887. Es wäre …«

Doch die Ältere schüttelte schon den Kopf. Kurz flackerte etwas in ihren Augen auf, ein Hauch von Trauer oder Verletzlichkeit, aber schon einen Wimpernschlag später war ihre Miene so verschlossen wie zuvor. »Gehen Sie jetzt, Fräulein Engel. Es tut mir leid … Sie hören ja selbst, ich habe zu tun. Kommen Sie nicht wieder.«

Die Tür fiel ins Schloss, und Cida blieb allein auf der Schwelle zurück. Als sie sich umdrehte, bemerkte sie, dass so manch ein Dorfbewohner stehen geblieben war, um sie misstrauisch anzusehen. Zwei Jungen an der Straßenecke, ein alter, auf einen Stock gestützter Mann und eine kleine, rundliche Frau. Sie alle betrachteten Cida mit einer Mischung aus Verwunderung und Ablehnung.

Sie zog den Mantel, den Pia Meissners Schwägerin ihr so freundlich überlassen hatte, enger um sich, und blickte zu ihrer Stute, die sie vor dem Haus angebunden hatte. Sollte sie das winzige Dorf unverrichteter Dinge wieder verlassen? Alles in ihr wehrte sich dagegen, doch schließlich entschied sie, heute nicht noch einmal an Pia Meissners Tür zu klopfen. Aber sie würde bald zurückkommen.

Cida holte tief Luft und band dann ihre Stute los. Bevor sie aufsaß, gab sie ihr noch einen Apfel, den Hans ihr in die Satteltasche gesteckt hatte. »Braves Mädchen«, murmelte sie und tätschelte ihr den Hals. »Wir machen das schon.«

Sie ritt zurück nach Rosenthal. Das Haus des alten Dorfarztes fand sie ganz am Rande der kleinen Ortschaft.

Es wirkte heruntergekommen und düster, nur umgeben

von Schnee und Einsamkeit. Eine Weile betrachtete sie es nur, während der Frost ihren Atem zu Eis gefrieren ließ, und versuchte, durch die schmutzigen Fensterscheiben hindurch etwas zu erkennen. Dann saß sie ab und band die Stute vorn am Zaun an.

Auf ihr Klopfen hin öffnete ihr eine verhärmt wirkende Frau, die sich als die Tochter des Doktors vorstellte.

»Heute hat er keinen guten Tag«, sagte sie, nachdem sie Cida hatte eintreten lassen. »Hat mitten in der Nacht eine Kartoffel mit einem Messer auseinandergenommen, weil er glaubte, er müsste operieren. Als ich es ihm weggenommen habe, ist er in Tränen ausgebrochen. Hat eine Ewigkeit gedauert, ihn zurück ins Bett zu befördern.« Sie schüttelte mit einem ärgerlichen Schnauben den Kopf. »Wehe, Sie regen ihn auf, hören Sie? Ich habe wirklich nicht die Zeit, meinen Vater wieder stundenlang zu beruhigen.« Mit diesen Worten ging sie zurück an einen kleinen Tisch, an dem sie anscheinend Näharbeiten erledigte. Cidas Auftauchen musste sie mitten in der Arbeit gestört haben.

Cida ging die schmale Treppe hinauf in den ersten Stock. Die erste Tür rechts, hatte ihre widerwillige Gastgeberin noch gesagt. Ihr Klopfen wurde nicht beantwortet, also öffnete sie die Tür einen Spaltbreit und spähte hinein.

Das Zimmer war winzig, die Luft roch abgestanden. Es gab nur drei Möbelstücke – eine Kommode mit einer Waschschüssel darauf, einen einsamen Stuhl und ein Bett unterhalb des Fensters, das jetzt mit Eisblumen geschmückt war. Draußen waren nur das Wirbeln der Schneeflocken und der graue Himmel zu sehen.

Im Bett saß ein Greis mit kahlem Kopf und blutunterlaufenen Augen. Er starrte aus dem Fenster und bewegte dabei unablässig die Lippen, ohne auch nur einen Laut von sich zu geben. Die Besucherin schien er gar nicht wahrzunehmen.

»Doktor Krause?«, fragte Cida zaghaft, nachdem sie die

Tür hinter sich ins Schloss gedrückt hatte. Der Doktor hatte sich unterdessen nicht gerührt.

»Doktor Krause, mein Name ist Cida Engel«, sagte sie und ließ sich nach kurzem Zögern auf dem Stuhl neben dem Bett nieder. »Es freut mich, Ihre Bekanntschaft zu machen. Ich habe schon sehr viel von Ihnen gehört.«

Dem wenigen zufolge, was sie über ihn wusste, war Olaf Krause zu seiner Zeit ein sehr fähiger Arzt gewesen. Seinen Verfall zu beobachten ließ Cida an ihre eigenen Eltern denken. Lotte und Johann Engel erfreuten sich guter Gesundheit, aber auch sie würden altern. Auf einmal fragte sie sich, ob es nicht ein Fehler gewesen war, diese Reise anzutreten. Was tat sie hier, so weit weg von den Menschen, die sie liebte?

Der alte Arzt hatte nicht auf ihre Worte reagiert, also räusperte sie sich und versuchte es noch einmal. »Doktor Krause, mein Name ist Cida Engel.« Dieses Mal sprach sie etwas lauter. Vielleicht war er ja schwerhörig, so wie Ayana. »Ich bin die Tochter einer Ihrer früheren Patientinnen. Vielleicht erinnern Sie sich: Gräfin Charlotte von Eichberg.«

Dieses Mal ruckte sein Kopf zu ihr herum. Die Bewegung war so abrupt, dass sie zusammenzuckte und der Stuhl unter ihr quietschend über den Boden schabte, als sie etwas Abstand zwischen sich und das Bett des Kranken brachte.

Eine ganze Weile starrte der Doktor Cida nur aus blutunterlaufenen Augen an. Er sagte kein Wort, und einzig das Rattern einer Nähmaschine, das aus dem Erdgeschoss zu ihnen heraufdrang, durchbrach die Stille.

»Das Kind ist tot«, flüsterte der alte Mann schließlich. Die Worte schienen alle Kraft aus seinem Körper zu pressen, denn kaum waren sie ausgesprochen, sackte er in sich zusammen.

Cida holte tief Luft. Genau das hatte auch Friedrich von Neuenstedt gesagt. »Das Kind«, wiederholte sie. »Sie meinen die Komtess Helena von Eichberg, nicht wahr? Das Mädchen, von dem Sie meine Mutter am 29. Juni 1887 auf Gut Rosenthal entbunden haben.«

Er schwieg, starrte sie nur an. So durchdringend, dass ihr auf einmal mulmig zumute wurde.

»Ist dieses Mädchen gestorben?«, flüsterte sie. Sein Blick war verschleiert, aber dahinter glaubte sie trotzdem einen Hauch des scharfen Verstandes zu erkennen, den er einmal gehabt haben musste. »Ist sie wirklich gestorben, Doktor?«

Noch immer sagte er nichts. Viel zu lange. Irgendwann sah sie, dass sich sein Blick wieder umwölkte, und der Hauch von Verständnis, den sie glaubte, in seinen Augen gesehen zu haben, entschwand im Nebel.

Irgendwann straffte sie sich und drängte mit aller Kraft die Tränen zurück. Es schien hoffnungslos, doch sie würde an einem anderen Tag zurückkommen. Sie wollte, dass er ihr in die Augen blickte und ihr sagte, dass er den Leichnam ihrer Schwester gesehen hatte.

Als sie Anstalten machte, sich zu erheben, packte der alte Mann auf einmal ihren Arm, mit einer erstaunlichen Kraft. Sie stieß einen leisen Schrei aus und stolperte nach vorn. Plötzlich war sie Auge in Auge mit ihm und atmete seinen sauren Geruch ein.

»Doktor?«, traute sie sich schließlich zu fragen. Das Herz schlug ihr bis zum Hals.

»Was wollen Sie von mir?«, stieß er hervor. »Was zum Teufel wollen Sie?«

Cida rang ihren ersten Schreck nieder und erwiderte seinen bohrenden Blick, so fest sie konnte. »Ich möchte wissen, was mit Helena von Eichberg geschehen ist. Ist sie gestorben, Herr Doktor?«

»Ich habe den Totenschein ausgestellt«, antwortete er. Sein Blick ging jetzt an ihr vorbei und heftete sich an die gegenüberliegende Wand.

»Das war nicht meine Frage«, beharrte Cida, bemüht ruhig, auch, wenn ihr Herz wie eine Trommel gegen ihren Brustkorb schlug. »Ist Helena von Eichberg gestorben? Ist das Kind von Charlotte von Eichberg in der Nacht des 29. Juni 1887 gestorben? Haben Sie Helenas Leichnam gesehen?«

»Mit meinen eigenen Augen gesehen«, wiederholte ihr Gegenüber. »Mit meinen eigenen Augen …«

Cida wartete, biss sich auf die Lippe, um nicht noch mehr zu sagen. Noch mehr Fragen würden ihn vielleicht überfordern. Also schwieg sie und beobachtete das Mienenspiel des alten Mannes. Es veränderte sich, war erst verwirrt, dann fest schon ärgerlich und schließlich gequält.

»Nein!«, schrie er plötzlich und stieß Cida von sich, mit einer Kraft, die sie nach hinten taumeln ließ.

Erschrocken starrte sie ihn an. »Was …«

»Nein!«, rief er wieder. Dieses Mal hatte er Tränen in den Augen. »Ich habe geschworen, nichts zu sagen! Ich habe es geschworen!«

Mit klopfendem Herzen trat Cida näher. »Wem haben Sie das geschworen, Doktor?«

Sein Blick zuckte zur Tür.

Cida holte tief Luft. Obwohl ihr ganzer Körper sich zum Zerreißen gespannt anfühlte, bemühte sie sich um eine ruhige Stimmlage. »Doktor Krause, ich will Ihnen nichts Böses. Was immer Sie mir erzählen, bleibt in diesem Raum, in Ordnung?«

Er sah mit einem flehentlichen Ausdruck im Gesicht zu ihr auf. Jetzt liefen ihm die Tränen über die Wangen. »Er hat mir gedroht.«

»Wer?« Cida machte noch einen zögerlichen Schritt auf das Bett zu.

»Der Graf von Eichberg«, flüsterte der alte Mann. »Er hat gesagt, meine Tochter …« Er stieß ein Wimmern aus. »Als er damals verschwand, dachte ich, wir sind sicher. Aber ich wusste dennoch, ich darf nie … nie etwas sagen.« Er erschauderte. »Und dann kam der junge von Neuenstedt hierher …«

Er packte Cida am Arm. Sie stieß ein Wimmern aus, weil sein Griff viel zu fest war, versuchte jedoch nicht, sich loszumachen.

»Vertrauen Sie ihm nicht«, wisperte der Arzt. »Hören Sie? Vertrauen Sie dem jungen Herrn nicht. Er mag sich noch so charmant geben, er ist ein furchtbarer Mensch. Seien Sie auf der Hut vor ihm.«

Cida erschauderte. »Was wissen Sie?«

»Ich habe keinen Leichnam gesehen«, sagte er nach einigen Sekunden der Stille. »Als ich es aus dem Bauch der Gräfin geholt habe, sah ich dieses Kind zum ersten und zum letzten Mal. Den Totenschein habe ich nur ausgestellt, weil der Graf von Eichberg es so wollte.« Er senkte den Kopf und schluchzte. »Was müssen Sie jetzt von mir denken? Was würde die Gräfin von Eichberg von mir denken? Sie war ein so lieber Mensch … Ich hätte das nie tun dürfen.«

Cida schluckte, aber sie antwortete ihm nicht. Die Schuld dieses Mannes zu sehen versetzte ihr einen Stich, doch Vergebung konnte sie ihm nicht anbieten. Das konnten nur die Menschen, denen er mit seinem Handeln unrecht getan hatte.

»Ich denke gar nichts«, erwiderte sie schließlich. »Ich bin nicht hier, um Sie zu verurteilen. Ich will nur die Wahrheit erfahren. Glauben Sie nicht, dass meine Mutter nach zwanzig Jahren des Schmerzes und der Trauer Gewissheit verdient hat?«

Er zögerte. Dann nickte er.

»Was ist mit dem Kind geschehen?«, fragte Cida. Die ganze Zeit über versuchte sie zu ignorieren, dass der Doktor noch immer ihr Handgelenk umklammert hielt. Es fühlte sich an wie ein Schraubstock.

»Ich weiß es nicht.«

Sie stieß die Luft durch die Zähne aus und fluchte stumm. »Und wer weiß es dann?«

»Der alte Herr wusste es.«

»Der alte Herr ist verschollen.«

Ein bedächtiges Nicken. »Und die Mamsell. Bestimmt weiß die Mamsell etwas.«

Cida bemühte sich, ihre Ungeduld zu zügeln. »Mamsell Brieger ist gestorben. Gibt es noch jemanden, der wissen könnte, was mit der Komtess passiert ist?«

Doktor Krause wiegte den Kopf und sah dann aus blutunterlaufenen Augen zu ihr auf. »Die Hebamme. Die Hebamme könnte etwas wissen.« Er blinzelte. »Die Hebamme ... Uta Lachmeier war ihr Name.«

Cida hob die Augenbrauen. »War?«

Der alte Mann nickte. »Sie hat Fieber bekommen und ist daran gestorben.«

Sie versuchte, ihre aufkeimende Verzweiflung zurückzudrängen. »Gibt es vielleicht noch jemand anders, der ...«

Aber der Arzt unterbrach sie schon. »Nein!« Er ließ sie los, und sie wich zurück, während sie sich das schmerzende Handgelenk rieb.

»Nein, es gibt niemanden mehr!«, rief der Arzt. »Niemanden, hören Sie? Die Einzigen, die Sie noch fragen können, sind die Toten! Und jetzt hören Sie endlich auf, mich zu quälen! Raus!«

Bevor Cida noch etwas sagen konnte, öffnete sich die Tür, und die Tochter des Doktors stand im Zimmer. Ohne ein Wort zu verlieren, packte sie Cida am Ellenbogen und bugsierte sie hinaus, während ihr Vater weiter wütete.

»Kommen Sie nie wieder«, zischte sie und schlug ihr die Tür vor der Nase zu.

Der Nächste, der ihr die Tür vor der Nase zuwarf, war der neue Pastor von Rosenthal. Sie fand ihn nicht in der kleinen Kirche im Herzen des Dorfes, sondern in seinem Haus, nur wenige Meter die mit Kopfstein gepflasterte Straße hinunter. Es war ein hübsches kleines Backsteinhaus, mit gehäkelten

Gardinen vor den Fenstern und einer waldgrün gestrichenen Tür. Der Vorgarten war unter einer leichten Schneeschicht begraben, aber hier und da sah Cida Gartenzwerge die Köpfe aus der weißen Decke hervorstrecken.

Der neue Pastor von Rosenthal hatte ihr bestätigt, was der Doktor gesagt hatte: Auch die Frau, die ihre Mutter damals entbunden hatte, würde ihr keine Antworten mehr auf ihre Fragen geben können.

Dann, als sie hatte nachbohren wollen – vielleicht hatten der alte Pastor und die Hebamme ja einen Nachlass hinterlassen? –, scheuchte er sie davon, als wäre sie eine Aussätzige. »Verschwinden Sie!«, rief er ihr nach. »Leute wie Sie brauchen wir nicht in unserem Rosenthal, haben Sie gehört? Gehen Sie bloß wieder dahin, wo Sie hergekommen sind!«

Sie verließ den Vorgarten fluchtartig, die Wangen erhitzt wie nach einem Tag auf dem Feld. Wie konnte dieser Mann sie so behandeln? Sie band ihre Stute mit zitternden Fingern los, saß auf und sah zu, dass sie davonkam.

An der Poststelle machte sie halt, um ihre Briefe nach Brasilien aufzugeben, und im Dorfladen gegenüber kaufte sie Brot, Käse und Milch. Sie wusste nicht, ob ihr Onkel diese Dinge wirklich brauchte, doch sie hatte einfach das Gefühl, irgendetwas Sinnvolles tun zu müssen.

Sie warf einen Blick in den grauen Himmel. Die Kirchturmuhr verriet ihr, dass es Mittag war. Die Sonne hatte sich heute den ganzen Vormittag nicht gezeigt. Stattdessen sah es aus, als würde es bald wieder zu schneien beginnen.

Cida verschlang ein Stück Brot im Gehen und saß dann auf. Bis Krackow waren es gut dreißig Kilometer. Aber immerhin würde sie zu Pferd schneller sein als mit der rumpelnden Postkutsche.

Sie hatte Rosenthal kaum nach Westen hin verlassen, da kam ihr ein Reiter entgegen. Er sprengte über die weißen Felder, und sie erkannte schon von Weitem das weißblonde Haar und den schwarzen Hengst.

Bei ihr angekommen, zügelte Friedrich von Neuenstedt sein Pferd. »Fräulein Engel.«

»Herr Graf«, erwiderte sie frostig. Sie musste unwillkürlich an ihre Begegnung vorhin im Stall denken, und auch an die Worte des Doktors. *Seien Sie auf der Hut vor ihm.*

*Keine Sorge*, sagte sie ihm stumm. *Das bin ich immer.*

»Ist das der Blick, mit dem Sie für gewöhnlich Leute umbringen, Fräulein Engel?«, fragte ihr Gegenüber mit einem verschmitzten Lächeln.

Sie musterte ihn misstrauisch. Er trug einen einfachen Wachsmantel, und der Wind hatte sein Haar zerzaust. Ein paar Schneeflocken glitzerten darin, und seine Augen funkelten vergnügt. Über der Schulter trug er ein Gewehr.

»Das finden Sie vielleicht irgendwann heraus«, gab sie schließlich zurück. »Sind Sie auf der Jagd?«

»Ich wollte schauen, ob ich einen Fasan erwische. Aber heute ist mir leider kein Glück beschieden. Und Sie?« Er deutete auf die Tragetasche über ihrer Schulter. »Sie sehen aus, als ginge es auf Abenteuerreise. Brauchen Sie noch eine Begleitung? Ich werde Ihnen vermutlich wieder furchtbar auf die Nerven gehen, aber ich bin ein passabler Beschützer.«

»Nein, danke«, antwortete sie steif. »Ich komme zurecht.«

Als sie Anstalten machte, ihre Stute an ihm und seinem nervös auf der Stelle tänzelnden Hengst vorbeizuführen, streckte er eine Hand nach ihr aus und berührte sie am Handgelenk. »Warten Sie …«

Sie zog den Arm zurück, hielt jedoch inne und sah ihn abwartend an.

Er räusperte sich. »Sehen Sie, Fräulein Engel, wir hatten einen schlechten Start. Falls ich Sie beleidigt habe, entschuldige ich mich.« Er schenkte ihr ein schiefes Lächeln. »Und ich bin sehr wohl in der Lage, eine Zurückweisung zu verstehen. Wollen wir nicht Frieden schließen?«

Sie betrachtete ihn misstrauisch. Sein Gesicht war offen, und in seinen Augen entdeckte sie nicht die geringste Spur von Verschlagenheit. Trotzdem blieb sie auf der Hut. Sie hatte die Warnung des Doktors nicht vergessen, ganz im Gegenteil. Die ganze Familie von Neuenstedt schrie geradezu danach, dass man in ihrer Nähe mit einem offenen Auge schlief. Jedoch musste sie sich zähneknirschend eingestehen, dass sie Friedrich von Neuenstedt brauchte, wenn sie das Rätsel um ihre Schwester lösen wollte.

»Ich bin unterwegs zu meinem Onkel«, erklärte sie schließlich widerwillig.

Er runzelte die Stirn. »Das ist ein weiter Weg. Sie werden bis in die Nacht hinein unterwegs sein, wenn Sie vorhaben, heute noch den Rückweg nach Gut Rosenthal anzutreten.«

Sie zuckte mit den Schultern. »Ja, wahrscheinlich. Aber das ist nicht schlimm. Mir gefällt die Nacht ohnehin besser als der Tag.«

Er hob die Augenbrauen, und sie presste die Lippen aufeinander. Hatte sie sich nicht versprochen, keine persönlichen Dinge mit diesem Mann oder dem Rest seiner Familie zu teilen? Ihre Gedanken und Gefühle gingen niemanden etwas an, der nicht zu ihrem engsten Familienkreis gehörte.

Friedrich von Neuenstedt schenkte ihr wieder ein schiefes Lächeln. »Wissen Sie, Fräulein Engel, es gibt Momente, da durchschaue ich Sie nicht das kleinste bisschen. Und dann gibt es Augenblicke wie diesen, da kann ich Ihre Gedanken fast schon hören.«

Sie warf ihm einen strafenden Blick zu, und er lachte. »Sehen Sie, ich sagte doch, ich werde Ihnen auf die Nerven gehen.«

»Was machen Sie da?«, fragte sie, als er die Zügel seines

Hengstes aufnahm und sich anschickte, in die Richtung zu reiten, in die sie unterwegs war.

»Ich komme mit, das sagte ich doch.«

»Aber …« Es gab sicher viele gute Argumente gegen dieses Vorhaben, doch plötzlich fiel ihr kein einziges mehr ein. Sie redete sich ein, dass das nicht an dem fast schon sanften Blick lag, den er ihr jetzt zuwarf.

»Wer soll Sie denn sonst vor den Wölfen beschützen?«, fragte er und legte eine Hand auf sein Gewehr.

Sie seufzte. »Es ist nur ein einziger Wolf. Und ich bin ihm schon begegnet.«

Seine Augen schienen sich zu verdunkeln. Doch es mochte auch nur die blasse Wintersonne sein, die in diesem Moment hinter einer Wolke verschwand. »Ich gebe zu, es war unverantwortlich, Sie an diesem Abend einfach vor der Tür stehen zu lassen«, bemerkte er in einem Tonfall, der immerhin angemessene Zerknirschtheit ausdrückte. »Also … Lassen Sie mich das wiedergutmachen und Sie auf dem Weg zu Ihrem Onkel vor Unholden und Wölfen beschützen. Für den Fall, dass Ihr Wolf heute hungriger ist als beim letzten Mal, haben Sie jetzt mich.«

Gegen ihren Willen entschlüpfte ihr ein Lachen. Wenn sie es so betrachtete … Wenn er sie zu sehr nervte oder noch einmal versuchte, mit ihr zu flirten, könnte Sie ihn ja an Rudi verfüttern …

Er schüttelte den Kopf. »Und schon wieder kann ich Ihre Gedanken lesen, Fräulein Engel. Ich hätte vorhin besser fragen sollen, wer mich vor Ihnen beschützen wird, habe ich recht?«

Das entlockte ihr ein weiteres Lachen. »Ja, das stimmt wohl, Herr Graf.« Mit diesen Worten trieb sie ihre Stute an und sprengte davon. Der Hufschlag, den sie hinter sich vernahm, verriet, dass er ihr folgte.

Die Hütte lag dunkel und still vor ihnen. Alles, was zu hören war, war das leise Scharren der Hühner in ihrem Verschlag. Cida rief den Namen ihres Onkels, doch es kam keine Antwort. Franz Breskow war fort, und statt ihm fanden sie nur die Spuren eines Wolfes nahe der Hütte.

Mit einem Mal war Cida eiskalt. Sie blickte zu Friedrich von Neuenstedt, der jetzt vom Pferd stieg und sein Gewehr in Vorhalteposition brachte. »Gehen Sie ins Haus, Fräulein Engel«, sagte er, nachdem sie die Pferde angebunden hatten, wobei er nicht sie ansah, sondern ins finstere Dickicht blickte. Mit jedem Atemzug stieß er weiße Wölkchen aus. »Ich gehe und suche nach Ihrem Onkel.«

Sie schüttelte den Kopf und sprang vom Rücken ihrer Stute. Mit angehaltenem Atem lauschten sie beide auf Wolfsgeheul oder das Knirschen von Schritten im Schnee, aber alles war still.

Friedrich von Neuenstedt ging voraus in den Wald, und sie folgte ihm. Er warf ihr noch einen angespannten Blick zu, versuchte jedoch nicht, sie davon abzuhalten.

Jedes Knacken ließ sie zusammenzucken, doch bald schon entdeckten sie Fußspuren im Schnee. Cida ertappte sich dabei, ein Stoßgebet zum Himmel zu schicken. Ihr war eiskalt, und immer wieder spürte sie den Blick ihres Begleiters auf sich.

»Warum sind Sie nur nach Deutschland gekommen?«, raunte er irgendwann so leise, dass sie ihn kaum verstehen konnte.

»Das ist kompliziert«, gab sie ebenso leise zurück.

»Stellen Sie mich auf die Probe.«

Sie schüttelte den Kopf, obwohl er es nicht sehen konnte. Sie konnte selbst nicht in Worte fassen, was sie an diesen Ort gebracht hatte, wie also sollte sie es ihm erklären? Sie suchte nach Helena, aber das war nicht die ganze Geschichte. Sie suchte auch nach sich selbst, in einem anderen Leben, in dem sie ihre Mutter noch irgendwo dort draußen finden konnte. Doch das konnte sie diesem Mann unmöglich sagen.

»Und Sie?«, fragte sie schließlich und blickte mit klopfendem Herzen ins Zwielicht. Sie hatten längst jeden Pfad hinter sich gelassen. Stattdessen schoben sie sich durch das Dickicht, wichen Gestrüpp aus, erschauderten, wenn ein Windhauch sie streifte und als leises Flüstern über ihnen durch die kahlen Bäume fuhr. »Was haben Sie in Brasilien gemacht? Was wollen Sie wirklich?«

»Das habe ich Ihnen erzählt.«

Sie schnaubte. »Niemand nimmt einen so weiten Weg auf sich, wenn er nicht von irgendetwas getrieben wird. Oder vor etwas davonläuft.«

Er wandte sich so abrupt zu ihr um, dass sie zusammenzuckte. Das Gewehr hatte er sinken lassen, doch der fast schon wütende Ausdruck in seinen Augen erschreckte sie. »Was wissen Sie davon?«

»Zufällig eine Menge.«

Er musterte sie so eindringlich, als wollte er jeden einzelnen ihrer Gedanken erraten. »Jetzt weiß ich es nicht«, sagte er leise.

Sie schluckte. Es war geisterhaft still um sie herum geworden. Selbst der Wind schien innegehalten zu haben und zu lauschen. »Was?«

»Was Sie denken.«

Sie sahen sich noch einen Moment länger in die Augen.

»Mich hat jemand vor Ihnen gewarnt«, entfuhr es ihr schließlich. Seine Augenbrauen zuckten in die Höhe, und sie gab sich einen Ruck und sprach weiter. »Hat diese Person recht damit, dass man Ihnen nicht trauen kann?«

»Wer war das?«

Sie schüttelte den Kopf. »Beantworten Sie einfach meine Frage. Muss ich mich vor Ihnen in Acht nehmen?«

Ein winzig kleines Lächeln zuckte um seine Mundwinkel.

»Jemand hat Sie vor mir gewarnt, und Sie gehen trotzdem mit mir in den Wald?«

Sie reckte das Kinn. »Ich habe keine Angst vor Ihnen.«

Sein Lächeln vertiefte sich. »Dazu haben Sie auch keinen Grund. Glauben Sie nicht alles, was die Leute so reden, Fräulein Engel.« Wieder waren sie einander nähergekommen, als schicklich war. Aber dieses Mal kümmerte es sie nicht. Dieses Mal suchte sie in seinem Blick nach dem winzigsten Anzeichen, dass er sie belog. Sie fand keines.

Irgendwann veränderte sich seine Miene, sein Lächeln verschwand. Etwas Nachdenkliches trat in seinen Blick. »Ihre Augen …«

Das riss sie aus ihrer Starre. Abrupt wandte sie sich ab und schob sich an ihm vorbei, um nun ihrerseits vorauszugehen.

Sie waren nur wenige Schritte gegangen, als ein Knacken durch den Wald hallte. Sofort stand Friedrich von Neuenstedt neben Cida, hob das Gewehr und zielte in die Dunkelheit.

»Dahinten ist jemand«, flüsterte sie.

Die Gestalt saß im Schatten eines Baumes und regte sich nicht. Cida trat an ihrem Begleiter vorbei. Das Herz schlug ihr bis zum Hals. »Onkel Franz?«

Einen schrecklichen Moment lang glaubte sie, sie wären zu spät gekommen und er wäre tot. Da hob er den Kopf und blinzelte sie an. »Ich kann nicht mehr aufstehen.«

»Großer Gott«, murmelte Friedrich von Neuenstedt, sicherte die Waffe und reichte sie Cida, bevor er Franz Breskow aufhalf.

»Was machst du bloß hier draußen?«, fragte sie.

Ihr Onkel deutete auf einen Strauch, vor dem ein Strauß weißer Christrosen lag. Er musste sie dort abgelegt haben.

Schlagartig rieselte ein Kälteschauer über Cidas Nacken. Sie blickte sich um, aber von einem Wolf fehlte jede Spur. »Hier ist sie gestorben«, bemerkte sie und blickte die beiden Männer fragend an. »Nicht wahr?«

Es war Friedrich von Neuenstedt, der schließlich knapp nickte. »Kommen Sie«, sagte er dann zu Franz. »Bringen wir Sie ins Warme. Fräulein Engel, kommen Sie?«

Cida war näher an die Christrosen herangetreten, die im Schnee vor ihr lagen. Die Blüten waren so weiß wie die Flocken, die jetzt vom Himmel fielen. Stumm bat sie Mamsell Brieger um die Wahrheit, doch natürlich antwortete ihr nur der Wind in den Bäumen.

Gerade wollte sie sich abwenden und den beiden Männern folgen, da sah sie etwas unter dem Strauch schimmern, vor dem Franz die Christrosen abgelegt hatte. Sie bückte sich danach. Ein kleiner Bronzeknopf. Sie wischte den Schnee von der Oberfläche und betrachtete das Kleinod verwundert.

»Fräulein Engel?« Friedrich von Neuenstedts Stimme ließ sie zusammenzucken. »Ist alles in Ordnung?«

Sie richtete sich eine Spur zu hastig auf und verbarg den Knopf in ihrer Manteltasche, bevor er ihn sehen konnte. Während sie den Männern zur Hütte ihres Onkels folgte, begannen ihre Gedanken, sich immer schneller zu drehen. Und sie blieben immer wieder an der gleichen Stelle stehen.

»Sie haben recht, Doktor«, flüsterte sie, als sie die Hütte erreichten, so leise, dass niemand sonst sie hören konnte. »Die Einzigen, die uns noch Antworten geben können, sind die Toten.«

Als sie auf Gut Rosenthal ankamen, war es schon tiefste Nacht. Schweigend führten sie die Pferde in den Stall und halfterten sie ab. Dabei geriet der junge Hausherr in eine hitzige Auseinandersetzung mit seinem Hengst. »Nun lass mich dir doch die Trense abnehmen!«, rief Friedrich von Neuenstedt irgendwann entnervt.

»Sie sind viel zu ungeduldig«, tadelte Cida ihn und scheuchte ihn beiseite. Unter viel gutem Zureden gelang es ihr, dem stürmischen Tier die Trense abzunehmen. Die ganze

Zeit über sah ihr Friedrich von Neuenstedt mit verdrossener Miene zu.

Als sie sich ihm wieder zuwandte, begann ihr Herz, schneller zu schlagen. Seit ihrem gemeinsamen Ritt zu der Hütte ihres Onkels und ihrem unheimlichen Fund war sie verwirrter denn je. Durfte sie ihm überhaupt so nahe sein? Allein, mitten in der Nacht? Sollte sie nicht vor ihm weglaufen, solange sie noch konnte?

»Ich denke, Sie sollten etwas sanfter mit ihm umgehen«, murmelte sie, als sie Donner abgerieben hatte und die Tür zu seiner Box schloss.

Er schnaubte. »Das Tier muss mir gehorchen, Fräulein Engel.«

Aus irgendeinem Grund machten seine Worte sie wütend. »Vielleicht ist das ja das Problem. Sie glauben, dass die ganze Welt Ihnen zu Füßen liegen müsste – aber das tut sie nicht. Niemand schuldet Ihnen Gehorsam oder Vertrauen. Sie müssen es sich schon verdienen.«

Seine Augen verdunkelten sich, während sie sprach. »Sie vergessen, wer vor Ihnen steht«, gab er zurück. »Mag sein, dass Ihnen die Regeln in meiner Welt nicht gefallen – doch ich bin kein Stallbursche, mit dem sie umspringen können, wie es Ihnen beliebt, Fräulein Engel.«

Darauf erwiderte sie nichts. Sie erwiderte nur seinen Blick, erhitzt und zornig. Kurz war ihr, als sähe sie einen Hauch von Bedauern in seinen Augen. Als er den Mund öffnete, um noch etwas zu sagen, drehte sie sich auf dem Absatz um und verließ den Stall.

Heute hatte sie kurz geglaubt, es könnte eine Art von Kameradschaft zwischen Friedrich von Neuenstedt und ihr entstehen. Doch seine Worte hatten ihr einmal mehr deutlich gemacht, dass das unmöglich war. Sie brauchte den jungen Grafen, um ihre Suche nach Helena fortzusetzen – doch sie durfte sich niemals einbilden, dass sie Freunde werden könnten.

Am Heiligabend ging Cida gemeinsam mit den Bediensteten zum Gottesdienst. Die Herrschaften fuhren mit der Kutsche zur Kirche in Rosenthal. Sie würden dem Weihnachtsgottesdienst von der Patronatsloge aus folgen, über den Köpfen der anderen Kirchgänger. Cida erhaschte einen kurzen Blick auf den Grafen von Neuenstedt, als er aus der Kutsche stieg, und kurz war es ihr, als blickte er sich suchend um.

In der Kirche setzte sie sich nach kurzem Überlegen zu den Meissners in die letzte Reihe, so nah bei der Tür, wie es eben möglich war, und wich den neugierigen Blicken aus, die ihr auch fast zwei Wochen nach ihrer Ankunft in Rosenthal noch auf Schritt und Tritt folgten.

Als der Pastor mit seiner Predigt begann, schlug ihr das Herz schon bis zum Hals. Sie hatte niemanden in ihr Vorhaben eingeweiht, und wenn es nach ihr ging, würde auch niemand je erfahren, was sie während des Gottesdienstes zu tun gedachte. Sie krampfte die Finger über ihrem Rock ineinander und blickte angestrengt nach vorn zum Pastor, während sie überschlug, wie viel Zeit sie hatte.

Als die versammelten Rosenthaler zum ersten Mal die Gesangsbücher aufschlugen und die Köpfe senkten, um *Maria durch ein Dornwald ging* zu singen, schob sie sich leise von der harten Holzbank und huschte aus dem Mittelschiff und in den Eingangsbereich der Kirche. Hier holte sie einmal tief Luft. Jetzt ging es an den riskanteren Teil ihres Vorhabens.

Sie verließ die Kirche und blickte sich um. Niemand war zu sehen. Alle begingen den Gottesdienst, und die Straßen waren wie leer gefegt.

Sie lief zum Hintereingang des Pfarrhauses. Sie wusste, dass der Geistliche mit einer Haushälterin zusammenlebte, aber diese war jetzt bestimmt auch in der Kirche und beging den Gottesdienst. Mit ein wenig Glück würde niemand bemerken, dass sie hier gewesen war.

Allerdings drohte sie bereits, an der Hintertür des kleinen Häuschens zu scheitern. Sie hatte nie zuvor ein Schloss geöffnet, aber vor ein paar Jahren hatte Yaris ihr spaßeshalber gezeigt, wie sie eine verschlossene Tür mit einer Haarklammer öffnen konnte. Nur hatte sie nicht bedacht, dass es möglicherweise schwieriger sein würde, wenn sie es selbst versuchte. Bei Yaris hatte es so leicht ausgesehen. Gerade als sie sich gehetzt umschaute und überschlug, wie viel Zeit ihr noch blieb, schreckte der Klang einer Stimme sie auf.

»Was machen Sie denn da, Fräulein?«

Sie fuhr herum. Vor ihr stand ein rothaariger Knabe in seiner Sonntagskleidung, ein breites Grinsen im Gesicht.

»Emil!«, flüsterte sie und versteckte die Haarklammer hinter dem Rücken. »Was machst du denn hier?«

Der Bursche grinste noch breiter. »Was soll denn das werden, wenn es fertig ist, Fräulein Engel?«

Sie seufzte. »Mach, dass du wegkommst. Du versäumst doch den Gottesdienst.«

Emil Meissner erschauderte sichtlich und tippte sich gegen das Ohr. »Besser ist das. Ich dachte, Sie sind vielleicht verschwunden, weil sie es auch nicht ertragen können, wenn die Leute bei *Kyrie eleison* aus dem Gis ein G machen. Ich kann mir das jedenfalls nicht eine Sekunde länger mit anhören. Gleich in das Pfarrhaus einzusteigen halte ich jetzt aber doch für eine übertriebene Reaktion.«

Sie fuhr sich mit einer Hand über das Gesicht. Trotz der Kälte stand ihr der Schweiß auf der Stirn. »Hör zu, das hier ist nicht das, wonach es aussieht.«

Der Junge hob die Augenbrauen. »Es sieht so aus, als wollten Sie beim Herrn Pastor einbrechen.«

Sie gab ein frustriertes Grummeln von sich. »Fein. Es ist das, wonach es aussieht.«

»Lassen Sie mal sehen.« Ehe sie sich's versah, hatte er ihr die Haarnadel aus der Hand gepflückt und inspizierte mit fachmännischer Miene das Schloss.

»Das solltest du wirklich nicht tun«, protestierte sie.

»Ach, das mache ich doch gern«, erwiderte er. Noch während er sprach, ertönte ein Klicken, und die Tür sprang auf. Der Bursche wandte sich ihr mit einem stolzen Grinsen zu. »Mein Lehrer sagt, ein Fräulein in Nöten soll man nicht im Stich lassen.«

»Ich denke nicht, dass er das gemeint hat«, gab sie zurück.

»Das mag sein, Fräulein. Doch jetzt bin ich hier.« Er deutete auf die Tür. »Nach Ihnen.«

»Du gehst jetzt zurück zu deinen Eltern«, bestimmte sie und nahm dem Jungen ihre Haarnadel aus der Hand. Wenn jemand für das hier in Schwierigkeiten geriet, dann würde das ganz allein sie sein.

»Was wollen Sie eigentlich vom Herrn Pastor?«

Sie warf ihm einen kurzen Blick zu. »Es handelt sich um eine Familienangelegenheit. Und du wirst nicht mit hineinkommen, hörst du? Ich danke dir für deine Hilfe … aber du wirst gewaltigen Ärger bekommen, wenn du mit mir im Haus erwischt wirst. Das willst du doch deinen Eltern nicht antun, oder?«

Er dachte kurz nach. »Dann warte ich hier draußen. Wenn jemand kommt, kann ich Sie unauffällig warnen und gleich verschwinden.«

Weil sie keine Zeit mehr hatte zu diskutieren, nickte sie nur. Kurz drückte sie die Schulter des Jungen, dann schlüpfte sie ins Haus.

Im Pfarrhaus war es dunkel. Die Gardinen vor den Fenstern ließen nur winzige Sprenkel Tageslicht hinein, und draußen dämmerte es jetzt schon. Sie schlich durch die engen Flure des Hauses – sie fand eine kleine Küche, in der Töpfe und Pfannen von der Decke hingen, ein Vorzimmer, in dem der

Pastor wohl seine Gäste empfing, und dann endlich das Arbeitszimmer des Geistlichen.

Sie blieb kurz stehen und lauschte mit angehaltenem Atem. Im Haus regte sich nichts. Auf Zehenspitzen schlich sie in den kleinen dunklen Raum. Hohe Schränke und Bücherregale nahmen die Wände ein, ein Schreibtisch beherrschte die Mitte des Zimmers.

Systematisch und so schnell, wie sie konnte, begann sie, die Unterlagen des Geistlichen zu durchsuchen. Sie blätterte sich durch die Bücher, die Ordner, las Taufscheine und Sterbeurkunden. Dabei blickte sie immer wieder mit klopfendem Herzen zur Tür.

Der große Aktenschrank an der Wand ließ sich mit ein wenig Gewalt öffnen. Hier fand sie alle Unterlagen, die die Gemeinde betrafen – weitere Taufscheine, Totenscheine, Sterbeurkunden, die Buchhaltung der Gemeinde und die Sonntagsreden des Geistlichen. Sie fand den Totenschein von Helena von Eichberg, datiert auf den 29. Juni 1887. Als Todesursache gab der Arzt *Totgeburt* an.

Sie presste die Lippen aufeinander. Sie wusste, dass das nicht stimmte. Als ihre Mutter von dem Kind entbunden worden war, hatte es gelebt. Der Aktenschrank war riesig, und es dauerte eine nervenaufreibend lange Zeit, alle Ordner durchzusehen. Nichts deutete auf Helena von Eichbergs wahres Schicksal hin, und irgendwann schloss Cida den Aktenschrank, um sich dem Schreibtisch des Pastors zuzuwenden.

Persönliche Korrespondenzen des Geistlichen, der Entwurf der heutigen Sonntagsrede, ein Gedichtband und eine in dunkles Leder gebundene Bibel … Cida überflog die Briefe des Pastors, doch auch hier fand sich kein einziger Hinweis auf die Tochter des alten Grafen.

Sie fluchte stumm. Der Schreibtisch gab ihr ebenfalls keine Antworten. Blieben die zum Bersten gefüllten Bücherregale und der Sekretär an der gegenüberliegenden Wand. Sie warf einen Blick auf die Standuhr daneben. Die Predigt würde frühestens in einer halben Stunde enden. Noch blieb ihr etwas Zeit.

Plötzlich erklang der Ruf eines Käuzchens von draußen. Sie zuckte zusammen und sah sich gehetzt um. Schon erklangen schwere Schritte im Flur. Kurzentschlossen duckte Cida sich unter den Schreibtisch. Das war vielleicht nicht das beste Versteck, doch wer nur einen flüchtigen Blick ins Arbeitszimmer warf, mochte sie vielleicht übersehen …

Die Tür öffnete sich, und sie presste sich eine Hand vor den Mund, um das Geräusch ihres eigenen Atems zu dämpfen. Was hatte sie sich nur dabei gedacht? Die gewachsten Schuhe eines Mannes kamen in ihr Blickfeld, und unwillkürlich machte sie sich noch etwas kleiner.

»Sie haben ein Talent dafür, mich zu erstaunen, Fräulein Engel.«

Ihr Kopf ruckte nach oben und stieß gegen die Tischplatte. Sie fluchte wenig damenhaft. Dann schloss sich eine warme Hand um ihren Oberarm und zog sie auf die Füße.

»Sachte«, sagte Friedrich von Neuenstedt mit einem kleinen Grinsen, als sie sich von ihm losmachte. »Sie haben sich gerade den Kopf angestoßen. Lassen Sie sich helfen.« Jedes Wort war mit unverkennbarem Spott durchtränkt, und seine Augen funkelten, als wäre dies der lustigste Tag seines Lebens.

Sie durchbohrte ihn mit Blicken. »Sie verdammter …«

»Ah.« Er hob die Hände, während sein Grinsen noch eine Spur breiter wurde. »Vergessen Sie nicht, dass ich Sie gerade unter dem Schreibtisch unseres werten Pastors gefunden habe. Von meinem guten Willen hängt jetzt alles ab.«

»Wissen Sie«, erwiderte sie und machte einen Schritt auf ihn zu. »Sie können sich Ihren guten Willen in den gepuderten …«

Er lachte leise. »Deshalb mag ich Sie, Fräulein Engel. Sie wissen ganz genau, dass Sie es nur schlimmer für sich machen, aber Ihren Stolz können sie trotzdem nicht herunterschlucken.«

»Nur damit Sie es wissen«, sagte sie mit hochmütig gerecktem Kinn. »Ich mag Sie noch immer nicht, *Herr Graf.*« Er erwiderte ihren Blick noch eine Sekunde länger mit der gleichen Intensität, bevor er seine Aufmerksamkeit dem Arbeitszimmer des Pastors zuwandte. »Ob Sie es glauben oder nicht, Fräulein Engel, das ist mir bewusst. Und nun ... würden Sie mir verraten, was Sie hier tun?«

Kurz brachte sie die Frage aus dem Konzept. »Ich ... gar nichts. Ich habe mich verlaufen.«

Er schnaubte, aber es klang wie ein unterdrücktes Lachen. »Aus der Kirche bis in das Haus unseres verehrten Pfarrers? Eine gute Lügnerin sind Sie anscheinend nicht. Also?«

Cida rang mit sich. Sie brauchte einen Verbündeten, aber Friedrich von Neuenstedt wollte sie nicht einmal bis zu ihrer Nasenspitze trauen. Sie hatte die eindringliche Warnung nicht vergessen – und auch nicht, was er vor wenigen Tagen im Stall zu ihr gesagt hatte. Seine Überheblichkeit, die Gesellschaftsordnung, die er repräsentierte, all das stieß sie ab. Doch zugleich konnte sie ihr verräterisches Herz nicht zum Schweigen bringen. Der Schalk in seinen Augen und das Lächeln, das um seine Mundwinkel spielte, ließen sie beinahe all die Gründe vergessen, aus denen sie ihm niemals nahekommen durfte.

»Fräulein Engel.« Er machte nun doch einen Schritt auf sie zu. »Ich habe Ihnen gesagt, dass ich nicht Ihr Feind bin. Wäre ich es, hätte ich Sie längst hier rausgeschleift und Sie für Ihren kleinen Ausflug vielleicht sogar an die Gendarmerie übergeben. Aber das habe ich nicht vor. Stattdessen frage ich Sie: Was machen Sie hier?«

Sie verschränkte die Arme vor der Brust und warf einen Blick auf die Tür. »Ich suche etwas.«

»Was?«

Jetzt blickte sie ihn wieder an. Er sah aus wie ein Kind, das einen Streich ausheckte – bereit zu allen Schandtaten –, und plötzlich fiel es ihr schwer, sich noch das Lächeln zu verkneifen. Dieser Mann war wahrlich verwirrend. Im einen Moment so arrogant, ganz der Graf, zu dem man ihn erzogen hatte, und dann, wenn er nur weit genug weg von seinem steifen Alltag war, jemand ganz anderes. Verschmitzt, spöttisch, unglaublich nervtötend – und dabei so aufrichtig, dass sie zu glauben begann, dass sie in diesen Momenten den wahren Friedrich von Neuenstedt vor sich sah.

Sie musterte ihn noch eine Sekunde länger. Ihr Herz schlug ein wenig schneller, als er den Kopf schief legte, um sie noch intensiver zu betrachten. »Kommen Sie, Fräulein Engel. Wovor haben Sie Angst? Davor, dass Sie mich am Ende doch nicht ganz so furchtbar finden, wie Sie es gern hätten?«

Ihr stieg die Hitze in die Wangen, weil er sie schon wieder ertappt hatte, doch sie versuchte, sich ihre Verlegenheit nicht anmerken zu lassen. Sie musste tun, was notwendig war, um das Rätsel um ihre Schwester in der wenigen Zeit, die sie hatte, zu lösen. Und von diesem Mann durfte sie sich nicht verwirren lassen.

»Ich weiß, dass der Totenschein gefälscht ist«, sagte sie schließlich und beobachtete mit angehaltenem Atem seine Reaktion? War er überrascht?

Doch er ließ sie einmal mehr nicht sehen, was wirklich in ihm vorging. »Woher?«, fragte er nur und warf nun seinerseits einen Blick auf die Tür. Noch waren sie allein, und im Haus war alles still. Aber wie lange noch, bis man sie beide hier entdeckte?

Sie schwieg, und er seufzte und blickte sich mit gerunzelter Stirn um. »Was haben Sie gehofft, hier zu finden?«

»Der alte Pastor Wiedermann hat damals die Beerdigung vorgenommen«, erwiderte sie. »Und vor nicht allzu langer Zeit war das hier doch sein Arbeitszimmer, oder nicht? Ich dachte, ich würde hier etwas finden … über Helena oder …«

Ihr Blick fiel auf ein kleines Buch ganz oben im Regal. Es war ein dünner Band, unscheinbar zwischen den anderen, doch irgendetwas daran fesselte ihre Aufmerksamkeit. Sie trat näher und stellte sich auf Zehenspitzen, um die winzige Schrift auf dem Einband zu entziffern. »Was glauben Sie, warum besitzt der Pastor ein Buch über Heilkunde?«

Er holte das Buch aus dem Regal und blätterte es durch.

*Für meinen lieben Freund Wieland zum siebzigsten Geburtstag*, las er vor.

Cida nahm ihm das Buch aus der Hand. Dabei fiel ihr eine Lasche im Einband auf. Darin lag ein zusammengefalteter Brief.

Die Standuhr schlug zur vollen Stunde. Cida zuckte zusammen und blickte erschrocken zu Friedrich von Neuenstedt hin. Er wirbelte herum und stellte sich vor sie, als wollte er sie im Falle einer Entdeckung beschützen. Was für ein naiver Gedanke!, sagte sie sich und ließ den Brief in ihrer Rocktasche verschwinden, bevor er ihn sehen konnte.

»Wir sollten von hier verschwinden«, sagte er, als sie das Buch zurück an seinen angestammten Platz gestellt hatte, und nahm sie bei der Hand.

»Warten Sie.« Sie machte sich los. Ihr Blick war auf eine Flasche Portwein auf einem der oberen Regalbretter des Bücherregals gefallen. Sie deutete darauf. »Geben Sie mir den Wein.«

»Das ist wohl kaum der richtige Zeitpunkt, um sich zu betrinken, Fräulein Engel.«

Sie verdrehte die Augen. »Tun Sie einfach, was ich Ihnen sage.«

Er schenkte ihr ein Grinsen und fischte die Flasche vom Regalbrett. »Für Sie würde ich alles tun.«

Sie warf ihm einen strafenden Blick zu und nahm ihm den Wein aus der Hand. Tawny Port, Jahrgang 1879. Ein leichter Staubfilm auf dem Etikett. Mehr nicht.

»Warten Sie.« Friedrich von Neuenstedt tastete auf dem Regalbrett herum. Im nächsten Moment hielt er ihr eine Karte unter die Nase. »Die hier muss abgefallen sein.«

»*Lieber Wieland, auf unsere Sünden*«, las Cida und drehte die Karte, sodass der junge Graf sie sehen konnte. Statt eines Absenders stand unter dem kurzen Text nur ein *E.*

»Eichberg«, sagten sie gleichzeitig.

Sie hatten das Wort kaum ausgesprochen, da erklang von draußen erneut der Ruf des Käuzchens. Diesmal hörte es sich viel drängender an.

»Kommen Sie«, meinte ihr Gegenüber und nahm ihre Hand, nachdem er Flasche und Karte wieder dort platziert hatte, wo er beides gefunden hatte. Bevor sie das Zimmer verließen, griff er jedoch nach der Bibel auf dem Schreibtisch und steckte sie in seine Manteltasche.

»Was machen Sie denn da?«, flüsterte Cida.

»Die gehörte dem alten Pastor«, raunte er. »Ich bin nur neugierig, was für Sünden er begangen hat.«

»Das ist Diebstahl!«

Er zwinkerte ihr zu. »Sehen Sie, was Sie für einen Einfluss auf mich haben? Und jetzt machen wir, dass wir hier wegkommen.«

Ohne ein weiteres Wort zu verlieren, huschten sie aus dem Haus, gerade rechtzeitig, um sich unter die Rosenthaler zu mischen, die jetzt aus der Kirche strömten.

Bevor sie einander aus den Augen verloren, hielt Friedrich von Neuenstedt Cida noch einmal am Arm zurück. »Sagen Sie mir, was in diesem Brief steht, wenn Sie ihn gelesen haben«, raunte er ihr zu. »Glauben Sie nicht, dass Sie mich täuschen können, Fräulein Engel.«

Wieland, ich danke Dir für Jahre der Freundschaft und der gemeinsamen Gebete. Jetzt, da wir beide unserem Ende entgegensehen, sollst Du wissen, dass Du mich aufrecht gehalten hast, als ich *zweifelte. Denn ich habe gezweifelt. Ich habe mein Leben dem Heilen gewidmet, dem Bringen und Bewahren von Leben, und ich hoffe, Gott kann mir verzeihen, dass ich geschwiegen habe.*

*Ich sehe sie noch vor mir, die Frau mit dem Kind im Arm, und wie sie um sein Leben feilscht. Ich sehe sie davongehen, und ich weiß, von heute an darf ich kein Wort mehr über dieses winzige Bündel Mensch verlieren.*

*Wusstest Du, dass der Sarg, über den Du die Erde gestreut hast, leer war? Ich denke doch, Du hast es gewusst, und Du hast geschwiegen, wie ich.*

*»Wir sind alle Sünder«, sagtest Du mir einmal, und ich weiß, Du hast Dich an jenem Tag daran erinnert. Glaube nicht, ich hätte den guten Portwein auf dem obersten Regalbrett nicht bemerkt.*

*Wir sind beide Sünder, Wieland, aber wenn meine Zeit gekommen ist, werde ich Gott hocherhobenen Hauptes entgegentreten. Ich weiß nicht, ob wir uns heute zum letzten Mal sehen, doch wenn es so sein soll, hoffe ich, Du findest den Mut, Dir selbst zu verzeihen, dass auch Du geschwiegen hast.*

Es war dunkel geworden über Gut Rosenthal, und aus dem Haus war leise das traditionelle Weihnachtslied *Stille Nacht* zu hören. Die Zufahrt zum Herrenhaus hatten die Knechte vom Schnee frei geschaufelt, und am abendlichen Himmel war ein großer Vollmond aufgegangen.

Es war klirrend kalt, aber Cida hielt es nicht mehr im Haus aus. Sie warf einen Blick auf die Weihnachtsgarbe, die oben auf dem Scheunendach thronte, und ein kleines Lächeln glitt über ihr Gesicht. Ein wenig bereute sie es, das Hirtenspiel in der Kirche verpasst zu haben – die Schüler der Dorfschule hatten es zusammen mit ihrem Lehrer aufgeführt, und beim Festessen in der Leutestube hatten alle lachend davon gesprochen.

Nachdem sie nach Gut Rosenthal zurückgekehrt waren, waren die Bediensteten nach oben zu den Herrschaften gegangen, um der kurzen Weihnachtsansprache des Hausherrn zu lauschen. Dieser hatte dann noch Zigarren für die Männer und sogar für die jungen Burschen und ein Gläschen Likör für die Frauen ausgegeben, und dann war schließlich das Weihnachtsessen aufgetragen worden.

Friedrich von Neuenstedt hatte Cida zurückgehalten, als sie Anstalten gemacht hatte, den Bediensteten zu folgen, die ihre eigene Feier in der Leutestube haben würden, nachdem alle Arbeit getan war. Mit gesenkter Stimme hatte er ihr angeboten, das Weihnachtsessen mit der Familie zu begehen. Bislang hatte sie immer mit den Bediensteten in der Leutestube gespeist, und die Blicke, die die Gräfin von Neuenstedt ihr jetzt zuwarf, machten ihr deutlich, dass sie auch an diesem Abend nicht am Tisch der Familie willkommen war. Sie hatte dann auch nur den Kopf geschüttelt und sich selbst eingeredet, dass sie sich den enttäuschten Ausdruck in den Augen des Hausherrn nur eingebildet hatte.

Jetzt war sie froh, dass sie mit den Bediensteten in der Leutestube gefeiert hatte. Nele hatte ein köstliches kaltes Festessen zubereitet, und während sie noch gegessen hatten, waren einige der Knechte, verkleidet als Weihnachtsschimmel und seine Begleiter, hereingepoltert und hatten ihr ganz eigenes, wildes Weihnachtsstück aufgeführt, das Mamsell mit einem Augenverdrehen und einem unterdrückten Lachen quittierte hatte. Über die allgemeine Fröhlichkeit hatte Cida beinahe den Brief vergessen, der in ihrer Rocktasche knisterte.

Irgendwann, als die kleine Festgesellschaft den Esstisch beiseitegeräumt hatte, um das Tanzbein zu schwingen, und auch Cida sich zu dem ein oder anderen Tanz hatte auffordern lassen, hatte sie sich zurückgezogen, um den Brief der Hebamme zu lesen. Als sie hinausgegangen war, hatte der angetrunkene Herr Walters die Mamsell zum Tanzen aufgefordert, was mit allgemeinem Raunen beantwortet worden war. Unter den Angestellten ging das Gerücht um, dass Herr Walters Karla Huppert vor vielen Jahren einmal einen Antrag gemacht hatte, jedoch zurückgewiesen worden war. Mit einem Lächeln hatte Cida die Haustür hinter sich zugezogen und war auf die Wirtschaftsgebäude zugelaufen.

Sie blickte hinüber zu den Koppeln und den Pferden, die dort im Schnee standen. Donner entdeckte sie und kam auf sie zugetrottet. »Verrate ja nicht den anderen, dass ich dich bevorzuge«, sagte Cida mit einem kleinen Lächeln und steckte dem Hengst einen Apfel zu, den sie vom Gabenteller stibitzt hatte. Das Stück Papier zitterte in ihren Fingern, und sie streichelte so lange die weichen Nüstern des zufrieden vor sich hin mampfenden Tieres, bis ihr Herz wieder im Takt schlug und ihr Atem ruhiger wurde.

»Kann das sein?«, flüsterte sie Donner zu. »Ist sie wirklich noch am Leben?«

Der Hengst schnaubte und trottete davon. Sie blieb stehen, allein mit dem Schnee und den Pferden, deren leises Schnauben hin und wieder die Stille durchbrach, und mit ihren Gedanken, die jetzt zurück nach Hause flogen. Ob ihre Eltern wie all die Jahre zuvor die Palme vor dem Haus geschmückt hatten? Sie tastete nach dem Anhänger unter ihrer Kleidung, den sie auch jetzt über der Brust trug. Ob Ayana wieder den ganzen Tag in der Küche gestanden hatte, um mehr Kuchen zu backen, als ein ganzes Dorf verspeisen könnte? Ob die Nachbarn wie jedes Jahr vorbeikommen und Blumen und noch mehr Kuchen mitbringen würden? Bestimmt würde Yaris wieder die Weihnachtslieder auf seiner Trommel begleiten, und alle würden lachend um Gnade flehen, wenn Cidas Mutter in den Gesang einfiel.

Das Knirschen von Schritten im Schnee riss Cida aus ihren Erinnerungen. Sie atmete einmal tief durch und blickte dann der kleinen Person entgegen, die ihr von den Wirtschaftsgebäuden her entgegenkam.

Als sie die Frau erkannte, hob sie überrascht die Augenbrauen. »Frau Meissner?«

Pia Meissner schenkte ihr ein zaghaftes Lächeln. »Frau Schmidt, schon lange. Frohe Weihnachten, Fräulein Engel!«

»Ihnen auch frohe Weihnachten!«, sagte Cida.

Zwischen den beiden Frauen breitete sich ein langes Schweigen aus. Irgendwann strich Frau Schmidt sich eine feuerrote Haarsträhne aus der Stirn und versuchte sich wieder an einem Lächeln. Es wirkte wehmütig. »Mein Bruder Konrad und seine Familie lassen Sie schön grüßen.«

»Danke«, antwortete Cida.

Pia Schmidt räusperte sich und schob mit der Stiefelspitze den Schnee zu ihren Füßen hin und her. »Ich wollte mich bei Ihnen entschuldigen.« Sie blickte Cida fast schon flehentlich an. »Es war ein Schock, als sie plötzlich vor meiner Tür standen. Ich habe wirklich versucht, nicht mehr an all das zu denken.« Sie blickte hinüber zum Herrenhaus. »Ich bin seit mehr als zwanzig Jahren nicht mehr auf Gut Rosenthal gewesen.«

»Was ist hier geschehen?«, fragte Cida. »Nachdem meine Mutter von hier verschwand.«

Ihr Gegenüber fröstelte und zog sich das wollene Schultertuch enger um den Körper. »Ich kehrte an diesem Tag erst spät in der Nacht zurück nach Gut Rosenthal – die gnädige Frau, Ihre Mutter, hatte mir freigegeben –, und ich hatte den Tag mit meiner Familie verbracht und die Zeit vergessen. Als ich zurückkehrte, war sie schon fort, und der gnädige Herr hat getobt.« Sie holte tief Luft. »Unten in der Küche hat er mich angebrüllt und mich dann gegen den Ofen geworfen.« Sie deutete auf ihre Röcke. »Die Narben von den Verbrennungen an meinen Beinen sieht man noch. Ich bin noch in der gleichen Nacht von Gut Rosenthal geflohen, habe einen guten Mann gefunden, geheiratet und niemals zurückgeblickt. Bis auf einmal Sie vor meiner Tür standen.«

Cida schluckte. Sie wusste nicht, was sie auf die Enthüllungen der anderen Frau antworten sollte, aber diese kam ihr ohnehin zuvor. »Sie sagten, Sie hätten Fragen? Fragen Sie.«

Cida erzählte ihrem Gegenüber von ihrer Suche. Zu ihrer Enttäuschung jedoch schüttelte Pia den Kopf. »Es tut mir leid, Fräulein Engel. Davon, dass das Mädchen überlebt haben soll, höre ich heute zum ersten Mal. Es …« Sie wischte sich hastig über das Gesicht. »Es ist mir nie in den Sinn gekommen.«

»In der Nacht, in der meine Mutter niederkam …«, begann Cida leise. »Wo war Mamsell Brieger? Was hat sie getan, als es hieß, das Kind sei tot?«

Die Ältere runzelte die Stirn. »Ich war die ganze Zeit bei der gnädigen Frau … aber soweit ich weiß, ist Mamsell noch in dieser Nacht mit der Kutsche ins Dorf gefahren, um den Pastor zu holen. Es war doch so eine Gewitternacht, deshalb war sie recht lange fort – sie und der Pastor kamen erst am nächsten Tag, als das Unwetter endlich nachgelassen hatte. Mehr weiß ich nicht.«

Cida biss sich auf die Unterlippe. Wenn das Kind wirklich am Leben gewesen war, hatte Mamsell es wahrscheinlich mit ins Dorf genommen. »Gab es jemanden in Rosenthal, dem Mamsell Brieger besonders verbunden war?«

Pia Schmidt schüttelte den Kopf. »Nein, eigentlich nicht. Mamsell kommt ursprünglich aus Stargard. Sie war eine Eigenbrötlerin und sicher niemand, der viele Freunde gehabt hätte.«

»Und der Pastor?«

»Ich glaube, sie mochte ihn ganz gern. Aber jedermann hier mochte den alten Pastor. Manchmal war er ein bisschen wunderlich, doch er hat immer viel für die Gemeinde getan.«

Bevor sie sich verabschiedeten, fasste Pia Schmidt nach ihren Händen und sah ihr eindringlich in die Augen. »Die Menschen hier in Pommern schweigen viel«, sagte sie. »Ganz besonders über die Vergangenheit. Aber das heißt nicht, dass sie sie vergessen haben. Manche haben den alten Grafen von

Eichberg geliebt, manche haben ihn gehasst. Manche vermissen Ihre Mutter auch heute noch schmerzlich, und andere verfluchen Ihren Namen. Ich werde niemandem etwas von Ihrer Suche erzählen, und das sollten Sie auch nicht. Halten Sie sich bedeckt, Fräulein Engel. Seien Sie jederzeit auf der Hut.«

Sie ließ ihre Hände los und wandte sich ab, ehe Cida etwas auf ihre Worte erwidern konnte. Eine Weile beobachtete sie, wie die kleine Frau durch das aufkommende Schneegestöber davonging. Dann schlang sie die Arme um sich und atmete tief ein. Ihr Herz klopfte wie wild. Und in ihrer Rocktasche raschelte der Brief, der ihr endlich die Antwort gegeben hatte, nach der sie gesucht hatte: Helena von Eichberg hatte die Nacht ihrer Geburt überlebt und war der grausamen Hand ihres Vaters entkommen. Mamsell Brieger musste sie fortgebracht haben. Nur, was war danach aus Helena geworden?

Im Haus lief Cida ausgerechnet in Hagen von Neuenstedt hinein. Sie war gerade auf dem Weg in ihr kleines Zimmer unter dem Dach, als er aus dem Schatten eines dunklen Flurs trat und ihr den Weg versperrte.

Sie stieß ein erschrockenes Keuchen aus und blieb stehen. »Herr Graf.«

»Fräulein Engel!«, rief er. »Ich habe Sie doch nicht etwa erschreckt?«

»Nur ein wenig.« Cida versuchte, sich an ihm vorbeizuschieben. Er machte sich noch etwas breiter, und sie blieb stehen.

»Das tut mir leid«, entgegnete er in einem Tonfall, der das Gegenteil besagte, und vereitelte einen weiteren Versuch von ihr, an ihm vorbeizuschlüpfen. »Laufen Sie doch nicht gleich wieder weg. Wir haben so wenig Zeit gehabt, uns zu unterhalten.«

»Entschuldigen Sie«, erwiderte Cida. Eine Gänsehaut

kroch ihren Nacken empor, aber sie ließ sich ihr Unbehagen nicht anmerken und verlieh ihrer Stimme einen festen Klang. »Ich bin müde und werde mich jetzt zurückziehen.«

»Sie reden fast so geschliffen wie eine Dame von Stand«, bemerkte er mit einem Zwinkern. »Wirklich schade, dass man Ihnen an der Nasenspitze ansieht, dass Sie nur die Tochter irgendeines Stallburschen sind.«

Cida spürte, dass sie jetzt besser den Mund hielt. Sie ging langsam rückwärts, doch er folgte ihr.

»Sagen Sie«, fuhr Hagen von Neuenstedt mit einem lauernden Glitzern in den Augen fort. »Warum … und das frage ich mich schon die ganze Zeit … warum kommt ein Fräulein aus Amerika bis hierher in die Einöde, so ganz allein? Hat Sie nie jemand gewarnt, dass das gefährlich ist?«

Sie wusste nicht, woher die Gewissheit kam, dass sie in Gefahr war. Oder ob es ihre eigene Stimme war, die tief in ihr eine Warnung flüsterte. *Lauf*, sagte die Stimme, und plötzlich dachte sie an Ayana, die an Geister glaubte, und an ihre leibliche Mutter Filipa, die in einem anderen Herrenhaus auf der anderen Seite der Welt vor mehr als zwanzig Jahren ein schreckliches Schicksal erlitten hatte.

Sie drehte sich um und rannte mit gerafften Röcken den Flur hinab, die Treppe hinunter, bis sie in einem anderen Flur angelangt war. Hier blieb sie stehen und rang nach Luft. Erst, als ihre Brust sich nicht mehr hob und senkte wie ein Blasebalg, bemerkte sie, dass sie unter dem Bildnis von Andreas von Eichberg stand. Unwillkürlich wich sie davor zurück, den Blick auf diese viel zu kalten Augen gerichtet.

»Fräulein Engel?«

Sie zuckte zusammen. Neben ihr hatte sich die Tür zur Bibliothek geöffnet. Darin brannte Licht, und vor ihr stand Friedrich von Neuenstedt und sah sie fragend an. »Was ist passiert?«

Sie warf noch einen Blick auf das Porträt. Dann schaute sie ihn an. »Nichts. Nichts ist passiert.«

»Das sieht anders aus«, bemerkte er nach kurzem Zögern. »Fräulein Engel, was ist los?«

Sie blickte wieder hinauf zu dem Porträt. »Dieser Mann hat meine Mutter getötet. Meine leibliche Mutter.«

Er atmete geräuschvoll aus. »Das wusste ich nicht. Es tut mir leid.«

»Ich weiß nicht, warum ich Ihnen das erzähle«, flüsterte sie. Bevor er noch etwas sagen konnte, ging sie an ihm vorbei in die Bibliothek. Im Kamin prasselte ein Feuer, und auf einem Tisch in der Mitte des Raumes, vor dem zwei rote Sessel standen, entdeckte sie ein aufgeschlagenes Buch und ein Glas Sherry. Vor einem der Bücherregale lagen die beiden Hunde und schliefen, die Köpfe zutraulich aneinandergeschmiegt.

Friedrich trat hinter ihr in die Bibliothek und drückte die Tür leise ins Schloss. »Wollen Sie etwas trinken?«

Sie wirbelte zu ihm herum. »Sie ist am Leben. Helena. Sie lebt.«

Er hob die Augenbrauen. »Sind Sie sicher?«

Wortlos holte sie den Brief der Hebamme aus ihrer Rocktasche und reichte ihn Friedrich von Neuenstedt. Er ließ sich in einen der beiden Sessel sinken und studierte das Schreiben mit gerunzelter Stirn. Schließlich legte er das Papier auf dem Beistelltisch vor ihm ab und blickte sie wieder an. Seine Miene hatte ihren üblichen spöttischen Ausdruck verloren. In seinem Blick lag etwas Weiches, das sie dort nie zuvor gesehen hatte. Für einen viel zu langen und zugleich viel zu kurzen Moment schauten sie einander in die Augen.

»Mamsell Brieger hat das Kind also fortgebracht«, sagte er schließlich. »Nur, wohin?«

Sie wandte sich eine Spur zu hastig ab und schüttelte den Kopf, während sie die ledernen Buchrücken in den Regalen betrachtete. »Ich weiß es nicht.«

Er trank einen Schluck und betrachtete sie dabei mit konzentrierter Miene. »Aber Sie haben eine Idee.«

Jetzt blickte sie doch wieder zu ihm hin. »Woher wollen Sie das wissen?«

Er lächelte. »Sagen wir, ich habe es im Gefühl.«

Sie musterte ihn ein paar Sekunden lang, dann fiel ihr Blick auf die Bibel des alten Pastors, die Friedrich auf einem der Regalbretter abgelegt hatte. »Was ist mit der Bibel? Steht darin irgendetwas Hilfreiches?«

»Nein«, antwortete Friedrich von Neuenstedt. »Nichts, keine Markierungen, keine Notizen am Rand. Nur eine Widmung auf der ersten Seite. *Vielen Dank für alles. Martha*, steht da. Das ist alles.«

Cida schritt zum Bücherregal und griff nach der Bibel. Sie blätterte sie durch, las die Widmung am Anfang und stellte die Bibel dann mit einem Seufzen wieder zurück. »Nichts, was uns weiterhilft.«

Als sie sich wieder zu ihm umdrehte, ertappte sie ihn dabei, wie er sie mit schief gelegtem Kopf und einem kleinen Lächeln betrachtete. Sie verschränkte die Arme vor der Brust und löste sie gleich darauf wieder. »Was ist?«

»Wollen Sie mich nicht in Ihre Vermutung einweihen, wo Mamsell Brieger die kleine Helena von Eichberg hingebracht haben könnte?«

»Ich habe keine Vermutung«, sagte Cida eine Spur zu schnell. »Sie sollten wirklich nicht immer alles glauben, was Sie denken, *Herr Graf.*«

Sein Lächeln wurde noch eine Spur breiter. »Ich dachte, wir wären jetzt Verbündete.«

Sie schüttelte den Kopf. Er beobachtete sie eine Weile – so lange, bis sie ihm wieder in die Augen sah. Sein Blick fühlte sich viel zu vertraut an.

Er erhob sich langsam aus seinem Sessel. »Helfen Sie mir,

Fräulein Engel. Was hindert Sie daran, mich als Ihren Verbündeten zu sehen?«

Sie stieß ein atemloses Lachen aus. »Wo soll ich anfangen?«

Er runzelte die Stirn. »Ich dachte, wenn man zusammen einen Einbruch begeht, könnte man schon eine gewisse … hm … Komplizenschaft annehmen. Oder habe ich da etwas falsch verstanden?«

Seine Miene hatte einen so ratlosen Ausdruck angenommen, dass sie wieder lachen musste. Sie versuchte, es hinter einem Schnauben zu verstecken, doch er hatte es schon bemerkt. »Aha!«, meinte er. Ein Funkeln war in seine Augen getreten. »Sehen Sie, ich wusste, Sie würden mich früher oder später mögen!«

»Oh, nein«, widersprach sie. »Ich arrangiere mich mit Ihnen, das hat nichts damit zu tun, dass ich Sie je mögen könnte! Nicht das Geringste. Hören Sie gefälligst auf, so zu grinsen!«

Sie sah, dass er sich jetzt ein Lachen verbiss. Als er nicht mehr an sich halten konnte, begannen auch ihre Mundwinkel zu zucken. Stumm verfluchte sie ihn. Dieses offene Lachen, seine geröteten Ohren, das belustigte Blitzen in seinen Augen – sie wollte nicht, dass ihr Herz darauf reagierte, aber sie konnte nichts dagegen tun.

»In Ordnung«, antwortete er schließlich. »Ich versuche, es Ihnen einfacher zu machen.« Er streckte ihr seine Hand hin. »Mein Name ist Friedrich. Nicht *Herr Graf*. Sie machen sich ohnehin nur über mich lustig, wenn Sie mich so ansprechen.« Er zwinkerte ihr zu. »Glauben Sie ja nicht, ich hätte das nicht bemerkt.«

Sie hob die Augenbrauen und blickte von seiner ausgestreckten Hand zu seinem Gesicht und wieder zurück. »Ist das Ihr Ernst?«

»Kommen Sie«, sagte er. »Ich mache einen Schritt auf Sie zu. Und gerade fange ich an, mir dumm vorzukommen.«

»Gut.« Sie ergriff seine Hand. »Es wird Ihnen bestimmt nicht schaden, sich hin und wieder dumm vorzukommen. Ich bin Cida.«

Er hielt ihre Hand vielleicht eine Spur länger in der seinen, als notwendig gewesen wäre – dann ließ er sie los und strich sich mit beiden Händen über das Jackett. Dabei hörte er nicht auf, sie anzusehen.

Cida wurde bewusst, wie nah sie einander jetzt waren. Sie blickte zu ihm auf und versuchte, aus dem Ausdruck in seinen Augen schlau zu werden. Sie waren ernster als zuvor, und darin lag eine stumme Frage, von der sie nicht wusste, wie sie überhaupt lautete.

»Cida«, sagte er schließlich leise.

Sie hielt den Atem an und beobachtete, wie er sie betrachtete. Ihr Gesicht, ihre Augen, ihren Mund.

Cida räusperte sich, und sein verschmitztes kleines Lächeln kehrte zurück. »Nun, Cida, erzählen Sie mir etwas über sich.«

Sie zog die Augenbrauen hoch. »Aber Sie wissen doch schon eine Menge über mich.«

»Das finde ich nicht.« Er schritt zurück zu seinem Sessel, ließ sich darauf nieder und deutete dann auf den zweiten Sessel. »Setzen Sie sich.«

Zögerlich kam sie seiner Aufforderung nach. Um nicht in seine Richtung zu sehen, blickte sie sich in der Bibliothek um – lederne Buchrücken, Vitrinen aus poliertem Mahagoni, ein glitzernder Kronleuchter über ihnen. Irgendwann, als die Stille begann, auf ihrer Haut zu kribbeln, schaute sie doch wieder in seine Richtung. Er hatte sich in seinem Sessel zurückgelehnt und lächelte, als sie sich ihm zuwandte. »Warum ist Ihnen die Nacht lieber als der Tag?«

Ihr Herz setzte einen Schlag aus. »Wie bitte?«

Er wiederholte die Frage. »Das haben Sie mir erzählt, erinnern Sie sich?«

Ihr Blick fiel auf eine große Vitrine und die Flaschen, die hinter dem Glas schimmerten. Edle Weine, Liköre, Whiskey. »Ich würde jetzt doch gern … etwas trinken.«

Er schaute sie belustigt an, sagte aber nichts dazu, sondern stand auf und öffnete die Vitrine. »Und was möchten Sie trinken?«

»Ich weiß nicht besonders viel darüber«, gab sie zu.

Er goss eine dunkle Flüssigkeit in ein Likörglas und reichte es ihr. »Edradour. Süß und nicht allzu stark.«

Sie verbiss sich die Frage, seit wann er wusste, dass sie gern Süßes mochte, und dankte ihm mit einem Nicken. Wieder streiften sich ihre Fingerspitzen, wieder trat dieser eindringliche Ausdruck in seine Augen. »Sie haben meine Frage nicht beantwortet.«

Sie schwieg einen Moment, nippte an ihrem Likör und genoss, wie sich die Süße auf ihrer Zunge ausbreitete, während Friedrich sich setzte und geduldig wartete.

»Ich weiß es nicht«, gab sie schließlich zu. »Kennen Sie den Ausspruch ›Im Schutz der Nacht‹? Ich mag diese Stille. Ich habe das Gefühl, dass sie meine Gedanken auffängt. Vielleicht bin ich ehrlicher zu mir selbst, wenn es draußen dunkel ist.« *Und verletzlicher.* Das sprach sie nicht aus. »Ich fühle mich dann vollständiger.«

Er hatte konzentriert zugehört und nicht eine Sekunde lang aufgehört, sie anzusehen. Bevor er jedoch etwas auf ihre Worte erwidern könnte, sagte sie: »Sie sind dran.«

Ein Lächeln. »Was möchten Sie denn wissen?«

Sie beugte sich ein Stück in seine Richtung, und er tat es ihr gleich. »Sie stammen aus Ostpreußen, richtig?«

Friedrich nickte. »Gut Marienstein, südöstlich von Königsberg. Das Gut meines Vaters.«

Cida betrachtete ihn aufmerksam. Seine Miene gab nichts

preis, doch die Arroganz, die sie so an ihm gestört hatte, war verschwunden. Stattdessen saß er ganz ruhig da und sah sie an, als könnte er sich jetzt in dieser Sekunde keine angenehmere Gesellschaft vorstellen. »Aber Sie sind oft hier auf Gut Rosenthal, nicht wahr?«

Er blickte auf das Glas in seiner Hand und die bernsteinfarbene Flüssigkeit, die darin hin und her schwappte. »Wann immer meine Pflichten es mir erlauben. Es ist ein schöner Ort.«

»Das ist es«, murmelte sie und fragte sich dabei, warum er seiner Heimat in Ostpreußen bestenfalls mit kühler Gleichgültigkeit gegenüberzustehen schien.

»Ich habe nicht erwartet, Sie plötzlich vor meiner Tür vorzufinden«, gab er auf einmal zu. »Ich hätte nicht gedacht, dass Sie wirklich hierherkommen würden.«

»Ich auch nicht«, erwiderte sie. »Bevor Sie uns aufsuchten, hätte ich jeden für verrückt erklärt, der mir gesagt hätte, ich würde eines Tages eine solche Reise machen.«

Er schenkte ihr ein verschmitztes Lächeln. »Wollten Sie als Kind etwa keine Abenteuer erleben?«

Cida schüttelte den Kopf. »Ich hatte doch immer alles. Genau da, wo ich war.« Sie atmete geräuschvoll aus. »Und jetzt bin ich so weit weg von meinem Zuhause.«

Er schien etwas sagen zu wollen, doch sie kam ihm ein weiteres Mal zuvor. »Und Sie? Wollten sie als Kind Abenteuer erleben?«

Ein Grinsen breitete sich auf seinem Gesicht aus. »Genau genommen, wollte ich Pirat werden, als ich sieben war. Das war, nachdem ich ein Cowboy im Wilden Westen sein wollte, und kurz vor meiner Idee, Kängurus in Australien zu züchten.«

Sein spielerischer Tonfall entlockte ihr ein Lachen. »Darf ich annehmen, dass es meine Mutter war, die Sie auf die Idee gebracht hat, Cowboy zu werden?«

Sein Grinsen wurde noch eine Spur breiter. »Allerdings, diesen Einfall hatte ich nach meinem ersten Weihnachten auf Gut Rosenthal. Davor wollte ich fliegen können. Dummerweise musste ich nach meinem ersten Sturz vom Scheunendach einsehen, dass es damit nichts werden würde.«

Seine Miene entlockte ihr zum wiederholten Mal ein Lächeln. Obwohl ihre Vernunft ihr sagte, dass sie aufstehen und gehen sollte, und obwohl sie sich selbst versprochen hatte, dass sie Friedrich von Neuenstedts Charme nicht verfallen würde, rührte sie sich nicht von der Stelle. Stattdessen erwiderte sie seinen Blick, während sie die Gewissheit überfiel, dass sie längst damit begonnen hatte, diesen Mann zu mögen.

Allein das Ticken der Standuhr und der Wind, der vor dem Fenster die Schneeflocken durch die Finsternis trieb, durchbrachen die Stille zwischen ihnen. Friedrichs Augen hatten sich verdunkelt, und auf einmal fragte Cida sich mit klopfendem Herzen, was sie tun würde, wenn er jetzt versuchte, sie zu küssen. Als hätte er ihre Gedanken gelesen, schob er die Hand über den Tisch, bis seine Finger die ihren streiften. Eine kaum merkliche Berührung, die ihr sofort eine Gänsehaut über den Körper jagte. Was tat sie hier nur?

Dieser Gedanke brachte sie zur Vernunft. Eine Spur zu hastig erhob sie sich. »Es ist spät. Ich werde zu Bett gehen.«

Auch er stand auf. Seine Ohren waren rot angelaufen, und er schien nicht zu wissen, was er mit seinen Händen machen sollte. Schließlich verschränkte er sie hinter dem Rücken und straffte sich. »Natürlich. Ich … wünsche gute Nacht. Cida.«

Die Art und Weise, wie er ihren Namen aussprach, trieb ihr die Hitze in die Wangen. Sie redete sich ein, dass dieses Knistern zwischen ihnen nur der späten Stunde und dem Alkohol geschuldet war. Doch als sie die Bibliothek verließ und zu ihrem Zimmer unter dem Dach huschte, fühlte es sich wie eine Flucht an.

# Kapitel 10

Am nächsten Tag verließ Cida das Gut noch vor Sonnenaufgang. Von Rosenthal nach Stargard waren es etliche Kilometer, und sie wollte vor Sonnenuntergang in der Stadt sein. Während sie den Spuren der verschollenen Helena von Eichberg folgte, versuchte sie mit aller Kraft, nicht an den gestrigen Abend zu denken. Es war ein Moment der Schwäche gewesen, weiter nichts. Eine trügerische Verbundenheit zwischen zwei Menschen, die die Umstände zur Zusammenarbeit gezwungen hatten. Friedrich von Neuenstedt konnte sie nicht berühren.

Auf Sonja, der braven Trakehner-Stute, die der Hausherr ihr zur Verfügung gestellt hatte, preschte Cida über das schneebedeckte Land. Doch nicht einmal der beißende Wind konnte ihre um sich selbst drehenden Gedanken davontragen. Stattdessen spürte sie wieder und wieder, wie Friedrichs Hand die ihre berührte. Und wie sie es hatte geschehen lassen. Es war nur eine Sekunde gewesen, aber dennoch. Es gab tausend Gründe, aus denen sich so etwas niemals wiederholen durfte, doch einer stand ihr besonders deutlich vor Augen. Manchmal glaubte sie, dass der Schnee, den Sonjas Hufe aufwirbelten, sich in der Luft zu Bergen und Palmen und dahinjagenden Pferden formte, bevor er schließlich mit dem Wind verschwand.

Es dämmerte bereits, als sie Stargard erreichte.

Cida führte ihre Stute durch eines der Stadttore und blickte sich um. Diese Stadt, mit ihrer mächtigen St.-Marien-Kirche, die wie ein roter Wächter über den Fachwerkhäusern aufragte, dem zugefrorenen Ina-Fluss und dem Mühletor mit seinen Zwillingstürmen, war ihre einzige Spur.

Sie betrachtete die schneebedeckten Häuser und die weiße Haube, die die Kirchturmspitze zierte.

»Am alten Markt in Stargard gibt es eine kleine Pension für Damen«, hatte Mamsell Huppert Cida am Morgen gesagt. »Grüßen sie Tilda von mir, ja?«

Tilda war die Wirtin der kleinen, aber ordentlichen Pension, die Cida jetzt betrat. Eine winzige Frau mit ausladendem Busen und Haar, das so weiß war wie der Schnee, der sich an den Straßen zu hohen Wehen türmte. »Sie bringen mir anscheinend einen Schneesturm, Fräulein. Was führt Sie in unser schönes Stargard?«

»Ich suche jemanden«, antwortete Cida. »Die Familie Brieger. Kennen Sie sie?«

Die Ältere runzelte die Stirn, während sie Cidas Geld in die Kasse zählte. »Brieger. Ja, dunkel kann ich mich erinnern. Brieger, das waren doch die beiden Eigenbrötler, draußen am Neuen Werder … Zwei Mädchen hatten die damals, die Annemarie und die Siglinde. Die Annemarie ist damals ja weggegangen, aber die jüngere, die wohnt, glaube ich, immer noch in diesem schrecklichen Haus. Hab sie seit Jahren nicht mehr zu Gesicht bekommen. Na, kommen Sie, Fräulein. Sie schlafen unterm Dach. Der Abort ist im Hof. Ich zeig's ihnen.«

Am nächsten Morgen machte Cida sich auf zum Haus der Familie Brieger. Das Gebäude war in einem erbarmungswürdigen Zustand, und Cida fürchtete, dass es einen weiteren Schneefall nicht überleben würde. Schief wie ein fauliger Zahn ragte es aus dem schmutzigen Schnee, mit schmutzigen Fenstern, hinter denen ein paar Kräuterbündel von der Decke hingen.

Auf ihr Klopfen hin geschah eine Zeit lang nichts. Sie schlang die Arme um sich, als ein kalter Windzug sie streifte, und blickte an der Fassade empor. Kurz glaubte sie, ein Gesicht hinter einer der Fensterscheiben zu sehen.

»Frau Brieger?«, rief sie und klopfte noch einmal. Doch nichts geschah.

Als sie sich schließlich abwenden wollte, wurde die Tür aufgerissen. Cida sah sich einem lebendigen Gerippe gegenüber. Die alte Dame, die vor ihr stand und sie aus blassen, blutunterlaufenen Augen musterte, hatte Haut wie brüchiges Papier, Hände wie dürre Zweige und einen feindseligen Ausdruck im Gesicht, der Cida eine Gänsehaut über den Rücken trieb.

»Frau Brieger?«, fragte sie nach einer viel zu langen Stille, die nur vom Pfeifen des Windes und dem Schnauben der Stute unterbrochen wurde.

»Wer will das wissen?«, schnarrte die Alte.

Cida stellte sich vor. »Ich bin wegen Ihrer Schwester hier. Annemarie Brieger.«

Die Alte spuckte aus. »Das Biest. Allein gelassen hat sie mich hier mit den beiden verrückten Alten. Hat sich jahrzehntelang nicht sehen lassen. Warum auch immer sie Sie geschickt hat, davon will ich nichts wissen.«

»Es tut mir sehr leid, Frau Brieger«, sagte Cida. »Aber Ihre Schwester … Sie ist vor einem Jahr gestorben. Hat Ihnen das niemand mitgeteilt?«

Ihr Gegenüber fixierte sie mit stechendem Blick. »Das sieht ihr ähnlich, diesem Miststück«, brummte sie schließlich. »Stiehlt sich einfach so davon.« Sie wedelte mit der Hand. »Und jetzt verschwinden Sie von hier. Ich will nichts mehr wissen von meiner Schwester.«

»Ich möchte Sie nur fragen, ob sie je ein Mädchen erwähnt hat«, sagte Cida schnell.

Die Augen der Alten wurden schmal. »Was denn für ein Mädchen?«

»Sie müsste heute zweiundzwanzig Jahre alt sein«, erklärte

Cida. »Helena ist ihr Name.« Es behagte ihr nicht, dieser feindseligen Person von ihrer Suche zu erzählen. Aber irgendwo musste sie anfangen. Und die Familie Brieger war ihre einzige Spur.

»Ich kenne keine Helena«, antwortete Siglinde Brieger zu ihrer Enttäuschung. »Und jetzt verschwinden Sie!« Mit diesen Worten schlug sie Cida die Tür vor der Nase zu.

Cida beschloss, eine weitere Nacht in Stargard zu verbringen. Irgendetwas an der Reaktion der alten Frau Brieger hatte sie misstrauisch gemacht. War die Alte nur unfreundlich, oder hatte sie die Besucherin aus einem anderen Grund loswerden wollen? Obwohl sie wenig Hoffnung hegte, dass Mamsell Briegers Schwester noch einmal mit ihr sprechen würde, wollte sie sie am nächsten Tag erneut aufsuchen.

»Warum hat Annemarie Brieger damals eigentlich Stargard verlassen?«, fragte sie an diesem Tag die alte Hauswirtin Tilda. Es war schon spät, das Abendessen war gerade abgetragen worden. Außer Cida weilte zurzeit nur noch eine andere Frau in der Pension, eine junge Lehrerin aus einem der umliegenden Dörfer.

Cida war der Hauswirtin in die Küche gefolgt. Hier hingen Töpfe und Pfannen und ein großes Sieb über einem gusseisernen Herd, und im Ofen prasselte ein Feuer. Es roch nach der Graupensuppe, die es zum Abendessen gegeben hatte. Tilda kochte einfach, aber schmackhaft für ihre Gäste.

Die Hauswirtin, die soeben die letzten Reste des Abendessens wegräumte, hielt in ihrer Arbeit inne und drehte sich halb zu Cida um. »Warum interessieren Sie sich so sehr für die Briegers, Fräulein Engel?«

»Das ist ein wenig kompliziert«, sagte Cida zögerlich. »Ich … ich bin auf der Suche nach jemandem.« Mehr wollte sie nicht verraten. Tilda schien diskret zu sein, doch ein Risiko mochte sie dennoch nicht eingehen. Sie hatte Pia Meissners Warnung noch im Ohr.

»Na, woll'n mal sehen«, meinte Tilda. »Verlassen hat die kleine Brieger ihre Familie schon … Lieber Gott, mein Gedächtnis! Das muss um das Jahr 1860 rum gewesen sein. Da war ich ja auch noch ganz jung. Annemarie war vielleicht dreizehn, als sie Stargard verließ. Weiß nicht, was genau vorgefallen ist. Die alten Briegers, die standen in dem Ruf, verrückt zu sein. Haben kaum je das Haus verlassen, und die Mädels, das waren erbarmungswürdige Gestalten. Ganz dürr und blass. Ich glaube, die Annemarie, die wollte nur weg.«

»Ist sie je zurück nach Stargard gekommen?«, hakte Cida nach. Sie versuchte, sich Mamsell Brieger als Mädchen vorzustellen. Ein einsames, blasses Kind aus einem lieblosen Haushalt, das zu einer eigenbrötlerischen Frau herangewachsen und schließlich allein in einem verschneiten, finsteren Wald gestorben war.

Tilda schien angestrengt nachzudenken, mit gerunzelter Stirn und geschürzten Lippen. »Ja, sie kam zurück. Zweimal, wenn ich mich recht entsinne. Über das erste Mal weiß ich nicht viel, das ist lange her. Aber an das zweite Mal kann ich mich noch erinnern. Das war vor … drei oder vier Jahren vielleicht. Ich weiß es nicht mehr genau. Ich hab nicht mit ihr gesprochen.«

Cidas Herz pochte auf einmal sehr schnell. Wenn Mamsell Brieger all die Jahre nicht nach Hause zurückgekehrt war … was hatte sie dann schließlich doch wieder hierhergeführt?

»Das weiß ich nicht«, antwortete Tilda, als Cida sie danach fragte. »Aber Gerede gab's damals viel. ›Die Annemarie ist zurück und hat sich mit ihrer Schwester gestritten, bis aufs Blut‹, hieß es. ›Auf der Straße vor dem Haus angekeift wie Waschweiber haben die sich.‹ Aber worum es ging, das wusste niemand. Kurz darauf war sie wieder verschwunden, und man hat sich fast schon gefragt, ob man sich ihren Besuch nur eingebildet hatte. Mit niemandem außer ihre Schwester hat sie gesprochen, nicht mal ihre Eltern auf dem Friedhof besucht.«

An diesem Abend legte Cida sich früh zum Schlafen hin. Doch es konnten nur wenige Stunden vergangen sein, als ein lautes Pochen sie aus dem Schlaf riss.

Sie schreckte hoch. Für ein, zwei Sekunden wähnte sie sich zurück in Brasilien, in ihrem Elternhaus, und erst, als das Pochen erneut erklang, fielen ihr die vergangenen Wochen wieder ein. Sie wischte sich den Schlaf aus den Augen, kleidete sich an und nahm nach kurzem Zögern ihren kleinen Koffer. Dann schlich sie die Treppe hinunter ins Erdgeschoss, wo Tilda bereits zur Tür schlurfte.

»Es ist mitten in der Nacht!«, schimpfte die Wirtin. »Wer um alles in der Welt …«

Die Tür schwang auf, und Cida erhaschte einen Blick auf eine hochgewachsene Gestalt. Schneeflocken hatten sich in seinem hellen Haar verfangen, und er trug einen dunklen Wollmantel, der in einem fast schon geisterhaften Kontrast dazu stand. »Ich bin auf der Suche nach Fräulein Cida Engel«, sagte er. Mit seinen Worten fuhr ein kalter Wind ins Haus, der Cida frösteln ließ.

»Jeder sucht heutzutage jemanden«, brummte Tilda, während Cida sich so unauffällig wie möglich die Treppe hinunter und durch den dunklen Flur zur Rückseite des Hauses schlich. Sie betete, dass das Geräusch ihres Atems sie nicht verraten würde, bevor sie den Hintereingang erreicht hatte. Was hatte *er* hier verloren?

»Mir kam zu Ohren, dass das Fräulein hier ist«, sagte Hagen von Neuenstedt. »Ich möchte sie sprechen.«

»Nun«, hörte Cida die Wirtin sagen, bevor sie durch den Hinterausgang hinaus in den Hof schlüpfte. »Ich fürchte, da hat Ihnen jemand einen Bären aufgebunden, junger Mann. Eine Cida Engel kenne ich nicht.«

Cida schloss die Tür so leise wie möglich hinter sich und eilte zum Stall. Ihre treue Halbblutstute begrüßte sie mit einem Schnauben.

»Wir machen einen Ausflug«, murmelte Cida. Ihre Finger zitterten, als sie das Pferd sattelte und ihren Koffer daran festschnallte. Was hatte Hagen von Neuenstedt in Stargard verloren? Seit ihrer Begegnung am Heiligabend hatte sie sich geschworen, diesem unheimlichen Menschen aus dem Weg zu gehen. Die Art und Weise, wie er sie ansah, und die Kälte hinter seinem charmanten Lächeln gefielen ihr nicht. Noch konnte sie seine Rolle in dieser Geschichte nicht einordnen, aber sie war sicher, dass er etwas im Schilde führte.

Ganz leise verließ sie den Hof. Ihre brave Stute folgte ihr, und der Hufschlag auf dem Pflaster kam Cida viel zu laut in der nächtlichen Stille vor.

Draußen vor dem Tor blickte sie sich noch einmal mit angehaltenem Atem um und saß schließlich auf. Für einen kurzen Moment war nichts zu hören als ihr eigener Atem und der des Pferdes, das ebenso angespannt war wie seine Reiterin. Sogar der Wind war verstummt.

»Ich weiß nicht, wohin«, flüsterte Cida. Das Eingeständnis brachte sie zum Zittern. Weder hinter noch vor sich sah sie einen klaren Weg.

Sie trieb die Stute an und ließ sich von ihr davontragen, durch die einsamen Straßen von Stargard. Die Hufe des Pferdes hallten auf dem Kopfsteinpflaster, und bald kehrte auch der Wind zurück und wirbelte den Schnee von den Dächern. Am Himmel war kein einziger Stern zu sehen. Aber der Mond hing dort oben, eine silberne Scheibe, die ihre Jagd beobachtete.

Schließlich kam das Pferd zum Stehen, in einer einsamen Seitenstraße. Hinter den ärmlichen Häusern erstreckte sich ein weites, von Schnee bedecktes Feld. Dahinter lag Dunkelheit.

Als Cida sah, wohin ihre Stute sie getragen hatte, erschauderte sie zum zweiten Mal in dieser Nacht. Lange Zeit blickte sie hinauf zu den stillen Fenstern und ließ das Gespräch mit Siglinde Brieger Revue passieren. Während sie noch überlegte, was sie tun sollte, erblickte sie das bleiche Gesicht der Alten hinter einer der Fensterscheiben. Es verschwand, und eine Weile wartete Cida mit klopfendem Herzen.

Lange Zeit geschah nichts, und sie begann zu frieren. Immer wieder schaute sie sich um und ließ den Blick über die still daliegenden Häuser schweifen. Kein Licht zeigte sich hinter den Fenstern, kein nächtlicher Wanderer war auf den Straßen zu sehen. Sie lauschte auf Hufgetrappel, aber alles, was sie hörte, war der Wind. Niemand schien ihr gefolgt zu sein.

Irgendwann öffnete sich die Tür des heruntergekommenen Häuschens, und die alte Frau Brieger steckte den Kopf heraus. Sie hielt eine Kerze in der Hand, und ihre Finger zitterten so sehr, dass die Flamme wie ein lebendiges Wesen auf und ab hüpfte.

»Was zum Teufel wollen Sie von mir?«, krächzte die Alte. Sie machte einen Schritt über die Schwelle, stolperte im Schnee. Beinahe wäre sie gefallen. »Hier finden Sie nichts, hören Sie? Nichts als Erinnerungen.«

Cida straffte sich. Sie war sicher, dass es etwas gab, was diese Frau ihr nicht sagte, und sie konnte die Stadt nicht verlassen, bevor sie nicht herausgefunden hatte, was das war. Sie fühlte sich, als wäre sie im Begriff, ein gewaltiges Knäuel an Fäden zu entwirren. Überall hingen lose Enden, und irgendwo in diesem Durcheinander lag das wahre Schicksal von Helena von Eichberg verborgen.

»Ich bin nicht hier, um sie zu quälen, Frau Brieger«, antwortete sie schließlich. »Alles, was ich von Ihnen will, ist die Wahrheit.«

»Ich hab immer gehofft, dass sie zurückkommt«, flüsterte die alte Frau. Tränen standen in ihren blassen Augen, und auf einmal hatte Cida das Gefühl, als wäre ihr Gegenüber an einem ganz anderen Ort, in einem ganz anderen Winter.

»Ich habe am Fenster gestanden und gewartet. Jedes Jahr. Jede Nacht. Sommer und Winter, Regen oder Schnee, ich habe gewartet, und sie kam nie zurück. Irgendwann hab ich aufgehört zu warten. Und jetzt sind Sie hier.«

Cida schluckte. Nach kurzem Zögern stieg sie vom Rücken ihrer Stute und trat auf die alte Frau zu. Siglinde Briegers Boshaftigkeit schien verschwunden zu sein, und alles, was sie jetzt sah, war eine alte Frau, der nichts mehr geblieben war. »Sie war noch einmal hier, nicht wahr?«, fragte sie. »Ihre Schwester. Sie ist in den vergangenen Jahren noch zweimal hier gewesen.«

Die Alte nickte.

»Es muss aufwühlend gewesen sein, sie nach all den Jahren wiederzusehen«, sagte Cida.

Die Alte hob die Kerze, wie um das Gesicht ihres Gegenübers in all seinen Einzelheiten betrachten zu können. Ihre Miene hatte sich wieder verhärtet, doch dahinter sah Cida den Schmerz. »Nichts wissen Sie«, entgegnete die Alte. »Nichts verstehen Sie. Sie sind nur eine Fremde, die hier rumschnüffelt, wo sie nichts zu suchen hat. Sie wissen nichts über mich und das, was mir wichtig ist und was mich aufwühlt. Machen Sie, dass Sie fortkommen. Und kommen Sie nicht zurück.«

Cida zögerte, und die Alte trat noch einen Schritt auf sie zu. »Ich sagte, Sie sollen verschwinden! Die Vergangenheit ist fort und kommt nicht zurück, hören Sie?«

Das Pferd begann, nervös mit den Hufen zu scharren, und auch der Wind pfiff nun lauter. Irgendwo klapperten Fensterläden. Cida fror erbärmlich, und sie fürchtete, jeden Augenblick das Getrappel von Hufen in den Straßen zu hören, doch sie blieb und erwiderte den Blick der Alten. Sah die Verbitterung, die sich in jede Falte gegraben hatte, sah die Tränen in den blutunterlaufenen Augen.

»Ich habe meine Mutter nie kennengelernt«, hörte sie sich selbst sagen. Kurz lauschte sie dem Nachhall ihrer eigenen Worte, die der Wind erfasste und davonwirbelte, kaum, dass sie über ihre Lippen gekommen waren.

Die Alte schürzte die Lippen, schwieg jedoch.

»Ich habe überall nach einem Zeichen von ihr gesucht. Ich habe in der Nacht wach gelegen und sie gefragt, warum sie mich verlassen hat, bevor ich Gelegenheit hatte, sie kennenzulernen. Und ich war wütend auf sie, weil ich das Gefühl hatte, ein Teil von mir wird für immer fehlen. Und das Verrückte ist, obwohl ich nie mit ihr gesprochen habe und mich nicht einmal an ihr Gesicht erinnern kann, liebe ich sie. Manchmal fühlt es sich sogar an, als würde sie mich beschützen.« Sie verstummte, und eine Zeit lang war es still.

»Warum sind Sie hier, Kind?«, fragte die Alte schließlich.

»Sie konnten so lange nicht aufhören zu warten«, sagte Cida mit erstickter Stimme. »Und ich … Frau Brieger, ich bin auf der Suche nach jemandem – jemandem, der in Verbindung zu Ihrer Schwester stand. Sie sind meine einzige Spur.« Sie zögerte einen Augenblick, doch die Miene der alten Frau blieb unbewegt. Da waren nur die Tränenspuren auf den faltigen Wangen, die Cida ermutigten, weiterzusprechen. »Bitte, Frau Brieger, sagen Sie mir die Wahrheit. Hat Ihre Schwester damals, als sie zurück nach Stargard kam, ein Kind erwähnt?«

Die Alte zögerte. So lange, dass Cida schon glaubte, sie wäre hier, inmitten von Schnee und Nacht und nur wenige Schritte von Ihrem Haus entfernt, zu Eis erstarrt. Schließlich nahm Mamsell Briegers Schwester die Hand mit der Kerze herunter, sodass ihr Gesicht im Schatten lag, und schüttelte den Kopf.

Cida ließ den angehaltenen Atem entweichen. Sie versuchte nicht, ihre Enttäuschung zu verbergen.

»Sie hat aber was hiergelassen«, erwiderte die Alte schließlich. »Meine Schwester. Sagte, ich soll gut darauf aufpassen.«

Mit diesen Worten wandte sie sich ab und schlurfte ins Haus. Cida blieb allein in der Dunkelheit zurück. Sie schlang die Arme um sich und versuchte, ihr Zittern zu unterdrücken. Es kam nicht allein von der Kälte. Wieder blickte sie die Straße hinauf und hinunter, sah hinüber zu den weißen Feldern, die im Mondlicht glänzten.

Frau Brieger kehrte zurück, und statt der Kerze trug sie dieses Mal einen Brief bei sich.

Cida nahm das Papier entgegen und betrachtete es. *Für Karoline*, stand auf dem Umschlag.

Eine Gänsehaut wanderte über Cidas Nacken. *Für Karoline.* Dieser Brief konnte nur an eine Person gerichtet sein. »Karoline«, flüsterte Cida in die eisige Nachtluft. Das musste der Name sein, unter dem ihre Schwester heute lebte. Unwillkürlich umfasste sie den Brief ein wenig fester. Das hier war ihre Spur zu Helena, ihr Weg in die Vergangenheit. Auf einmal klopfte ihr das Herz so fest gegen den Brustkorb, dass es wehtat.

Wieder blickte sie sich nach allen Seiten um. Dann verstaute sie den Brief in ihrer Manteltasche und sah noch einmal Frau Brieger an, die sie reglos beobachtet hatte. »Danke. Ich danke Ihnen.«

Die Alte deutete ein Kopfschütteln an. »Ich will sie hassen. Und trotzdem hoffe ich, dass ich das Richtige tue.«

»Ihre Schwester war eine mutige Frau«, erwiderte Cida.

»Meine Schwester war kompliziert«, gab Frau Brieger zurück. »Verrückt, dass Sie mich ein wenig an sie erinnern. Leben Sie wohl, Fräulein Engel.« Mit diesen Worten drehte sie sich um und ging davon, zurück in das dunkle Haus, aus dem Annemarie Brieger vor so vielen Jahren geflohen war. Die Tür fiel mit einem leisen Klicken ins Schloss.

Cida verließ Stargard.

Es war mitten in der Nacht, und es war kalt. Die Hufe ihrer Stute wirbelten den Schnee auf, und der nächtliche Himmel lag über Pommern wie ein dunkles Tuch. In der Ferne erkannte Cida den Schatten eines Waldes.

Sie preschte über die Felder, und hin und wieder warf sie einen Blick zurück auf die Stadt. Irgendwo dort war Hagen von Neuenstedt noch auf der Suche nach ihr. Kurz überlegte sie, ob sie nach Gut Rosenthal zurückkehren sollte, doch der Gedanke an Friedrich von Neuenstedt hielt sie zurück.

Sie konnte nicht aufhören, an diesen Moment in der Bibliothek zurückzudenken. Auf einmal hatte es keinen Abgrund mehr zwischen ihr und diesem Mann gegeben. Im Schutz der Nacht, im Schein der Kerzen, waren sie Verbündete gewesen, vielleicht sogar Freunde, und möglicherweise …

Bevor sie den Gedanken zu Ende führen konnte, erschien am Waldrand eine berittene Gestalt. Cida zügelte die Stute und blickte dem Reiter entgegen, der ihr über das verschneite Feld entgegenkam. Das Mondlicht fing sich in seinem Haar und seinen Augen, als er seinen schwarzen Hengst zügelte.

Eine viel zu lange Zeit sahen sie einander nur an. Sein Atem ging schwer, und seine Wangen waren von der Kälte gerötet. Da war etwas in seinem Blick, das ihr Herz dazu brachte, schneller zu klopfen. Ein Hauch von Erleichterung, ein Aufleuchten, bevor all das von offensichtlicher Wut verschluckt wurde. »Was haben Sie sich nur gedacht?«

Kurz wusste sie nicht, was sie erwidern sollte. Er wirkte aufgewühlt, und sie begriff, dass es mit ihr zu tun hatte. »Was tun Sie hier?«, fragte sie schließlich, darum bemüht, ihre Unsicherheit zu verbergen.

»Was glauben Sie, was ich hier tue, Cida?«, gab er zurück.

Sie schluckte und betrachtete ihn. Sein blondes Haar war vom Wind zerzaust, und das Fell seines Hengstes glänzte vor Schweiß. Sie hörte den Klang seines Atems durch das Pfeifen des Windes hindurch. »Sie sind mir gefolgt.«

»Natürlich bin ich das!«, antwortete er. »Ich habe jeden

einzelnen meiner Bediensteten auf die Suche nach Ihnen geschickt, weil ich glaubte, Ihnen wäre etwas zugestoßen! Sie haben keine Nachricht hinterlassen, niemandem gesagt, wo Sie sind …«

»Ich wusste nicht, dass ich dazu verpflichtet bin«, gab sie zurück.

Er schüttelte den Kopf. Als er schließlich sprach, klang seine Stimme sehr sanft. »Sie sind zu überhaupt nichts verpflichtet, Cida. Ich hatte nur gehofft … nach der letzten Nacht …« Er fluchte und sagte dann so leise, dass sie nicht sicher war, ob sie die Worte richtig verstand: »Vermutlich bin ich einfach nur ein Narr.«

Mit klopfendem Herzen blickte sie ihn an. Der Ausdruck in seinen Augen war zu eindringlich. Zu leidenschaftlich. Als bedeutete sie ihm etwas. Sie schluckte. Wann hatte er begonnen, sie so anzusehen?

»Ich war bei Mamsell Briegers Schwester«, sagte sie, als sie ihre Stimme endlich wiedergefunden hatte.

Kurz glaubte sie, einen Anflug von Resignation in seinem Blick zu sehen. Als hätte er sich etwas anderes von ihr erhofft. »Und, haben Sie etwas herausgefunden?«, fragte er schließlich.

»Nichts«, antwortete sie, nachdem sie eine Spur zu lange gezögert hatte. »Helena war nie dort.«

Er wartete, doch sie sagte nichts mehr, und schließlich nickte er in Richtung der Stadt, die am Horizont noch zu sehen war. »Kommen Sie. Wir suchen uns einen Unterschlupf für die Nacht. Bevor wir beide hier draußen erfrieren.«

Mit einem Schaudern blickte sie über die Schulter zurück nach Stargard.

Er war ihrem Blick gefolgt. »Was ist?«

»In Stargard …« Sie erwog, ihm von seinem Bruder zu erzählen, doch die Worte kamen ihr nicht über die Lippen. »Ich will nicht dorthin zurück.«

Er wartete, doch sie fügte nichts mehr hinzu. Schließlich seufzte er. »Und wohin waren Sie um diese Zeit unterwegs?«

»Ich weiß es nicht«, flüsterte sie.

Zu ihrer Überraschung erwiderte er nichts darauf.

Irgendwann streckte er eine Hand nach ihr aus und berührte die ihre. Sie umklammerte die Zügel ihrer Stute eine Spur zu fest, doch weder stieß sie seine Hand fort, noch wies sie ihn zurecht. Stattdessen wartete sie mit angehaltenem Atem darauf, dass einer von ihnen den Mut finden würde, etwas zu sagen.

»Kommen Sie«, meinte er. »Ich kenne einen Ort, an dem wir heute Nacht unterkommen können.«

Sie wollte ablehnen. Sie wollte ihm erklären, dass sie ihn nicht begleiten und dass sie ihre Suche ohne ihn fortsetzen würde. Aber der Teil von ihr, der nicht vernünftig war, der Teil, der sie weiter trieb und sie suchen ließ, hielt sie davon ab. Dieser Teil wollte herausfinden, wer dieser Mann wirklich war.

»Werden Sie versuchen, mich zu verführen?«, fragte sie.

Er hob eine Augenbraue. »Eine interessante Frage.«

Sie funkelte ihn an, und jetzt, endlich, schenkte er ihr sein übliches verschmitztes Lächeln. Doch als er sprach, klang seine Stimme ernst. »Glauben Sie wirklich, das ist alles, was ich von Ihnen will, Cida?«

Mit klopfendem Herzen blickte sie ihn an. Sie brachte kein Wort über die Lippen. Er zog die Hand zurück und trieb sein Pferd an, ohne sich noch einmal zu ihr umzusehen. Und nach kurzem Zögern folgte sie ihm.

# Kapitel 11

Friedrich führte sie zurück nach Osten. Der Wind hatte sich gelegt, und einige wenige Schneeflocken fielen aus dem Himmel auf sie herab. Cida hatte zu frieren begonnen, doch trotzdem genoss sie den Ritt durch die Nacht.

Die ganze Zeit über vermied sie es, Friedrich anzusehen. Doch sie spürte seine Nähe und hörte den leisen Klang seines Atems und das Knirschen des Leders, wenn er die Zügel seines Hengstes fester umfasste. Sie sprachen nicht, aber Cida spürte manchmal, dass er in ihre Richtung sah, wenn sie die kahlen Bäume musterte oder das Glitzern des Schnees bewunderte. So kalt dieses Land auch schien, es war von einer Schönheit, die sie sich nie hätte vorstellen können.

In einem lichten Waldstück bedeutete Friedrich ihr anzuhalten. Sie zügelten die Pferde und blieben auf einem schmalen, von kahlen Bäumen gesäumten Pfad stehen.

Friedrich stieg vom Rücken seines Pferdes und ging ein paar Schritte. Cida folgte ihm nach kurzem Zögern. Was sie dann sah, ließ ihr den Atem stocken. Inmitten von all dem Weiß durchzog eine grüne Narbe den Wald. Frisches Gras, das vom fallenden Schnee gänzlich unberührt schien und sich vor ihnen durch das Dickicht schlängelte.

»Wie ist das möglich?«, fragte sie.

Ihr Begleiter warf ihr einen nicht zu deutenden Blick zu. »Ich weiß es nicht. Ich habe diesen Ort vor einigen Jahren aus Zufall entdeckt. Das war auch im Winter. Wenn sie genau hinsehen, entdecken Sie hier und da auch Buschwindröschen, die ihre Köpfe aus dem Schnee strecken.«

»Es ist wirklich schön«, sagte sie, ohne sich von dem magischen Anblick zu lösen. Auf einmal glaubte sie, Tayos Stimme zu hören, wie ein Echo aus einem anderen Leben und einer anderen Zeit. *Schöne Dinge wachsen inmitten von Dornen.*

Sie spürte, dass Friedrich sie ansah, und nach einigen Sekunden wandte auch sie sich ihm zu. Seine Wangen waren gerötet, und der Wind spielte in seinem Haar. Im Zwielicht wirkten seine Augen viel dunkler als sonst, und unwillkürlich fragte sie sich, was er sah, wenn er sie anblickte.

»Danke, dass Sie mir das gezeigt haben.« Ihre Stimme war nur ein Hauch.

Es schien, als wollte er etwas erwidern, und als überlegte er es sich dann doch anders. »Kommen Sie«, war alles, was er schließlich sagte. »Es ist kalt, und wir haben noch ein paar Kilometer vor uns.«

Sie hob die Augenbrauen. »Wo bringen Sie mich hin, Friedrich?«

Er schenkte ihr ein Lächeln. »Ich bin heute Nacht auf meiner eigenen Mission.«

»Ah ja?« Jetzt verschränkte sie die Arme vor der Brust und sah ihn herausfordernd an. »Und was ist das für eine Mission, *Herr Graf?*«

»Allmählich bekomme ich den Eindruck, Sie machen sich über mich lustig, Cida«, gab er in dem gleichen spielerischen Tonfall zurück und reichte ihr den Arm. Sie wusste nicht, was sie dazu brachte, doch sie hakte sich bei ihm unter und ließ sich zurück zu den Pferden führen.

»Sie sind selbst daran schuld, dass ich mich über Sie lustig mache«, bemerkte sie. »Erinnern Sie sich noch an unsere erste Begegnung?«

Er seufzte. »Das werden Sie mir ewig vorhalten, nicht wahr?«

Wie von selbst schlich sich ein Lächeln auf ihre Lippen. »Was sagten Sie noch gleich … Sie würden großzügig über meinen Fehler hinwegsehen, weil ich ein so hübsches Gesicht hätte?«

Er verzog das Gesicht. »Zugegeben. Das war nicht meine Sternstunde.«

Seine Miene brachte sie zum Lachen.

Sie blieben bei den Pferden stehen und lösten sich voneinander. »Ich wollte Sie an diesem Tag nicht kränken«, versicherte er, auf einmal ernst geworden. »Und auch danach nicht … An diesem Abend im Stall. Ich war einfach ein Dummkopf. Ich wusste nicht, was ich sagen sollte, und die Worte waren schneller als mein Verstand.« Er räusperte sich. »Das passiert mir häufig in Ihrer Gegenwart.«

Ihr stieg die Hitze in die Wangen. Sein Blick war zu eindringlich, zu ehrlich, und sie fürchtete, er würde ihr ansehen, was seine Worte in ihr auslösten. Sie rief sich selbst zur Ordnung und wandte sich ab, um auf den Rücken ihrer Stute zu steigen.

»Sie haben mir noch immer nicht erzählt, was heute Nacht Ihre geheime Mission ist«, sagte sie, als sie die Pferde antrieben und die grüne Narbe inmitten des winterlichen Waldes hinter sich ließen.

Er blickte nicht in ihre Richtung, doch sie meinte, ein kleines Lächeln auf seinen Lippen zu sehen. »Meine Mission für die heutige Nacht ist, Ihnen zu zeigen, dass es in diesem Land mehr gibt als schlechtes Wetter und tumbe Adlige.«

Es war noch dunkel, als sie ein Dorf erreichten, das direkt an einen Fluss grenzte und von sumpfigem Umland und dichten Wäldern umgeben war. Es wurde beherrscht von einem Gutshaus aus rotem Backstein. Das Eingangsportal wurde von Gaslampen erhellt und war von Tannen gesäumt. Das Anwesen war viel kleiner als das Herrenhaus von Gut Rosenthal, und es strahlte eine Behaglichkeit aus, die sich wie ein Mantel um Cidas Schultern zu legen und einen Teil der winterlichen Kälte zu vertreiben schien.

Das Bellen eines Hundes begrüßte sie, als sie auf den Hof ritten. Ihnen kam ein zotteliger Hütehund mit heraushängender Zunge entgegen, den Friedrich, der schon vom Rücken seines Hengstes gesprungen war, mit einem Lachen begrüßte. »Guten Abend, Strolch! Na, sind die Herrschaften noch wach?« Er blickte zu Cida hinüber, die die Szene erstaunt verfolgte. Friedrich lachte über das ganze Gesicht, und in seinen Augen lag ein Leuchten, das ihr bis ins Herz drang. »Konstantin und Edith sind zwei unverbesserliche Nachtschwärmer.«

Ein Knecht kam über den Hof geeilt, um ihnen die Pferde abzunehmen, und kaum dass Cida abgestiegen war, öffnete sich die Eingangstür des Gutshauses, und ein Mann in Friedrichs Alter sprang die Stufen herab in den Hof. Ihm folgte eine hübsche Frau, die aber im Türrahmen stehen blieb und die Gäste mit neugieriger Miene betrachtete.

»Friedrich, alter Knabe!«, rief der Mann. Cida bemerkte, dass er sein Jackett falsch herum trug.

»Konstantin.« Die beiden Männer umarmten sich. Friedrich musterte seinen Freund von oben bis unten. »Bald sieben Jahre ist das jetzt her, dass du unsere Ausbilder beim Militär mit den auf links gedrehten Uniformjacken zur Verzweiflung getrieben hast, und immer noch bist du nicht erwachsen geworden.«

Konstantin grinste. »Nicht jeder kann so ein Streber sein wie du, Neuenstedt.«

Friedrich seufzte und wandte sich an die Frau. »Wie hältst du es nur mit ihm aus, Edith?«

Edith lächelte. Sie hatte dunkelblondes Haar und sanfte dunkle Augen, und von ihr ging eine freundliche Ruhe aus, die Cida sofort mochte. »Ich tue jeden Tag mein Bestes«, sagte sie. Dann sah sie zu Cida herüber, die ein Stück abseits stehen geblieben war und die Szene beobachtet hatte. »Und wen hast du uns da mitgebracht?«

Friedrich räusperte sich. »Konstantin, Edith … darf ich euch Fräulein Cida Engel vorstellen?« Er streckte eine Hand nach Cida aus, und kurz schien es, als wollte er ihr einen Arm um die Schultern legen. Im letzten Augenblick schien er sich zu besinnen und ließ die Hand sinken. Wieder räusperte er sich. »Cida … das sind Graf Konstantin von Kronbach und die Gräfin Edith von Kronbach. Konstantin und ich waren gemeinsam beim Militär.«

Konstantin von Kronbach grinste. »Dass der große Graf von Neuenstedt sich mit einem verarmten Landadligen wie mir abgegeben hat, das stand damals sogar in der *Berliner Morgenpost.*« Er ergriff Cidas Hand und hauchte einen Kuss darauf. »Es freut uns außerordentlich, Ihre Bekanntschaft zu machen, Fräulein Engel.« Sein Lächeln wurde noch eine Spur breiter. »Sie sind die erste Frau, die er hierherbringt.«

Cidas Wangen begannen erneut zu glühen, und viel zu spät erinnerte sie sich daran zu knicksen. »Es freut mich auch … Herr Graf von Kronbach.«

»Sie sind sicher überrascht, dass Friedrich so charmante Freunde hat, nicht wahr?«, bemerkte Konstantin von Kronbach, nachdem auch seine Frau Edith Cida mit aller Herzlichkeit begrüßt hatte.

»Ich weiß nicht«, erwiderte Cida, während sie dem Hausherrn ins Gutshaus folgte, und warf einen verstohlenen Blick auf Friedrich. »Ich habe ihn mir nie so vorgestellt.«

Das Bild, das sie sich von Friedrich von Neuenstedt gemacht hatte, fiel mit jedem Tag ein wenig mehr in sich zusammen, und sie wusste nicht, wie sie damit umgehen sollte.

Konstantin von Kronbach lachte auf. »Das kann ich mir denken. Als ich ihn damals kennenlernte, trug er die Nase so hoch, dass es mich heute noch wundert, dass ihm nie der Kopf in den Nacken gekippt ist.«

Cida verkniff sich ein Lachen. »Der Gedanke kam mir auch schon.«

»Ich kann euch übrigens hören«, ließ sich Friedrich hinter ihnen vernehmen. Er klang zufrieden.

Die Liebesgeschichte der von Kronbachs klang in Cidas Ohren fast wie ein Roman. Edith stammte aus einer polnischen Adelsfamilie, alt, mächtig und steinreich. Konstantin war sie in Warschau begegnet, in einem ebenso verschneiten Winter wie dem, der jetzt vor den Fenstern wütete, und sie hatten sich auf den ersten Blick ineinander verliebt. Doch Edith war Katholikin und einem anderen Mann versprochen. Als ihre Eltern ihr jeden Kontakt zu Konstantin untersagten, hatte sie Warschau heimlich verlassen und sich bis nach Deutschland durchgeschlagen, wo sie ihren Geliebten wiederfand und heiratete.

»Meine Familie hat mit mir gebrochen«, sagte sie. »Aber es kümmert mich nicht. Ich wollte nie in diese Welt gehören, in der es keine Liebe gibt, sondern nur Traditionen, verschwenderische Feste und politisches Kalkül. Es ist eine kalte Welt.«

Auf ihre Worte folgte ein langes Schweigen. Cidas Blick traf den von Friedrich, und der nachdenkliche Ausdruck in seinen Augen trieb ihr die Hitze in die Wangen. Viel zu schnell schaute sie weg und lauschte dem Knistern des Feuers im Kamin und dem Pfeifen des Windes vor dem Fenster. Sie wollte nicht, dass ein einziger Blick von ihm sie so verlegen machte. Sie wollte keines dieser verwirrenden Gefühle.

Vor ihrem inneren Auge erschien das Bild eines anderen Hofes, auf der anderen Seite des Ozeans. Eine Palme im Hof, ein Haus aus Lehm, Pferde auf weiten Koppeln und grüne Berge am Horizont. Sie hörte die Zikaden singen, und sie roch die Wärme, die sich in der Erde verfangen hatte, und den Regen, der jedes Jahr übers Land zog. Und sie sah Yaris, auf der Koppel bei den Pferden. Wie würde er reagieren, wenn sie auf einmal wieder auf dem elterlichen Hof stand, ihren kleinen Koffer in der Hand und verändert von der Reise? Würden sie dort weitermachen, wo sie aufgehört hatten? Würde ein Wort, eine Umarmung, ein Kuss ausreichen, um die Zeit der Trennung und die Verletzung, die sie ihm zugefügt hatte, ungeschehen zu machen?

Mit jedem Tag, den sie auf der anderen Seite des Ozeans verbrachte, erschien ihr die Vorstellung, nach Hause zurückzukehren und dort weiterzumachen, wo sie aufgehört hatte, ein wenig törichter. Schon jetzt war sie nicht mehr das Mädchen, das sie gewesen war, bevor sie Friedrich von Neuenstedt zum ersten Mal begegnet war. Seit diesem Tag hatte sich etwas in ihr verändert, langsam und unwiederbringlich. Würde sie je in ihr altes Leben zurückkehren können?

Sie verbrachten die Nacht auf dem Anwesen des Ehepaars von Kronbach. Cida fand keinen Schlaf. Lange Zeit lag sie reglos zwischen den Laken, blickte zum Baldachin hinauf und lauschte dem Klang ihres eigenen Atems. Es war noch dunkel, als sie sich aus ihrem Gemach schlich und in den verschneiten Hof des Gutshauses hinaustrat.

Es war kalt, und es hatte wieder zu schneien begonnen. Sie schlang die Arme um sich und blickte dorthin, wo die schneebedeckten Wipfel der Bäume den Nachthimmel zu berühren schienen.

Das Knirschen von Schritten im Schnee riss sie aus ihrer Versunkenheit. Edith von Kronbach, nur in Pantoffeln und in einen Wintermantel mit Pelzkragen gehüllt, gesellte sich zu ihr. »Nächte wie diese sind zum Schlafen zu schön, nicht wahr?«

»Ich dachte, außer mir ist niemand mehr wach«, sagte Cida.

Edith schenkte ihr ein sanftes Lächeln. »Ich schlafe seit meiner Flucht aus Warschau nicht gut. In manchen Nächten wälze ich mich nur von einer Seite auf die andere, in anderen erwache ich schweißgebadet im Dunkeln. Und obwohl Konstantin neben mir liegt und ich den Klang seines Atems hören kann, komme ich mir dann allein vor.« Die Gräfin von Kronbach streckte eine Hand aus und fing eine Schneeflocke, die gleich darauf in ihrer Handfläche geschmolzen war. »Es scheint, als wäre ich nicht mehr allein mit meiner Schlaflosigkeit.«

Eine Weile schwiegen sie, aber Cida spürte, dass Edith sie von der Seite betrachtete. »Sie sind weit weg von zu Hause, nicht wahr?«

Cida löste sich von dem Anblick des Nachthimmels und wandte sich der Gräfin von Kronbach ganz zu. »Bereuen Sie es manchmal, nach Deutschland gekommen zu sein?«

Eine Zeit lang blieb es auf ihre Worte hin still, so als lauschten sie beide ihrem Nachhall.

»Manchmal«, bekannte Edith schließlich. »Und trotzdem würde ich mich wieder so entscheiden.«

»Meine Familie wartet auf der anderen Seite der Welt auf mich«, flüsterte Cida. »Und ich frage mich jeden Tag ein wenig mehr, was mich so weit von ihnen fortgeführt hat.«

Edith lächelte. »Ich bin froh, dass Sie hier sind. Und eines Tages erzählen Sie mir vielleicht, was Sie zu uns nach Pommern geführt hat. Ich liebe solche Geschichten.«

»Es ist keine romantische Geschichte wie bei Ihnen«, warnte Cida.

Edith sah über die Schulter zurück zum Haus. Dabei öffnete sie ganz leicht den Mund, als läge ihr eine Frage auf der Zunge.

Cida folgte ihrem Blick. Hinter den Fenstern war es dunkel, und trotzdem hatte das Haus nichts von seiner Behaglichkeit verloren. Unwillkürlich fragte Cida sich, hinter welchem dieser Fenster Friedrich schlief. Und wovon er wohl träumte, während sie hier draußen stand und eine weitere Nacht verbrachte, ohne Ruhe zu finden. »Ich bin nicht seine Geliebte«, sagte sie schließlich. »Falls Sie das glauben.«

»Irgendeinen Grund wird es haben, dass er Sie hierhergebracht hat«, sinnierte Edith. Dann wandte sie sich Cida ganz zu, mit unverändert freundlicher, aber ernster Miene. »Ich habe durchaus bemerkt, wie er Sie ansieht.«

Cida spürte, wie ihr die Hitze in die Wangen stieg, doch Edith sprach schon weiter, als bemerkte sie ihre Verlegenheit nicht. »Bemerkenswerter finde ich jedoch, wie Sie ihn ansehen. Sie haben sich gut unter Kontrolle – vielleicht zu gut. Aber mit den Blicken, die Sie ihm zuwerfen und der Art und Weise, wie sich Ihre Stimme verändert, wenn Sie mit ihm sprechen, verraten Sie viel mehr, als Sie wahrscheinlich möchten – oder selbst wahrhaben wollen.«

Cida schwieg. Edith hatte die eine Wahrheit ausgesprochen, die sie selbst am meisten fürchtete: die Angst, dass es nur eine Frage der Zeit war, bis ihr Herz sich für Friedrich von Neuenstedt öffnen würde.

Die Gräfin von Kronbach schien ihren inneren Kampf zu bemerken, denn als sie dieses Mal das Wort ergriff, klang ihre Stimme sanft: »Was auch immer Sie glauben und was auch immer die Leute sagen: Friedrich ist ein guter Mensch.«

Cida schlang die Arme noch etwas fester um sich. »Ich weiß nicht, was ich über ihn denken soll«, gestand sie.

»Damals, als ich nach Kronbach kam, hat der Pastor sich geweigert, Konstantin und mich zu trauen«, fuhr Edith nach einem Moment der Stille fort. »Weil ich Katholikin bin. Einige Wochen später standen zwei Besucher vor der Tür: ein junger Graf mit dem Namen Friedrich von Neuenstedt und ein alter Pastor, der uns hier in unserem Haus den kirchlichen Segen gab. So habe ich Friedrich von Neuenstedt kennengelernt. Was auch immer er sonst sein mag – Konstantin und mir ist er ein treuer Freund, und allein danach beurteile ich seinen Charakter.«

Schweigen senkte sich über sie. Cida blickte zum Horizont, wo der Himmel sich schon blau färbte. Die Morgendämmerung war nicht mehr weit weg. Bald schon würde sie entscheiden müssen, wie sie ihre Suche nach dieser eigenartigen Nacht fortsetzen würde – und wie sie zu Friedrich von Neuenstedt stand.

Irgendwann sah sie wieder zu der jungen Gräfin von Kronbach hin. »Der Pastor, der Sie und Ihren Mann traute … sein Name war Wiedemann, nicht wahr?«

Edith blickte sie mit betroffener Miene an. »War? Ich wusste nicht, dass er tot ist. Ich habe nur ein einziges Mal mit ihm gesprochen, doch er schien mir ein freundlicher Mensch zu sein.«

Cida nickte unbestimmt. Der Gedanke an Pastor Wiedemann brachte sie zurück zu ihrer Suche … und zu der Frage, wie viel Wiedemann selbst über das Schicksal von Helena von Eichberg gewusst hatte. »Ja, so sagt man. Aber …« Sie zögerte, gab sich dann jedoch einen Ruck. »Ich finde es eigenartig, dass dieser Mann keine Vergangenheit zu haben scheint. Er tauchte vor vielen Jahren in Rosenthal auf, und niemand dort weiß, woher er kam.« Das war es, was Karla Huppert ihr vor einigen Tagen erzählt hatte. Der alte Pastor war vor über dreißig Jahren nach Gut Rosenthal versetzt worden – und niemand wusste, wo er vorher gelebt hatte. Pastor Wiedemanns Spur verlor sich wie so viele andere im Dunkeln.

»Davon weiß ich nichts«, erwiderte Edith von Kronbach. Falls sie erstaunt über Cidas Interesse an dem verstorbenen Pastor von Rosenthal war, so ließ sie es sich nicht anmerken. »Als ich den Pastor fragte, warum er einer interkonfessionellen Ehe seinen Segen gebe, sagte er nur, er hätte seine Prinzipien schon einmal verraten. Was auch immer das heißen mag.«

Das wüsste ich auch gern, dachte Cida. Bezogen sich diese kryptischen Worte auf Helena? Oder hatte der Pastor etwas anderes gemeint, etwas, was tiefer in der Vergangenheit lag? Und war das überhaupt wichtig?

Andreas von Eichberg mochte es gewusst haben, sinnierte sie. Der Patron von Gut Rosenthal hatte die Details der Versetzung von Pastor Wiedemann sicherlich gekannt – doch mit ihm schien dieses Wissen gestorben zu sein. Und so war und blieb die Familie Brieger die einzige Spur, die Cida hatte.

Unauffällig berührte sie den Brief in ihrer Rocktasche. Sie hatte noch keine Gelegenheit gehabt, ihn zu öffnen.

Friedrich hatte ihr berichtet, dass er die Waisenhäuser Hinterpommerns schon vor Monaten nach einem Mädchen mit dem Namen Helena befragt hatte. Man hatte ihn abschlägig beschieden. Ein Mädchen im passenden Alter mit diesem Vornamen hatte es dort nicht gegeben. Doch dieser neue Name, *Karoline*, mischte die Karten neu.

Cidas Hände begannen zu kribbeln. Sobald sie allein war, würde sie den Brief öffnen. Vielleicht würde sich der entscheidende Hinweis auf Helena von Eichbergs Verbleib in den letzten Worten finden, die Mamsell Brieger dieser Welt hinterlassen hatte.

Es war eine Geburtsurkunde.

Cida faltete das wertvolle Dokument sorgsam zusammen, steckte es zurück in den Briefumschlag und blickte aus dem Fenster des Gästezimmers, in dem Edith und Konstantin von Kronbach sie untergebracht hatten. Die Sonne ging soeben über dem Gut auf.

*Helena von Eichberg.* Der Name machte sie real. Sie lebte, irgendwo.

Cida drehte den Briefumschlag, spähte hinein, schüttelte ihn über den Kissen aus, in der Hoffnung, er möge ihr noch etwas geben. Aber die Vergangenheit hütete ihre Geheimnisse eifersüchtig. Der Umschlag war nicht versiegelt gewesen, und das gewellte Papier verriet ihr, dass er schon einmal geöffnet worden war. Doch davon abgesehen gab er nichts preis. Nichts außer dem Namen, unter dem Helena von Eichberg heute lebte.

*Karoline.*

Cida stand auf und kleidete sich an, während ihre Gedanken das Gut des Ehepaars von Kronbach schon verließen. Wo war Helena von Eichberg? Wo lebte sie, was war aus ihr geworden?

Sie verstaute den Brief in ihrem Koffer. Dieses Dokument würde sie niemandem zeigen, niemandem, nur derjenigen, für die es bestimmt war. Mamsell Brieger hatte vorgesorgt, und Cida wollte, dass ihre Mühen belohnt würden. Mit dieser Geburtsurkunde in der Hand würde es unmöglich, Helena von Eichbergs Legitimität anzuzweifeln, wenn sie erst gefunden wäre.

Im Haus war noch niemand auf den Beinen. Die von Kronbachs schienen gern bis in die frühen Morgenstunden aufzubleiben, um dann den Tag zu verschlafen, und auch Friedrich war nicht zu sehen. Cida hinterließ Edith und Konstantin Kronbach eine kurze Notiz, in der sie sich für die Gastfreundschaft bedankte und ihr frühes Verschwinden entschuldigte. Dann umfasste sie den Griff ihres kleinen Koffers noch eine Spur fester und machte sich auf den Weg zum Pferdestall.

Ihre brave Trakehner-Stute Sonja schien sich zu freuen, sie zu sehen, denn sie wieherte und drückte Cida den Kopf gegen die Schulter, als diese die Box öffnete und ihr eine Möhre zusteckte.

Sie sattelte die Stute und führte sie nach draußen – wo sie beinahe in Friedrich von Neuenstedt hineinlief.

Mit klopfendem Herzen blickte sie zu ihm auf. Seine Miene war unergründlich. »Schleichen Sie sich etwa davon, Fräulein Engel? Wieder einmal?«

Sie verschränkte die Arme vor der Brust. »Ich … ähm … nein. Aber ich habe nur … Ich habe noch zu tun.«

Er hob eine Augenbraue. »Ohne zu frühstücken, wenn das ganze Haus noch in tiefem Schlaf liegt? Mit Verlaub, Cida, das sieht mir wie eine Flucht aus.« Er seufzte und fuhr sich durch das blonde Haar. »Wenn ich nur wüsste, wovor.«

Sie reckte das Kinn. »Ich fliehe nicht. Ich suche nach Helena, und ich habe keine Zeit zu verlieren. Silvester ist nur ein paar Tage entfernt, und danach verlasse ich Deutschland. Bis dahin muss ich das Rätsel lösen, erinnern Sie sich? Sie haben mir doch diese Frist gesetzt, als ich nach Rosenthal gekommen bin.«

»Dann bleiben Sie doch einfach länger. Ich habe …« Er räusperte sich, anscheinend verlegen. »Ich habe es mir anders überlegt.«

»Sie haben es sich anders überlegt«, wiederholte sie in skeptischem Tonfall.

Das Misstrauen in ihrer Stimme schien ihn zu belustigen. »Ist das nicht offensichtlich? Ich würde Sie gern noch etwas länger hierbehalten, Cida.«

Sie erwiderte seinen Blick mit klopfendem Herzen, während Sonja ihr die Nüstern gegen die Schulter drückte. Sie unterdrückte ein Seufzen. Selbst das Pferd war der Meinung, dass sie auf keinen Fall mehr Zeit in der Nähe dieses Mannes verbringen durfte. Seine Überheblichkeit, sein lausbubenhaftes Lächeln und seine immer wieder aufblitzende Verletzlichkeit hatten sie schon viel zu sehr in ihren Bann gezogen.

»Flirten Sie mit mir?«, brachte sie schließlich hervor.

Zu ihrer Überraschung wurde seine Miene ernst. »Unter anderen Umständen würde ich das vielleicht … Cida.«

Die Art, wie er ihren Namen sagte, trieb ihr einen Schauer über den Körper.

Für einen Moment, der viel zu lang war und doch viel zu schnell vorüberging, sahen sie sich noch in die Augen, und kurz war ihr, als zuckte sein Blick zu ihren Lippen. Sie sagten nichts – bis Cida den Blickkontakt schließlich unterbrach und Sonja am Zügel nahm. Sie hoffte, Friedrich würde das leichte Beben ihrer Finger nicht bemerken.

Als sie aufsaß, hielt er sie zurück. »Warten Sie.«

Sie straffte sich und blickte zu ihm herab. Allein die Ernsthaftigkeit in seinen Augen hielt sie davon ab, auf ihrer Stute davonzusprengen.

»Ich meine ernst, was ich gerade gesagt habe«, bekannte er leise. »Wären die Umstände anders … ich hätte längst versucht, Sie für mich zu gewinnen.«

Sie schluckte. Es gelang ihr nicht, etwas zu erwidern. Stattdessen drückte sie der Stute die Knie in die Flanke und jagte vom Hof, als wäre der Teufel statt ihrer eigenen verwirrenden Gefühle hinter ihr her.

Während sie das Gut der von Kronbachs hinter sich ließ, ging die Sonne über den weißen Feldern Hinterpommerns auf. Cida trieb die Stute an, ohne zu wissen, wohin sie sich nun wenden sollte. Sie hatte einen Beweis für die Existenz ihrer Schwester, verborgen in ihrer Rocktasche. Und sie hatte einen Namen.

»Karoline«, flüsterte Cida in den kalten Wind, der sie umwehte. Sie würde die Waisenhäuser Pommerns durchforsten, eins nach dem anderen. Sie würde ihre Schwester finden.

Auf ihrem Weg zurück nach Westen durchquerte sie das kleine Dorf Goldenow, das zu den Besitzungen der von Kronbachs gehörte. Es war eine kleine, aber behaglich wirkende Ansammlung von Häusern, die sich um einen Marktplatz gruppierten. Die Kirche, die über den Häusern aufragte, war aus grauem Backstein und so verwittert, als trüge sie die Last vieler Jahrhunderte in ihren Mauern. Der Kirchturm war aus schwarzem Holz und hatte etwas Unheimliches an sich. Cida zögerte einen Augenblick, dann stieg sie von ihrer Stute und blickte an der Fassade des Gotteshauses empor.

Das Gemäuer strahlte Erhabenheit aus, auf eine verlorene und kalte Weise. Als trüge es Hunderte von Schicksalen und Geschichten mit sich, die längst niemanden mehr interessierten.

»Verzeihen Sie, Fräulein. Suchen Sie jemanden?«

Cida zuckte zusammen. Der gebeugt gehende Mann, der sie angesprochen hatte, war uralt. Er war winzig, reichte ihr gerade bis zur Schulter, und sein Gesicht war von tiefen Falten gezeichnet.

Cida räusperte sich. »Ja, ich suche jemanden. Nur … ich fürchte, Sie können mir nicht helfen.«

Der alte Mann wiegte den Kopf. »Versuchen Sie es. Was haben Sie zu verlieren?«

Wie von selbst glitt ein Lächeln über ihre Lippen. »Ich suche eine Frau namens Karoline. Sie ist nur wenig älter als ich, geboren 1887. Es ist hier in den vergangenen Jahren nicht zufällig jemand mit diesem Namen vorbeigekommen?«

Ihr Gegenüber schüttelte bedauernd den Kopf. »Nein, Fräulein, ich kann Ihnen wohl wirklich nicht weiterhelfen. Hier in Goldenow kenne ich niemanden dieses Namens, der im richtigen Alter wäre. Und ich muss es wissen.« Er deutete in einer nachlässigen Geste auf die Kirche, die ihren Schatten über sie beide warf. »Ich bin seit über fünfzig Jahren Pastor hier.« Er musterte Cida neugierig. »Und Sie sind …?«

Cida stellte sich vor. »Ich war zu Gast bei den von Kronbachs.«

Der alte Pastor nickte versonnen. »Sie sind gute Herrschaften, die von Kronbachs. Ich hatte meine Vorbehalte, was ihre Heirat betraf, die habe ich heute noch. Aber die Gräfin ist eine gute Patronin.« Er hob die Schultern. »Vielleicht war es ein Fehler, den beiden damals meinen Segen vorzuenthalten. Wer weiß. Möglicherweise bin ich einfach nur ein verbohrter alter Mann.«

Cida schmunzelte. »Würden Sie sich denn heute anders entscheiden?«

Der Pastor wiegte den Kopf. »Kann ich Ihnen nicht sagen. Im Nachhinein würde man vielleicht immer behaupten, man würde heute eine andere Entscheidung treffen – und befände man sich dann wieder in der gleichen Lage, wiederholte man am Ende doch nur vergangene Fehler.« Er deutete auf das Friedhofstor. »Gehen Sie ein Stück mit einem verbohrten alten Mann wie mir, Fräulein Engel?«

Sie nickte und band ihre Stute vor dem Tor zum Friedhof an. Nach den Schilderungen von Edith von Kronbach hatte sie sich den Pastor des kleinen Dorfes ganz anders vorgestellt.

»Waren Sie je auf Gut Rosenthal?«, fragte sie einer Laune folgend, als sie über die Wege des kleinen Friedhofs spazierten. Die Pfade waren von Rosenbüschen gesäumt, die jetzt von Schnee bedeckt waren. Die Dornen waren mit Eis überzogen.

Der Pastor lächelte. »Nein, Gut Rosenthal habe ich nie gesehen, Fräulein Engel. Aber der Ruf der Orangerie, die die Gräfin von Neuenstedt hat bauen lassen, ist ihr vorausgeeilt. Rosenthal hat ohnehin eine faszinierende Geschichte. Das Schloss gibt es schon seit dem späten achtzehnten Jahrhundert, und es ist immer wieder umgebaut worden. Es soll dort schon einmal einen prächtigen Rosengarten gegeben haben, noch vor Napoleon, aber er wurde irgendwann aufgegeben. Mir gefällt der Gedanke, dass die neue Gräfin wieder einen Rosengarten auf Gut Rosenthal gepflanzt hat.«

»Und haben Sie den alten Grafen, Andreas von Eichberg, je kennengelernt?«

Wieder verneinte der alte Pastor. »Ich bin ihm nie persönlich begegnet. Ein Mann, der mit Menschen umzugehen wusste, so sagte man. Ich weiß, dass mein Kollege Wiedemann ihn so sehr verehrt wie gefürchtet hat.«

»Kannten Sie denn Pastor Wiedemann gut?«

Sie waren vor der Kirche stehen geblieben. Rosenranken kletterten an der Fassade empor, und für einen kurzen Moment blickten sie schweigend zum dunklen Kirchturm. Es schneite nicht länger, und der Wind trieb nur noch vereinzelte Flocken durch die Luft.

»Wir stammen aus der gleichen Gegend«, sagte der Pastor von Goldenow. »Und wir kannten uns, wie man sich eben kennt, wenn man vom gleichen Landstrich stammt und den gleichen Weg im Leben einschlägt. Der Kontakt zwischen uns riss nie ganz ab, doch ich will Ihnen nicht verschweigen, dass unsere Ansichten einander mit den Jahren immer feindseliger gegenüberstanden. Wiedemann tat Dinge, die ich niemals gutgeheißen hätte. Ich denke, dass er es aus Nächstenliebe tat, aber manchmal reichen gute Gründe in meinen Augen nicht als Rechtfertigung aus.«

Cida runzelte die Stirn. »Meinen Sie damit die Eheschließung der von Kronbachs?«

Der Pastor seufzte. »Ja, auch das. Doch es gab noch eine andere Geschichte … das ist schon viele Jahre her.«

»Erzählen Sie mir davon«, bat Cida. Eine innere Unruhe hatte sich in ihr breitgemacht, eine Ungeduld, die sie bis in die Fußspitzen spürte.

Der alte Pastor gab erneut ein Seufzen von sich. »Damals wurde mir zum ersten Mal bewusst, wie weit wir uns voneinander entfernt hatten, mein alter Freund und ich. Er kam seinerzeit zu mir, um meinen Rat einzuholen.«

»Was ist passiert?«

Ihr Gegenüber blickte hinauf zum Kirchturm, als suchte er dort oben nach etwas. »Er erzählte mir von einer Frau, die zu ihm gekommen war, in Pyritz, der Stadt, in der er predigte, bevor man ihn nach Rosenthal versetzte. Sie war noch sehr jung, fast selbst noch ein Kind, und sie war schwanger und verzweifelt. Wiedemann … Nun, ich beschwor ihn, nicht zu tun, worum sie ihn gebeten hatte, und ihr auf andere Art zu helfen. Er jedoch folgte letztlich immer nur seinem eigenen Gewissen – und weder dem Rat eines Freundes noch dem, was uns die Bibel lehrt.«

»Also … hat er ihr geholfen?«

»Wenn Sie es so nennen wollen. Ja, er hat ihr geholfen, einen Engelmacher zu finden. Er hat sie dorthin begleitet und ihr ein Alibi verschafft. Und es ist herausgekommen. Er wurde versetzt, und das Mädchen kam ins Zuchthaus. Mehr weiß ich nicht über diese Geschichte. Das ist jetzt mehr als dreißig Jahre her.«

Ein kühler Windhauch streifte Cidas Nacken. Sie schlang die Arme um ihren Körper und blickte zu ihrer Stute, die vor dem Friedhofstor im Schnee stampfte. Ungeduldig, so, als zöge es auch sie bereits weiter.

»Wie war der Name dieser Frau?«, hakte Cida nach.

Er blickte sie mit gerunzelter Stirn an, so als versuchte er, etwas zu ergründen. »Es ist eigenartig«, bemerkte er schließlich. »Nach all den Jahren steht eine Fremde vor meiner Kirche und fragt mich nach dieser alten Geschichte. Sie hat nie aufgehört, mich zu verfolgen, wissen Sie?«

Cida schluckte. »Weil Sie ihn damals verraten haben?«

Der alte Pastor blickte sie durchdringend an. Doch hinter der Härte in seinem Blick erkannte sie Schuld. »Ich werde nie aufhören, mich zu fragen, ob ich damals das Richtige getan habe«, sagte er schließlich. »Ich fürchte, ich werde es niemals erfahren.« Er schien einen Moment zu zögern. »Es fühlt sich an, als wären mit Ihrem Besuch in unserem kleinen Dorf die Gespenster der Vergangenheit eingeritten, Fräulein Engel. Ich hoffe, dass Sie gute Absichten haben.« Er drehte sich um und schritt zwischen zwei Rosensträuchern hindurch auf das Eingangsportal der Kirche zu. »Martha Hübner war der Name des Mädchens. Ich weiß nicht, was aus ihr geworden ist.« Er sah sie noch einmal über die Schulter hinweg an. »Leben Sie wohl, Fräulein Engel. Was auch immer Sie suchen – ich wünsche Ihnen, dass Sie es finden.«

»Das wünsche ich Ihnen auch«, flüsterte Cida, obwohl sie wusste, dass er sie längst nicht mehr hören konnte. Sie beobachtete die gebeugt gehende Gestalt des alten Pfarrers, bis das Kirchenportal mit einem Rumpeln hinter ihm ins Schloss fiel. *Martha Hübner.* Es dauerte eine Weile, ehe sie sich daran erinnerte, wo sie diesen Namen zuletzt gehört hatte. Martha, das war die Frau gewesen, die Pastor Wiedemann die Bibel geschenkt hatte.

In dem Dorfladen in Goldenow kaufte Cida eine Karte der Region und suchte darauf die Stadt Pyritz. Diese lag nur wenige Kilometer entfernt. Sie faltete die Karte zusammen, schwang sich auf den Rücken ihrer Stute und klopfte ihr den Hals. »Wir sind auf der richtigen Spur«, flüsterte sie ihr zu, bevor sie sie antraben ließ. »Ich weiß es einfach.«

Sie erreichte Pyritz am späten Nachmittag. Weil sie nicht wusste, wo sie die Suche beginnen sollte, ritt sie bis zum Bahnhof und fragte dort nach Martha Hübner.

»Hab ich schon mal gehört, den Namen«, sagte der Mann am Fahrkartenschalter. »Die wohnten mal irgendwo außerhalb, glaube ich.«

»Fällt Ihnen jemand ein, der die Familie näher kennt?«, hakte Cida nach.

Er zuckte mit den Schultern. »Am meisten weiß vermutlich die Verrückte vom Mühletor. Bettina Stude heißt sie. Eine alte Jungfer, die immer noch mit ›Fräulein‹ angesprochen werden will. Aber erhoffen Sie sich nicht zu viel. Die Alte ist nicht ganz richtig im Kopf.«

Bettina Stude lebte in einem kleinen Fachwerkhaus, in Sichtweite des trutzigen roten Mühletors – eines der vielen mittelalterlichen Bauwerke von Pyritz, die das Vergehen der Zeit überlebt hatten.

Ein altersschwacher, zotteliger Hütehund kam ihr entgegen, als sie das Tor zum Hof öffnete, und kläffte sie an.

Cida hielt ihm die Hand zum Beschnuppern hin. Damit schien er sich zufriedenzugeben, denn er schnüffelte einmal an ihr und lief dann schwanzwedelnd neben ihr über den Hof.

Sie musste mehrmals klopfen, bis sie endlich eine Antwort aus dem Inneren des Hauses erhielt. Eine Stimme, die klang wie das Quietschen von Kreide auf einer Schiefertafel antwortete ihr schließlich von der anderen Seite der Tür her. »Mutter? Bist du das? Ich werde den Sigfried nicht heiraten, hast du gehört?«

Cida räusperte sich. »Frau … Fräulein Stude, mein Name ist Cida Engel. Ich habe nur eine Frage an Sie.«

Kurzes Schweigen. »Meine Mutter hat Sie nicht geschickt?«

»Nein, Fräulein Stude. Ihre Mutter kenne ich nicht. Ich möchte nur mit Ihnen sprechen.«

Die Tür öffnete sich, und Cida stand einer alten Dame gegenüber, die ein hochgeschlossenes Sonntagskleid trug, das längst nicht mehr der Mode entsprach.

»Ich kenne Sie nicht«, sagte Bettina Stude und musterte Cida aufmerksam. »Aber Sie haben faszinierende Augen.«

»Ich …« Sie räusperte sich. »Ich suche nach einer Frau … Martha Hübner heißt sie. Kennen Sie sie?«

Die alte Dame schwieg, so lange, dass Cida schon fürchtete, keine Antwort mehr zu erhalten. Dann winkte sie ihrer Besucherin zu. »Kommen Sie, Fräulein Engel. Na, kommen Sie schon herein.« Mit diesen Worten drehte sie sich um und verschwand im Haus.

Zögerlich folgte Cida der alten Frau.

Das Innere des Hauses war so verspielt eingerichtet wie

eine Puppenstube. Die Gardinen vor dem Fenster waren fein gehäkelt und ließen winzige Sprenkel winterlichen Sonnenlichts in die gute Stube. Auf einem Beistelltisch lag ein Märchenbuch mit den Grimmschen *Kinder- und Hausmärchen* und auf einer Kommode standen Zinnsoldaten mit gezückten Säbeln und blickten dem Besucher herausfordernd entgegen.

»Die haben meinem Bruder gehört«, sagte Fräulein Stude, die soeben mit einer Kanne Tee zurück ins Wohnzimmer kam. »Er war noch so klein, als er gestorben ist. Mutter denkt, ich hätte ihm wehgetan. Weil ich eifersüchtig war. All die schönen Weihnachtsgeschenke hatte er bekommen, und nicht ich. Seitdem bestraft sie mich.«

Cida sah die Ältere forschend an. »Und? Haben Sie es getan?«

Fräulein Stude schenkte ihr ein mädchenhaftes Lächeln und goss ihr einen Becher Tee ein. »Ich weiß es nicht mehr. Ist das nicht furchtbar?« Sie blickte hinüber zu den Zinnsoldaten. »Manchmal denke ich, dass er wieder zurückkommt. Dass alles ein Irrtum war und dass er wieder mit Schneebällen nach mir werfen und an meinen Haaren ziehen wird. Ich warte solange hier.«

Cida unterdrückte ein resigniertes Seufzen. Der Mann vom Fahrkartenschalter hatte also recht gehabt. Bettina Stude war nicht ganz richtig im Kopf.

»Fräulein Stude«, sagte sie, nachdem sie einmal an ihrem Tee genippt hatte. »Ich suche nach einer Frau namens Martha Hübner. Kennen Sie sie?«

Die alte Dame setzte sich ihr gegenüber in einen großen Ohrensessel und faltete die Hände über dem Schoß. »Ich kenne Martha«, antwortete sie schließlich. »Ich sehe sie fast jeden Tag. Die Hübners wohnen ja nicht weit von hier.«

Cidas Herz machte einen Satz. »Das heißt, es hat sie wieder nach Pyritz verschlagen? Sie ist hier?«

Ein Leuchten trat in die Augen der alten Dame. »Ach, die

kleine Martha. Sie ist ja so ein süßer Fratz! Vier Jahre ist sie alt geworden, vor ein paar Tagen erst. Mit den blonden Zöpfen sieht sie aus wie Gretel aus dem Märchen.«

Cida biss sich auf die Zunge. Natürlich. Bettina Stude erinnerte sich nur an die kleine Martha. »Und wo wohnen die Hübners?«, fragte sie nach kurzem Nachdenken. Von ihrer eigenartigen Gastgeberin würde sie wohl keine Antworten erhalten – aber das hieß nicht, dass Martha Hübner keine Spuren hinterlassen hatte.

»Oh, nur einen Steinwurf von hier«, antwortete Bettina Stude. »Ein einsamer Hof ist das. Doch die Kleine, die ist wild. Die kommt immer wieder mal her und blickt mit den großen braunen Augen durchs Fenster. Wie Schneewittchen sieht sie aus.«

Irgendetwas in Cida erstarrte. Mit klopfendem Herzen sah sie die alte Dame an, die scheinbar gedankenverloren Zucker in ihren Kaffee löffelte. »Was haben Sie da gerade gesagt?«

»Ein eigenartiges Kind«, murmelte die alte Frau, ganz so, als hätte sie sich längst wieder in ihre eigene Welt zurückgezogen. »Immer ein bisschen pfiffiger, als gut für sie ist, wenn Sie verstehen, was ich meine.«

Cida schloss die Finger fester um das Porzellan. Ihre Hand zitterte vor Aufregung. »Wie heißt dieses Mädchen?«, fragte sie. »Das Mädchen, das aussieht wie Schneewittchen? Heißt sie Karoline?«

Die alte Dame zog die Augenbrauen zusammen und schwieg. Irgendwann, als Cida glaubte, es nicht eine Sekunde länger aushalten zu können, schaute Bettina Stude wieder zu ihr hin. »Wir hätten niemals gedacht, dass wir sie hier je wiedersehen«, sagte sie. In ihren Blick war ein Hauch von Klarheit getreten. »Die Martha … Ja, die kleine Martha. Verändert hat sie sich. Still ist sie geworden. Und dünn. Sie ist zurückgekommen, um ihre alten Eltern zu pflegen, und im Ort sieht man sie nur ganz selten. Das ist ja auch kein Wunder nach den ganzen bösen Dingen, die man über sie gesagt hat. Was wollen Sie denn von ihr?«

»Eine … eine alte Freundin der Familie schickt mich«, erwiderte Cida zögerlich.

Die alte Dame nickte bedächtig. »Vom Mühletor aus müssen Sie nur querfeldein nach Süden laufen. Da gibt es einen Feldweg, der geht immer geradeaus. Irgendwann kommen Sie dann zum Hof der Hübners.«

Cida bedankte sich und machte sich auf den Weg, den die alte Frau ihr gewiesen hatte. Sie trieb ihre Stute über die verschneiten Pfade und scherte sich nicht um den Wind, der ihr ins Gesicht peitschte.

Und dann erreichte sie den Hof.

Sie zügelte Sonja und stieß die kalte Winterluft durch die Zähne aus. Ein, zwei Sekunden lang war sie wie erstarrt, während es um sie herum zu schneien begann. Irgendwann, als der kalte Wind durch ihre Kleider fuhr und ihr bis auf die Knochen drang, sprang sie vom Rücken ihrer Stute und ging näher an das heran, was vom Hof der Hübners übrig geblieben war.

Eine Ruine. Wie schwarz angelaufene Knochen ragten Holzbalken aus dem Schnee. Cida öffnete das schief in den Angeln hängende Tor. Das Holz war so morsch, dass es unter ihren Fingern zerbröselte. Zeit und Feuchtigkeit hatten ganze Arbeit geleistet.

Mit klopfendem Herzen blickte sie sich um. Aber alles, was sie sah, waren Schnee und Einsamkeit und die Überreste des Hauses, in dem einmal die Familie von Martha Hübner gelebt haben musste.

Cida stapfte bis zu der Ruine des Hauses, ohne sich darum zu scheren, dass der Schutt sich in ihrer Kleidung verfing und der Saum ihres Rockes riss. Der Schnee drang durch das Leder ihrer Stiefel, und auf einmal war ihr so kalt, dass sie überzeugt war, nicht einen einzigen Schritt mehr machen zu können. Trotzdem stolperte sie weiter durch die traurigen Überreste, bückte sich, grub darin herum. Doch sie förderte nichts zutage, nichts als morsches, schwarzes Holz. Ihr war, als läge noch der leichte Geruch von Asche in der Luft, doch je länger sie grub, desto klarer wurde ihr, dass es Einbildung sein musste. Das Feuer, das dieses Haus dem Erdboden gleichgemacht hatte, musste vor vielen Jahren ausgebrochen sein. Hier lebte nichts mehr, nicht einmal eine Erinnerung.

Irgendwann blieb sie stehen, mit zerrissenem Rocksaum und schmutzigen Handschuhen, frierend und ohne eine Idee, was sie jetzt tun sollte. Ihre Spur war versiegt wie Wasser.

Ihre Augen begannen zu brennen, und obwohl sie mit aller Kraft versuchte, die Tränen zurückzuhalten, drohten sie, sich Bahn zu brechen. Sie wischte sich über die Augen, einmal, zweimal, mit zornigen Bewegungen. Erst, als sich der Tränenschleier hob, sah sie die kleine Person, die am morschen Gartentor stand und zu ihr herüberblickte.

»Was ist hier passiert?«, fragte Cida, als sie sich bis zu Bettina Stude vorgekämpft hatte.

Die alte Dame blickte sich mit einem Ausdruck von Hilflosigkeit in den Augen um. In den Händen trug sie einen Korb, in dem Cida Kuchen und eine dampfende Teekanne erkannte. »Ich dachte …«, begann sie. »Ich wachte vorhin auf und dachte plötzlich an meine kleine Karo. Ich dachte, ich bringe ihr meinen selbst gemachten Apfelkuchen vorbei, den mag sie doch so gern …«

Cida schluckte die Tränen herunter. Sie hatte längst vermutet, dass das kleine Mädchen, das einst hier gelebt hatte, diejenige war, die sie suchte. »Wie ist sie?«, hörte sie sich selbst fragen. »Karo? Erzählen Sie mir von ihr.«

Die Augen der alten Dame begannen zu leuchten. »Meine kleine Karo ist ein aufgewecktes Kind«, antwortete sie. »Ich weiß nicht, woher sie plötzlich kam … doch eines Tages stand sie vor meiner Tür und fragte mich, ob ich die Hexe aus dem

Märchen sei. Ich habe ihr ein Stück Kuchen gegeben und sie dann nach Hause geschickt. Ich wusste zwar, dass Martha ein Kind hat, aber an diesem Tag sah ich die Kleine zum ersten Mal.« Ein bedauerndes Kopfschütteln. »Sie durfte den Hof nie verlassen, das jedenfalls hat sie mir erzählt. Nachdem sie bei mir war, hat sie immer furchtbaren Ärger bekommen, doch sie kam trotzdem wieder. Sie war meine kleine Freundin.«

Cida schluckte. Sie versuchte, ihre Enttäuschung darüber, ihre Schwester nicht gefunden zu haben, beiseitezuschieben und sich auf die zitternde alte Frau zu konzentrieren, die mit dem Korb in der Hand vor ihr stand und sie aus müden Augen anblickte. Auf den Kuchen senkten sich schon die Schneeflocken, und die Teekanne hatte zu dampfen aufgehört. »Kommen Sie«, meinte sie schließlich. »Sie holen sich hier draußen noch den Tod.«

Die alte Dame ließ sich von ihr bis zu der ruhig wartenden Stute führen. Cida nahm die Zügel auf und schnalzte einmal mit der Zunge. Auf der einen Seite das Pferd und auf der anderen die alte Bettina Stude, machte sie sich auf den Weg zurück nach Pyritz.

»Erinnern Sie sich an den Tag, an dem Karoline nicht mehr zu Ihnen kam?«, wollte Cida wissen, als das Mühletor in Sicht kam. Das trutzige Bauwerk aus rotem Backstein wirkte so beständig, als könnte es auch in einhundert Jahren noch dort stehen.

»Karoline wird mich bestimmt bald besuchen«, murmelte die alte Frau. Ihr Blick hatte sich wieder verklärt, und sie sprach ganz leise, mehr zu sich selbst als zu Cida. »Sie kommt immer wieder. Und eines Tages kehrt auch mein kleiner Fritz zurück, und Mutter wird nicht mehr glauben, dass ich ihm absichtlich wehgetan habe. Sie werden sehen. Sie werden schon sehen.«

Cida bekam nichts mehr aus der alten Frau heraus. Und

irgendwie wäre es ihr grausam vorgekommen, weiter in sie zu dringen.

»Mögen Sie Apfelkuchen?«, fragte Bettina Stude, als sie ihren Hof erreicht hatten.

Cida zögerte, doch die alte Frau blickte sie so flehentlich an, dass sie es nicht über sich brachte, sie ihren Erinnerungen und ihrer Einsamkeit zu überlassen.

Sie brachte das Pferd in den Stall, nahm ihm den Sattel und die Trense ab und rieb es ab. Sie förderte sogar noch ein paar Möhren aus der Satteltasche zutage. Dann ging sie ins Haus, um einer alten Frau in ihrer Erinnerung Gesellschaft zu leisten.

Cida verbrachte die Nacht bei Bettina Stude und ließ sich von Karoline erzählen. Die ganze Zeit begleitete sie die Angst, dass die alte Dame sich dieses kleine Mädchen, Karo, wie sie sie nannte, nur ausgedacht haben könnte. Vielleicht war Martha Hübners Tochter gar nicht das Kind, das sie suchte – oder, noch schlimmer, es hatte vielleicht niemals existiert und lebte nur im Kopf der verwirrten alten Frau.

Sie schlief nicht. Stattdessen versuchte sie, im Licht einer einzigen Kerze einen Brief an Yaris zu schreiben. Cida schrieb eine Zeile, strich sie durch, begann von Neuem und schob das Papier schließlich mit einem frustrierten Stöhnen von sich. Beim zweiten Versuch geschah das Gleiche, genau wie beim dritten, bis sie umgeben war von angefangenen Sätzen und nichtssagenden Liebesschwüren.

Irgendwann brannte die Kerze herunter, und Cida blieb allein im Dunkeln zurück, mit zu vielen Worten, die sie nicht zu fassen bekam. Sie hatte Helenas Spur ebenso verloren wie ihren eigenen Weg nach Hause.

Am nächsten Tag fragte sich Cida in Pyritz durch – irgendjemand musste doch wissen, was mit der Familie von Martha

Hübner und dem kleinen Mädchen, das bei ihnen gelebt hatte, geschehen war. Doch alles, was sie erfuhr, wusste sie bereits.

»Die Familie kam nie zum Gottesdienst«, sagte der Pastor, bevor er sie aus der Kirche warf. »Nicht einmal an Weihnachten. Gottloses Pack. Das letzte Mal habe ich sie gesehen, als ich sie begraben habe.«

»Hatte Martha Hübner eine Tochter?«, wollte Cida mit klopfendem Herzen wissen. »Ein Mädchen mit dunklem Haar? Ihr Name war Karoline, und …«

»Kann ich nicht sagen«, unterbrach sie der Geistliche. »Und jetzt gehen Sie!«

»Haben sich hier in Pyritz nie blicken lassen«, meinte die Frau des Bäckers, die ein wenig geduldiger war als ihr Mann, der Cida mit misstrauischen Blicken durchbohrte, seit sie die Bäckerei betreten hatte. »Die Martha kam nach Pyritz zurück und zog wieder in das Haus ihrer Eltern, aber niemand wollte wegen dieser unseligen Geschichte damals was mit ihr zu tun haben.«

»Was war das für eine unselige Geschichte?«, fragte Cida. »Und der Brand … Was ist damals geschehen?«

Doch die pausbäckige Frau schüttelte nur den Kopf. Und auch niemand sonst wollte ihre Fragen zu dem Schicksal der Familie Hübner und Martha Hübners kleiner Tochter beantworten.

Am Ende des Tages konnte Cida kaum mehr einen Fuß vor den anderen setzen vor lauter Erschöpfung. Es war der achtundzwanzigste Dezember 1909, und sie hatte noch immer keine neue Spur, nicht den geringsten Hinweis. Viele Pyritzer mochten wegen ihres fremdländischen Aussehens nicht einmal mit ihr reden, und von denen, die mit ihr sprachen, schien niemand die Tochter von Martha Hübner je mit eigenen Augen gesehen zu haben.

Zuletzt führte ihr Weg sie zum Friedhof von Pyritz.

Sie schritt an den verwitterten Grabsteinen entlang und zog dabei das wollene Schultertuch fester um sich. Hier unter den Toten fühlte sie sich der Vergangenheit näher als zuvor.

Cida fand die Grabstätte der Familie Hübner am Rande des Friedhofs. Schmucklose Steine, die schief aus dem Schnee ragten. Wie faule Zähne, dachte Cida und kniete vor den Gräbern nieder. Der Tod von Martha Hübner und ihren Eltern, Klaus und Ingrid Hübner, war auf das Jahr 1892 datiert. Doch das Grab eines Mädchens namens Karoline fand sie nicht.

Einmal mehr fragte sich Cida, ob Bettina Stude sich die kleine Karo, für die sie heute noch Apfelkuchen buk, nur ausgedacht hatte. Niemand in Pyritz schien das Mädchen je gesehen zu haben.

Schlurfende Schritte rissen sie aus ihren Gedanken. Sie fuhr hoch und sah sich einem gebeugt gehenden Mann mit eingefallenem Gesicht gegenüber. Sein Alter war unmöglich zu schätzen, seine Augen lagen tief in den Höhlen. Er trug eine Harke bei sich, und war bei Cidas Anblick stehen geblieben. Das musste der Friedhofsgärtner sein.

»Sind Sie ein Geist?«, murmelte er.

»Nein«, antwortete Cida und erhob sich langsam. »Ich bin nur auf der Suche.« Sie deutete auf das Grab. »Erinnern Sie sich noch an diese Familie?«

Ein Stirnrunzeln, dann ein langsames Nicken. »'n Feuer, gnädiges Fräulein. War im Herbst vor achtzehn Jahren und schweinekalt. Keiner weiß, wie's passiert ist. Als ich Erde über sie geschaufelt hab, da sind mir fast die Finger abgefroren.«

»Und das Mädchen?«, hakte Cida nach.

Der Friedhofsgärtner grunzte. »Was für 'n Mädchen?«

Cida schluckte. »Hatte Martha Hübner nicht eine kleine Tochter?«

Eine lange Stille folgte auf ihre Worte. Das schmale Männchen schien angestrengt über ihre Frage nachzudenken. Dann, als Cida die Hoffnung schon aufgeben wollte, hellte sich seine

Miene auf. »Das war doch dieses freche Ding, das einmal zu mir auf den Friedhof kam. Kann mich noch dunkel erinnern an die Kleine. Die Mutter hat sie dann hier gefunden und weggezerrt. Das dürre Ding war vielleicht vier Jahre alt. Hab es nie wieder gesehen. Auch nicht bei der Beerdigung hab ich's gesehen.«

Cidas Herz stolperte in ihrer Brust. Das Mädchen war also keine Fantasiegestalt einer alten Dame! »Was ist aus ihr geworden?«, fragte sie. »Bitte, wenn Sie irgendetwas über sie wissen …«

Doch zu ihrer Enttäuschung schüttelte der Mann den Kopf. »Hab nie wieder was von dem kleinen Ding gehört. Was aus ihr geworden ist? Ich weiß es nicht, Fräulein. Vielleicht ist es damals ja auch gestorben. Wenn Sie meinen Rat wollen … vergessen Sie Ihre Suche und kehren Sie zurück in die Welt der Lebenden.« Er machte eine ausladende Geste, die den verschneiten Friedhof ganz umschloss. »Sich mit den Toten abzugeben, das ist ein einsames Geschäft.«

Als er gegangen war, blieb Cida noch einige Sekunden lang wie eingefroren am Grab von Martha Hübner stehen. Was mochte aus der kleinen Tochter dieser Frau geworden sein? War sie wirklich tot, wie der Friedhofsgärtner glaubte? Oder war sie am Leben, irgendwo? Und war das Mädchen wirklich Helena?

Sie vergrub die Hände in den Rocktaschen … und ihre Finger fanden einen winzigen, metallischen Gegenstand. Mit angehaltenem Atem zog sie das Kleinod hervor und betrachtete es. Es war der Bronzeknopf, den sie an Mamsell Briegers Grab gefunden hatte. Mit gerunzelter Stirn drehte sie ihn hin und her und beobachtete, wie er das fahle Tageslicht einfing. Sie hatte seit der Nacht, in der Friedrich von Neuenstedt und sie ihren Onkel im Wald gefunden hatten, nicht mehr an ihren Fund gedacht, doch nun türmten sich die Fragen in ihrem Kopf. Hatte dieses Kleinod Mamsell Brieger gehört? Dafür schien es ihr zu wertvoll zu sein. Sie runzelte die Stirn. Aber woher sollte es dann gekommen sein? Und was sollte sie jetzt tun?

Erst, als sie ihren Fund ein paarmal hin und her gedreht hatte, wurde ihr bewusst, warum er ihr so bekannt vorkam.

Als sie den Knopf wieder in die Tasche steckte, war es merklich kälter geworden. Über den Tannen, die die Gräber säumten, zog schon die Dämmerung herauf.

Sie holte tief Luft. Wahrscheinlich hatte dieser Knopf überhaupt keine Bedeutung. Friedrich von Neuenstedt oder sein Bruder mochten ihn verloren haben, als sie Mamsell Brieger im Wald fanden. Trotzdem kam es ihr wie ein Weckruf vor, dass sie sich ausgerechnet jetzt wieder an ihren Fund erinnerte.

Cida hatte nicht nach Gut Rosenthal zurückkehren wollen, doch jetzt, da ihre Spur ein weiteres Mal versiegt war, war es der einzige Ort, der ihr vielleicht würde Antworten geben können. Sie musste nachdenken, und sie musste Friedrich von Neuenstedt noch einmal gegenübertreten. Vielleicht hatte sie etwas übersehen.

# Kapitel 12

Als der Wald sich lichtete und das Herrenhaus sich ihr in all seiner Schönheit zeigte, war es dunkel geworden. Cida sprang vom Rücken ihrer Stute, als sie die Wirtschaftsgebäude erreicht hatte. Aus dem Schornstein der kleinen Destillerie, in der die Neuenstedts Schnaps brannten, ringelte sich der Rauch in den abenddunklen Himmel.

Im Stall begrüßte sie den Stallmeister Hans Weber, der über ihre Rückkehr so erfreut wie besorgt zu sein schien. Er half ihr, Sonja abzuhalftern und trocken zu reiben, bevor er sie in eine Box führte.

»Danke, dass ich sie mir ausleihen durfte«, sagte Cida.

»Danken Sie dem gnädigen Herrn«, erwiderte der Stallmeister nach kurzem Zögern.

Weil er nichts mehr hinzufügte, nickte sie und schickte sich an, den Stall zu verlassen. Sie war schon hinaus in die kalte Abendluft getreten, als Hans Weber sie doch noch einmal zurückhielt. »Fräulein Engel!«

Sie drehte sich zu ihm um und blickte ihn abwartend an.

Er hatte die Mütze abgenommen und knetete sie zwischen den Händen. »Haben sie mal von mir gesprochen? Ihre Eltern?«

»Ja«, antwortete sie leise. »Ja, sie haben mir von Ihnen erzählt. Davon, wie gut Sie immer mit den Pferden umgegangen sind. Und dass Sie ihnen ein guter Freund waren.«

Etwas in seinem Gesicht entspannte sich, so als hätte er bis zu diesem Moment geglaubt, seine alten Freunde könnten ihn vergessen haben. »Bleiben Sie noch auf Gut Rosenthal?«, wollte er dann wissen.

Sie hob die Schultern. »Ja, vermutlich. Das heißt … wenn der gnädige Herr es erlaubt.«

Auf einmal zuckte ein Lächeln über Hans Webers Gesicht. »Seien Sie versichert, Fräulein Engel. Ich glaube nicht, dass es einen Wunsch gibt, den der gnädige Herr Ihnen abschlagen würde.«

Sie verließ den Stall und ging hinüber zum Herrenhaus. Wie am Tage ihrer Ankunft auf Rosenthal betrachtete sie die geschliffene Schönheit des Hauses inmitten des verwilderten englischen Gartens. In der Orangerie brannte Licht, und sie blieb nach kurzem Zögern davor stehen. Bevor sie entscheiden konnte, ob sie hineingehen oder sich ins Haus schleichen sollte, öffnete sich die Tür.

Etwas in ihr hatte gewusst, dass sie ihn hier finden würde. Ihn, der alles war, was sie immer verachtet hatte, und der sie jetzt anschaute, als hätte er hier auf sie gewartet.

»Sie sind zurück«, stellte er fest, nachdem sie beide für eine viel zu lange Zeit geschwiegen und einander angesehen hatten.

Sie straffte sich. »Ja.«

Er wirkte verdrossen, fast schon ärgerlich. »Was wollen Sie eigentlich, Cida?«

Es gab zu viele Antworten auf diese Fragen. *Ich will Ihnen vertrauen und weiß nicht, ob ich es kann*, erwiderte sie stumm. *Und ich muss wissen, warum mein Herz nicht aufhören kann, in Ihrer Gegenwart verrücktzuspielen.*

»Ich möchte Ihr Angebot annehmen«, sagte sie stattdessen. »Ich will noch etwas länger auf Gut Rosenthal bleiben.«

Er schwieg einen Moment. »Warum?«, fragte er dann.

Sie schluckte. »Ich …« Sie wollte von ihrer Suche erzählen, von dem, was sie herausgefunden hatte. Doch sie brachte kein Wort über die Lippen. Denn der wahre Grund, aus dem sie wieder hier war, aus dem sie sich entschloss, länger zu bleiben – ohne zu wissen, wann sie nach Hause zurückkehren würde –, war längst mehr als nur ihre Suche nach Helena.

»Ich habe hier noch etwas zu erledigen«, antwortete sie schließlich. »Ich habe Helena noch nicht gefunden und …« Wieder stockte sie. Als er sich zu ihr herabbeugte, ganz so, als glaubte er, den Rest ihrer Antwort auf diese Weise hören zu können, hielt sie den Atem an.

»Und?«, hakte er nach. »Das klang, als gäbe es noch einen anderen Grund.«

*Yaris*, dachte sie, während sie Friedrich von Neuenstedts Blick erwiderte. *Yaris, verzeih mir.* Wenn er jetzt versuchte, sie zu küssen, würde sie es zulassen. Wenn er sie jetzt küsste, wäre sie verloren.

Er war ihr so nah gekommen, dass sie ihn riechen konnte. Sein Rasierwasser, seine Wärme. War sie ihm entgegengekommen? Hatte sie einen Schritt gemacht, ohne es zu bemerken?

»Was ist mit Ihrem Verlobten?«, murmelte er, als ihre Nasenspitzen nur noch eine Handbreit voneinander entfernt waren und sie seinen Atem auf ihren Lippen spüren konnte.

Sie antwortete nicht, und als er wieder zu sprechen ansetzte, klang er frustriert. »Sagen Sie mir, was Sie von mir wollen. Ich muss wissen, was in Ihnen vor sich geht.«

Als sie ihre Stimme endlich wiedergefunden hatte, war sie nicht mehr als ein heiseres Flüstern. »Ich weiß nicht mehr, was ich will.«

Es war, als hätten ihre Worte einen Bann gebrochen. Friedrich atmete geräuschvoll ein und zog sich zurück. Eine Zeit lang sagte keiner von ihnen etwas, und sie beobachtete, wie es hinter seiner Stirn arbeitete. Sie hätte alles darum gegeben zu erfahren, was er in diesem Moment dachte. »Essen Sie morgen mit meiner Familie und mir zu Abend«, meinte er schließlich.

Sie schüttelte den Kopf. Was auch immer zwischen ihnen

geschah, es war nicht gemacht für die richtige Welt. Ihre Beziehung, was auch immer sie war und was auch immer sie bedeutete, konnte nur in der Zeit bestehen, in der er nicht der Graf von Neuenstedt war und sie nicht die Frau, die bald in ihr Leben auf der anderen Seite der Welt zurückkehren würde. Wenn sie nur zwei Menschen im Nichts waren, Geister auf der Suche, konnten sie einander auf diese Weise ansehen. Doch zerrte man diese Verbundenheit aus den Schatten und ans Tageslicht, würde sie unweigerlich zerfallen.

»Ich kann nicht«, sagte sie und hoffte, er würde sie nicht dazu drängen, das Warum zu erklären. Doch diesen Gefallen tat er ihr nicht.

»Sie sind mein Gast, und ich wünsche, Sie auch so zu behandeln«, erwiderte er. »Warum also bestehen Sie darauf, mit den Dienstboten zu speisen?«

»Weil ich mich selbst vor einer unsäglichen Dummheit bewahren will!«, gab sie zurück. Ihre Stimme war lauter geworden. »Wir können keine Freunde sein. Warum wollen Sie das nicht verstehen?«

»Ich will nicht nur Ihr Freund sein«, sagte er. Seine Ohren waren dunkelrot angelaufen, aber sein Blick war voller Entschlossenheit.

»Ich weiß nicht, was Sie von mir wollen!«, gab sie zurück. »Ich weiß nicht, was das hier ist, dieser Tanz, in dem wir uns befinden, und ich weiß nicht, was Sie damit bezwecken. Wir kennen uns doch kaum.«

»Dann lernen Sie mich kennen«, entgegnete er, als sie sich schon abgewandt hatte, um zum Dienstboteneingang zu gehen. »In drei Tagen ist Silvester, und meine Mutter hat darauf bestanden, einen Ball zu veranstalten. Sie sind mein Gast. Was sagen Sie?«

Obwohl sie sich geschworen hatte, es nicht zu tun, drehte sie sich noch einmal zu ihm um. Da war er wieder, der Schalk in seinem Blick, der ihn aussehen ließ wie einen Lausbuben, der einen neuen Streich ausheckte.

»Ich sage, dass Sie verrückt geworden sind.«

»Kommen Sie, Cida«, meinte er. »Sie waren mutig genug, um auf eigene Faust bis nach Pommern zu reisen. Haben Sie jetzt etwa Angst vor ein paar Aristokraten?«

Sie funkelte ihn an, konnte sich das Lächeln jedoch nicht länger verkneifen. Woher nahm dieser Mann nur das Talent, sie so unendlich wütend zu machen und sie zugleich immer wieder zum Lachen zu bringen?

»Ich kann nicht zu Ihrem Ball erscheinen, Friedrich«, erklärte sie dennoch und verschränkte die Arme vor der Brust. »Ich … ich werde auffallen.«

»Ich werde jeden fordern, der es wagt, Sie auch nur schief anzusehen«, sagte Friedrich in einem Tonfall, der es ihr unmöglich machte zu erkennen, ob er scherzte oder ob er es ernst meinte.

Trotz der Kälte glühte ihr Gesicht mittlerweile wie im Fieber. Das Verrückte war, dass sie seine Einladung annehmen wollte. Sie wollte ein Teil seiner Welt sein, und wenn es nur für einen Abend war. Trotzdem konnte sie nicht aufhören, nach Gründen zu suchen, aus denen sie es nicht tun sollte. »Ich … Das geht einfach nicht. Ich habe … Ich habe nicht einmal ein Kleid.«

Er machte eine wegwerfende Handbewegung. »Wenn es nur das ist … Gehen Sie morgen früh zu Mamsell. Sie fahren beide mit der Kutsche nach Stettin und lassen dort etwas Passendes anfertigen. Kommen Sie, Cida. Was haben Sie zu verlieren?«

*Mein Herz.* Sie sprach die Worte nicht aus, fürchtete jedoch, er könnte sie ihr vom Gesicht ablesen. Sie konnte sich nicht erinnern, sich je wirklich vor etwas gefürchtet zu haben, doch der Gedanke, ihren langsam wachsenden Gefühlen für Friedrich von Neuenstedt auch nur das winzigste Stück nachzugeben, nur einen einzigen Schritt weiter in diese Richtung zu tun, ließ ihre Unruhe ins Unermessliche steigen. Was würde am Ende dieses Weges stehen?

Sie blickte ihm in die Augen, sog seinen leisen Spott, seine Verlegenheit und seine Hoffnung in sich auf und fragte sich, wie der Schlussakkord dieses Liedes klingen würde. Denn dass es enden würde, das stand außer Frage.

An diesem Abend versuchte sie erneut, einen Brief zu schreiben. Sie kam sich schäbig vor, weil sie nicht die richtigen Worte fand, um ihm zu sagen, dass sie nicht wusste, wann sie nach Hause kommen würde. Sie schrieb und zerriss das Papier, immer wieder, bis so viele Schnipsel am Boden lagen, dass es aussah, als hätte es in ihrem Schlafgemach geschneit, und sie nur noch ein einziges Blatt übrig hatte. Bis ihre letzte Kerze heruntergebrannt war.

*Yaris.*

Wie nur sollte sie ihm verständlich machen, was sie sich selbst nicht erklären konnte? Dass ihre kindliche Liebe zu ihm ihr endgültig entglitt, obwohl sie so verzweifelt und so lange versucht hatte, sie festzuhalten. Dass sie ihn in Wahrheit bereits verlassen hatte, als sie seinen Antrag abgelehnt hatte, um nach Deutschland zu gehen.

Als der Morgen graute, war eine weitere Nacht vergangen, in der sie kaum ein Auge zugemacht hatte. Und vor ihr auf dem Tisch lag der Brief, der, sollte sie den Mut finden, ihn abzuschicken, ihr den Weg zurück in das Leben, das sie kannte, endgültig abschneiden würde. Dann konnte es wirklich nie wieder so werden, wie es vor ihrer Abreise gewesen war.

Am Morgen fuhr sie mit Mamsell Huppert nach Stettin.

Hier besuchten sie eine Schneiderin, die erst darüber lamentierte, dass sie doch nicht zaubern könne – ein Kleid in drei Tagen, also wirklich! –, sich jedoch von dem Namen

Neuenstedt und dem ungewöhnlichen Äußeren ihrer Kundin überzeugen ließ.

»Diese Augen«, sagte sie, als sie Cidas Maße nahm. »Wenn man zu lange hineinsieht, glaubt man, in Ihnen zu verglühen. Wer gab Ihnen diese Augen, mein Kind?«

Cida versteifte sich. Die Farbe ihrer Augen war wie ein Geist, der sie jagte. Aus jeder Spiegelung heraus blickten sie sie an.

»Meine Mutter«, log sie, weil die Schneiderin anscheinend eine Antwort erwartete.

Diese nickte beifällig. »Ich sehe Ihr Kleid schon vor mir.« Sie zwinkerte Cida zu. »Nur passen Sie mir auf, dass Sie nicht eines Tages jemanden mit dem Feuer in diesen Augen verbrennen.«

Nachdem sie bei der Schneiderin fertig waren, überredete Cida Mamsell Huppert, noch zum Krankenhaus in Stettin zu fahren. Sie fragte am Empfang nach Theresa Schmidt, und kurz darauf stand schon das zierliche Mädchen, das sie während ihrer Überfahrt von Rio nach Hamburg so lieb gewonnen hatte, in ihrer Schwesterntracht vor ihr. Die beiden Frauen umarmten sich herzlich.

Theresa hatte Pause, und so hatten sie ein paar Minuten, um untergehakt über das Krankenhausgelände zu schlendern und einander auf den neuesten Stand zu bringen. Theresa erzählte mit leuchtenden Augen, wie gut sie sich in Stettin eingelebt hatte und wie sehr ihr die Arbeit im Krankenhaus gefiel – manchmal, so berichtete sie lachend, stellte sie sich noch etwas ungeschickt mit den Patienten an, weil sie nie so recht wusste, was sie sagen sollte. Doch dafür schätzte man im Krankenhaus schon jetzt ihre gute Organisationsfähigkeit: In wenigen Tagen hatte sie ein neues Ablagesystem für die Patientenakten entwickelt. Und verliebt hatte sie sich auch – in einen jungen Arzt, von dem sie unentwegt schwärmte.

Als sie fast am Ende ihrer Runde angelangt waren, erzählte Cida von ihrer Suche.

Theresa hörte aufmerksam zu und blieb schließlich stehen. »Nachdem sie ihr Zuhause verloren hat, war die kleine Karoline sicherlich verwirrt«, sagte sie und legte Cida eine schmale Hand auf den Arm. Sie standen vor den Toren des Krankenhauses, wo die Kutschen über die breite Straße ruckelten und nur einige wenige Fußgänger, die sich in der Kälte hinausgewagt hatten, hin und her eilten. »Ich habe in meinen ersten Wochen hier in der Pädiatrie gearbeitet, und wir bekommen immer mal wieder Kinder herein, die schlimme Dinge durchmachen mussten. Wie alt war die Kleine, als ihr Elternhaus niedergebrannt ist, sagen Sie?«

»Nicht mal fünf Jahre.« Cida seufzte. »Vermutlich ist sie tot. Ich meine, wie wahrscheinlich ist es, dass Sie dieses Feuer überlebt hat? Vielleicht liegen ihre Überreste noch irgendwo in den Ruinen dieses Hauses.«

Theresa wiegte den Kopf. »Das glaube ich ehrlich gesagt nicht. Kinderknochen hätte man sicherlich gefunden. Menschliche Gebeine verbrennen nur bei sehr hohen Temperaturen. Bei einem gewöhnlichen Feuer würden sie bloß verkalken.« Sie blickte nachdenklich zur Fassade des Krankenhauses hinauf. »Allerdings halte ich es für unwahrscheinlich, dass sie besonders weit gekommen ist. Schließlich war es mitten im Winter, und Karoline war noch so klein. Ich würde mich an Ihrer Stelle in den umliegenden Dörfern durchfragen.«

Nachdem sie sich von Theresa verabschiedet hatte, bestand Cida darauf, trotz der späten Stunde noch das Städtische Waisenhaus zu besuchen. Die Worte ihrer Freundin hatten sie mit neuer Hoffnung erfüllt. Karoline war irgendwo dort draußen. Dass sie nach dem Brand verschwunden war, bedeutete nicht, dass sie sie verloren hatte – nur, dass sie noch tiefer graben musste.

Das Stettiner Waisenhaus war ein trutziger, von kahlen Bäumen flankierter Bau aus rotem Backstein. Es mutete mittelalterlich an mit seinen Türmchen und gotischen Fenstern. Das Haus wurde von Nonnen geführt, den barmherzigen Schwestern.

Die Pförtnerin ließ Cida trotz der späten Stunde ein. Es dämmerte schon über Stettin, und im Haus flackerten vereinzelt Kerzen hinter den Fenstern.

Sie folgte der gebeugt gehenden Frau, die sie eingelassen hatte, über den Innenhof, eine Freitreppe hinauf und durch die trutzige Eingangstür in einen Flur, der nach Kohlsuppe und Feuchtigkeit roch. Im Haus war es kalt, und die Holzbohlen knackten unter Cidas Füßen, als sie der Schwester in ein kleines, spärlich eingerichtetes Vorzimmer folgte.

Die Leiterin des Waisenhauses war eine schmale Frau mit verkniffenem Gesicht. Sie musterte Cida mit gehobenen Augenbrauen, enthielt sich jedoch eines Kommentars. Schnell kam Cida auf den Grund ihres späten Besuchs zu sprechen.

»Ich kann mich an kein Mädchen dieses Namens in den letzten zwanzig Jahren erinnern«, sagte ihr Gegenüber, als Cida geendet hatte. »Und jetzt entschuldigen Sie mich bitte, Fräulein Engel, ich …« Sie blickte einmal an ihrer Besucherin auf und ab. »Ich habe zu tun.«

»Warten Sie!« Cida hatte nicht vor, sich so einfach abspeisen zu lassen. »Würden Sie bitte nachsehen? Ich wäre Ihnen wirklich sehr dankbar.«

»Fräulein Engel«, erwiderte die Ordensschwester säuerlich. »Ich weiß ja nicht, wie die Dinge laufen, dort, wo Sie herkommen. Aber ich werde nicht spät am Abend für eine dahergelaufene …« Sie räusperte sich. »Kommen Sie zu einer anderen Zeit zurück. »Dann … sehen wir weiter.«

Cida stieg die Hitze ins Gesicht. »Ich bin hier im Auftrag des Grafen von Neuenstedt«, erklärte sie so würdevoll, wie es ihr nur möglich war. »Ich bitte Sie, sehen Sie nach.«

Die Ordensschwester warf ihr einen zornigen Blick zu. Nach einigen Sekunden der angespannten Stille rauschte sie aus dem Raum und kehrte kurz darauf mit einem gewaltigen Aktenordner zurück, den sie vor Cida auf die Tischplatte knallen ließ. »Das Kind, das Sie suchen, verschwand im Jahr 1892, sagen Sie?«

Cida nickte, und ihr Gegenüber begann, die Akte durchzublättern. »Kein Mädchen namens Karoline in diesem Jahr, wie Sie sehen.« Sie zeigte Cida die Namenslisten. »Und auch keine Helena. Anscheinend haben wir beide unsere Zeit verschwendet, nicht wahr, Fräulein Engel?«

Cida erhob sich und bedankte sich steif.

Die Ordensschwester hob die Augenbrauen. »Und kommen Sie nicht noch einmal hierher. Wie es der Zufall will, bin ich recht gut informiert über die Familie von Neuenstedt. Kein Mitglied dieser ehrwürdigen Familie würde sich mit … nun … jemandem wie Ihnen abgeben. Dass ich Ihrem Wunsch nachgekommen bin, haben Sie nicht Ihrer unausgegorenen Drohung zu verdanken, sondern nur meinem Wunsch, Sie loszuwerden, ohne dass Sie anfangen, hier Theater zu machen. Also, verschwinden Sie schon.«

Mit hilfloser Wut im Bauch verließ sie das Waisenhaus. Vor dem Tor wartete Mamsell Huppert in der Kutsche auf sie. Der Abend war über Stettin heraufgezogen, und die Pferde scharrten schon mit den Hufen. Zeit, nach Gut Rosenthal zurückzukehren.

Cida straffte die Schultern, als sie zum schmiedeeisernen Tor schritt, welches das Waisenhaus von der Außenwelt abschnitt. Der Wind schien ihr auf einmal viel kälter als zuvor zu sein, und ihre Schritte klangen beinahe unerträglich laut auf dem Asphalt.

Als sie das Tor erreichte, drehte sie sich noch einmal zu der Pförtnerin um, die ihr schweigend wie ein Schatten gefolgt war. Erst jetzt sah sie, dass die kleine, in einen viel zu großen

Mantel gehüllte Gestalt noch sehr jung war, mit dem pausbäckigen Gesicht eines Kindes und einfältig dreinblickenden Augen.

»Bist du schon lange hier im Waisenhaus?«, fragte Cida.

Das Mädchen zögerte, dann nickte es. »Schon lange, ja. Schon als ich noch klein war.«

»Kennst du ein Mädchen namens Karoline?«, hakte Cida ohne viel Hoffnung nach. Die Ordensschwester mochte ein Miststück sein, doch sie hatte ihr vermutlich nichts verheimlicht. Ihr Blick traf den von Karla Huppert, die die Kutsche verlassen hatte und jetzt vor dem Tor im Schneegestöber stand.

»Die anderen Mädchen haben ›fette Kuh‹ zu mir gesagt«, erwiderte die Pförtnerin und blickte mit großen Augen zu Cida auf.

»Das ist nicht nett«, gab Cida zurück.

Das Mädchen schüttelte den Kopf. »Nein, das ist nicht nett.«

Cida fragte noch einmal nach Karoline, wusste jedoch noch während die Worte aus ihrem Mund kamen, dass sie hier wirklich ihre Zeit verschwendete.

Die Pförtnerin legte den Kopf schief und beobachtete den Schnee beim Fallen. »Manchmal haben wir Schule gespielt«, sagte sie. »Da hat mich niemand ›fett‹ genannt. Das war schön. Ich kann sogar meinen Namen schreiben, und noch ein paar andere Wörter.« Mit diesen Worten wandte sie sich ab, fast, als hätte sie die Besucherin noch beim Sprechen vergessen, und schlurfte davon.

»Ein nettes Mädchen«, bemerkte Karla Huppert, als Cida die Kutsche erreichte, und blickte der Pförtnerin nach. »Nur fürchte ich, dass man aus ihr nichts herausbekommen wird. Sie hat den Verstand eines kleinen Kindes.«

Cida fröstelte im kalten Wind. »Ich hoffe, sie wird hier gut behandelt.«

Mamsell Huppert stieg in die Kutsche und wartete ab, bis Cida ihr gegenüber auf den mit blauem Samt bezogenen Sitzen Platz genommen hatte, bevor sie ihr antwortete. »Das hoffe ich auch, Fräulein Engel. Nur fürchte ich, dass die barmherzigen Schwestern niemanden gut behandeln. In einem solchen Waisenhaus aufzuwachsen und dann später noch für die Nonnen zu schuften, das wünsche ich niemandem.«

Während die Kutsche anfuhr, blickte Cida hinaus in die Abenddämmerung, die sich über die Türme und Dächer von Stettin gesenkt hatte. Die Begegnung mit der unfreundlichen Ordensschwester saß ihr noch in den Knochen, aber abschrecken lassen würde sie sich davon nicht. Sie würde nicht eher ruhen, ehe sie nicht jedes Waisenhaus durchsucht, nicht jeden Stein nach ihrer Schwester umgedreht hatte. Sie würde sie finden.

Am Silvesterabend war es klirrend kalt auf Gut Rosenthal. Seit Tagen schon waren die Bediensteten auf den Beinen, bohnerten die Flure, richteten die Gästezimmer her, heizten die Kamine und schufteten bis Mitternacht und noch länger in der Küche. Das Haus war hell erleuchtet, und die zarten Klänge einer Violine drangen bis hinauf in den zweiten Stock des Herrenhauses.

Cida saß an ihrem Frisiertisch und blickte sich selbst ins Gesicht – umgeben von dem goldenen Rahmen des Spiegels sah ihr eigenes Gesicht ihr entgegen, mit ernsten Augen, die mal golden und mal braun wirkten, einem energischen Zug um den Mund und kunstvoll aufgesteckten Locken. Der einzige Schmuck, den sie trug, war Ayanas Anhänger. Der Stein schimmerte blau über ihrem Schlüsselbein und erinnerte sie an ihre Familie – an den Ort, an dem sie geboren war, an die Welt, in die sie gehörte.

Auf einmal war sie überzeugt, dass sie es nicht schaffen würde, aufzustehen und dort hinunterzugehen. Sie war erstarrt, wie eingefroren. Zum ersten Mal in ihrem Leben fühlte sie sich wirklich wie ein Feigling.

Ein Klopfen riss sie aus ihrer Versunkenheit. Sie fuhr herum.

Die Tür öffnete sich, und die Gräfin von Neuenstedt betrat den Raum. Sie trug ein waldgrünes Abendkleid mit dunkler Schleppe und Handschuhen in der gleichen Farbe, und in einer Hand hielt sie einmal mehr den Fächer, mit dem sie sich auch jetzt träge Luft zufächelte.

Für kurze Zeit schwiegen sie beide.

»Was wollen Sie von mir?«, fragte Cida schließlich.

Die Gräfin hob eine Augenbraue. »Ich bewahre Sie vor einem Fehler, mein Kind.«

Cida erhob sich. »Das ist zu freundlich.«

Ein ironisches kleines Lächeln grub sich in die Mundwinkel der Gräfin. Jede Bewegung ihres Fächers wehte einen Hauch ihres schweren Rosendufts zu Cida herüber. »Gehen Sie nicht dort hinunter, Fräulein Engel. Wenn Sie diese Farce schon meiner Familie nicht ersparen wollen, dann doch wenigstens sich selbst.«

Cida straffte sich und versuchte, das unbehagliche Gefühl, das sich bei den Worten ihres Gegenübers in ihr ausbreitete, zu unterdrücken. »Ich weiß nicht, wovon Sie sprechen, Frau Gräfin«, sagte sie. »Und ich bitte Sie, jetzt zu gehen. Ich …«

Die Gräfin von Neuenstedt brachte sie mit einer Handbewegung zum Schweigen. »Was glauben Sie, was Sie hier tun, Fräulein Engel? Benutzen Sie Ihren Verstand. Wollen Sie dort unten etwa begafft werden wie ein Tier im Zoo? Wollen Sie wirklich, dass die Leute annehmen, Sie wären die Mätresse meines Sohnes?«

Cida spürte, wie ihr das Blut ins Gesicht schoss. »Wie können Sie es wagen?«

Die Miene der Gräfin blieb kühl. »Ich sage Ihnen lediglich

die Wahrheit. Sie sind eine Bürgerliche. Sie sind Amerikanerin. Ihre … Anwesenheit wird Missfallen erregen.«

Cida hob das Kinn. »Das kümmert mich nicht.«

»Sie lügen«, erwiderte die Gräfin. »Sie mögen nicht zu Gefühlsduselei neigen, aber Sie sind zu stolz, als dass es Ihnen egal sein könnte, was andere über Sie denken. Und wie könnte es Ihnen auch gleichgültig sein, dass all diese Menschen Sie ansehen und für ein Flittchen halten werden? Ein Spielzeug, das mein Sohn sich aus Amerika mitgebracht hat und das er wegwerfen wird, wenn er seiner überdrüssig ist. Denn nichts anderes sind Sie für ihn. Machen Sie sich nichts vor.«

Eine kleine Stimme warnte Cida davor, sich auf diesen Streit einzulassen. Doch ihr Mund war schneller als ihr Verstand. »Ich glaube, Sie kennen Ihren Sohn nicht halb so gut, wie Sie annehmen, Frau Gräfin.«

Ihr Gegenüber schenkte ihr ein schmallippiges Lächeln. »Ich mache mir keine Illusion über meinen Ältesten, Fräulein Engel. Er hing schon als Kind gern mit dem Kopf in den Wolken, hat sich fixen Ideen hingegeben und sie schließlich wieder verworfen. Als kleiner Junge wollte er Viehtreiber im Wilden Westen werden, und jetzt, als erwachsener Mann, hat er sich in eine unpassende Frau verguckt. Sei es drum. Er ist kein Dummkopf. Jetzt ist er verliebt, aber glauben Sie wirklich, das spielt eine Rolle? Er wird zur Vernunft kommen. Bald schon. Das tut er immer – und wenn nicht, dann sorge ich dafür. Wenn Sie sich jetzt darauf einlassen, enden Sie als seine Geliebte – und als Gegenstand des Gespötts.«

Cida presste die Lippen aufeinander. Was sollte sie darauf erwidern? Jedes Wort der Gräfin war wahr, jedes traf sein Ziel. Vom ersten Tag an hatte sie die Anziehung zwischen sich und dem jungen Grafen von Neuenstedt gespürt, und von Anfang an hatte sie mehr als nur einen Grund gehabt, dieses Gefühl zu verleugnen und zurückzudrängen. Friedrich von Neuenstedt begehrte sie, mochte sie, war vielleicht sogar in sie verliebt. Doch ganz egal, was er für sie empfinden mochte, früher oder später würde er sie fallen lassen und vergessen – nicht, weil er ein böser Mensch war, sondern weil seine Welt Regeln folgte, die ihm in Fleisch und Blut geschrieben waren.

Die Gräfin von Neuenstedt trat noch einen Schritt auf sie zu und ließ den Blick über sie gleiten wie über ein seltenes und anstößiges Kunstwerk. »Liebe hat im Leben eines deutschen Adligen kein Gewicht«, sagte sie. »Wir heiraten, um unsere Blutlinien zu bewahren und unseren Familien zu dienen. Diese Welt ändert sich nicht, Fräulein Engel. Das wird sie niemals, nicht in zehn Jahren und auch nicht in hundert, und letztendlich werden auch Friedrichs Wünsche keine Rolle spielen. Am Ende ist es die Familie, die diese Entscheidung trifft – zum Wohle der Familie. Friedrich ist ein naiver Träumer, doch ich bin mir sicher, Sie, Fräulein Engel, sind es nicht. Wenn Sie der Zuneigung meines Sohnes weiter entgegenkommen, dann schaden Sie nicht nur sich selbst – Sie schaden auch ihm.«

Die Tür zum Stall schwang mit einem leisen Knarren auf. Eine Weile stand Cida nur da, lauschte dem Schnauben der Pferde in der Dunkelheit und sog den Geruch nach Heu in sich ein. Wenn sie die Augen schloss, war sie zu Hause, zurück an dem Ort, an dem sie aufgewachsen war – ein Haus inmitten grüner Hügel und eine Palme im Hof, deren Blätter rot waren von dem Staub, der ebenso sehr zu diesem Land gehörte wie seine mächtigen Gewitter.

Sie ging an den Boxen entlang. Vor dem dunklen Hengst Donner, der ihr neugierig den Kopf entgegenstreckte, blieb sie stehen. »Was soll ich nur tun?«, flüsterte sie. Er ließ sich bereitwillig von ihr streicheln, aber natürlich gab er ihr keine Antwort.

Cida trug ihr Ballkleid – obwohl sie nicht gewagt hatte,

sich dem Fest zu nähern. In der Hand hielt sie den Brief an Yaris. Sie hatte noch nicht den Mut gehabt, ihn abzuschicken.

Der Klang von Schritten riss sie aus ihren Gedanken. Sie fuhr herum.

»Hier sind Sie also.« Mamsell Huppert gesellte sich zu ihr.

»Ich hätte mich nie für einen Feigling gehalten«, sagte Cida leise. »Aber anscheinend lag ich falsch.«

Karla Huppert stieß ein heiseres Lachen aus. »Manchmal sind wir nur mutig, um uns nicht den Dingen stellen zu müssen, die wir fühlen, nicht wahr? Gefühle sind viel beängstigender als … Unholde oder wilde Tiere. Wir können nicht vor ihnen fliehen, wir können sie nicht bekämpfen, und je länger wir sie unterdrücken, desto stärker brechen sie am Ende hervor.«

»Das klingt, als hätten Sie Erfahrung damit.«

Mamsell Huppert blickte zur Stalltür. Diese stand einen Spaltbreit offen und ließ einen Streifen Mondlicht und die Klänge des Orchesters, das im Haus spielte, herein. »Sicher kennen Sie die Gerüchte, Fräulein Engel. Über mich und Maximilian Walters. Ich war ein Feigling und bin es noch.« Sie seufzte. »Ich habe seinen Antrag damals nicht angenommen, doch wir sind dennoch miteinander alt geworden – als Freunde, als Rivalen, als zwei Menschen, die sich auch jetzt noch fragen, warum es damals nicht gereicht hat.« Ein fast schon melancholisches Lächeln breitete sich auf dem strengen Gesicht der Mamsell aus. »Aber obwohl es Tage gibt, an denen ich mich frage, ob ich damals die richtige Entscheidung getroffen habe, bereue ich nicht, wo ich heute bin.«

Cida schluckte. Der Brief kribbelte in ihrer Hand wie ein lebendiges Wesen, und auf einmal war es ihr, als klickte etwas in ihr – wie ein Mechanismus, der zum ersten Mal zu funktionieren begann.

»Fühlen Sie sich nicht dazu genötigt, auf diesen Ball zu gehen«, sagte Mamsell Huppert und drückte Cidas Arm. »Wenn

Sie das Neue Jahr hier im Pferdestall begrüßen wollen, dann tun Sie das. Und wenn Sie zu uns in die Leutestube kommen möchten, wissen Sie, Sie sind uns herzlich willkommen. Aber lassen Sie nicht Ihre Angst vor dem Ungewissen entscheiden, ob Sie gehen oder nicht.«

Cida holte tief Luft. Ganz kurz legte sie die Hand auf die der Älteren. »Ich danke Ihnen, Mamsell. Wirklich. Ich danke Ihnen von Herzen.«

Bevor Karla Huppert den Pferdestall verließ, hielt Cida sie noch einmal zurück. »Mamsell?«

Die Ältere drehte sich mit fragender Miene zu ihr um. »Ja, gnädiges Fräulein?«

Cida hielt den Brief hoch. Ihre Hände zitterten, doch sie wusste auf einmal, dass es kein Zurück mehr gab. »Würden Sie diesen Brief für mich aufgeben?«

Der englische Garten von Gut Rosenthal war von Schnee bedeckt. Cida schritt auf die Terrassentür des Herrenhauses zu. Dahinter erstrahlte der Ballsaal im Licht eines Kronleuchters. Der Schein der Kerzen ergoss sich über den Garten, über die glänzenden Fenster der Orangerie und über Cidas Kleid.

Unwillkürlich musste sie an den Wolf denken, der in dem Wald, in dem ihr Onkel als Einsiedler lebte, sein Unwesen trieb. Sie stellte sich sein zotteliges graues Fell vor, seine golden glühenden Augen, seine verzogenen Lefzen und den Klang seiner Pfoten im Unterholz.

Ein Knacken riss sie aus ihren Gedanken. Sie fuhr zusammen und blickte der Gestalt entgegen, die jetzt den schmalen Pfad zwischen den Buchsbäumen entlang auf sie zukam. Ihr Herz machte einen Satz, und sie blieb stehen. »Herr Graf von Neuenstedt.«

Er räusperte sich. »Fräulein Engel.« Er ergriff ihre Hand und küsste ihren Handrücken. »Es ist mir eine Freude, dass …« Er brach ab und fuhr sich durch das Haar. Beinahe hätte sie gelacht, weil es jetzt wieder ganz zerzaust war. »Ich meine, ich … ich dachte, Sie kommen nicht. Ich dachte, Sie hätten es sich vielleicht anders überlegt.«

»Das dachte ich auch«, sagte sie mit klopfendem Herzen. »Aber … jetzt bin ich ja hier.«

Er bot ihr den Arm. »Wollen wir?«

Sie hakte sich bei ihm unter, und wie schon in der Nacht, als er ihr die grüne Narbe in den Wäldern gezeigt hatte, fühlte sich diese Nähe so selbstverständlich an, dass es ihr beinahe war, als wäre Friedrich von Neuenstedt schon immer in ihrem Leben gewesen. Oder als hätte es schon immer so sein sollen.

Doch nur nach wenigen Schritten blieb er stehen. »Warten Sie«, bat er und löste sich von ihr, um sich ihr zuzuwenden. »Bevor wir hineingehen … Ich muss mich bei Ihnen entschuldigen. Ich fürchte, ich habe mich sehr ungeschickt verhalten in den vergangenen Tagen. Ich habe Sie über meine Intentionen im Unklaren gelassen. Das war ein Fehler.«

»Sie sagten …« Sie blickte zu ihm auf. »Sie sagten, wären die Umstände anders …«

»… hätte ich bereits jede Anstrengung unternommen«, fuhr er fort. Er sprach schnell, stolperte fast über die einzelnen Wörter. »Alles, was nötig ist, um Sie für mich zu gewinnen, hätte ich unternommen, wäre da nicht …« Er stockte. »Und jetzt …« Er hob eine Hand, als wollte er Cida berühren, und ließ sie gleich darauf wieder sinken. »Wenn Sie meine Gefühle erwidern, geben Sie mir einen Hinweis. Nur ein Zeichen. Geben Sie mir irgendetwas, Cida.«

»Wie könnte ich das?«, flüsterte sie. Seine Worte hallten in ihr nach, und sie hörte weder das Pfeifen des Windes noch die Klänge des Festes. Sie hörte nur den Nachklang seiner Worte und das Schlagen ihres eigenen Herzens. *Wären die Umstände anders …* »Wie könnte ich je zugeben, dass ich mich jedes Mal, wenn ich in Ihrer Nähe bin, selbst verrate? Wie könnte ich vergessen, dass ich mich zu Ihnen hingezogen fühle, obwohl Sie all das sind, was zu verachten ich mir selbst geschworen habe?«

*Macht, Reichtum, Adel. Mächtige, die auf die niederschauten, die sie als geringer erachteten.* Sie konnte ihre eigene Vergangenheit, die Geschichte ihrer leiblichen Mutter und die Geschichte der Frau, die sie aufgezogen hatte, nicht verleugnen. Friedrich von Neuenstedt war vom ersten Moment an ein Symbol für all das gewesen, was sie fürchtete und verachtete … und was sie manchmal, wenn sie sich im Spiegel betrachtete, in ihren eigenen Augen sah. Nichts davon sprach sie aus, doch die ungesagten Worte schienen zwischen ihnen zu flüstern.

Friedrichs Augen hatten sich verdunkelt. »Ich würde lügen, wenn ich sagte, Ihr Stand wäre kein Hindernis. Aber das sind nicht die Umstände, von denen ich sprach.«

Sie reckte das Kinn. »Und von welchen Umständen sprachen Sie dann?«

»Sie haben mir Ihre Verachtung deutlich gemacht«, gab er zurück. »Jedes Mal, selbst dann, wenn ich den Eindruck habe, dass dies nicht die einzigen Gefühle sind, die Sie mir entgegenbringen. Sie verachten mich, Sie sind einem anderen Mann versprochen. Sehen Sie nicht, dass ich mit mir kämpfe?«

»Ich verachte Sie nicht«, erwiderte sie. Weil sie nicht länger so vor ihm stehen konnte, machte sie einen Schritt, vorbei an ein paar schneebedeckten Sträuchern. Er ging neben ihr, und sie spürte, dass er zu ihr hinsah. Sie ließ die Finger über die eiskalten Spitzen der Sträucher wandern. »Ich verachte Sie nicht, Friedrich.«

Sie hörte ihn stockend einatmen. »Und was empfinden Sie dann?«

Cida ging weiter, langsam und ohne in seine Richtung zu blicken. Eine verwilderte Hecke versperrte Ihnen jetzt die Sicht auf das Herrenhaus, und kurz war ihr, als wären sie allein in diesem verwunschenen, in Eis und Schnee gefangenen Garten.

Sie berührte einen Rosenbusch. Dornen stachen ihr durch den Handschuh in den Finger, und sie zog die Hand zurück. Sie wusste, dass sie einen Fehler machte.

Die Worte der Gräfin von Rosenthal waren nur die Manifestation dessen, was sie schon längst wusste. Für sie und Friedrich von Neuenstedt würde es keine märchenhafte Liebesgeschichte geben, keinen Sieg über Traditionen und Vorurteile, keine bittersüße Sehnsucht und kein glückliches Ende. Alles, was sie tun würden, war, einander zu zerstören.

*Und was empfinden Sie dann, Cida?*

Sie kannte die Antwort auf diese Frage. Doch die Worte blieben ihr im Hals stecken. Statt ihm zu antworten, wirbelte sie zu ihm herum. Sie sahen einander an, und in diesem winzigen Moment nahm sie so viel wahr: den überrumpelten Ausdruck in seinen Augen, die Schneeflocke, die sich in seinen Wimpern verfangen hatte. Seine Wangen, gerötet von Kälte und Verlegenheit, und ein Hauch von Licht in seinem Haar. Dann stellte sie sich auf die Zehenspitzen und küsste ihn.

Er zögerte, eine Sekunde, viel zu lange. Dann küsste er sie zurück, mit einer Leidenschaft und einer Zärtlichkeit, die ihr ein Seufzen entlockte. Es war Irrsinn, und das machte es noch süßer. Ihre Berührungen schienen einander das Versprechen geben zu wollen, dass sie alles tun würden, um einander nicht zu verlieren – bis zu dem Tag, an dem es unweigerlich geschehen würde.

Als sie sich voneinander lösten, strich er ihr eine verirrte Locke aus der Stirn und betrachtete sie, staunend, als sähe er sie zum ersten Mal. Sie wusste, dass es sich für sie so anfühlte – als sähe *sie ihn* zum ersten Mal. Ohne versteckte Motive, ohne Stand und Traditionen. Sie fürchtete sich vor dem Moment, in dem sie in die Wirklichkeit würde zurückkehren müssen, in der er unerreichbar für sie war.

»Sagen Sie mir, dass Sie Ihre Verlobung lösen werden«, verlangte er.

Sie atmete aus. »Es gab nie eine Verlobung. Yaris und ich … ich habe viel zu lange gebraucht, um mir einzugestehen, dass es vorbei ist.«

»Und sagen Sie mir, dass Sie zu mir gehören werden«, flüsterte er. Seine Hände lagen an ihrer Taille, und sein Atem streifte ihre Stirn, als er sprach.

»Für jetzt«, gab sie zurück.

»Das reicht nicht.«

Sie hob eine Hand, um seine Stirn zu berühren. Er schloss die Augen, als wollte er diesem kurzen Moment nachspüren. »Ich weiß nicht, was ich hier tue«, gestand sie.

Er lächelte und öffnete die Augen. »Begleiten Sie mich in meine Welt, Cida.«

Sie holte tief Luft und nahm seinen dargebotenen Arm. Seite an Seite schritten sie durch den verschneiten Garten, und die Treppe hinauf, die zur Terrassentür des Herrenhauses führte.

»Keine Angst«, raunte Friedrich ihr zu. »Ich bleibe an Ihrer Seite.«

»Ich habe keine Angst«, gab Cida zurück, wobei sie sich noch etwas fester an seinen Arm klammerte. »Und ich brauche keinen Beschützer.«

Sie tauschten einen kurzen Blick. Ein verschmitztes kleines Lächeln umspielte seine Mundwinkel, spöttisch und liebevoll zugleich. Und plötzlich konnte Cida ihr Lachen nicht länger zurückhalten.

Die Blicke kribbelten auf ihrer Haut, als sie am Arm des Grafen in den Bankettsaal von Gut Rosenthal trat. Der Kronleuchter ließ seinen Schein über die Szenerie fließen, und trotz ihres klopfenden Herzens nahm Cida sich die Zeit, um diesen verschwenderischen, prächtigen, ebenso wunderschönen wie abstoßenden Anblick in sich aufzunehmen – nachtblaue Seide, burgunderroter Chiffon, Fächer aus Gänsefedern, mit Champagner gefüllte Kristallgläser und polierte Uniformknöpfe.

Die Tanzenden hatten innegehalten, um sie zu betrachten – manche mit ablehnender Miene, andere fasziniert. Geflüster hob an und schwoll innerhalb weniger Sekunden zu etwas wie Bienengesumm an.

Friedrich schien sie dichter an sich ziehen zu wollen – als wollte er sie daran hindern, aus dem Saal und seiner funkelnden Welt zu fliehen. Oder als wollte er jedermann im Ballsaal deutlich machen, dass Cida an diesem Abend zu ihm gehörte.

Ihr Blick traf den der Gräfin von Neuenstedt, und auf einmal konnte sie wieder ihre Worte hören. *Sie werden Sie für die Mätresse meines Sohnes halten.*

Cida hob kaum merklich das Kinn, und die Gräfin zog einen Mundwinkel hoch, als wollte sie sagen: *Ich habe Sie gewarnt, mein Kind. Alles, was von jetzt an passiert, haben Sie selbst zu verantworten.*

An der Seite der Gräfin von Neuenstedt stand ihr zweiter Sohn, Hagen von Neuenstedt, mit einem Ausdruck von Erheiterung im Gesicht. Sein Anblick ließ Cida erschaudern. Er sah aus wie eine feistere Version von Friedrich, nicht weniger gut aussehend, aber dafür derb. Friedrich war der Ätherische von beiden, mit feineren Zügen und schlanker Statur.

Sie warf ihm einen Blick zu, und er fing ihn auf. Ein winziges Lächeln hatte sich in seinen Mundwinkeln versteckt, und auf einmal erinnerte sich Cida an die Nacht, in der er sie auf das Gut des Ehepaars von Kronbach gebracht hatte. Wie ansteckend er gelacht hatte, als er den Hütehund des Grafenpaares begrüßt hatte, wie jung er gewirkt hatte mit seinen geröteten Wangen und den leuchtenden Augen. Jetzt zierte die gleiche Röte seine Wangen, und wie schon an diesem Abend geschah etwas in ihr, öffnete sich etwas, veränderte sich unwiederbringlich. Als würde sich ein Rankendickicht allmählich lichten.

»Ah, die Fremde aus Brasilien«, bemerkte Hagen von Neuenstedt, der sich unversehens zu ihnen gesellt hatte. »Du kennst wirklich keine Scham, nicht wahr, großer Bruder?«

Friedrich verzog keine Miene. »Mir scheint, du bist betrunken«, sagte er in die gespannte Stille hinein, die sich auf die Worte des jüngeren von Neuenstedt hin im Saal ausgebreitet hatte. Selbst das Orchester hatte zu spielen aufgehört.

»Erinnerst du dich noch an das letzte Silvester?«, fuhr Friedrich fort. »Du hattest einen gewaltigen Brummschädel und hast geschworen, nie wieder einen Tropfen Alkohol anzurühren. Du schwörst Meineide, wie mir scheint.« Seine Worte klangen freundlich, doch Cida hörte die Warnung darin.

Verhaltenes Gelächter antwortete Friedrichs Worten, und schon im nächsten Moment war es, als wäre ein Bann gebrochen. Obwohl Cida noch immer verstohlene Blicke folgten und obwohl sie auch das Geflüster der hochwohlgeborenen Gäste der Neuenstedts noch hörte, kehrte wieder eine ausgelassene Stimmung im Saal ein.

Cida begrüßte die von Kronbachs, die an diesem Abend ebenfalls unter den Gästen waren, und auch einige andere der Anwesenden stellten sich vor. Obwohl sie sich eher die Zunge abgebissen hätte, als zuzugeben, dass Friedrichs Nähe sie beruhigte, war sie dankbar, dass er wie angekündigt nicht von ihrer Seite wich.

»Haben Sie etwa die weite Reise von Brasilien unternommen, um sich einen deutschen Grafen zu angeln?«, fragte eine beschwipste alte Dame so laut, dass jedermann sie hören musste.

Für eine Sekunde war Cida wie erstarrt. Sie begegnete dem

Blick der Gräfin von Neuenstedt, die ihr Champagnerglas kaum merklich hob – als wollte sie ihr zuprosten.

»Mich kümmert nicht, ob ein Mann ein Graf ist«, antwortete sie schließlich. *Mir wäre lieber, er wäre keiner*, fügte sie stumm hinzu. *Ich weiß nicht, wie das enden soll.*

»Und was soll er dann sein?«, beharrte die alte Dame. »Arm und edel?«

»Ein Skandal ist das«, schimpfte eine andere Frau leise und doch so deutlich, dass jedermann sie hören konnte.

Erst, als das Orchester eine schwungvolle Quadrille anstimmte, löste sich die Spannung. Friedrich forderte Cida zum Tanz auf, und obwohl sie sich immer noch fragte, was um Himmels willen sie hier tat, folgte sie ihm.

Die Quadrille war ein fröhlicher Tanz, bei dem sich je vier Paare umeinander drehten, die Partner tauschten und wieder zusammenfanden. Und unversehens fand sich Cida im Arm eines älteren Herrn wieder. Er trug einen dicken Schnurrbart, hatte strähniges graues Haar, das sich schon lichtete, und das aufgedunsene Gesicht eines Trinkers.

»Sie sind wahrlich eine außergewöhnliche Schönheit«, sagte er, während er Cida führte. »Ich kann den jungen von Neuenstedt schon verstehen. Nur frage ich mich, ob ihm bewusst ist, dass er einen Skandal auslöst, indem er so tut, als wären Sie ein Fräulein der feinen Gesellschaft.«

Sie war froh, als der unangenehme Mann sich wieder seiner Partnerin zuwandte und sie selbst sich Friedrich gegenübersah, der sie anschaute, als wären sie ganz allein im Raum. Während ihr die Worte des alten Trinkers im Kopf umhergingen, betrachtete sie den Grafen von Neuenstedt.

Ja, dachte sie. Es ist ihm bewusst, dass wir einen Skandal auslösen, über den die feine Gesellschaft wohl noch in vielen Jahren reden wird. Es macht ihm sogar Spaß; ich sehe es an dem Funkeln in seinen Augen. Sie schluckte. Heute machte er sich einen Spaß daraus, seine Mutter zu ärgern, seinen Bruder in seine Schranken zu verweisen und den verknöcherten Adligen in diesem Raum zu zeigen, dass er viel weniger mit ihnen gemein hatte, als sie bis zu diesem Tage angenommen hatten. Aber wie lange, bis ihm klar wurde, dass er seinen Ruf an diesem Abend vielleicht auf ewig ruinierte? Eines schönen Tages, so überlegte sie, würde womöglich auch ein von Neuenstedt auf das Wohlwollen seiner Nachbarn angewiesen sein.

Wieder wechselten sie die Partner, und einmal mehr fand sich Cida diesem unangenehmen Herrn gegenüber, der sich zuvor über ihr Aussehen ausgelassen hatte.

»Brasilien«, sagte er dieses Mal leise. »Ich würde darauf wetten, dass Sie aus Brasilien stammen, Fräulein. Ich habe ein Auge für so etwas.«

Sie erwiderte nichts darauf, aber das schien ihn nicht abzuschrecken. »Es ist viele Jahre her«, fuhr er fort. »Vor Ihrer Geburt, schätze ich. Da verschwand der Graf ebendieses Hauses, irgendwo in Amerika. In Brasilien. Sein Name war Andreas von Eichberg, wie Sie vielleicht wissen. Ist das nicht eigenartig?«

Cida wusste nicht, was sie darauf erwidern sollte, also schwieg sie weiterhin. In Wahrheit jedoch war ihr übel geworden. Andreas von Eichberg war seit mehr als zwei Jahrzehnten tot und galt ebenso lange als verschollen. Und aus irgendeinem Grund schien dieser Mann genau zu wissen, dass sie mit dieser Geschichte verbunden war.

»Verzeihen Sie«, meinte er, als der Tanz endete, und küsste Cida galant die Hand. »Meine Manieren lassen heute Abend wohl zu wünschen übrig. Wenn ich mich vorstellen darf: Graf Heinrich von Answeiler. Es ist mir ein Vergnügen, Fräulein Engel.«

Cida irrte durch die dunklen Flure des Herrenhauses, und als zöge sie ein unsichtbarer Faden dorthin, fand sie sich vor dem

Porträt des Mörders ihrer Mutter wieder. Sie hatte einen Kloß im Hals, der ihr das Atmen schwer machte.

Noch immer klang die Stimme des Grafen von Answeiler in ihren Ohren nach. »Glauben Sie nicht, Sie könnten jemanden täuschen«, hatte er ihr zugeraunt, bevor er zu Friedrich hinübergegangen war und ihn überschwänglich begrüßt hatte. »Ich weiß, warum Sie hier in Pommern sind und wonach Sie suchen. Wenn Sie den Krüppel aufgespürt haben, bestellen Sie ihm meine Grüße. Irgendwann werde auch ich herausfinden, in welches Loch die Ratte sich verkrochen hat.«

Offensichtlich glaubte der alte Graf von Answeiler, dass sie Franz Breskows wegen nach Deutschland gereist war.

Sie hatte seinen stechenden Blick erwidert, darum bemüht, sich nicht anmerken zu lassen, dass es ihr kalt den Rücken hinablief. Wenn sie Onkel Franz in seiner Hütte im Wald besuchte, würde sie von nun an achtgeben müssen, dass niemand ihr folgte.

Danach hatte sie wie erstarrt beobachtet, wie der Graf von Answeiler nach seiner Drohung mit Friedrich gescherzt hatte. Und dann, bevor jemand sie hätte zurückhalten können, war sie geflohen.

Mit geballten Fäusten blickte sie hinauf zu Andreas von Eichberg, der hintergründig auf sie herablächelte.

Ob die Gräfin von Neuenstedt ebenfalls ahnte, wie eng verwoben Cidas Schicksal mit der Familie von Eichberg und somit auch ihrer eigenen war?

Ihre Hände begannen zu zittern. Die Klänge des Festes, die ausgelassenen Stimmen und der alte Graf, der von seinem Porträt auf sie herabblickte – alles wurde ihr plötzlich zu viel. Erst der Klang von Schritten auf der Treppe und von angetrunkenen Männerstimmen riss sie aus ihrer Starre. Sie lief weiter den Gang hinab, während sie ihr wankelmütiges Herz verfluchte.

Sie war die Tochter einer Sklavin, die von einem deutschen

Grafen ermordet worden war, einem Mann, dem sie nichts angetan hatte. Sie war das Ergebnis einer Vergewaltigung, das Produkt einer Weltordnung, die sie zu hassen geschworen hatte, in Fleisch und Blut. Wie also konnte sie sich zu einem Mann hingezogen fühlen, in dessen Adern das Blut des Mörders ihrer Mutter floss? Wie konnte sie ihn küssen, obwohl er doch für alles stand, was sie des Nachts vom Schlafen abhielt? Es fühlte sich an, als verleugnete sie ihre Herkunft – als verriete sie die Mutter, die sie nie kennengelernt hatte, indem sie sich in einen Mann verliebte, in dessen Haus noch das Porträt ihres Mörders hing.

Sie riss eine Tür auf, als sie wieder Schritte zu hören glaubte, und trat in einen dunklen Raum. Ganz leise schloss sie die Tür hinter sich, lehnte sich im Dunkeln dagegen und rang nach Luft, während draußen die Schneeflocken am Fenster vorbeitanzten. Das hintergründige Lächeln von Andreas von Eichberg schien sie bis hierher zu verfolgen, und als sie ein weiteres Mal aus dem Fenster sah und ihrem eigenen Blick begegnete, hätte sie sich die Augen am liebsten ausgekratzt.

Auf einmal wollte sie zurück nach Hause. Vergessen, dass es diese Suche je gegeben hatte. Sie wollte sogar Helena vergessen. »Ein seltsames Kind«, hatte Bettina Stude gesagt. Was, wenn sie war wie ihr Vater?

Jetzt flossen ihr die Tränen über die Wangen. Wütend wischte sie sie weg, ein ums andere Mal, aber sie wollten nicht zu fließen aufhören.

Als sich der Schleier vor ihren Augen endlich hob, blickte sie sich im Zimmer um. Es war dunkel, doch von draußen schien ein wenig Licht herein. Der Mond hing vor dem Fenster wie ein einsames Auge, und sein Schein floss über weiße Laken, die über die Möbel im Raum gebreitet waren. Cida glaubte, einen Beistelltisch zu erkennen, einen Sessel und ein Sofa, ein Klavier unter dem hohen Fenster und eine Standuhr an der Wand, die nicht mehr schlug. Als sie die Finger hauchzart über eines der weißen Leinentücher wandern ließ, blieb eine dicke Staubschicht an ihnen kleben.

Sie wanderte durch den Raum und hob die Tücher an. Die Möbel waren schwer, aus dunklem Eichenholz, mit Schnörkelungen und überzogen mit teurem Brokatstoff. Der ganze Raum wirkte, als wäre seit vielen Jahren niemand mehr hier gewesen.

Cida versuchte, sich zu erinnern, welcher Weg sie durch die düsteren Flure des Herrenhauses geführt hatte, bevor sie ausgerechnet vor dieser Tür angelangt war. Das Chaos in ihr hatte ihre Schritte geleitet, und so wusste sie nicht, wie oft sie abgebogen war, welche Bilder die Wände geschmückt und wie viele Treppen sie genommen hatte. Doch der Wind schien hier ganz besonders laut durch das Gebälk zu pfeifen, und so kam sie zu dem Schluss, dass sie sich im obersten Geschoss des Hauses befand.

Sie schlang die Arme um sich und fröstelte, denn hier oben war es eiskalt. Am Fenster blühten die Eisblumen. Sie konnte noch nicht zurückkehren zum Fest – sie wollte niemandem begegnen. Schon gar nicht dem Hausherrn, dessen Nähe sie an allem zweifeln ließ, was sie je über die Welt und ihren eigenen Platz darin zu wissen geglaubt hatte. Also zog sie ein Tuch von einem der Sessel und setzte sich hinein. Das Leder war abgewetzt, als hätten hier vor ihr schon viele Personen gesessen – Personen, die jetzt vermutlich tot waren und auf dem Familienfriedhof der Familie von Eichberg begraben lagen.

Das Polster war weich von den Jahrzehnten, vielleicht gar Jahrhunderten, die dieser Sessel schon in diesem Haus verbracht hatte, und deshalb bemerkte sie die harte Ausbuchtung am Rand sofort. Sie runzelte die Stirn und klopfte das Polster ab, so lange, bis sie eine Stelle fand, in der sie unter den Bezug greifen konnte. Heraus zog sie ein Buch.

Verblüfft betrachtete Cida ihren Fund, drehte ihn mal

hierhin und mal dorthin. Was hatte denn ein Buch in einem Sessel verloren? Sie schlug es auf, und den Seiten entstieg der Geruch von Leder, von Moder und dem Vergehen der Zeit.

Im Zwielicht brauchte sie einige Sekunden, ehe sie die Worte lesen konnte, die die erste Seite dem Leser verkündete. *Hausgesetz des ehrenwerten Hauses Eichberg im Jahre 1789. Graf Sigmund von Eichberg.*

Cida blätterte weiter, doch im Dämmerlicht war es ihr unmöglich, die winzigen Buchstaben zu entziffern.

Sie blätterte weiter, fand aber nichts weiter als kleine schwarze Lettern auf vergilbten Seiten. Was hatte dieses Buch nur in einem alten Lesesessel verloren? Jemand musste es dort deponiert haben. Aber warum? Irgendwo in der Mitte des Buches stockte sie in der Bewegung. Fehlte da etwa eine Seite?

Sie hielt es ins Licht. Ja, ganz bestimmt. Cida konnte sehen, wo die fehlende Seite herausgerissen worden war. In der Hoffnung, sie zu finden, blätterte sie noch einmal das Buch durch, Seite für Seite, bis sie ganz sicher war, dass dort kein Stück herausgerissenes Papier verborgen war. Dann nahm sie sich den Sessel vor, doch auch hier förderte sie nichts zutage als Staub. Was war wohl mit der fehlenden Seite geschehen? Wer hatte sie herausgerissen und aus welchem Grund?

Irgendwann erhob sie sich und blickte sich im Zimmer um, auf der Suche nach einer Kerze und Streichhölzern. Sie tastete sogar im hohen Wandschrank herum, von dem sie zuvor unter großem Staubaufwirbeln das Laken zog. Aber wie erwartet fand sie nichts, und draußen schob sich eine Wolke vor den Mond. Sie zitterte außerdem am ganzen Körper, und vor ihrem Mund bildeten sich weiße Atemwölkchen. Ihr war zu kalt, um noch lange hierzubleiben, und sie hatte kein Licht, um das geheimnisvolle Buch studieren zu können. Heute Nacht würde sie hier wohl nicht weiterkommen.

Gerade als sie überlegte, wie sie ihren Fund am besten in ihr Zimmer schmuggeln sollte, erklangen Schritte auf dem

Flur und eine Stimme, die ihren Namen rief. »Cida? Sind Sie hier oben?«

Ihr Herz machte einen Satz. Ihr Blick flog durch das Zimmer, zu den heruntergerissenen weißen Laken, die jetzt wie Pfützen am Boden lagen, und schließlich zurück zu dem Sessel, in dem sie das Hausgesetz der Familie von Eichberg gefunden hatte. Als der Klang seiner Stimme ein weiteres Mal die Stille durchbrach, durchfuhr sie ein anderer Gedanke wie ein Schwall eisigen Wassers. Ein solches Dokument fand nicht durch Zauberhand an einen so unwahrscheinlichen Ort wie das Polster eines uralten Lesesessels. Jemand hatte es dort verborgen, nicht aus reinem Vergnügen, sondern weil diese Person nicht wollte, dass das Hausgesetz der von Eichbergs gefunden wurde – aus welchem Grund auch immer.

Ein drittes Mal rief der Hausherr ihren Namen, und auf einmal war es ihr, als schwebte der Nachhall der Worte, die Franz Breskow ihr bei ihrer ersten Begegnung gesagt hatte, durch den Raum. Es waren *Männer wie Friedrich von Neuenstedt, die mir damals meine Ausbildung zur Hölle gemacht haben. Männer der alten Welt. Seine guten Gründe sind vielleicht nicht unsere guten Gründe.* Mit diesem Gedanken im Kopf verbarg sie das Buch im Sessel, dort, wo sie es gefunden hatte, und breitete die Laken wieder über die Möbel.

Die Tür öffnete sich, und erst sah sie nur seinen Schatten. Dann lichtete sich der Himmel wieder, die Wolken zogen davon, und der Mond schickte ein weiteres Mal sein Licht durch das Fenster. Es fiel auf das besorgte Gesicht des Grafen von Neuenstedt.

»Was tun Sie hier, Cida?« Er blickte sich mit gerunzelter Stirn im Raum um, und kurz war es ihr, als registrierte er den Staub, der in der Luft tanzte, und das Laken, das notdürftig über den hohen Wandschrank gebreitet worden war – Cida war zu klein, um es wieder ganz über das klobige Möbelstück zu werfen. Doch der Moment war so schnell vergangen, wie er gekommen war, und stattdessen musterte Friedrich nun sie eingehend, als suchte er nach Spuren einer Verletzung. »Was ist mit Ihnen? Sie sind so plötzlich verschwunden. Hat Ihnen jemand etwas angetan?« Er sah aus, als wäre er bereit, jeden, der sie respektlos behandelte, zu fordern – und ihr Misstrauen machte einem Gefühl der Wärme Platz. Ich fühle mich sicher in seiner Nähe, dachte sie erstaunt.

»Ich …« Cida spielte ihm nichts vor. Sie wusste wirklich nicht, was sie sagen sollte. Sie spürte noch, wo die Tränen auf ihren Wangen getrocknet waren, und die Art und Weise, wie er sie nun betrachtete, verriet ihr, dass er die Spuren ihres Zusammenbruchs sehen konnte. »Ich habe mich dort so fremd gefühlt«, bekannte sie schließlich.

Seine Miene wurde weich. »Sie haben Heimweh, nicht wahr?«

Cida brachte nur ein Nicken zustande und ließ zu, dass er zu ihr trat und ihre Hände in die seinen nahm. »Wenn Sie nun doch zurück nach Brasilien gehen wollen, dann sagen Sie es nur«, fügte er nach einigen Sekunden der Stille hinzu. Seine Stimme klang belegt. »Ich werde mich darum kümmern, dass Sie nach Hause kommen.«

Sie blickte fragend zu ihm auf. »Wie würde es Ihnen gehen, wenn ich zurück nach Brasilien reisen würde?«

Ein charmantes Lächeln, das nicht verbergen konnte, dass ihm der Gedanke nicht gefiel. »Es wäre schwer, Sie zu vergessen. Es wäre alles wieder … wie vorher.«

»Wie vorher?«

Er blickte hinaus. »Ja, wie vorher. Wie damals, als ich nach Gut Rosenthal kam und mich fragte, warum es sich nicht so anfühlte wie an dem Weihnachten, an dem ich hier reiten lernte. Es war nur ein alter Kasten, weiter nichts.«

»Und Marienstein? Der Ort, an dem Sie aufgewachsen sind?«

Ein Grinsen huschte über sein Gesicht. »Auch nur ein alter Kasten.«

»Ich sehne mich nach meinen Zuhause«, gab sie zu. Ihr stiegen wieder die Tränen in die Augen, und entsetzt über ihre eigene Schwäche wandte sie sich vom ihm ab und blickte zum Fenster hinaus. »Ich sehne mich nach meinen Eltern und meiner schönen Luana, und nach Yaris, obwohl ich ihn so verletzt habe. Und ich …« Sie rang nach Luft und brauchte einen Moment, um weiterzusprechen. Ihre Stimme klang erstickt. »Ich sehne mich nach Ayana und nach Großvater Tayo, doch ich weiß, er kommt nie wieder zurück …« Sie brach ab und atmete tief ein, um die Tränen zurückzudrängen. *Hör auf zu weinen.* Sie befahl es sich selbst, aber es nutzte nichts.

Friedrich berührte sie an der Schulter. »Sie müssen Ihre Tränen nicht vor mir verbergen, Cida. Lassen Sie mich für Sie da sein.«

Sie wischte sich über die Augen und betrachtete ihrer beider Spiegelung im Fenster. Sie sahen einander inmitten der wirbelnden Schneeflocken und der Nacht und dem Mondlicht, und auf einmal hörte Cida sich selbst sprechen. Sie dachte an das Buch, das verborgen im Sessel lag, und sie dachte an die Trauer ihrer Mutter und an Helena, die irgendwo dort draußen war und vielleicht auch den Mond betrachtete, während sie erzählte.

Als sie Friedrich die Geschichte ihrer Herkunft anvertraute, glaubte sie, zum ersten Mal das Gesicht ihrer leiblichen Mutter vor sich zu sehen. Nicht nur einen Schemen, nicht nur eine Vorstellung, sondern eine Erinnerung, die tief in ihr immer existiert hatte.

Als sie geendet hatte, war es eine Zeit lang still. »Deshalb also wollen Sie Helena von Eichberg so unbedingt finden«, bemerkte Friedrich schließlich. »Ich habe mich die ganze Zeit gefragt, warum … Sie und Helena, Sie sind zwei Seiten derselben Münze. Und wenn Sie sie finden, dann … wird das auch Sie in gewisser Weise von Ihrem Verlust heilen. Und Sie werden sich nicht mehr so schuldig fühlen, weil die Engels Sie aufgezogen haben.«

Cida fuhr zu ihm herum. »Und Sie? Warum sind Sie auf der Suche nach Helena von Eichberg? Was haben Sie davon, Sie zu finden? Und warum weiß Ihre Familie nichts?« Sie zögerte, als ein Schatten über sein Gesicht huschte. »Sie wissen doch nichts davon, nicht wahr? Ihre Mutter und Ihr Bruder. Sie haben keine Ahnung, dass Helena am Leben sein könnte, und Sie haben Ihnen nie gesagt, wer ich bin und woher Sie mich kennen.«

Er zögerte. Dann deutete er ein Kopfschütteln an. »Nein, Sie haben recht. Sie wissen es nicht. Ich habe weder meiner Mutter noch meinem Bruder von meiner Suche erzählt. Meine Reise nach Amerika haben sie wohl als eine meiner üblichen exzentrischen Ideen abgetan – und im Grunde war es ja auch so.«

»Ich frage mich trotzdem, warum Sie diese weite Reise gemacht haben«, flüsterte sie. »Ich versuche, Sie zu verstehen … aber noch fällt es mir schwer. Bitte, helfen Sie mir.«

Ein zärtlicher Ausdruck trat in seine Augen. »Ich weiß, was Sie denken. Sie glauben, dass ich nicht Helenas wegen nach Brasilien gekommen bin, sondern um das Verschwinden von Andreas von Eichberg aufzuklären und Ihre Mutter für seinen Tod verantwortlich zu machen. Aber ich versichere Ihnen, darum ging es mir nie.« Ein kleines Lächeln wanderte über sein Gesicht. »Ich bin kein Dummkopf, Cida. Ich habe längst erraten, warum Ihre Eltern mir so feindselig begegnet sind – ich weiß, dass der Graf von Eichberg tot ist, und ich bin mir ziemlich sicher, dass seine Überreste nicht weit entfernt vom Hof Ihrer Eltern liegen.«

Sie schluckte, sagte jedoch nichts. Stattdessen wartete sie mit klopfendem Herzen darauf, dass er fortfuhr. Er ließ sich

Zeit, und sie betrachtete ihn – seine feinen Gesichtszüge, sein Haar, das im Zwielicht fast schon weiß wirkte, und den warmen Ausdruck in seinen Augen.

»Die Wahrheit ist, dass ich aus vollkommen egoistischen Gründen nach Brasilien kam«, gab er leise zu. »Ich war immer auf der Suche … ohne je zu wissen, was ich suchte. Ich fange gerade an, es besser zu verstehen.« Er blickte an ihr vorbei auf das Land, das sich unter dem nächtlichen Himmel erstreckte. »Ich habe Gut Rosenthal vom ersten Tag an geliebt. Seit ich als Kind hier reiten lernte. Und dann gehörte es auf einmal mir. Ich hatte alles, was ich je gewollt hatte, aber … es war nicht wie in meiner Erinnerung. Es war nur … ein alter Kasten.«

Er stieß ein verlegenes Lachen aus. »In den Monaten nach meinem ersten Weihnachtsfest auf Gut Rosenthal habe ich mir immer wieder vorgestellt, Charlotte von Eichberg oder jemand wie sie würde eines Tages vor der Tür des Anwesens, in dem ich aufwuchs, stehen und verkünden, dass alles ein großes Missverständnis gewesen sei und ich in Wahrheit ihr Sohn sei. Und dass sie jetzt gekommen sei, um mich mitzunehmen. Kindischer Unsinn, ich weiß. Ich habe jahrelang versucht, diese sentimentalen Gefühle beiseitezuschieben, und die meiste Zeit über ist es mir gelungen. Aber nach Mamsell Briegers Tod konnte ich nicht anders, als mich auf die Suche zu machen. Ich wollte herausfinden, was aus Ihrer Mutter geworden ist, Cida, und ich wollte … ich will ihre Tochter für sie finden. Und … ich glaube, ich wollte auch sehen, ob es auf dieser Welt noch mehr für mich gibt als Erinnerungen an ein Weihnachtsfest vor mehr als zwanzig Jahren.« Er blickte auf seine Füße, bevor er sie wieder ansah.

Cida berührte seinen Arm. »Friedrich, Sie schulden meiner Mutter nichts dafür, dass sie Sie an diesem Weihnachtsfest behandelt hat wie der kleine Junge, der Sie waren. Bitte glauben Sie mir, dass Sie nichts wiedergutmachen müssen.«

»Und Sie?«, gab er zurück. »Auch Sie sollten sich nicht schuldig dafür fühlen, dass Ihre Mutter Sie als ihr eigenes Kind annahm und Sie großzog. Es ist nicht Ihre Pflicht, Helena zu finden.«

Sie schloss kurz die Augen und lauschte dem Nachhall seiner Worte. Das Hausgesetz kam ihr in den Sinn, und sie wollte ihn danach fragen. Aber alles, was sie herausbrachte, war: »Ich wollte Sie überhaupt nicht gern haben, Friedrich.«

Er hob ihr Kinn an, und sie öffnete die Augen. »Ich weiß«, sagte er sanft. »Und ich verspreche Ihnen, Sie dürfen sich trotzdem weiter nach Herzenslust über mich ärgern.«

Das entlockte ihr ein Lachen. »Das werde ich, verlassen Sie sich darauf. Schließlich sind Sie immer noch dieser ungehobelte Kerl aus Deutschland, den ich irgendwie nicht mehr loswerde.«

Er lachte jetzt auch. »Aber Fräulein Engel, Sie sind es doch, die mir nachgelaufen ist! Einen Ozean haben Sie überquert, weil Sie die Sehnsucht nach mir nicht länger ertragen konnten!«

Cida warf ihm einen strafenden Blick zu, doch ihre Mundwinkel begannen schon, verdächtig zu zucken. Sie fuhr sich mit der Hand über das Gesicht, um ihr Lächeln zu verbergen, und das Funkeln in seinen Augen wurde noch eindringlicher.

»Ich weiß, Sie gehen am liebsten allein voran«, fuhr Friedrich fort, auf einmal ernst geworden. »Doch wenn Sie Hilfe bei Ihrer Suche brauchen … Sie können jederzeit auf mich zählen.«

Sie blickte mit angehaltenem Atem zu ihm auf. Es dauerte lange, ehe sie sich schließlich einen Ruck gab. »Es gibt einige Dinge, die … ich herausgefunden habe. Ich … wir müssen noch einmal die Waisenhäuser durchkämmen, wenn …« Warum hatte sie plötzlich solche Mühe, Worte zu finden? Das kannte sie nicht von sich, und sein weicher Blick gab ihr zu verstehen, dass er ihre Verlegenheit bemerkte. *Bei mir können*

*Sie sich fallen lassen*, schien er ihr sagen zu wollen. *Mir können Sie vertrauen.* Und sie glaubte es. »Wenn Sie mir noch helfen wollen, würde ich mich darüber freuen«, sagte sie schließlich und beendete damit ihre wirre Erklärung.

»Es ist mir eine Freude«, erwiderte er leise und beugte sich noch ein Stück weiter zu ihr hin. Sein Blick glitt über ihr Gesicht, bis hin zu ihren Lippen und wieder zurück zu ihren Augen, doch er küsste sie nicht.

»Erlauben Sie mir, offiziell um Sie zu werben«, sagte er.

Eine Gänsehaut wanderte über ihren Körper, und obwohl es Hunderte von Fragen gab, die sie ihm stellen musste, brachte sie keinen Ton heraus. Vielleicht bin ich doch eine naive Träumerin, dachte sie und legte die Hände in seine.

Um Mitternacht standen die Festgesellschaft und alle Bediensteten draußen vor dem Haus, und die Herren schossen mit ihren Gewehren in die Luft. Cida schlang die Arme um sich, als ein kalter Windhauch sie streifte, und sah über die Schulter zurück zum Herrenhaus. Es strahlte in der Dunkelheit wie ein Licht in tiefster Nacht. Sie blickte auf seine hell erleuchteten Fenster und seine weiße, hier und da von Efeu bewachsene Fassade, und auf die Ausläufer des verwilderten Gartens, in dem sie Friedrich von Neuenstedt geküsst hatte, während das Knallen von Schüssen und lauter Jubel durch die Nacht hallten.

Sie sah hinüber zu den von Kronbachs, Friedrichs Freunden, und Edith von Kronbach, die polnische Adlige, die aus ihrer Heimat geflohen war, um mit dem Mann zusammen sein zu können, den sie liebte, lächelte ihr zu. Cida schaute zu den Bediensteten und lächelte, weil die Küchenmädchen und die Knechte Arm in Arm dastanden und plötzlich anfingen, einander anzustoßen, sodass sie wie ein schwankendes, laut lachendes Schiff auf hoher See hin und her schaukelten. Und noch mehr musste sie lächeln, als ihr Blick auf Mamsell Huppert und den mürrischen Herrn Walters fiel, die einträchtig beieinanderstanden und hinauf in den mitternächtlichen Himmel über Rosenthal blickten. In diesem Moment dachte sie zum ersten Mal daran, wie es wäre, zu bleiben.

# Kapitel 13

Die Wochen zogen dahin, der Januar kam und ging, und es wurde Februar, ohne dass sich eine Spur von Helena von Eichberg fand. Cida kehrte noch einmal nach Pyritz zurück, dieses Mal in Begleitung des Grafen von Neuenstedt, und sie fragten in den umliegenden Dörfern nach einem heimatlosen kleinen Mädchen. Doch niemandem war ein solches Kind aufgefallen, und so ritten sie irgendwann unverrichteter Dinge davon. Die Leute erinnerten sich nicht an heimatlose Gestalten, die durch das Land zogen, denn sie hatten genug eigene Probleme. Der Winter in Pommern war hart, und es waren viele unterwegs, die von Dorf zu Dorf zogen, um nach Arbeit zu suchen. Meist waren es Tagelöhner, aber hin und wieder sah Cida auch Kinder, die zu niemandem zu gehören schienen. Sie befragten unzählige Menschen, doch keiner von ihnen erinnerte sich an ein kleines Mädchen, das vor vielen Jahren in dieser Gegend umhergeirrt sein mochte.

»Gibt so viele verlorene Gestalten«, sagte eine Wäscherin mit verhärmtem Gesicht, als Cida und Friedrich sie bei der Arbeit störten, um ihre Fragen zu stellen. »So viele verlorene Kinder. Mag sein, dass die Kleine damals hier in der Gegend war. Mag sein, dass sie gestorben ist und ihre Gebeine heute noch irgendwo am Wegesrand liegen. Machen Sie sich nicht zu viel Hoffnung, heute noch eine Spur von ihr zu finden.«

Mit jedem Tag, der verging, ohne dass sie einen Hinweis auf das Schicksal der kleinen Karoline fanden, wuchs in Cida die Befürchtung, dass sie sich mit dem Gedanken würde abfinden müssen, dass Helena von Eichberg tot sein könnte. Die alte Wäscherin hatte recht. Ein Kind, das ganz allein und ohne Heimat durch das winterliche Land zog, hätte sicher nicht lange überlebt.

Nachdem ihre Suche in Pyritz und Umgebung ohne Ergebnis blieb, setzten sie sich in der Bibliothek von Gut Rosenthal zusammen und legten eine Kartei mit allen Waisenhäusern der Region an, denen Friedrich in den darauffolgenden Tagen telegrafierte und die er nach einem Mädchen namens Karoline fragte. »Ich habe die Waisenhäuser hier in Hinterpommern zwar schon abgesucht«, sagte er zu Cida. »Aber ich habe ja nur nach einem Mädchen namens Helena gefragt. Der neue Name könnte ein Wendepunkt sein. Außerdem sollten wir unsere Suche ausweiten – wir sollten auch in den umliegenden Provinzen suchen, in Vorpommern, der Uckermark, in Neumark und Westpreußen. Vielleicht hat es Helena viel weiter weg verschlagen, als wir bisher angenommen hatten.«

Und weil sie beide nicht warten wollten, bis die Antworten aus den Waisenhäusern eintrudelten, reisten sie in den darauffolgenden Tagen in die umliegenden Städte, nach Stargard, Gollnow und Kammin, und in Richtung Osten nach Köslin und besuchten die dortigen Waisenhäuser.

In Kammin fanden sie ein Mädchen namens Karola, das dort im Frühjahr 1893 aufgetaucht war, und aus dem Städtischen Waisenhaus in Stralsund in Vorpommern erreichte sie ein Telegramm, in dem die Leiterin des Hauses von einem Mädchen mit Namen Helene Fischer berichtete. Beide waren im passenden Alter und kurz nach dem Verschwinden der kleinen Karoline in den jeweiligen Häusern aufgetaucht.

Zuerst hatten sie Helene Fischer aufgesucht, die ihnen am vielversprechendsten erschien. Sie arbeitete als Wäscherin in einem winzigen Dorf nahe Stralsund, doch als die korpulente blonde Frau dann vor ihnen gestanden hatte, waren sie schnell überzeugt, dass es sich bei ihr nicht um Helena von Eichberg handeln konnte. Auch das zweite Mädchen, heute eine junge Frau namens Karola Meier, stellte sich als Enttäuschung heraus – Cida und Friedrich spürten sie in Ahlbeck auf, einem Seebad auf der Insel Usedom, wo sie als Zimmermädchen in einer kleinen Pension arbeitete.

»Ich kenn meine Mutter«, sagte sie auf Cidas Nachfrage hin. »Hat sich ein Kind von einem Landstreicher machen lassen und kam dann in eine Anstalt für gefallene Mädchen. Die barmherzigen Schwestern haben mich ihr gleich nach der Geburt weggenommen – und mich dann mein Leben lang an meine schmutzige Herkunft erinnert. Die Nonnen haben nicht gewollt, dass ich meine Mutter finde, doch irgendwann konnten sie mich nicht mehr zurückhalten. Ich bin aus dem Waisenhaus getürmt, da war ich dreizehn. Vorher bin ich ins Büro der Oberschwester eingebrochen und hab meine Akte mitgehen lassen. Meine Mutter, die hab ich dann hier in Ahlbeck gefunden.«

»Sie könnte es trotzdem sein«, sagte Friedrich, als sie danach an der Strandpromenade entlang zur Seebrücke spazierten. Um diese Jahreszeit waren nur wenige Menschen unterwegs, und Cida genoss es, sich den kühlen Seewind um die Nase wehen zu lassen und zu beobachten, wie die Wellen an den weißen Sandstrand brandeten.

»Sie sieht nicht aus wie meine Mutter«, gab Cida zu bedenken. »Und auch nicht wie der alte Graf.«

»Sie ist im passenden Alter.« Friedrich schien noch nicht überzeugt zu sein. »Und sie könnte es allein bis nach Kammin geschafft haben. Ich gebe zu, sie sieht weder dem alten Grafen von Eichberg noch Ihrer Frau Mutter ähnlich, aber das kommt vor. Nicht alle Kinder ähneln ihren Eltern.«

Sie hatten sich entschieden, noch einen Tag in Ahlbeck zu bleiben, hatten sich den Sonnenuntergang über der Ostsee angesehen und waren den Strand entlangspaziert. Geküsst hatten sie sich nicht erneut – das Band zwischen ihnen war jung und verletzlich, und beide schienen sich davor zu fürchten, es durch ein zu forsches Vorgehen wieder zu entzweien.

Am nächsten Morgen ließ sich auch Friedrich davon überzeugen, dass Karola Meier nicht die Frau war, die sie suchten. Sie hatten in der Pension übernachtet und saßen gerade im Frühstücksraum, zwei Tassen dampfenden Kaffees und ein französisches Frühstück vor sich, als die Stille von lautem Gezeter unterbrochen wurde – draußen stand Fräulein Meier in ihrer Zimmermädchentracht und stritt mit einer älteren Frau, die ihr wie aus dem Gesicht geschnitten war, mit grauem Haar und verlebtem Gesicht, aber dennoch.

»Sie hatten wohl recht«, bemerkte Friedrich nach einigen Sekunden, in denen sie beide interessiert dem Streit der zwei Frauen gelauscht hatten, und nippte an seinem Kaffee.

Bei ihrer Rückkehr auf Rosenthal stand die Gräfin von Neuenstedt auf dem ersten Absatz der Freitreppe des Anwesens, und blickte ihnen entgegen. Cida ließ sich von Herrn Walters aus der Kutsche helfen, während der junge Diener Karl das Gepäck auslud, und dabei spürte Cida die Blicke der älteren Frau auf sich. Sie wirkt schmaler, dachte sie, als sie die Vortreppe erklomm. Und ihre Augen sind gerötet. Was geht nur in dieser Familie vor sich?

Als Cida an diesem Abend vorschlug, die Tagelöhner, die immer wieder an die Türen des Herrenhauses klopften, über den Winter zu beschäftigen – es gab noch das große Arbeiterhaus, das die Familie Eichberg errichtet hatte, als Rosenthal noch eine große Pferdezucht gewesen war, und das jetzt weitestgehend leer stand, und auf dem Hof fiel genug Arbeit an –, entstand ein großer Streit.

»Jetzt holt sie uns die Hungerleider von der Straße!«, keifte die Gräfin von Neuenstedt. »Sie wird ein Armenhaus aus Gut Rosenthal machen!« Sie und Friedrich waren ins Arbeitszimmer gegangen, und obwohl die Tür geschlossen war, war bis ins Speisezimmer jedes Wort zu hören.

Cida blickte hinaus, doch statt der Landschaft, die den Gutshof umgab, sah sie nur sich selbst, die sich in der Fensterscheibe spiegelte. Zu hören war nichts als das Pfeifen des Windes und die lauten Stimmen aus dem Arbeitszimmer.

»Ich erlaube es nicht!«, rief die Gräfin von Neuenstedt jetzt. »Hast du uns nicht schon genug entehrt, indem du diese … diese Metze hier auf Rosenthal beherbergst, mit ihr am Arm herumspazierst und sie ausstaffierst wie eine Königin? Indem du sie an unseren Tisch einlädst und tust, als wäre sie eine von uns? Eine *Amerikanerin*, eine … eine Bürgerliche! Wie kannst du nur, Friedrich? Wie kannst du uns nur derart demütigen?«

Cida presste die Lippen aufeinander. Friedrichs Erwiderung verstand sie nicht, denn er sprach bedeutend leiser als seine Mutter.

Hagen von Neuenstedt begann zu kichern. Er saß am gegenüberliegenden Ende des Esstisches und trank seinen Jägermeister, als handelte es sich um Wasser, während er sie mit stechendem Blick fixierte und sich ganz langsam ein Lächeln auf seinen Lippen ausbreitete. *Lauf*, schienen seine Augen zu sagen. *Flieh vor mir, habe Angst! Davon zehre ich.*

Aber sie floh nicht. Sie blieb sitzen und ließ sich auf das stumme Duell ein. Er hat kalte Augen, dachte sie. Er hat keine Angst vor mir – oder vor irgendjemandem. Er kennt das Gefühl nicht, und in gewisser Weise sind wir uns darin gleich.

»Worüber lächeln sie?«, fragte sie irgendwann.

Er hob sein Glas an und kippte es dann in einem Zug hinunter. »Über dies und das. Ich muss Ihnen danken, Fräulein Engel. Dafür, dass Sie hier sind. Es ist so viel amüsanter, seit Sie bei uns sind. Hören Sie nur.« Er schloss die Augen und neigte den Kopf, als könnte er so den Streit besser verstehen, der aus dem Arbeitszimmer bis zu ihnen schallte. »Endlich ist etwas los in diesem Haus, und das habe ich allein Ihnen und der naiven Vernarrtheit meines Bruders zu verdanken.«

Sie starrte ihn an. »Was ist nur mit Ihnen los?«

Er füllte sein Glas nach und betrachtete die klare Flüssigkeit, die darin herumschwappte. »Ich langweile mich«, antwortete er schließlich. »Immer, tagein, tagaus. Ich habe mich schon gelangweilt, als Friedrich und ich damals, als wir noch kleine Lausebengel waren, vor unserem Kindermädchen wegliefen. Ein grässliches Weib, eine hässliche Matrone, die uns schlug, weil es unsere Eltern nicht kümmerte, wie wir erzogen wurden – die Hauptsache war, wir gaben keinen Laut von uns. ›Kinder soll man sehen, aber nicht hören‹, pflegte mein Vater zu sagen. Ich hoffe, der Teufel brennt ihm die Haut von den Knochen, da, wo er jetzt ist. Ich fand es jedenfalls langweilig, vor dieser dummen Kuh zu fliehen, anders als Friedrich, für den war es ein großes Abenteuer. Und ich fand auch ihre Ohrfeigen langweilig – Friedrich hingegen, der große Graf, hat jedes Mal geflennt. Jeder, der mich etwas anderes empfinden lässt als Langeweile, ist mir willkommen.«

»Sie waren doch auch ein einsames, verletztes Kind«, erwiderte Cida. Die Schilderungen des jüngeren von Neuenstedt hatten ihr einen Schauer über den Rücken gejagt. Sie wollte zu Friedrich gehen und ihm sagen, dass es ihr leidtat, dass er so eine unglückliche Kindheit verlebt hatte. Er hatte etwas ganz anderes verdient.

»Ach was«, meinte Hagen von Neuenstedt und wischte ihren Einwand mit einer Handbewegung beiseite. Dabei stieß er gegen die Schnapsflasche und die klare, scharf riechende Flüssigkeit ergoss sich über den Boden. Sogleich eilten zwei Dienstmädchen herbei, um den Schaden zu beseitigen, und der jüngere von Neuenstedt fing an zu lachen.

Dann stand er auf, in einer abrupten Bewegung. Der Stuhl scharrte über den Parkettboden und fiel um, traf fast die dunkelhaarige Lene, die dahinter kniete. Hagen von Neuenstedt schien es nicht zu bemerken – oder es kümmerte ihn einfach nicht.

Er schlenderte auf Cida zu und blieb schließlich dicht vor ihr stehen. »Bleiben Sie nur auf Gut Rosenthal, Fräulein. Solange Sie wollen. Sie können mir meine Langeweile vertreiben.«

Sie ballte die Hände zu Fäusten. »Was haben Sie in Stargard von mir gewollt?«, stieß sie hervor.

Ein vergnügtes Lächeln glitt über sein Gesicht. Es schien ihn zu amüsieren, dass sie in dieser Nacht vor ihm geflohen war. »Ich habe meinem lieben Bruder einen Gefallen getan«, erwiderte er. »Er war ganz außer sich über Ihr Verschwinden. Ich war es, der schließlich vorschlug, in Stargard nach Ihnen zu suchen – und siehe da, ich hatte recht.« Er zwinkerte ihr zu. »Ich bin ein guter Jäger, Fräulein Engel. Und ich verliere nicht so schnell den Kopf wie mein verehrter Herr Bruder.«

»Ich weiß nicht, was für ein Spielchen Sie spielen, Hagen«, entgegnete Cida. »Aber ich durchschaue Sie, und Ihr Bruder tut das auch. Sie machen niemandem hier Angst.«

Hagen von Neuenstedt lachte auf. »Sie haben anscheinend noch immer nicht begriffen, wie diese Welt funktioniert, Fräulein Engel«, bemerkte er. »Also lassen Sie sich von mir erleuchten, bevor Sie sehenden Auges in Ihr Verderben laufen. Mein Bruder wird Sie niemals ehelichen. Sie gefallen ihm, und er ist ein Narr, doch er wird seine Familie nie derart entehren.« Er beugte sich zu ihr herunter, um sie mit seinem kalten Blick zu fixieren. »Irgendwann wird mein Bruder Sie nicht mehr beschützen, Cida. Und so lange amüsieren Sie mich aus der Ferne. Fürs Erste reicht mir das.«

Bevor sie seine Worte verdauen konnte, trat Friedrich ins Speisezimmer. Er wirkte erhitzt. Hagen ging betont langsam um den Tisch herum, bis er vor seinem Bruder stand, verbeugte sich spöttisch und verließ dann den Raum. Sein fröhliches Pfeifen entfernte sich und verlor sich schließlich in den dunklen Fluren des Herrenhauses.

Am nächsten Morgen reisten die Gräfin von Neuenstedt und ihr Zweitgeborener zurück nach Ostpreußen.

Cida beobachtete durch das Fenster, wie Herr Walters der Gräfin in die Kutsche half und wie das Gefährt schließlich losruckelte, die von mächtigen Eichen flankierte Chaussee entlang, bis sie schließlich außer Sicht war.

Friedrich hatte sie seit dem gestrigen Abend nicht mehr gesehen, und die Nacht hatte sie weitestgehend schlaflos verbracht, weil ihre eigenen Zweifel ihr keine Ruhe lassen wollten. Manches Mal war sie eingedöst und dann desorientiert aufgewacht, in dem Glauben, zu Hause in Brasilien zu sein. Dort wäre noch alles beim Alten, hatten die Bilder ihres Halbschlafs ihr vorgegaukelt. Tayo wäre noch am Leben, und sie wäre noch das Mädchen, für das es keinen anderen Platz auf der Welt gab und keinen anderen Mann als Yaris.

Ein Klopfen ertönte und riss Cida aus ihren Gedanken. Auf ihr »Herein!« hin öffnete sich die Tür, und der Graf von Neuenstedt trat ins Zimmer. Er blieb auf der Schwelle stehen, die Hände auf dem Rücken verschränkt, und schenkte ihr ein Lächeln. »Nun … es scheint, als hätten wir das Haus für uns, Fräulein Engel.«

Sie betrachtete ihn und suchte nach einem Anzeichen dafür, dass der Abschied von seiner Familie ihn traurig stimmte. Nur fand sie nichts. Stattdessen wirkte er wie befreit, und das ließ in ihr bloß weitere Zweifel aufsteigen. Wenn er solche Erleichterung empfand, wenn sie sich nicht mehr im selben Haus mit seiner Familie befand, und wenn seine Mutter sie derart ablehnte, sollte sie überhaupt darauf hoffen, eine Beziehung zu ihm aufzubauen? Sicher würde es auch ihn früher oder später zerreißen, sich immerfort zwischen ihr und seiner Familie entscheiden zu müssen.

Aber in diesem Moment brachte sie es nicht über sich, ihre Gedanken auszusprechen. Stattdessen erwiderte sie sein Lächeln. »Das klingt, als hätten Sie schon Schandtaten ausgeheckt, *Herr Graf.*«

Er lachte und fiel dann in eine Verbeugung, die viel zu tief war und sie ihrerseits zum Lachen brachte. »Sie haben mich durchschaut. Ich habe mir allerlei Schandtaten überlegt. Heute …« Er blickte hinaus in den strahlenden Wintertag und schenkte ihr dann ein breites Lächeln. »Heute werden wir das herrliche Wetter nutzen und uns die Besitzungen ansehen, die zu Gut Rosenthal gehören.«

Sie hob die Augenbrauen. »Wir machen einen Ausritt?«

Sein Lächeln wurde noch eine Spur breiter. »Sogar noch besser.«

Cida war nie zuvor in einem Schlitten gefahren. Jetzt blickte sie staunend auf das Land, das sich vor ihr unter Schnee und Sonnenlicht erstreckte – die dunklen Wälder, die von Frost bedeckten Felder und der Horizont, der hier so weit entfernt zu sein schien. Währenddessen glitt der Schlitten durch den Schnee. Zwei stämmige Kaltblüter zogen das Gefährt, das Friedrich von Neuenstedt mit sicherer Hand zu lenken wusste.

Cida saß dicht neben ihm, in einen dicken Mantel gehüllt und eine Pelzmütze auf dem Kopf. Rebecca Meissner hatte sie den Mantel längst zurückgebracht – Friedrich hatte darauf bestanden, sie mit Winterkleidung auszustatten, und irgendwann hatte sie es aufgegeben zu protestieren. Außerdem war sie froh gewesen, Emils liebenswürdiger Mutter die Leihgabe zurückgeben zu können.

Doch trotz des Mantels zitterte sie im eisigen Wind, und als sie unwillkürlich näher an Friedrich heranrückte, breitete sich ein verschmitztes Lächeln auf seinem Gesicht aus. »Ist Ihnen etwa kalt, Fräulein Engel?«, neckte er sie.

Sie warf ihm einen gespielt strengen Blick zu. »Ich bin mir sicher, Sie haben eine Situation wie diese einkalkuliert, Herr Graf.«

Er sah aus, als verkniff er sich nur mit Mühe ein lautes Lachen. »Wo denken Sie hin? Selbstverständlich habe ich Sie ohne jeden Hintergedanken auf diese Fahrt eingeladen. Woher nur kommt diese schlechte Meinung von mir?«

Darüber musste sie nun doch lächeln. Als sie noch ein wenig dichter an ihn heranrückte, weil eine Windböe über sie hinwegzog und einen Hauch von Schnee mit sich brachte, legte sich eine feine Röte über seine Wangen. Mit einem Lächeln beobachtete sie ihn. Es gefiel ihr, dass er in ihrer Nähe errötete.

Sie fuhren an den Hütten der Pächter vorbei und an den Feldern, die schon bald wieder bestellt werden würden. Manchmal sahen sie Fußgänger und einmal spielende Kinder, die ihnen zuwinkten. Wenn man über die Schulter zurückblickte, konnte man das Herrenhaus erkennen, und jenseits des Waldstückes, das das Anwesen vom Dorf trennte, die Kirchturmspitze und die Giebel der Häuser von Rosenthal.

»Ich habe mir so lange nicht erlaubt zu sehen, wie schön dieses Land ist«, bekannte sie und überblickte die weichen Hügel, die sich am Horizont mit dem Himmel zu verbinden schienen.

Friedrich hielt den Schlitten auf einem der Hügel an, von dem man weit aufs Land hinausblicken konnte. Es musste um die Mittagszeit sein, und sie packten die belegten Brote und den heißen Kakao aus, den Mamsell ihnen zurechtgemacht hatte.

»Ich habe Gut Rosenthal immer besonders geliebt«, sagte Friedrich. »Jedem Besuch habe ich entgegengefiebert, weil das Land hier so weit und friedlich ist. Und auch, weil ich die Pferde so sehr bewundert habe.«

»Aber … das Gestüt liegt brach«, erwiderte Cida.

Er nickte. »Nachdem der alte Graf verschwand, versuchte mein Vater eine Zeit lang, das Gestüt zu halten. Doch er war nie ein Geschäftsmann – er ist mit einem goldenen Löffel im Mund geboren worden und hatte das Glück, einen treuen Verwalter an seiner Seite zu haben, der heute noch über unsere Besitzungen in Ostpreußen wacht. Wäre er nicht mit diesen beiden Dingen gesegnet gewesen, wäre unser Vermögen schon vor langer Zeit dahingeschmolzen. Es hat nur ein paar Jahre gedauert, da war Rosenthal kein Gestüt mehr, und die meisten der prächtigen Pferde waren fort.«

Cida zögerte. »Und haben Sie … jemals darüber nachgedacht, es neu aufzubauen?«

Er blickte sie überrascht an. »Allerdings. Immer wieder, aber …« Er seufzte. »Ich habe nichts als die alten Rechnungsbücher und ein abgegriffenes Lehrbuch über Pferdezucht. Ich habe mich nach einem Verwalter umgesehen, der ein Gestüt zu leiten wüsste, doch es stellte sich heraus, dass es zwar den ein oder anderen fähigen Gutsverwalter hier in der Gegend gäbe, aber niemanden, der sich gut genug mit Pferden auskennen würde, um das Gestüt wieder zu seinem alten Glanz zu verhelfen.«

»Rosenthal ist wunderschön«, bemerkte Cida nach einigen Sekunden der Stille und blickte über die Schulter zurück zum Herrenhaus, das sich am Horizont erhob – strahlend und weiß wie der Schnee, der auch jetzt, Ende Februar, noch das Land bedeckte. »Doch die Pferde fehlen mir. Die Geschäftigkeit des Betriebs, die Fohlen im Frühjahr, das Zureiten der jungen Pferde und das Gefühl, wenn man ein neues Mitglied der Familie auf dem Hof begrüßt.« Sie spürte, wie ihr bei diesen Worten die Hitze in die Wangen stieg.

»Sie kennen sich doch mit der Pferdezucht aus, nicht wahr?«, hakte Friedrich nach. Ein ansteckendes Funkeln war in seine Augen getreten. »Mit Ihrer tatkräftigen Unterstützung würde ich mich vielleicht an eine so verrückte Unternehmung wagen, wie das Gestüt von Rosenthal wieder zu eröffnen. Was sagen Sie?«

Sie räusperte sich. »Ich … ich habe keine Erfahrung mit einem so großen Gestüt, Friedrich. Unser Hof ist ein Familienbetrieb, mit wenigen Pferden, die weder für den Reitsport noch fürs Militär gedacht sind. Wenn ich anfangen sollte, Remontenpferde zu züchten … Ich wüsste ja gar nicht, wo ich anfangen soll.«

»Aber wer sagt denn, dass es ein großes Gestüt sein muss?«, fragte Friedrich. »Es könnte doch auch hier auf Gut Rosenthal ein kleiner Familienbetrieb entstehen …« Er grinste. »Ich kann es auch gar nicht erwarten, noch einmal nach Brasilien zu reisen, um Ihrem Herrn Vater Sturm abzukaufen. Was für ein prächtiges Tier! Es wurmt mich immer noch, dass er mich vom Hof geworfen hat wie einen Landstreicher, gerade, als ich ihm dieses wundervolle Geschöpf abkaufen wollte!«

Cida unterdrückte ein Seufzen. »Machen Sie sich keine Illusionen, Friedrich. Sie können meinem Vater jeden Preis der Welt anbieten, Sturm wird er Ihnen nicht verkaufen. Er kann Sie nicht leiden.«

»Das ist mir wohl bewusst.« Ein jungenhaftes Grinsen wanderte über sein Gesicht. »Doch vielleicht können Sie ja ein gutes Wort für mich einlegen.«

Sie warf ihm einen tadelnden Blick zu – aber natürlich konnte sie ihn damit nicht täuschen. Der Ausdruck in seinen Augen machte deutlich, dass er das Lächeln sehen konnte, das sich hinter ihrer strengen Miene versteckte.

Als sie nach Gut Rosenthal zurückkehrten, färbte sich der Himmel schon rot. Cida ließ den Blick über das winterliche Land gleiten, während die Kufen des Schlittens über den Boden glitten und der Wind an ihren vorbeipfiff, als wollte er sie zu einem Wettlauf herausfordern. Sie saß noch immer eng an Friedrich geschmiegt. Der Gutshof kam näher, und sie überlegte sich, wie sie es anfangen könnte, hier Pferde zu züchten. Sie konnte es nicht erwarten, den Frühling hier in Deutschland zu erleben – die Jahreszeiten vergingen auf dieser Seite der Welt so ganz anders als in ihrer Heimat.

Sie wandte sich von der Szenerie ab und betrachtete Friedrich. Die Windböen fuhren ihm durchs Haar, und im gleißenden Licht, das die Abendsonne über das Land schickte, leuchteten seine Augen grün. Sie hatte es längst aufgegeben, ihre Gefühle verleugnen zu wollen – sie war verliebt, rettungslos, bis über beide Ohren. Aber nicht einmal das konnte die düsteren Vorahnungen in ihr davon abhalten, sich immer höher aufzutürmen: Die Familie von Neuenstedt verbarg auch jetzt noch Geheimnisse vor ihr. Und Friedrich war noch immer ein deutscher Adliger und sie eine bürgerliche Frau, die mit ihren ganz eigenen Geistern kämpfte. Früher oder später würde sie für das Glück, das sie jetzt empfand, bezahlen müssen.

Auf einem Feldweg, der ins Dorf führte, begegneten sie Rebecca Meissner und ihren Töchtern. Frau Meissner knickste, als der Schlitten langsamer wurde, mit einem vergnügten Lächeln im Gesicht. »Gnädiger Herr. Und gnädiges Fräulein«, sagte sie, während ihre Mädchen Cida winkten und sie wild durcheinanderplappernd begrüßten.

Sie plauderten eine Weile über dies und das, doch es wurde kalt, und die Dämmerung zog herauf, deshalb verabschiedeten sie sich bald wieder.

»Wann kommt Emil denn nach Hause?«, fragte Cida, bevor Friedrich die Pferde antrieb.

»Der Emil hat bald ein paar Tage schulfrei und kommt dann nach Hause«, antwortete eines der Meissner-Mädchen und hüpfte aufgeregt auf und ab. »Wir haben ja jetzt schon schulfrei, denn der Herr Lehrer hat einen Schnupfen bekommen. Bestimmt stirbt er bald. Er ist so alt, dass er im Unterricht immer einschläft.«

»Nun aber husch, Franzi«, mahnte Rebecca Meissner, bevor sie noch einmal vor dem Grafen knickste und Cida dann ihr warmes Lächeln zuwarf. »Und du weißt, du sollst nicht so über den Herrn Lehrer sprechen.«

Als sie die Familie hinter sich zurückließen, seufzte Friedrich vernehmlich. »Der Lehrer Hausmann nun wieder. Immer ist irgendetwas.«

Cida sah noch einmal über die Schulter, dorthin, wo vor wenigen Sekunden noch die Meissners ins Dorf spaziert waren. Jetzt waren da nur noch Häuser, auf deren Dächern Schneehauben lagen und aus deren Schornsteinen Rauch in den Himmel stieg. Bestimmt war es nicht gut, dass so oft der Unterricht ausfiel, weil der Lehrer alle naselang krank wurde. Sie wusste, dass viele der ärmeren Pächter es mit der Schulpflicht ohnehin nicht allzu genau nahmen – auch die ganz Kleinen sah man auf den Höfen arbeiten, statt die Schulbank zu drücken.

Als Cida Friedrich darauf ansprach, sagte er nur: »Was soll ich machen? Dass die Kinder der Pächter auf den Höfen und auf dem Feld arbeiten, ist nicht ungewöhnlich. Und selbst wenn ich die Eltern zwingen wollte, ihren Nachwuchs in die Schule zu schicken, statt sie auf den Höfen arbeiten zu lassen – wenn der Lehrer ständig ausfällt, sind das leere Worte.«

Sie war nicht gewillt, dieses Argument gelten zu lassen. »Dann müssen Sie sich eben um Ersatz für den Lehrer bemühen«, erwiderte sie.

Friedrich hob die Augenbrauen. »Denken Sie nicht, Sie sollten die Geschicke des Gutes mir überlassen, Cida?«

»Denken Sie nicht, ein guter Graf hört sich Vorschläge an?«, gab sie zurück.

So sehr sie sich über ihn ärgern wollte, der zärtliche Ausdruck in seinem Blick machte es ihr unmöglich. Sie verfluchte ihn stumm.

»Nun, ich höre«, meinte er. »Wie lautet Ihr Vorschlag?«

»Sie könnten die Kinder tagsüber nach Gut Rosenthal einladen«, sagte sie. »Im Haus gibt es kaum etwas zu tun, und Mamsell und Herr Walters werden sich bald die Köpfe einschlagen, wenn sie nichts Sinnvolles zu tun bekommen.«

Die Mamsell und der oberste Hausdiener hatten ihre Vertrautheit vom Silvesterabend längst abgelegt und sich stattdessen auf ihre üblichen Streitereien besonnen.

»Ich könnte Mamsell und Herrn Walters auch einfach nach draußen zum Holzhacken schicken«, entgegnete Friedrich. »Auf dem Hof braucht es immer ein paar zusätzliche Hände. Ein wenig harte Arbeit an der frischen Luft wird die beiden Streithammel sicher zusammenschweißen.«

Bevor sie etwas erwidern konnte, legte er ihr eine Hand auf den Arm. »Ich werde darüber nachdenken.«

Als sie Gut Rosenthal erreichten und Friedrich ihr aus dem Schlitten half, fasste Cida endlich den Mut, ihm die Frage zu stellen, die sie seit Silvester beschäftigte. »Friedrich … würde es Ihnen etwas ausmachen, wenn ich mir einmal das Hausgesetz der Familie von Eichberg ansähe?«

Er runzelte die Stirn. »Das Hausgesetz? Was interessiert Sie daran?«

»Es macht mich einfach neugierig«, antwortete sie mit klopfendem Herzen. »Haben Sie es denn … gelesen?«

Wusste er wirklich nicht, dass das Hausgesetz in einem Sessel in einem lange verlassenen Raum unter dem Dach versteckt lag? Sie war noch zweimal dort gewesen und hatte heimlich in dem verstaubten Buch gelesen, und dabei war sie immer wieder zu der Frage zurückgekommen, wer es dort oben versteckt hatte – und wo die herausgerissene Seite war.

Er schien kurz nachzudenken. »Nein, ich glaube, ich hatte es nie in der Hand. Ich werde sehen, ob ich es finde. Allerdings ist es nur ein altes Stück Papier – heute wird es uns wohl kaum helfen.«

Die Tage vergingen, und bald schon kamen die ersten Kinder nach Gut Rosenthal. Während Cida mit schwindender Hoffnung an die Waisen- und Rettungshäuser in ganz Pommern telegrafierte, um eine Spur von dem kleinen Mädchen zu finden, das vor so vielen Jahren aus Pyritz verschwunden war, kehrte Leben auf dem Gutshof ein.

Die Kinder bekamen eine warme Mahlzeit am Tag, und

Cida gab ihnen Reitstunden – während Friedrich sich in seinem Arbeitszimmer vergrub und Bücher über Pferdezucht wälzte. Er war noch immer nicht begeistert von Cidas Einfall, die Kinder der Pächter und der Dorfbewohner nach Gut Rosenthal einzuladen, und machte sich stattdessen auf die Suche nach einem erfahrenen Pferdewirt.

Eines Abends, als die Kinder gerade nach Hause gingen, kam er dann aber doch zum Reitplatz. Hans Weber, der von Cidas Idee besonders angetan gewesen war, führte gerade die gutmütige Halbblutstute in den Stall, auf der er die Kinder longiert hatte. Der Abend zog langsam herauf, und Cida schlang das Schultertuch fester um sich, als ein kühler Windzug sie traf.

Der Graf von Neuenstedt trat zu ihr und verneigte sich. »Fräulein Engel.«

»Herr Graf von Neuenstedt«, erwiderte sie und verfiel in einen Knicks. Nur er konnte das spöttische Lächeln sehen, das sie ihm dabei zuwarf. »Verlassen Sie etwa Ihren Elfenbeinpalast, um sich unter das gemeine Volk zu mischen?«

Er hob eine Augenbraue und verlieh seinem Gesicht einen strengen Ausdruck. »Sie haben ein freches Mundwerk. Hat Ihnen das schon einmal jemand gesagt?«

Sie lachte auf. »Ich habe doch nicht Ihre zarten Gefühle verletzt?«

Er trat einen Schritt näher an sie heran, und sie hielt den Atem an. Seine Augen blitzten vergnügt. »Mein Herz liegt ganz in Ihrer Hand, Cida. Obwohl Sie erpicht darauf zu sein scheinen, ganz Pommern nach Gut Rosenthal einzuladen.«

»Haben Sie nicht gesagt, Sie hätten es satt, dass Gut Rosenthal nur ein stiller alter Kasten ist?«, gab sie zurück und deutete auf Emil Meissner, der erst gestern nach Hause gekommen war und jetzt mit seinen Schwestern in Richtung Dorf ausschritt. »Und erinnern Sie sich nicht an das Weihnachtsfest, an dem Sie selbst hier auf Rosenthal reiten lernten?«

Der junge Graf schüttelte ganz leicht den Kopf, mit einem nachsichtigen Ausdruck im Gesicht, der sie aus irgendeinem Grund ärgerte. »Das heißt nicht, dass ich Rosenthal zu einem Feriendomizil für Hungerleider und die Kinder meiner Pächter machen will. Ein Graf sollte … einen gewissen Abstand zu seinen Untergebenen haben. Das sind nun einmal die Regeln.«

Sie verschränkte die Arme vor der Brust und funkelte ihn an. »Es sind nicht meine Regeln.«

»Aber das könnten sie werden«, erwiderte er. Jetzt sah sie wieder den Grafen von Neuenstedt. Sie konnte ihn nicht von dem Mann trennen, an den sie ihr Herz gehängt hatte – und sie konnte nicht so tun, als gäbe es seinen Titel und die Welt, in der er lebte, nicht. Kein noch so romantischer Ausflug konnte darüber hinwegtäuschen, dass sie im Begriff war, sich an einen Mann zu binden, der ganz andere Werte hatte als sie.

Sie schluckte und betrachtete ihn, die Sanftheit in seinem Gesicht, diesen Hauch von Arroganz, der nie ganz verschwand, und, am schlimmsten, das Unverständnis darüber, dass aus ihr nicht einfach ein Fräulein der feinen Gesellschaft wurde, jetzt, da sie sich zu ihren Gefühlen füreinander bekannt hatten.

»Ich bin die Tochter einer Untergebenen und Hungerleiderin«, erinnerte sie ihn. »Vergessen Sie nicht, dass ich eine Bürgerliche bin, der so viele Ihrer Traditionen und Glaubenssätze noch immer fremd sind, Friedrich.«

»Wie könnte ich das vergessen?« Die Worte waren heraus, und ihr hitziger Klang ließ Cida schlucken. Sie hatte gewusst, dass Friedrich von Neuenstedt nicht einfach anfangen würde, keine Standesunterschiede mehr zu sehen – und sie als eine Partnerin, die ihm ebenbürtig war. Er mochte es wollen, manchmal, aber er war und blieb der Graf eines großen deutschen Gutes, und genauso war er erzogen worden. Auch seine Gefühle für Cida konnten daran nichts ändern. Und vielleicht waren ihre Bestrebungen, Gut Rosenthal für andere Menschen zu öffnen, ihr armseliger Versuch gewesen, Friedrich in eine Welt zu locken, in der es nicht so steif zugehen musste, wie er es gewohnt war. Es war ihr Versuch, sich hier in Deutschland ein Zuhause zu schaffen.

Sie räusperte sich. »Entschuldigen Sie mich.« Mit diesen Worten wandte sie sich ab und ging davon. Ihr Weg führte sie in den wild wuchernden Garten von Rosenthal bis hin zur Orangerie der Gräfin von Neuenstedt. Sie betrat den gläsernen Anbau nach kurzem Zögern.

Wie immer war es warm im Rosengarten, und alle Pflanzen blühten in ganzer Pracht. Weiße Rosen, gelbe, rosafarbene … Hier hatte die Gräfin von Neuenstedt sie zum ersten Mal davor gewarnt, ihr Herz an ihren Sohn zu hängen.

Cida fuhr sich mit einer Hand über das Gesicht, während das Gefühl der Hilflosigkeit sich ihrer bemächtigte. Gegen ihre Vernunft liebte sie Friedrich von Neuenstedt – und er liebte sie gegen die seine. Sie waren nicht füreinander bestimmt.

Ihre Hand berührte den Briefumschlag in ihrer Rocktasche, und sie zog ihn heraus. Sie hatte einen Brief aus Brasilien und einen zweiten aus einem Waisenhaus in Greifswald erhalten, und sie hatte noch keines der Schreiben gelesen.

Erst öffnete sie den Brief aus Brasilien. Die vertraute Handschrift ihres Vaters trieb ihr die Tränen in die Augen. Er schrieb von zu Hause, von Luana und den anderen Pferden, von Lotte und Ayana, und auf einmal glaubte Cida, wieder vom Geruch ihrer Heimat umgeben zu sein. Sonnenlicht, das auf die Erde herabbrannte, Donnergrollen und der Geschmack von Regen in der Luft, die drückende Hitze und der Geruch von Staub, Wärme und Sonnenlicht. Ayanas stilles

Lächeln und der schiefe Gesang ihrer Mutter. Und Yaris, der jede Nacht bei den Pferden auf sie wartete.

Ob ihr Brief ihn schon erreicht hatte? Sie wollte sich tausend Mal entschuldigen. Sie wollte ihn noch einmal sehen, bevor sie sich endgültig von der Zeit verabschiedete, in der sie Kinder gewesen waren und einander geliebt hatten. Es war vorbei, und es war schon lange vorbei. Seit dem Tag, an dem sie entschieden hatte, ihre Heimat zu verlassen, war sie nicht mehr die Seine gewesen, und sie beide hatten es gewusst und nicht wissen wollen.

Bevor sie den Brief aus Greifswald lesen konnte, betrat Friedrich von Neuenstedt die Orangerie. Sie steckte die Schreiben weg und blickte ihm schweigend entgegen. Als er ihre Hände in seine nahm, ließ sie ihn gewähren.

Eine Weile war es still, und sie lauschten dem Atem des jeweils anderen. Er musterte sie forschend, und auch sie versuchte, in ihm zu lesen.

»Sind wir nicht beide Narren?«, flüsterte sie.

Seine Augen verdunkelten sich. »Ich habe mir niemals Illusionen gemacht. Ich weiß, wer Sie sind. Und Sie wissen, wer ich bin. Ich kann mich nicht von der Welt frei machen, in die ich hineingeboren bin, und ich kann Sie nicht aufgeben – jetzt, da ich Sie gefunden habe. Ich werde meine tiefsten Überzeugungen nicht ändern können, Cida. Nicht einmal für Sie.«

Sie atmete geräuschvoll aus. »Wie können Sie mich dann weiterhin so ansehen? Wie können Sie mir solche Gefühle entgegenbringen, und wie kann ich sie erwidern, wenn wir doch wissen, wie es enden wird?«

Seine Hände schlossen sich eine Spur fester um die ihren. »Ich weiß nur eines: Meine Gefühle für Sie sind wahrhaftig, und ganz egal, was meine Erziehung und meine Vernunft mir eingeben, ich will Sie an meiner Seite.« Er beugte sich zu ihr. »Es muss nicht enden, Cida. Es fängt doch gerade erst an. Ich wusste vom ersten Tag an, dass Sie zu mir gehören, und viel zu lange habe ich es nicht sehen wollen. Als ich aus Brasilien abreiste, hoffte ich, Sie nicht wiederzusehen – so, dachte ich, könnte ich einfach wieder in das Leben zurückkehren, das ich vor meiner Reise geführt habe. Aber schon bevor Sie vor meiner Tür standen, wusste ich, dass es mir nicht gelingen würde. Sie haben meine Welt auf den Kopf gestellt. Mir ist, als ginge die Sonne anders auf und als hätte der Himmel eine neue Farbe bekommen, und ich fiebere den Herausforderungen entgegen, die Sie mir jeden Tag aufs Neue stellen.«

»Ich werde niemals aufhören, das Mädchen aus Brasilien zu sein«, erwiderte Cida leise.

Ein Lächeln wanderte über seine Lippen. »Und ich werde immer der arrogante deutsche Graf sein, dem Sie in Brasilien am liebsten die Augen ausgekratzt hätten. Aber ich werde Sie lieben. Reicht das aus?«

Sie schluckte, sagte jedoch nichts. Sie wünschte sich, dass es ausreichte.

Er legte die Stirn an ihre und atmete tief ein. »Ich stamme aus einer Welt mit vielen Regeln und unsichtbaren Grenzen. Und wenn Sie sich entscheiden zu bleiben, wird das auch Ihre Welt sein. Aber ich werde auf Ihrer Seite stehen, selbst, wenn ich nicht mit Ihnen einverstanden bin.« Er umfasste Ihr Gesicht mit beiden Händen. »Das ist mein Versprechen. Ich werde immer auf Ihrer Seite stehen.«

Sie zögerte, dann hob sie eine Hand und berührte sein Gesicht. Hauchzart. »Ich weiß, warum Sie nicht heruntergekommen sind in den vergangenen Tagen«, flüsterte sie. »Ich weiß, dass Sie sich an den kleinen Jungen erinnern, der hier reiten lernte, und ich weiß, dass Sie um die vielen glücklichen Tage trauern, die er nie hatte. Ich sehe diesen kleinen Jungen, und ich sehe den Mann, zu dem er geworden ist – ohne Grafentitel und rauschende Feste, ohne diesen ganzen Tand. Und ich will ihn nicht verlieren.«

»Das werden Sie nicht«, versicherte er. Seine Stimme klang ungewohnt rau. In diesem Moment sah sie ihn ganz – den einsamen Grafen, den Jungen, der sich sein Leben lang nach diesem einen Weihnachtsfest vor so vielen Jahren gesehnt hatte. Das dachte sie, bis er sich zu ihr beugte, ihr noch ein, zwei Sekunden lang in die Augen schaute und sie schließlich küsste. So leidenschaftlich, dass jeder Gedanke verschwand.

In dieser Nacht träumte Cida. Sie hörte wieder Friedrichs geflüsterte Worte, spürte wieder seine Küsse und seine Hände, die ihre Mitte umfassten. Und sah wieder, wie er zwischen den Rosenbüschen vor ihr auf die Knie sank und sie bat, seine Frau zu werden.

Sie wollte antworten, doch anders als es in Wirklichkeit geschehen war, war ihre Kehle jetzt wie zugeschnürt. Sie konnte das »Ja« nicht hinauslassen, weil ihre Zweifel zu stark waren. Sie gruben sich in sie und höhlten sie aus, so wie Ungeziefer einen Baum ganz langsam von innen aushöhlen konnte. Es griff nach seinen Wurzeln und griff schließlich wie ein Geschwür um sich, so lange, bis der Baum vertrocknet war und seine Blätter am Boden verwelkten.

Ein Geräusch riss sie aus ihrem Traum.

Mit klopfendem Herzen setzte sie sich auf und lauschte in die Dunkelheit. War es ein Knacken im Gebälk gewesen, das sie geweckt hatte? Oder das Schlagen einer Tür? Dann, als sie schon glaubte, sie hätte es sich nur eingebildet, erklang das Schnauben eines Pferdes.

Sie kletterte aus dem Bett und schlich zum Fenster. Dort unten stieg gerade ein Mann von seinem Pferd. Als der Mond hinter den Wolken hervorschaute und sein Licht auf den großen schwarzen Wallach und seinen Reiter warf, erkannte Cida den nächtlichen Besucher als Hagen von Neuenstedt.

Unwillkürlich wich sie vom Fenster zurück. Ihr Herz schlug mit einem Mal so fest gegen ihren Brustkorb, dass sie sein Pulsieren unter ihren Rippen spüren konnte. Eine beängstigende Kälte kroch ihre Wirbelsäule hoch, und kurz war sie wie eingefroren, unfähig, einen klaren Gedanken zu fassen. Sie konnte nicht einmal sagen, warum – aber ihr ganzer Körper schrie: *Gefahr!* Sie sah ihre Spiegelung in der Fensterscheibe, nur ein dunkler Schemen mit Augen in einer beängstigenden Farbe, und der Anblick ließ ihre innere Unruhe ins Unermessliche wachsen.

Sie holte tief Luft, aber der Druck auf ihrer Brust wollte nicht verschwinden. Irgendwann wandte sie sich von dem hohen Fenster ab und kleidete sich mit fliegenden Fingern an. Ohne überhaupt zu wissen, was sie tat, griff sie nach ihrem kleinen Koffer. Dann verließ sie ihr Gemach, leise wie ein Schatten, und schlich sich durch das Haus.

Als sie vor dem Porträt von Andreas von Eichberg stand, drang der Klang von Stimmen an ihr Ohr. Friedrich von Neuenstedt und sein Bruder. Sie sprachen ganz leise, als wollten sie auch ja niemanden wecken, und so konnte sie kein Wort verstehen.

Sie zögerte. Eine Sekunde lang. Doch die düstere Vorahnung, die seit Wochen in ihr gewachsen war, brach jetzt hervor, in dieser Nacht, in der Hagen von Neuenstedt nach Gut Rosenthal zurückkehrte. Sie schnürte ihr die Kehle zu und traf schließlich die Entscheidung für sie.

Ihre Schritte führten sie durch die Flure des Herrenhauses, bis in die verlassen daliegende Küche und zum Hinterausgang. Niemand war zu sehen, und alles war still.

Sie krallte die Finger in ihren Rock, und zwischen ihnen knisterte der Brief aus Greifswald, den sie am Abend nicht mehr geöffnet hatte. Ihre Hände waren kalt, und der Atem gefror ihr jetzt schon vor dem Mund.

Cida tastete sich zur Kleiderkammer, in der die Dienstboten Mäntel und Schuhe aufbewahrten, und warf sich einen festen Wachsmantel über, mit dem sie in der Dunkelheit draußen untergehen würde.

Sie wollte die Tür zur Kammer schon hinter sich schließen, da huschte ein dunkler Schatten herein. Sie schrak zusammen, hätte beinahe aufgeschrien – doch dann kam der Schatten zu ihr getrottet und leckte ihre Hand. Sie atmete auf. Es war einer von Friedrichs Hunden. Jetzt trottete das Tier an ihr vorbei und schnüffelte an einem Stapel Kleidung.

Nach kurzem Zögern folgte sie dem Hund und entdeckte hinter dem großen Stapel von Mänteln, die anscheinend darauf warteten, geflickt zu werden, eine Kommode, die einen Spaltbreit offen stand. Sie beugte sich vor – und sah ein metallenes Blitzen im Dämmerlicht. Dort, zwischen allerlei miefig riechenden alten Mänteln, lag eine unordentlich gefaltete Uniform – blau, mit goldenen Schulterstücken und glänzenden Bronzeknöpfen. Der oberste Knopf fehlte.

Cidas Nackenhaare stellten sich auf. Mit einem Gefühl des Grauens, das langsam in jeden Winkel ihres Körpers drang, kraulte sie den Kopf des Hundes und griff dann nach der Uniform. Sie ließ die Finger über den rauen Stoff wandern und faltete das Kleidungsstück auseinander, um es genau betrachten zu können. Das Zwielicht reichte aus, um die Flecken darauf zu erkennen, und als sie die Stellen berührte, fühlte sie das getrocknete Blut unter ihren Fingern bröckeln. Sie wusste einfach, dass es Blut war.

Als sie den Namen entziffert hatte, der in das Innenfutter der Uniform eingenäht war, begann sie, am ganzen Körper zu zittern. *F. v. Neuenstedt.*

Einem Impuls folgend durchsuchte sie die Taschen. In einer fand sie ein zusammengeknülltes Stück Papier, brüchig und vergilbt von der Zeit. Sie entfaltete es behutsam und versuchte, die winzige Schrift im Dämmerlicht zu entziffern. Es waren nur Bruchstücke, doch sie setzten sich in ihrem Kopf zusammen. *Zur Erhaltung des Namens und Ansehens des Gra-*

*fen Sigmund von Eichberg … 1789 … subsidiäre weibliche Erbfolge …* Cida keuchte auf, als sie endlich begriff, was sie da vor sich hatte.

*Subsidiäre weibliche Erbfolge …* Sie wusste nicht viel von solchen Dingen, doch sie wusste, was das bedeutete. Diesem Sigmund von Eichberg waren sein Erbe und der Erhalt seines Namens anscheinend wichtig gewesen. Und für den Fall, dass ein von Eichberg ohne männlichen Nachkommen sterben würde, hatte er vorgesorgt: Um den Erhalt des Namens zu sichern, war im Hausgesetz der Familie Eichberg festgelegt worden, dass auch weibliche Mitglieder erben konnten – sofern kein männlicher Erbe mit dem Namen Eichberg existierte. Dies war die fehlende Seite. Und Helena von Eichberg war die rechtmäßige Erbin von Gut Rosenthal.

Als Cida die Tragweite dessen begriff, was sie gerade erfahren hatte, stolperte sie zurück. Helena von Eichberg war die Erbin von Gut Rosenthal. Das bedeutete, würde sie gefunden … würden die von Neuenstedts das Gut verlieren.

Ihr war so kalt geworden, dass sie jetzt am ganzen Körper zitterte. Sie starrte die blutbefleckte Uniform des Mannes an, in den sie sich verliebt hatte, und schloss die Finger fest um die fehlende Seite des Hausgesetzes. Für eine viel zu lange Zeit war sie nicht fähig, sich zu regen.

Warum war Mamsell Brieger von Gut Rosenthal verschwunden? Und wie war sie gestorben? Friedrich hatte von einer verwirrten alten Frau erzählt, die in ihrem Delirium allein in einen dunklen Wald gegangen und von einem Wolf gefressen worden war.

Auf einmal hörte sie wieder die Stimme des alten Arztes, den sie vor so vielen Wochen besucht hatte. *Vertrauen Sie dem jungen Herrn nicht. Er ist ein furchtbarer Mensch.*

Vor wenigen Stunden hatte er sie im Rosengarten um ihre Hand gebeten, und sie hatte Ja gesagt.

Sie riss die Tür auf und verließ das Herrenhaus. Der Hund

wollte ihr hinterhertrotten, doch sie sperrte ihn im Haus ein, ohne sich um das leise Winseln zu kümmern. Selbst die Tiere spürten, dass auf Gut Rosenthal in dieser Nacht etwas Schreckliches vor sich ging.

Draußen lauschte sie mit klopfendem Herzen in die Nacht. Nichts regte sich, nur ein leiser Wind strich durch den verwilderten Garten. Cida lief an der Orangerie vorbei, in der selbst jetzt noch Licht brannte, und tauchte in die Dunkelheit des Gartens, in dem sie Friedrich zum ersten Mal geküsst hatte. Ihre Schritte hinterließen Fußabdrücke im Schnee, und sie sah noch weitere. Spuren, die frisch waren und die sie nicht zuordnen konnte. Waren die Kinder hier im Garten gewesen? Oder begann sie, Gespenster zu sehen? Sie lief immer schneller, bis sie beinahe rannte.

Ein Knacken ertönte, und eine Gestalt tauchte aus dem Schatten einer Hecke. Sie kam abrupt zum Stehen, stolperte beinahe. Erst jetzt wurde ihr bewusst, dass sie nicht einmal eine Waffe hatte – sie konnte sich nicht verteidigen. Sie wich vor der Gestalt zurück, während ihr Blick über den Boden zuckte und nach einem Stein oder einem Ast suchte.

»Fräulein Engel?«

Die Gestalt trat aus dem Schatten, und das Mondlicht verfing sich im Haar des nächtlichen Eindringlings. Cida rang nach Luft. »Emil! Was hast du hier zu suchen?«

»Psst!«, machte der Junge und trat auf sie zu. »Seien Sie nicht so laut!«

Sie blickte sich um, doch außer ihnen war niemand im Garten. »Was tust du hier?«

»Ich konnte nicht schlafen«, sagte Emil Meissner. Seine Stimme klang atemlos. Er musste gerannt sein. »Ich konnte nicht schlafen und habe aus dem Fenster gesehen. Da hörte ich das Rattern einer Kutsche, und kurz danach sah ich sie auch über den Marktplatz fahren. Ich erkannte sie sofort, denn sie ist erst vor ein paar Wochen durch das Dorf gekommen. Vor der Kutsche ritt ein Mann, den ich auch gleich erkannte.«

Cida ballte die Hände zu Fäusten. »Der Reiter war Hagen von Neuenstedt.«

Emil nickte. »Ja, gnädiges Fräulein. Genau der. Und die Gräfin, die konnte ich durch das Fenster der Kutsche sehen. Nur ihre Umrisse, ganz undeutlich, aber ich war mir sicher. Und das kam mir seltsam vor um diese Uhrzeit, eigentlich sollten die gnädige Frau und der gnädige Herr doch schon in Ostpreußen sein, nicht? Jedenfalls kam es mir eigenartig vor. Also habe ich mich angezogen und bin der Kutsche gefolgt. Sie fuhr zum Gasthaus, während der gnädige Herr den Weg nach Gut Rosenthal ritt, und wieder wunderte ich mich und dachte: Warum kehrt denn die Gräfin im Gasthaus ein, und der gnädige Herr reitet mitten in der Nacht zum Gut? Also habe ich mich ins Gasthaus geschlichen, gnädiges Fräulein, und ich habe an der Tür der gnädigen Frau gelauscht, als die mit ihrer Zofe sprach.«

Die Zofe der Gräfin von Neuenstedt war eine stille ältere Frau, die wie ein Schatten durch die Flure des Herrenhauses wandeln konnte. Cida hatte sie noch nie sprechen gehört.

»Was haben sie gesagt?«, flüsterte sie.

»Ich habe nicht alles verstehen können«, antwortete Emil Meissner. »Aber was ich gehört habe, ist das: Die gnädige Frau und der gnädige Herr, die waren wohl gar nicht in Ostpreußen, sondern auf irgendeinem Anwesen nicht weit von hier. Und dann sagte sie etwas über eine Familie von Breskow, und dass das Problem auf Rosenthal nun gelöst werden müsste. Sie klang so hasserfüllt. Und da wusste ich es, gnädiges Fräulein. Da wusste ich, dass sie Ihnen was Böses will, und bin hergekommen, so schnell ich konnte! Und jetzt müssen wir unbedingt von hier verschwinden, hören Sie?«

Cida starrte den Jungen an. Sie brauchte nicht zu fragen, ob er sich sicher war. Emil Meissner hatte seine Schlüsse aus der Unterhaltung der Gräfin gezogen, und nach allem, was sie über diesen Burschen wusste, war die Wahrscheinlichkeit, dass er sich irrte, verschwindend gering.

»Gott segne dich, Emil!«, flüsterte sie.

»Das will ich aber auch hoffen«, gab er zurück, als er an ihrer Seite durch den Garten und zu den Ställen eilte.

Sie sattelten zwei Pferde – Cida stahl Friedrichs wilden Hengst Donner, und für Emil sattelte sie die brave Stute Sonja, die den Burschen schon kannte und mit einem erfreuten Schnauben begrüßte.

»Was werden Sie jetzt tun?«, fragte Emil leise, als sie die Pferde aus dem Stall geführt hatten.

»Ich weiß es nicht«, gab Cida zu. Ihre Stimme schwankte, und sie hatte einen Kloß im Hals. Sie begriff nicht, was vor sich ging, aber sie wusste, dass sie in dieser Nacht nicht auf Gut Rosenthal bleiben konnte. Sie verbot sich, an Friedrich zu denken.

Emil war noch kein guter Reiter, weshalb sie nur langsam vorankamen. Endlich hatten sie die Pferdekoppeln hinter sich gelassen und waren in den Schatten des Waldes eingetaucht. Hier war es still, bis auf das Flüstern des Windes in den Bäumen und das Schnauben der Pferde.

Im Dorf angekommen, wies Cida Emil an, Sonja laufen zu lassen. »Sie wird geradewegs nach Hause laufen«, prophezeite sie. »Und du musst jetzt auch geschwind zu deiner Familie gehen.«

Der Bursche sah sie empört an. »Ich lasse Sie doch nicht allein, Fräulein! Ich komme mit Ihnen und beschütze Sie!«

Cida schluckte. Emil Meissner war ein kluger Junge, und in dieser Nacht war er zweifellos ihr Retter – was immer sie jetzt tun würde, sie wäre mit ihm möglicherweise besser dran als ohne ihn. Aber sie konnte kein Kind in Gefahr bringen, für wie erwachsen es sich auch halten mochte.

»Ich danke dir für alles, was du für mich getan hast«, sagte sie sanft. »Doch jetzt heißt es Abschied nehmen. Du musst zurück nach Hause, bevor deine Eltern erwachen und sich sorgen. Und ich muss weiter. Ich muss beenden, weswegen ich nach Pommern gekommen bin, und dann …« Sie verstummte, der Kloß in ihrem Hals wurde größer. Noch ein weiteres Wort und sie wäre nicht mehr imstande, die Tränen zurückzudrängen.

»Aber …«

»Nein.« Sie schnitt ihm das Wort ab. »Das hier ist keine Abenteuergeschichte, Emil. Du gehst jetzt nach Hause, und du vergisst, was heute Nacht geschehen ist. Das ist mein letztes Wort.«

Er presste die Lippen aufeinander, widersprach jedoch nicht. Als er Sonja einen Klaps auf die Flanke gab, trabte die Stute davon, in Richtung Rosenthal, ganz wie Cida es vorhergesagt hatte. Sie würde schon bald wieder zu Hause sein.

»Wissen Sie, was mein Vater über Sie gesagt hat?«, fragte Emil, als Cida die Zügel des schwarzen Hengstes aufnahm, der schon unruhig auf der Stelle tänzelte.

Jetzt hielt sie inne und blickte den Burschen abwartend an.

»Er sagte es scherzhaft«, fügte Emil Meissner hinzu. »Aber ich glaube, er hatte recht. ›Das Mädchen wird niemals bei unserem jungen Herrn bleiben‹, waren seine Worte. ›Sie ist ein einsamer Wolf, und die gehen allein auf die Jagd.‹« Er zuckte mit den Schultern. »Ich glaube, er hatte recht. Sie wollen gar nicht, dass irgendjemand zu Ihnen gehört. Sie können nicht damit umgehen, dass jemand einfach so bei Ihnen sein möchte, also bleiben Sie allein – selbst in Gesellschaft bleiben Sie allein.«

Einige Sekunden lang war es still, während die Worte des Jungen zwischen ihnen nachhallten. Meine Suche ist noch nicht zu Ende, dachte Cida. Und der Weg, der jetzt vor mir liegt, könnte gefährlich werden. Ich kann ihn nur allein beschreiten. Aber sie wusste, dass sie sich selbst belog. Es war, wie Emil sagte: Sie hatte eine Barriere zwischen sich und dem Rest der Welt errichtet, und sie wusste auch, wann das geschehen war.

Irgendwann straffte sie sich. Hier in Rosenthal konnte sie nicht bleiben. Hier würde sie ihre Schwester nicht finden. Sie würde nur vergessen, wer sie war und woher sie kam, wenn sie blieb und Friedrich von Neuenstedt ehelichte.

»Leb wohl, Emil«, sagte sie und drückte Donner die Knie in die Flanken.

Als sie das Dorf hinter sich gelassen hatte und auf Donners Rücken über die winterlichen Felder sprengte, nur begleitet vom Sichelmond, der kalt und gleichgültig auf sie herabsah, fiel ihr der Brief aus Greifswald wieder ein.

Sie zügelte Donner, und blickte sich um. Sie war allein auf dem weiten Feld. Vor ihr lag dunkler Wald, und hinter ihr sah man das Dorf schon nicht mehr. Nicht einmal den Rauch, der aus den Schornsteinen in den Himmel stieg.

Cida führte Donner zum Waldrand und stieg dort, im Schatten einer mächtigen Kiefer, von seinem Rücken. Ihre Finger zitterten, als sie das Schreiben öffnete und die Zeilen im Licht des schmalen Mondes überflog.

*Sehr geehrtes Fräulein Engel,*
*schrieb die Leiterin des Evangelischen Waisenhauses für Mädchen in Greifswald, in der Tat gab es hier im Hause ein Mädchen mit Namen Karoline – wir riefen sie Karo –, das im passenden Alter wäre. Sie kam im Jahr 1892 nach Greifswald, mit einem Bauern, der sie irgendwo im Wald aufgelesen hatte – ein halb verhungertes Kind, das in seinen ersten Wochen hier kein einziges Wort sprach. Sie gebärdete sich äußerst seltsam, zuckte oft wie aus dem Nichts zusammen und litt an schrecklicher Insomnia. Wenn ich offen sein darf – sie machte den anderen Kindern Angst.*
*Erst viele Wochen, nachdem der Landwirt sie zu uns brachte, sprach*

*sie zum ersten Mal. Eine Frau war gekommen – sie fragte nach einem Mädchen namens Karoline, genau wie Sie. Sie nickte einmal, als sie unser stummes Mädchen erblickte, aber sie nahm sie nicht mit, und sie verriet uns ihren Namen nicht – und sie kehrte auch niemals zurück. Aber als sie verschwunden war, sprach das stille, ängstliche Mädchen.*

*»Karo«, sagte sie, als wir sie nach ihrem Namen fragten. »Mein Name ist Karo. Doch Sie können mich auch Helene nennen.« Einmal erwähnte sie ein Feuer – aber bedauerlicherweise fanden wir nie heraus, woher sie kam oder wer ihre Eltern waren.*

Cida holte tief Luft. Sie hatte sie gefunden. Karo war Helena. Und die Frau, die sie gefunden hatte – war das etwa Mamsell Brieger gewesen? Hatte sie Helena all die Jahre im Auge behalten, hatte sie nach ihrem Verschwinden aus Pyritz nach ihr gesucht, so wie Cida es heute tat? Wie an dem Tag ihrer Ankunft auf Gut Rosenthal dachte sie an die Orisha, an die Ayana glaubte, die Geister im Wind und in der Erde, überall. Die Orisha bewahrten die Vergangenheit, erinnerten sich, beschützten die Lebenden ebenso wie die Erinnerung an die Toten. Sie fühlte sich Mamsell Brieger in diesem Moment so nah, als würde sie neben ihr stehen.

Sie las weiter:

*Liebes Fräulein Engel, ich würde Ihnen gern eine frohe Botschaft überbringen. Doch nur ein halbes Jahr nachdem Karo zu uns kam, wurde unser Haus von einem furchtbaren Schicksal heimgesucht – ein Reisender aus Hamburg brachte die Cholera bis in unser Waisenhaus. Binnen weniger Tage war die Hälfte unserer Mädchen erkrankt, auch Karo, die noch immer schwach und unterernährt und der Krankheit deshalb hilflos ausgeliefert war. Weil das Krankenhaus in Greifswald überfüllt war, wurde sie mehrmals verlegt, zuletzt nach Stettin. Aus dem Städtischen Krankenhaus erhielten wir*

*schließlich die Nachricht, dass das Mädchen am zweiten Oktober 1892 ihrer Krankheit erlegen war.*
*Es tut mir leid, Ihnen dies mitteilen zu müssen, Fräulein Engel, doch seien Sie versichert, dass man alles getan hat, um die kleine Karo zu retten. Wenn Sie ihr Grab besuchen möchten – sie liegt auf dem Stettiner Friedhof, wo die Engel über sie wachen.*

Ein gequälter Laut erklang, und erst, als er in der Nacht verhallt war, begriff Cida, dass er aus ihrem Mund gekommen war. Das Papier flatterte in den Schnee und blieb dort liegen, und sie beobachtete, wie der Wind es aufnahm, und ein paar Meter weiter trug.

Jetzt erwachte sie doch aus ihrer Starre. Sie sprang von Donners Rücken und stolperte durch den Schnee, während der Wind den Brief aufnahm und noch etwas weiter trug. Endlich bekam Cida es zu fassen. Sie packte die Nachricht vom Tod ihrer Schwester und presste sie an sich, während sie in die Knie sank.

Sie weinte nicht, sie konnte nicht, aber sie spürte, wie ihr Gesicht sich verzerrte, unfähig, dem Gefühl, das sie von innen zerfetzte, Ausdruck zu verleihen. Sie wollte schluchzen, wieder diesen hohen, gequälten Laut von sich geben, doch als sie den Mund öffnete, kam nichts heraus. Die Welt verschwand, und sie war allein mit sich, dem ohrenbetäubend lauten Pulsieren ihres Herzens und dem Gefühl, keine Luft mehr zu bekommen.

Irgendwann, als sie nur noch zitternd im Schnee kniete, fiel ihr Blick auf die letzten Zeilen der Leiterin des Waisenhauses. Ein Postskriptum.

*Sicher ist diese Nachricht schockierend für Sie. Doch ich muss zugeben, ich kann meine Neugier nicht bezwingen, verzeihen Sie mir. Erst vor wenigen Wochen erhielt ich ein Telegramm von einem Herrn mit dem Namen Friedrich von Neuenstedt, der sich nach Karoline erkundigte. Ich teilte ihm mit, dass das Mädchen gestorben sei – erst gestern erreichte mich sein Antwortschreiben. Und ich komme nicht umhin, mich zu fragen, warum so viele Menschen auf einmal nach ihr zu suchen scheinen.*

Als Cida endlich in der Lage war, sich zu bewegen und aufzustehen, war sie wie betäubt. Donner, der ihren Zusammenbruch bis zu diesem Augenblick nur mäßig interessiert beobachtet hatte, trottete jetzt zu ihr und stieß mit der Stirn gegen ihre Schulter. Einmal. Zweimal.

»Sie ist tot«, sagte Cida. »Und er hat davon gewusst.« Ihre Stimme klang dumpf, und der Wind erfasste ihre Worte und trug sie davon. »Sie ist tot!«, brüllte sie in die Nacht hinaus. »Und er hat es gewusst!«

Donner stieß ein Wiehern aus und tänzelte zurück, erschrocken über ihren Ausbruch. Doch nur eine Sekunde später war er wieder bei ihr und stieß seine Nüstern gegen ihre Nase, so als verstünde er jedes Wort, das aus ihrem Mund kam.

»Sie ist tot«, flüsterte Cida. Die Tränen brannten in ihren Augen, aber fließen wollten sie noch immer nicht. Ihre Kehle war wie zugeschnürt. »Und er, er ist auch tot. Für mich ist er tot.«

Weil der Hengst nicht vor ihr zurückwich, sondern ihr weiter seinen warmen Atem entgegenblies, schlang sie die Arme um seinen Hals und vergrub das Gesicht in seinem borstigen Fell, während der Wind um sie herum anhob und ihr zurief, was für eine Närrin sie gewesen war.

Sie wusste nicht, wie lange sie so bewegungslos stand und sich an Donner schmiegte. Stunden, Tage, ein ganzes Leben, ein Mädchen, das einmal kurz gelebt hatte, und das jetzt nur noch Erinnerung war.

Irgendwann hob Donner den Kopf und stellte die Ohren

auf. Cida wandte sich in die Richtung, in die der Wallach blickte. Ein Reiter näherte sich.

Sie machte keine Anstalten, auf Donners Rücken zu springen und zu fliehen. Stattdessen blieb sie stehen und blickte ihm entgegen. Als er von seinem Pferd sprang und zu ihr trat, sagte sie nichts.

Er atmete schnell, sein Haar war vom Wind zerzaust und sein Gesicht gerötet. »Cida«, begann er und machte Anstalten, sie in den Arm zu nehmen. Sie wich zurück.

Die Erleichterung darüber, sie gefunden zu haben, verschwand aus seiner Miene und machte Betroffenheit Platz. »Du warst verschwunden«, fuhr er nach einigen Sekunden der Stille fort. »Ich habe mir Sorgen gemacht. Hör zu, es gibt etwas …«

»Sie ist tot«, unterbrach sie ihn und hielt das zerknitterte, vom Schnee feuchte Telegramm in die Höhe.

Sein Gesichtsausdruck sagte ihr alles, was sie jetzt noch wissen musste. Er erbleichte.

»Du wusstest es«, flüsterte Cida.

Er schwieg, und das machte es noch schlimmer.

Cida holte die fehlende Seite des Hausgesetzes aus ihrer Rocktasche und hielt sie ihm hin. Ihre Finger bebten, und am liebsten wollte sie in Tränen ausbrechen. Nur ihre Wut bewahrte sie davor.

»Was ist das?«, fragte Friedrich.

»Ich habe es in deiner Uniformjacke gefunden«, antwortete sie mit erstickter Stimme.

Er griff nach dem Stück Papier und überflog es mit gerunzelter Stirn. Dann sah er sie wieder an. »Eine pragmatische Sanktion.« Er schüttelte kaum merklich den Kopf. »Davon wusste ich nichts.«

»Ich glaube dir nicht.« Ihr Flüstern hing zwischen ihnen wie ein Unheil verkündender Fluch. Sie hielt das Telegramm hoch und drängte die Tränen zurück.

»Ich wusste nicht, wie ich dir sagen soll, dass sie tot ist!«, rief er. »Cida, ich weiß es doch selbst erst seit ein paar Tagen! Und du … du warst so hoffnungsvoll.«

Irgendetwas in ihr zersplitterte. War es ihr Herz? Sie wusste es nicht, sie wusste überhaupt nichts mehr.

»Ich will dich nie wiedersehen«, flüsterte sie und wandte sich dann ab, um auf Donners Rücken zu springen und davonzureiten. Aber er ließ sie nicht gehen.

»Cida, warte!« Er nahm sie beim Handgelenk und drehte sie zu sich herum.

Sie riss sich los. »Hast du Mamsell Brieger umgebracht?« Die Worte kamen einfach aus ihr heraus, sie konnte sie nicht aufhalten.

Er starrte sie an. »Wie bitte?«

»Hast du es getan?« Ihre Stimme war nicht länger ein Flüstern, sie klang laut und wütend und verzweifelt.

»Mamsell Brieger wurde von einem Wolf getötet!«, rief er. »Herrgott, Cida, ich habe diese Frau mein Leben lang gekannt! Warum hätte ich das tun sollen?«

»Ich weiß es nicht«, gab sie erstickt zurück. »Alles, was ich weiß, ist, dass ich kein Wort mehr glauben kann, das aus deinem Mund kommt.«

Seine Brust hob und senkte sich viel zu schnell, aber er schwieg.

Sie griff in ihre Rocktasche und zeigte ihm den Knopf, den sie im Wald gefunden hatte. »Er lag dort, wo Mamsell Brieger starb. Er gehört zu einer deiner Uniformen. Sie liegt in der Kleiderkammer für die Hausangestellten und ist mit Blut befleckt. Darin fand ich die fehlende Seite aus dem Hausgesetz. Und ich weiß auch, wo der Rest ist. In einem Sessel, in dem Raum, in dem ich mich an Silvester versteckt habe. Dort, wo du mich gefunden hast. Wie ist es dorthin gekommen? Und wie fand die fehlende Seite den Weg in deine Uniform, und das … das Blut …«

Er schüttelte den Kopf. »Das ist …« Er sah ihr in die Augen, und es wirkte, als suchte er etwas in ihrem Gesicht. »Ich kann dir nicht erklären, wie das alles zusammenhängt. Ich muss darüber nachdenken.«

Als er ihr näher kommen wollte, wich sie zurück.

Friedrich schluckte. »Cida. Ich habe einen Fehler gemacht, und es tut mir unendlich leid. Ich habe dir die Wahrheit nicht verschwiegen, um dir wehzutun.« Er holte tief Luft und streckte dann eine Hand nach ihr aus. Ohne sie zu berühren. »Lass uns nach Hause gehen. Ich verspreche dir, wir finden heraus, was vor sich geht.«

Sie atmete zittrig ein. »Was ist mit Hagen?«, fragte sie schließlich. »Er ist wieder auf Gut Rosenthal. Ich habe ihn gesehen. Wenn du Mamsell Brieger nichts angetan hast …« Sie zögerte, bevor sie den Verdacht aussprach, der sie schon begleitete, seit sie den Uniformknopf im Wald gefunden hatte. »Wenn du es nicht warst, dann muss er es gewesen sein.«

Cida dachte an Doktor Krause. Der alte Arzt hatte vor Angst gezittert, als er ihr von dem Mann berichtet hatte, der ihn bedroht hatte, um ihn daran zu hindern, irgendjemandem zu verraten, was in der Nacht von Helenas Geburt wirklich geschehen war. »Der junge Herr ist ein furchtbarer Mensch«, hatte er gesagt. »Der junge Herr« – das hätte ebenso gut Hagen von Neuenstedt sein können. Und sie dachte an das geöffnete Grab von Helena von Eichberg. Es musste Hagen gewesen sein. Vermutlich war er ihr die ganze Zeit auf der Spur gewesen. Sie fröstelte allein bei der Vorstellung, wieder in die Nähe dieses Mannes zu kommen.

»Hagen war in dieser Nacht bei mir – bis wir Mamsell gefunden hatten, ist er nicht von meiner Seite gewichen.« Friedrich sah sie eindringlich an. »Cida, es war ein Wolf. Ich habe ihren Leichnam gesehen, hörst du? Ich gehe schon mein Leben lang auf die Jagd. Ich bin mir sicher.«

Sie wollte ihm glauben. Mehr als alles andere. Sie wollte in seine Arme sinken und vergessen, dass er ihr die Wahrheit verschwiegen hatte. Aber sie konnte nicht.

Was auch immer er in ihrem Gesicht las, es brachte seine Augen dazu, sich zu verdunkeln. »Du wolltest nicht zurückkehren«, sagte er mit einem Blick auf Donner. Der schwarze Wallach hatte begonnen, unruhig mit den Hufen zu scharren. »Du wolltest gehen, ohne dich zu verabschieden.« Friedrich machte einen Schritt auf sie zu. »Hätte ich je wieder von dir gehört? Oder wärst du für immer aus meinem Leben verschwunden, weil du dich längst selbst davon überzeugt hast, dass ich genau der bin, für den du mich von Anfang an gehalten hast?«

Sie antwortete nicht darauf. Er hatte recht. Sie konnte nicht bei ihm bleiben, sie konnte nicht bei ihm zu Hause sein. Sie konnte ihn nicht lieben, obwohl sie es schon tat.

Cida betrachtete ihn, sein zerzaustes Haar, das im Mondlicht weiß schimmerte, und seine Augen, in denen jetzt nur noch ein Ausdruck der Traurigkeit zu finden war. »Ich gehe zurück nach Brasilien«, erklärte sie schließlich. »Und ich komme nicht zurück.«

Als sie aufsaß und die Zügel aufnahm, versuchte er nicht, sie aufzuhalten. »Ich sorge dafür, dass er zu dir zurückkommt«, sagte sie und klopfte Donner den Hals.

»Ich weiß, dass du das tun wirst«, erwiderte er.

Sie trieb den Hengst an und sprengte davon.

Als sie den Rand des Waldes erreichte, blickte sie noch einmal zurück. Friedrich stand noch immer dort, eine einsame Gestalt in der Morgendämmerung. Irgendwo hinter ihm lag Rosenthal. Sie konnte es nicht mehr sehen. Aber sie wusste, dass es da war. Mit einer unwirschen Geste wischte sie sich über das Gesicht und wandte sich ab. Ihre Suche war vorbei.

Ihr Onkel saß vor seiner Hütte und putzte sein Gewehr. Es war Tag geworden, doch selbst jetzt, da der Frühling vor der

Tür stand, kam sein Atem in weißen Wolken aus seinem Mund.

»Ich gehe zurück nach Hause«, sagte sie. Sie hatte ihm alles erzählt, und er hatte schweigend gelauscht. Irgendwann verhallten ihre Worte, und zurück blieben nur die Geräusche des Waldes, des Knacken und Rascheln im Unterholz und das Ächzen der Bäume. »Du solltest mit mir kommen«, setzte sie hinzu, weil Franz ihr keine Antwort gab.

Er sagte nichts und fuhr damit fort, sein Gewehr zu putzen.

»Onkel Franz!«, rief sie. »Hörst du mich nicht? Komm mit nach Brasilien. Willst du nicht Mama wiedersehen, nach all den Jahren?«

Jetzt blickte er doch zu ihr auf. »Natürlich möchte ich meine Schwester wiedersehen. Aber ich kann nicht.«

Sie war nicht gewillt, das so stehen zu lassen. »Warum nicht?«

Er runzelte die Stirn. »Ich bin ein eigenartiger alter Waldschrat. Ich kann mich kaum bewegen. Egal, wo ich hinginge, ich wäre eine Bürde, und ich wäre auch nicht mehr in der Lage, mich unter Menschen zu bewegen, nach all der Zeit, die ich allein im Wald verbracht habe. Nein, Cida. Ich bleibe, wo ich bin. Ich bin in Pommern geboren, und hier werde ich auch sterben.« Er sah sich um, mit einem eigenartigen Ausdruck der Zufriedenheit in den Augen. »Ich werde sterben, wenn wieder Schnee fällt. Unter Bäumen wie diesen. Davon habe ich geträumt.«

Cida versuchte, ihn umzustimmen, doch er ließ nicht mit sich reden.

»Geh jetzt, Kind«, bat er schließlich und warf einen Blick in den Himmel. »Ich glaube, es wird bald schneien.«

Sie ging zu ihm und schloss die Arme um seine schmächtige Gestalt. »Leb wohl, Onkel Franz!«

Als sie Donner am Zügel nahm und sich abwandte, sagte

er, leise, so als spräche er gar nicht zu ihr: »Unsere schlimmsten Feinde existieren in uns. Vergiss das nicht. Wir können sie nicht bekämpfen, und wir können ihnen nicht entfliehen. Und wenn wir uns ihnen nicht stellen, werden sie uns vernichten.«

Sie ritt die ganze Nacht hindurch.

Auf der Straße nach Stettin begegnete sie einem Bauern aus Rosenthal, der gerade auf dem Heimweg war. Er hatte drei magere Pferde auf dem Viehmarkt in Stettin gekauft und war jetzt auf dem Weg zurück nach Hause. Gegen ein kleines Entgelt war er bereit, Donner zu seinem Besitzer zurückzubringen.

Cida blickte dem schwarzen Hengst nach, bis er und der Bauer mit seinem Karren und seinen dürren Pferden hinter einer Biegung verschwunden waren. Dann setzte sie ihren Weg nach Stettin fort, ohne noch einen Blick zurückzuwerfen.

Sie fand Helenas Grab ganz am Rande des Städtischen Friedhofs von Stettin. Ein verwittertes Holzkreuz, ein Name, eine Jahreszahl. *Karoline Hübner, 1892.* Mehr nicht. Cida stand vor dem Grab, fröstelnd und reglos, und dachte bei sich, dass Onkel Franz recht behalten hatte: Es schneite, vielleicht zum letzten Mal in diesem Jahr.

Cida blickte in den fahlen Himmel über Stettin und fragte sich stumm, was das alles am Ende wert gewesen war. »Warum?«, flüsterte sie, und sie wusste nicht, ob sie zu sich selbst sprach oder zu Gott oder Ayanas Orisha. Vielleicht sprach sie auch zu der Schwester, die sie nun endlich gefunden hatte.

Als sie die Frage ein weiteres Mal stellte, schrie sie sie in den Himmel. Ein paar Vögel flogen auf, ein älteres Ehepaar blickte sie konsterniert an und ging dann weiter über die gepflegten Wege.

»Ist das alles?«, flüsterte sie, als sie wieder allein war mit den Toten. Mit zitternden Fingern fasste sie nach Ayanas Anhänger, den sie auch jetzt unter ihrer Kleidung trug. »Ist das alles, was ich von dir bekomme, Helena? Ich bin ausgezogen, um meine Familie zu heilen, und so komme ich zurück.« Sie fuhr sich mit einer Hand über das Gesicht. »Ich dachte, wenn du zurückkommst … wenn ich dich nach Hause bringe …« Sie sank vor dem Grabstein auf die Knie. »Ich dachte, dann ergibt alles einen Sinn. Dann verschwinden diese Leerstellen und diese vielen dummen Gedanken. Und jetzt habe ich dich gefunden, und nichts davon ist geschehen.« Sie krallte ihre Finger in die kalte Erde. »Wie albern. Ich spreche mit einem Grab. Aber vielleicht hat Ayana ja recht mit ihren Geistern, und ein Teil von dir ist wirklich noch hier.«

Das Grab antwortete nicht. Stattdessen wurde es kälter und dunkel, obwohl es mitten am Tag sein musste. Irgendwann erhob sie sich und verließ den Friedhof.

Eine Mischung aus Regen und Schnee ging auf die Stadt nieder, als Cida vor der Tür des Wohnheims stand, in dem Theresa lebte. »Du kannst jederzeit zu mir kommen, wenn du etwas brauchst«, hatte sie Cida bei ihrem letzten Abschied mit auf den Weg gegeben und ihr diese Adresse genannt.

Theresa und ihre Zimmergenossinnen, zwei Schwesternschülerinnen, nahmen Cida auf wie eine alte Freundin, und weil die Hauswirtin schon schlief und das Haus voller junger Frauen war, fiel ihre Anwesenheit kaum auf.

Erst als alle anderen schliefen, erzählte Cida ihrer Freundin, was sie herausgefunden hatte.

»Es tut mir wirklich leid«, sagte Theresa, als sie geendet hatte. »Ich habe auch in unseren Unterlagen nachgesehen, aber … da war kein Mädchen mit dem Namen Helena.«

»Sie lebte unter dem Namen Karoline Hübner«, erklärte Cida leise. »Ich weiß es auch noch nicht lange.« Sie holte den Brief aus Greifswald aus ihrer Manteltasche und zeigte ihn Theresa im Licht der Kerze. »Hier, so hieß das Mädchen, das sie beerdigt haben. Sie ist hier im Stettiner Krankenhaus gestorben.«

Theresa schwieg einen Moment und studierte das Schreiben. »Sie können so lange bleiben, wie Sie wollen«, meinte sie dann. »Ich finde es schade, dass Sie schon so bald wieder abreisen müssen – aber mir sind Sie immer willkommen.«

Am nächsten Tag besuchte Cida noch einmal das Grab ihrer Schwester und legte eine Christrose dort ab – sie hatte sie von einem der Sträucher abgebrochen, die hier überall blühten. Es sah kläglich aus, die Blume auf der kalten Erde, über die das verwitterte Kreuz seinen Schatten warf.

Bevor sie zum Bahnhof ging, um den Zug nach Hamburg zu nehmen, schlug sie noch einmal den Weg zum Städtischen Waisenhaus ein.

Sie hatte noch gerade eben genug Geld, um sich eine Fahrkarte nach Hause zu kaufen – ein paar Pfennig jedoch hatte sie hergegeben, um ein Schreibheft und einen Füllfederhalter zu erstehen.

Das Waisenhaus lag dieses Mal nicht so still da wie bei Cidas letztem Besuch. Es war mitten am Tag, und draußen liefen Kinder umher. Sie jagten einen ledernen Ball über den Hof, und eine Weile beobachtete Cida sie dabei. Auch die Jungen aus Rosenthal spielten oft Fußball – einmal hatten sie ihr erzählt, dass sie bald eine richtige Mannschaft gründen wollten.

Cida verdrängte die Erinnerung an das Dorf und seine Bewohner und ging zum Tor. Die Pförtnerin öffnete ihr wie beim letzten Mal.

»Erinnern Sie sich an mich?«, fragte Cida.

Ein fröhliches Lächeln breitete sich auf dem Gesicht der jungen Frau aus. »Sie sind die Dame mit der schönen Kutsche und den Dienern. Sie kommen von weit her, hat Schwester

Maria gesagt. Von einem Land weit weg.« Sie schien kurz zu überlegen. »Sind Sie eine Prinzessin?«

Cida lächelte. »Nein. Ich bin nur ...« Sie beendete den Satz nicht. Stattdessen reichte sie der Pförtnerin die Tüte mit dem Schreibheft und dem Federhalter. »Ich schreibe meine Gedanken manchmal gern auf«, erklärte sie, als das Mädchen die Tüte öffnete und den Federhalter herauszog. »Ich dachte ... ich dachte, das würde Ihnen auch gefallen.«

Die Pförtnerin schenkte ihr ein Lächeln. »Sabine hat gesagt ich bin dumm. Weil ich gesagt habe, dass die schöne Prinzessin bestimmt zurückkommt. ›Dich mag überhaupt niemand leiden‹, hat sie gesagt, ›und deshalb hast du auch keine Freundinnen.‹«

»Das ist nicht besonders nett«, erwiderte Cida. »Und ich bin mir sicher, es stimmt auch nicht.«

Die Augen der jungen Frau füllten sich mit Tränen. »Die meisten lassen mich einfach allein. Mich hat nie jemand mitnehmen wollen, und deswegen bewache ich das Tor.«

Die Pförtnerin ging davon, und Cida blieb noch eine Weile vor dem Waisenhaus stehen und sah ihr nach, bis sie die Kirchturmuhr schlagen hörte. Ihr Zug nach Hamburg würde in weniger als einer Stunde abfahren. Sie ließ das Waisenhaus hinter sich und fuhr mit der Straßenbahn zum Bahnhof.

Als sie vor dem Bahnhofsgebäude stand, rief eine Stimme ihren Namen. »Cida! Cida, warten Sie!«

Sie drehte sich um.

Theresa sprang aus einer Straßenbahn und eilte mit fliegenden Mantelschößen auf sie zu. Sie trug noch ihre Schwesterntracht.

»Theresa«, murmelte Cida. »Was machen Sie denn hier?«

Die junge Krankenschwester japste und hielt sich die Seite.

Cida blickte auf die Bahnhofsuhr. Sie hatte noch zwanzig Minuten. »Beruhigen Sie sich«, sagte sie zu ihrer Freundin und fasste sie beim Arm, als sie sich schließlich aufrichtete.

Die Angesprochene nickte. »Ich dachte … ich dachte, ich erwische Sie nicht mehr.«

Cida runzelte die Stirn. »Was ist denn los? Ist etwas passiert?«

Theresa nickte. Sie blickte Cida mit geröteten Wangen an. »Ich habe sie gefunden.«

Cida starrte ihre Freundin an, während ihr Herz wie wild anfing zu klopfen. »Wen haben Sie gefunden?«

Theresa zog umständlich einen Ordner aus Pappe aus ihrer Tasche. Dabei sprudelten die Worte nur so aus ihr hervor. »Ich habe mir die alten Patientenakten noch einmal angesehen. Dabei habe ich es dann entdeckt … Erst konnte ich es nicht glauben. Ich musste es dreimal lesen, und selbst jetzt …« Sie räusperte sich und hielt triumphierend den Ordner in die Höhe. Eine gestohlene Patientenakte, wie Cida vermutete. Sie sah zur Uhr hin. Noch fünfzehn Minuten, bis ihr Zug abfuhr.

»Es hat damals eine Verwechslung gegeben«, berichtete Theresa aufgeregt. »Das Mädchen, das damals gestorben ist … das war nicht Karoline Hübner! Die beiden Kinder müssen in benachbarten Betten gelegen haben und verwechselt worden sein. Sehen Sie …« Sie schlug die Akte auf und zeigte mit dem Finger auf eine Stelle, an der sich jemand mit einer winzig kleinen Schrift eine Notiz gemacht hatte. »*Karoline befindet sich auf dem Weg der Besserung*, schreibt der behandelnde Arzt hier. Aber das ist gar nicht Karolines Akte! Das hier ist die Akte eines anderen Mädchens, und dieses Mädchen wurde am achten Oktober 1892 aus dem Krankenhaus entlassen. Sie kam dann ins Städtische Waisenhaus.«

»Aber …« Cidas Gedanken überschlugen sich. In zehn Minuten würde ihr Zug abfahren. »Ich … Danke, dass Sie das getan haben«, sagte sie. »Aber … Theresa, vielleicht hat der Doktor an diesem Tag einfach einmal einen Fehler gemacht. Vielleicht ist das Mädchen, das gestorben ist, trotzdem Helena.«

Theresa schüttelte den Kopf. »Nein, eben nicht! Hier …« Sie schlug die Akte vorn auf und las. »*Körperlicher Befund: Die Patientin ist bei schlechtem gesundheitlichen Zustand … kaltschweißig und nur gelegentlich ansprechbar. Gewicht: 19 Kilogramm. Größe: Ein Meter zehn. Und jetzt …*« Sie blätterte zum Ende der Akte. »Hier steht: *Die Patientin hat deutlich an Gewicht zugenommen und wiegt nun 17 Kilogramm. Mit einer Größe von 1,17 m ist sie jedoch immer noch stark untergewichtig. Besorgniserregend ist auch ihr asthmatischer Husten.*«

Sie blickte zu Cida auf, als wollte sie ihr sagen: *Sehen Sie?* »Und es geht noch weiter: *Psychiatrischer Befund: Die Patientin wirkt verträumt und zeigt Anzeichen einer Ich-Störung: Sie beschreibt sich selbst mit wechselnden Namen, wie ›Helen‹ oder ›Schneewittchen‹.*«

Als Theresa verstummte, rang Cida nach Luft. Sie wollte sich nicht noch einmal Hoffnung machen, und doch …

Die Uhr schlug zur vollen Stunde und erinnerte sie daran, dass ihr Zug just in diesem Moment abfuhr. Das riss sie schließlich aus ihrer Starre. »Sie wurde ins Waisenhaus gebracht«, murmelte sie schließlich.

Theresa nickte. »Ins Städtische Waisenhaus. Sie haben sie dort nicht gefunden, weil sie ja nicht unter ihrem richtigen Namen dort hinkam …« Sie nannte Cida den Namen des Mädchens, das vor so vielen Jahren im Stettiner Krankenhaus gestorben war.

»Danke!«, stieß Cida hervor. »Danke, ich …«

»Sie haben später noch Zeit, sich zu bedanken«, meinte Theresa und nahm sie bei der Hand, als eine Straßenbahn vorfuhr. »Kommen Sie schon! Lassen Sie uns zum Waisenhaus fahren!«

Theresas Schwesterntracht machte keinen Eindruck auf die Leiterin des Waisenhauses. Sie hatte Cidas ersten Besuch nicht vergessen und schien ihr noch genauso feindselig gegenüberzustehen wie damals. Als sie beide wieder vor der Tür standen, blickten sie sich ratlos an.

»Und jetzt?«, fragte Theresa.

»Ich werde dort einbrechen, wenn es sein muss«, sagte Cida.

Ihre Freundin schien ihr widersprechen zu wollen, doch in diesem Moment erklang ein Pfeifen.

Die beiden Frauen spähten um die Hausecke. Dort saß auf einem Mauervorsprung die Pförtnerin, ihren neuen Füllfederhalter in der Hand und das Schreibheft aufgeschlagen auf dem Schoß, und pfiff ein Lied vor sich hin. *Alle meine Entchen.* Als sie Cida erblickte, verstummte sie.

»Hallo«, rief Cida. »Dürfen wir dich kurz stören?«

»Sabine hat mir wieder das Essen weggenommen«, erzählte die junge Frau. »Sie ist ungezogen. Sie ist immer ungezogen zu mir.«

»Das glaube ich dir«, erwiderte Cida mitfühlend und setzte sich neben die Pförtnerin auf den Mauervorsprung. »Manche Menschen sind ungezogen.«

Die junge Frau umklammerte das Schreibheft und den Federhalter jetzt so fest, als hätte ihr jemand angedroht, es ihr zu entreißen. »Sie nehmen es mir bestimmt weg«, flüsterte sie. »Sie nehmen mir immer alles weg.«

»Dann musst du es gut verstecken«, sagte Cida. »Ich habe meins auch immer versteckt, unter meinem Kissen. Niemand außer mir darf es lesen.«

Jetzt erhellte ein Lächeln das Gesicht der jungen Frau. »Ich finde Sie nett.«

»Damit wärst du die Erste«, seufzte Cida.

»Sie ist überhaupt nicht nett«, warf Theresa hilfreicherweise ein. »Sie ist ein sturer Esel.« Sie wandte sich an die Pförtnerin. »Sag, wie lange bist du schon hier im Waisenhaus?«

Die Angesprochene runzelte die Stirn. »Ich passe auf das

Tor auf«, erklärte sie dann. »Ich passe schon immer auf das Tor auf.«

»Kennst du ein Mädchen mit dem Namen Ruth Fischer?«, fragte Theresa. Ruth Fischer war der Name des Kindes, dessen Patientenakte mit Helenas vertauscht worden war.

»Ich kenne Lene«, meinte das Mädchen nach einer kurzen Zeit der Stille. »Lene hat mit mir gespielt. Lene war nett. Sie ist nicht normal, haben die Schwestern gesagt. Aber sie war nett.«

»So kommen wir nicht weiter«, murmelte Theresa und breitete hilflos die Hände aus.

Cida jedoch fuhr auf. Lene! Natürlich! »Helena!«, rief sie. »War ihr Name Helena?«

Die Pförtnerin beugte sich zu ihr vor. »Ich darf es Ihnen nicht verraten. Es ist ein Geheimnis.«

»Bitte«, drängte Cida. »Wenn du etwas weißt, dann bitte, erzähl es mir.«

Das Gesicht der Pförtnerin verschloss sich. »Ich verrate nie ein Geheimnis. Ich petze nicht. Sabine petzt. Immer, wenn ich ihr an den Zöpfen ziehe, läuft sie zu den Schwestern und petzt.«

Cida überlegte. Dann fasste sie nach der Hand des Mädchens. »Ich weiß, dass du deine Freundin nicht verraten willst. Die Schwestern dachten, sie wäre verrückt, nicht wahr? Und du weißt genau wie ich, dass es nicht stimmt.«

Die Pförtnerin zögerte, und nickte schließlich.

»War ihr Name Helena?«, flüsterte Cida. Theresa hinter ihr war ganz still geworden.

Die Pförtnerin schüttelte den Kopf, und Cida ließ den angehaltenen Atem entweichen. Sie wusste, sie war auf der richtigen Spur! Was also passte nicht? Wo war das fehlende Bruchstück in diesem Mosaik?

»Sie hatte ganz viele Namen«, antwortete die Pförtnerin. »Deshalb dachten alle, sie ist verrückt. Aber ich dachte das nicht! Lene durfte ich sie nur nennen, wenn wir allein waren. Es war ein Geheimnis. Sie hat es mir zugeflüstert, an dem Abend, an dem wir beide von hier weglaufen wollten. Sie hat gesagt, sie geht zu ihrer Freundin Bettina. Ich wollte in einem großen Schloss wohnen, aber Lene wollte immer zurück zu Bettina.«

Cida holte tief Luft. Sie hatte sich nicht erlauben wollen zu hoffen, nachdem sie schon geglaubt hatte, die Nachricht von Helenas Tod wäre alles, was sie mit nach Hause bringen würden. Doch jetzt klopfte ihr Herz wie verrückt. Die Vergangenheit war noch nicht fertig mit ihr. Sie wusste es einfach. »Was ist mit ihr passiert?«, fragte sie eindringlich. »Was ist mit Lene passiert?

»Sabine sagt, die Frau, die Lene geholt hat, war eine böse Hexe, die sie auffressen wird«, fuhr die Pförtnerin fort. »Sie hat nicht aufgehört, darüber zu reden.«

»Diese Sabine muss ja ein rechtes Früchtchen sein«, seufzte Theresa.

»Und du?«, fragte Cida die Pförtnerin und umfasste ihre Hand noch eine Spur fester. »Was glaubst du, wer die Frau war, die Lena von hier weggeholt hat?«

Das Mädchen schien angestrengt nachzudenken. Irgendwann hellte sich ihre Miene auf. »Bestimmt war es ihre Freundin Bettina! ›Irgendwann werde ich einfach wieder zu meiner Freundin Bettina laufen‹, das hat Lene gesagt, ›und dann werden wir wieder zusammen Apfelkuchen essen und Märchen lesen.‹«

Cida erhob sich langsam. Plötzlich war ihr, als wären die Pförtnerin, das Waisenhaus und sogar Theresa ganz weit entfernt. *Lenes Freundin Bettina.* Sie dachte an die verwirrte alte Frau, die darauf gewartet hatte, dass ihre kleine Karoline zurückkehrte. War Helena ihr etwa die ganze Zeit über so nah gewesen?

»Wie heißt du?«, fragte sie die Pförtnerin, die sich schon

wieder in ihre eigene Welt zurückzuziehen schien, bevor sie das Gelände des Waisenhauses verließen.

»Anna«, erwiderte das Mädchen.

»Ich danke dir, Anna«, flüsterte Cida. »Das werde ich dir niemals vergessen.«

Nachdem sie sich noch einmal herzlich bei ihr bedankt hatte, verabschiedete sie sich von Theresa, fuhr mit der Straßenbahn zum Bahnhof und kaufte eine Fahrkarte nach Pyritz. Es dämmerte schon, als sie das Mühletor erreichte und an die Tür des Bauernhauses klopfte.

»Wer da?«

Cida hätte beinahe gelächelt, als auf ihr drittes Klopfen hin die misstrauische Stimme der alten Dame erklang. Wie bei ihrem ersten Besuch dauerte es eine Weile, bevor Bettina Stude die Tür schließlich einen Spaltbreit öffnete und hinausspähte. »Schickt meine Mutter Sie etwa?«

»Nein, Fräulein Stude«, antwortete Cida. »Ich hörte allerdings, dass Sie den besten Apfelkuchen in ganz Pyritz backen.«

Die Miene der alten Dame hellte sich sofort auf. »Aber ja, mein Kind, aber ja! Kommen Sie rein! Ich habe zufälligerweise noch ein schönes Stück übrig … Na kommen Sie schon, nicht so schüchtern!«

Wieder führte sie Cida in den verspielt eingerichteten Salon. Wie schon bei ihrem ersten Besuch wirkte der Raum, als wäre er aus der Zeit gefallen, mit seinen zierlichen Möbeln, der Spieluhr, die nicht mehr spielte, den Zinnsoldaten.

Auf dem Tisch standen zwei leere Kaffeetassen und ein halb gegessener Apfelkuchen.

»Hatten Sie Besuch?«, wollte Cida wissen.

Bettina Stude blickte mit gerunzelter Stirn auf den Kuchen hinab. »Besuch? Ich weiß nicht. Ich bekomme so selten Besuch. Manchmal decke ich den Tisch für zwei – dann komme ich mir nicht so einsam vor. Setzen Sie sich, mein Kind, setzen Sie sich!«

Cida zwang sich, mit ihren drängenden Fragen zu warten, bis Bettina Stude ihr eine Tasse Kaffee eingeschenkt und ihr ein Stück Kuchen auf einem zierlichen Porzellanteller serviert hatte.

»Der Apfelkuchen ist köstlich«, sagte sie, nachdem sie eine Gabel probiert hatte. Sie war viel zu angespannt, um überhaupt etwas zu schmecken, doch die ältere Dame schien so glücklich über das Kompliment zu sein, dass sie sich zwang, noch einen Bissen zu nehmen, bevor sie sich weiter vorwagte. »Das findet Karoline auch, nicht wahr? Dass Ihr Kuchen der beste Apfelkuchen auf der ganzen Welt ist?«

»Karoline …« Bettina Stude blickte aus dem Fenster, die Hände im Schoß verkrampft. Draußen wurde es jetzt dunkel. »Meine kleine Karo … Ja, Apfelkuchen hat sie am liebsten.«

Cida setzte sich aufrechter hin. »War sie denn in letzter Zeit hier?«

»Sie schaut immer durch mein Fenster«, sagte Bettina Stude und kicherte. »Sie ist so eine Naschkatze, meine kleine Karo. Dieses Kind …«

Cida presste die Lippen aufeinander. Würde sie wirklich nichts aus Bettina Stude herausbekommen? Was war, wenn sie doch auf der falschen Spur war? Anna könnte sich geirrt haben.

Da fiel ihr Blick auf das Märchenbuch, das auf einem Beistelltisch lag, neben den Zinnsoldaten. Es war in der Mitte aufgeschlagen. *Schneewittchen*, las Cida.

Sie sprang auf. »Wo ist sie?«

Bettina Stude war zusammengezuckt. »Ich weiß nicht … ich weiß nicht, wovon Sie sprechen, mein Kind. Wollen Sie nicht noch ein Stück Kuchen essen? Sie sehen so dünn aus. Viel dünner als bei Ihrem letzten Besuch …«

Cida drängte sich an der alten Dame vorbei und eilte die

Treppe hinauf in den ersten Stock. Sie hörte, dass Bettina Stude ihr folgte, doch es war ihr gleichgültig. Die alte Frau war nicht halb so verwirrt, wie sie sich gab. Sie wusste ganz genau, wer sie war, und sie wusste, nach wem sie suchte.

Sie ging von Zimmer zu Zimmer, doch alles, was sie fand, waren leere, staubige Räume. Sie entdeckte die Stiege, die zum Dachboden hinaufführte, und kletterte hinauf. In der Dunkelheit blickte sie sich um, mit klopfendem Herzen. Alte Möbel und eine Truhe, die halb offen stand und aus der Stoff heraushing, und ein kalter Windzug, der durch das offene Dachfenster drang und ein paar winzige Schneeflocken mitbrachte. Auch hier war niemand. Das Haus war leer.

Als sie sich wieder umdrehte, sah sie sich Bettina Stude gegenüber. Die alte Dame war ihr so nah, dass sie den Hauch von Thymian riechen konnte, der ihr anhaftete. »Wo ist sie?«, flüsterte sie.

»Sie kommt mich manchmal besuchen«, erwiderte die alte Dame, so leise, dass es auch der Wind hätte sein können, der im Gebälk pfiff. »Sie ist gerade gegangen, als Sie kamen. Ein Wunder, dass Sie ihr nicht begegnet sind.«

»Wo ist sie?« Die Verzweiflung in ihrer Stimme schien das ganze Haus zu durchdringen. »Sagen Sie es mir! Ich …« Sie holte tief Luft. »Ich bin ihre Schwester.«

»Es war hier oben.« Bettina Stude sah sich auf dem im Zwielicht liegenden Dachboden um, als erblickte sie ihn zum ersten Mal. »Ich habe meinen kleinen Bruder hier hochgebracht, weil er so laut geschrien hat und weil ich dachte, hier kann er die Sterne sehen.«

Eine Gänsehaut wanderte über Cidas Nacken. Die Augen der alten Frau wirkten im einfallenden Mondlicht so blass wie Fische unter Wasser.

»Meine Eltern waren keine lieben Menschen«, fuhr die alte Frau fort. »Mein Vater war ein Säufer, und meine Mutter war schwach. Sie liebte meinen Bruder, und sie hasste mich, weil ich aussah wie mein Vater. Ich glaube, ein Teil von mir wusste immer, dass etwas Schlimmes geschehen würde. Schließlich war ich von bösem Blut.« Bettina Stude trat noch einen Schritt näher an Cida heran, bis diese ihren Atem auf dem Gesicht spüren konnte. »Ich wollte immer das gute Kind sein, weil ich glaubte, ich müsste wiedergutmachen, dass ich die Tochter eines bösen Mannes war. Und so endete es schließlich.« Die alte Frau zog sich zurück, bis sie fast mit den Schatten verschmolz, und Cida ließ den angehaltenen Atem entweichen.

»Es ist mir egal, wer Sie behaupten zu sein«, sprach Bettina Stude weiter. »Selbst wenn ich wüsste, wo meine kleine Karo hingeht, wenn sie mich wieder verlässt – ich würde es Ihnen nicht verraten. Sie hat gesagt, dass das passieren würde, wissen Sie? Sie hat gesagt, vielleicht würde eines Tages jemand kommen und nach ihr suchen.«

»Warten Sie«, bat Cida, als die alte Dame Anstalten machte, den Dachboden zu verlassen. »Erzählen Sie mir wenigstens, ob Sie damals diejenige waren, die Karoline aus dem Waisenhaus holte.«

Bettina Stude drehte sich zu ihr um. Ihr Gesicht war wieder friedlich wie eh und je. »Welches Waisenhaus?«

Sie ging, und Cida blieb allein zurück, mit der Dunkelheit und dem Mond und ihren eigenen Gedanken. Sie dachte an alles, was sie während ihrer Suche erfahren hatte, und rief sich jedes Gesicht in Erinnerung, während der Duft von Thymian, den Bettina Stude hier zurückgelassen hatte, langsam verflog. Und dann erinnerte sie sich.

Es war ihr, als würde Theresas Stimme durch die Dunkelheit fliegen. *Besorgniserregend ist auch ihr asthmatischer Husten.*

Und mit einem Mal sah sie sich selbst mit Karla Huppert und der Köchin Nele in der Küche von Gut Rosenthal.

*»Die Erkältung hat er verdient, der alte Miesepeter«, sagte Mamsell Huppert.*

*»Mamsell!«, rief Nele und sah Hilfe suchend zu Cida, die die Auseinandersetzung der beiden Frauen mit einem Schmunzeln verfolgte. Sie hatte sich nützlich machen wollen, und so schälte sie jetzt Möhren am Tisch in der Leutestube.*

*Die Hauswirtschafterin des Gutes winkte ab. »Ach, es wird ihn schon nicht umbringen. Warum machst du solch einen Aufwand, Nele? Das Mittagessen für die Herrschaft hat Vorrang vor Herrn Walters Gejammer.«*

*»Ich bin sehr wohl in der Lage, zwei Dinge gleichzeitig zu machen«, hatte die Köchin erwidert und einen Kessel mit Wasser über den Ofen gehängt. »Ich mache ihm jetzt einen schönen Thymianaufguss, und dann ist er ruckzuck wieder auf den Beinen. Thymian ist schließlich das beste Hustenmittel. Habe ich von unserer alten Mamsell Brieger gelernt. Die wusste, wovon sie sprach …«*

Cida setzte sich auf die Wäschetruhe und blickte ins Dämmerlicht. Die Staubflusen glitzerten im einfallenden Mondschein, und ein kühler Windzug streifte sie. Er trug eine weitere Erinnerung heran. Cida wusste jetzt wieder, wo sie zuletzt Thymian gesehen hatte.

Cida ging zu Fuß nach Stargard. Sie kannte den Weg, und sie hatte keine Angst vor der Dunkelheit. Einmal wich sie einem Automobil aus, das an ihr vorbei über die Landstraße sauste. Sie runzelte die Stirn. War der Mann auf dem Rücksitz ihr nicht bekannt vorgekommen?

Aber sie hatte keine Zeit für solche Gedanken. Im Morgengrauen erreichte sie Stargard, durchgefroren, hungrig und schmutzig. Aber eine Rast gönnte sie sich nicht. Sie brauchte nichts zu essen, sie brauchte keinen Schlaf, nicht jetzt, da sie ihrem Ziel so nahe war.

Als die Sonne über der Stadt aufging, hämmert sie an die Tür des heruntergekommenen Häuschens der Siglinde Brieger.

Die Tür flog auf, und Cida sah sich einmal mehr der verhärmten Schwester von Mamsell Brieger gegenüber.

»Sie schon wieder!«, schnauzte diese. »Was wollen Sie?«

Cida holte tief Luft und hielt dann den Brief in die Höhe, den Frau Brieger ihr bei ihrem letzten Besuch überreicht hatte. »Warum haben sie mir diesen Brief gegeben?«

Die Ältere kniff die Augen zusammen. »Ich brauchte ihn nicht mehr. Verschwinden Sie.« Sie machte Anstalten, Cida die Tür vor der Nase zuzuschlagen, doch diese stellte ihren Fuß dazwischen. »Sie wissen, wer sie ist«, sagte sie atemlos. »Nicht wahr?«

Siglinde Brieger zögerte. »Nein«, antwortete sie schließlich. »Meine verehrte Schwester hat mir ja nichts erzählt. Nur: ›Pass auf sie auf.‹ Mehr nicht. Ich habe getan, was sie wollte. Ich habe den Brief für sie gehütet, und nachdem Annemarie dieses Mädchen im Waisenhaus aufgespürt hatte, hat sie sie zu mir gebracht, und ich habe mich fortan um das dürre Ding gekümmert. Meine Tante, die hatte einen Hof nur ein paar Kilometer von hier, und da hab ich die Kleine untergebracht, und ich hab jeden Tag nach ihr und der alten Schachtel gesehen. Als Karo großjährig wurde, ist die Alte gestorben, und ich dachte, jetzt ist es an der Zeit, ihr den Brief zu geben. Meine verehrte Schwester hat sich ja fein aus der Verantwortung genommen. Aber als ich zum Hof ging, da war Karoline verschwunden. Es gab kein Wort des Abschieds.«

Die alte Frau zog geräuschvoll die Nase hoch. »Ich habe sie seit drei Jahren nicht mehr gesehen. Ich warte. Doch sie kommt nicht zurück. Ich habe Ihnen den Brief gegeben, weil ich dachte, Sie könnten sie finden. Und jetzt stehen Sie wieder vor mir und wollen Antworten, die ich Ihnen nicht geben kann.«

Cidas Hoffnung fiel in sich zusammen. Wieder einmal. »Haben Sie …« Sie schluckte. Sie wollte den Schmerz der alten Frau nicht noch größer machen. »Haben Sie denn niemals … mehr ein Lebenszeichen von ihr bekommen?«

Siglinde Brieger schüttelte den Kopf. »Nein, nie. Es ist, als hätte es sie nicht gegeben. Meine Schwester hat mich die gleichen Dinge gefragt, wissen Sie? Sie kam nach Karolines Verschwinden zu mir, und sie keifte mich mitten auf der Straße an wie ein altes Waschweib.« Die alte Frau schniefte und wischte sich über die Augen. »Ich habe doch alles getan!« Sie schüttelte den Kopf. Jetzt liefen ihr die Tränen über die faltigen Wangen. »Ich habe die ganze Zeit gehofft, Annemarie würde sie finden. Sie hatte einen sechsten Sinn für dieses Kind, sie hat sie immer wiedergefunden. Aber dieses Mal nicht. Stattdessen ist sie in diesem gottverdammten Kaff gestorben. Ich konnte mich nicht mal von ihr verabschieden oder ihr sagen, dass es mir leidtut, dass ich Karoline verloren habe. Es tut mir … Es tut mir so leid!«

Cida wusste nicht, was sie tun sollte. Also sagte sie nichts und stand vor der alten Frau, bis deren Tränen versiegt waren und der Wind ihr durch die Kleider bis auf die Haut gedrungen war. Ihr war erbärmlich kalt.

»Gehen Sie«, meinte Sieglinde Brieger irgendwann leise. »Sie waren meine letzte Hoffnung, mein kleines Mädchen zu finden … doch ich hätte es wissen müssen. Wenn Annemarie sie nicht finden konnte, dann kann es niemand.«

Cida wanderte bis zu dem Hof, der der Tante der Brieger-Schwestern gehört hatte. Er lag nicht verlassen da, wie sie erwartet hatte. Stattdessen lebte dort eine Familie mit drei fröhlich kreischenden Kindern und einer erschöpften, aber freundlichen Mutter, die nur bedauernd den Kopf schüttelte, als sie sie nach den vorherigen Bewohnern fragte.

»Wir haben den Hof vor ein paar Jahren gekauft«, sagte sie. »Die alte Frau, die hier vorher gewohnt hat, habe ich nie kennengelernt. Sie hatte wohl noch eine Enkelin oder so, aber die hat sich hier nie blicken lassen.«

Sie ließ Cida sogar durch das Haus gehen, Raum für Raum, bis sie überzeugt war, dass Karolines Spuren auch an diesem Ort längst versiegt waren.

Irgendwann stand sie wieder draußen im kalten Wind. Was sollte sie jetzt tun? Karolines Spuren waren lange erkaltet, und die einzige Frau, die sie vielleicht hätte finden können, war tot.

Sie wandte sich ab und schickte sich an, diesen Ort und Stargard, dessen Häuser sie in der Ferne noch sehen konnte, hinter sich zu lassen – da hielt sie inne. Vor ihrem inneren Auge stieg das Bild eines Dorfes auf … nach Osten hin wurde es vom einem dichten großen Waldgebiet begrenzt, und wer ins Dorf wollte, der musste einen langen Weg um den Wald herumgehen und es von Westen her betreten, so, wie Cida es getan hatte. Doch jemand, der es besonders eilig hatte, ins Dorf zu kommen, der mochte verrückt genug sein, durch den Wald zu gehen …

Und plötzlich war der Pfad vor ihr klar.

Mamsell Brieger war niemals auf der Suche nach Franz Breskow gewesen. Es war reiner Zufall, dass sie in der Nacht ihres Todes vor seiner Tür gestanden hatte. Sie hatte die ganze Zeit über nach jemand anderen gesucht, und sie hatte es so eilig gehabt, dass sie sich mitten in der Nacht in den Wald hineingewagt hatte.

Kaum eine Stunde später hämmerte sie an Sieglinde Briegers Tür.

»Was denn jetzt noch?«, fuhr die alte Frau sie an, als sie die Haustür aufgerissen hatte.

Cida wäre ihr am liebsten um den Hals gefallen. »Ich weiß, wo sie ist.«

Siglinde Brieger hatte einen uralten Nachbarn, der ein uraltes

Pferd besaß. Mit einem Grummeln erklärte er sich einverstanden, Cida den großen Kaltblüter Fred zu überlassen – natürlich nicht, ohne sich dafür großzügig bezahlen zu lassen. Jetzt war ihre Geldbörse leer – doch in diesem Moment hätte es ihr nicht gleichgültiger sein können.

Als sie Stargard hinter sich ließ, war es noch nicht ganz Mittag. Es lag kaum mehr Schnee, aber die Luft war kalt, und ihr Atem gefror noch immer in der Luft. Es war März, doch der Frühling schien noch weit entfernt zu sein.

Erst am späten Nachmittag erreichte sie Krackow. Es dämmerte schon. Straßenlaternen tauchten das kleine Dorf in ihr weiches Licht, und über allem ragte die Kirche auf. Die große Tanne auf dem kleinen Marktplatz stand noch dort, nun nicht mehr weihnachtlich geschmückt und doch auf seltsame Weise vertraut.

Als sie den großen Baum erreichte, stieg Cida vom Rücken des alten Wallachs, klopfte ihm auf sein rabenschwarzes Fell und steckte ihm einen Apfel zu – ihre letzte Wegzehrung. »Wünsch mir Glück«, flüsterte sie.

Dann betrat sie die Kirche von Krackow.

Das Innere des Gotteshauses lag im Dämmerlicht. Nur ein paar Kerzen erhellten das Mittelschiff und warfen ihren Schein auf die bunten Glasbilder, die die Lebensgeschichte Jesu von seiner Geburt bis zu seiner Kreuzigung zeigten.

Der Pastor stand auf der Kanzel und predigte seiner leeren Kirche. »Herr Jesus Christus, du bist gekommen, um zu heilen, was verwundet ist. Du bist gesandt worden, um uns von unseren Sünden zu erlösen …« Sein Blick fiel auf Cida, und er verstummte.

»Guten Abend, Herr Pastor«, sagte sie und machte einen Schritt auf die Kanzel zu. »Entschuldigen Sie die Störung.«

»Ah, das Fräulein auf der Suche«, bemerkte der Pastor, nachdem er seine Brille abgenommen und die Gläser an seinem Talar abgewischt hatte.

»Ja«, antwortete Cida. »Und sie hat mich wieder nach Krackow geführt.«

Der Pastor stieg von der Kanzel. »Wie hat Ihnen meine Predigt gefallen?«

»Ich frage mich, von welchen Wunden Sie sprechen«, erwiderte Cida.

Der Pastor von Krackow lächelte. »Wunden sind nicht nur in unserem Körper. Manche haben wir in unsere Herzen – andere in unseren Köpfen. Manche Wunden können wir sehen, und von wieder anderen wissen wir nicht einmal, dass wir sie haben, bis sie uns einholen.«

Sie blickte hinauf zur leeren Kanzel. Ein dumpfer Schmerz hatte sich bei seinen Worten in ihr ausgebreitet. Irgendetwas geschah in ihr. Etwas, das schon lange darauf wartete, auszubrechen, kam jetzt hervor.

Cida holte tief Luft. »Ich suche jemanden, Herr Pastor. Hier in Krackow. Ihr Name ist Karoline. Oder Helena. Oder Ruth.«

»Karoline oder Helena oder Ruth«, wiederholte der Pastor. »Nun, lassen Sie mal sehen. Wir haben eine Ruth Siebert, sie ist … hm, etwa fünfzig Jahre alt und wohnt gleich an der Dorfstraße.«

»Die Frau, die ich suche, ist jünger«, sagte Cida. »Dreiundzwanzig Jahre ist sie alt. Sie hat dunkles Haar und helle Haut.« Sie dachte an Bettina Stude und das aufgeschlagene Märchenbuch. »Wie Schneewittchen.«

Der Pastor zögerte, dann schüttelte er den Kopf. »Ich glaube, eine junge Frau mit einem dieser Namen gibt es nicht in unserem schönen Dorf. Es tut mir sehr leid, aber ich fürchte, ich kann Ihnen nicht helfen.«

Cida bedankte sich und machte Anstalten, die Kirche zu verlassen.

Am Eingangsportal hielt sie inne. Bruchstücke eines Gesprächs schwebten durch ihre Gedanken. *Manchmal haben wir Schule gespielt.* Sie drehte sich noch einmal zu dem alten Pastor um. »Gibt es eine Schule in Krackow?«

Als sie das kleine Schulhaus ganz am Rande des Dorfes erreichte, kam gerade eine Schar lärmender Kinder heraus. Cida stieg von ihrem gutmütigen Kaltblüter und blieb im Schatten einer Eiche stehen. Es mochten ein Dutzend Kinder sein, die jetzt plappernd an ihr vorbeiliefen, ohne Notiz von ihr zu nehmen. Nur ein kleiner Junge mit Rotznase blieb einmal kurz stehen, um sie mit offenem Mund anzustarren. Dann löste sich ein Mädchen aus der Gruppe von Kindern, die vor ihm hergelaufen waren, eilte zu ihm hin und nahm ihn bei der Hand, um ihn von Cida wegzuzerren.

Sie wartete, bis auch das letzte Kind verschwunden war und der Nachhall des Gelächters und Geplappers sich irgendwo in den Kronen der Bäume verfangen hatte, die den Weg zum Schulhaus säumten.

Eine Frau kam aus dem Haus, lehnte sich mit in die Hüften gestützten Händen an den Türrahmen und blickte dorthin, wo der Rauch der Schornsteine von Krackow über den Wipfeln aufstieg. Sie hustete, klopfte sich auf die Brust und schlang sich den grob gestrickten Schal enger um den Hals.

Cida betrachtete sie. Die junge Dorflehrerin von Krackow trug eine dicke Brille und hatte das dunkle Haar im Nacken zu einem Knoten gebunden. Sie war dürr wie ein Zweig, und mit ihrem spitzen Gesicht und den nachtdunklen Augen war sie unverkennbar das Ebenbild des Mannes, der so oft von seinem Porträt in einem der dunklen Flure von Gut Rosenthal auf Cida herabgeblickt hatte.

Der Name der Dorflehrerin von Krackow war Anna Sieglind – das hatte der Pastor Cida verraten, bevor sie die Kirche verlassen hatte. Anna wie die Pförtnerin des Städtischen Waisenhauses in Stettin, Helenas Freundin aus Kindertagen. Und Sieglinde nach der Frau, die Helena so lange beschützt hatte.

Nur, warum war Helena damals weggelaufen? Weshalb war sie in dieses winzige Dorf gekommen und hatte Sieglinde Brieger niemals eine Nachricht geschickt, nicht das winzigste Lebenszeichen? Warum war sie ohne jede Spur verschwunden und hatte der einsamen alten Frau das Herz gebrochen? Es musste einfach einen Grund geben.

Als die junge Lehrerin Anstalten machte, sich ins Haus zurückzuziehen, gab Cida sich einen Ruck und trat aus dem Schatten der schneebedeckten Bäume zum Tor. Aber es war das Wiehern des Kaltblüters, der die Dorflehrerin auf sie aufmerksam machte. Sie verschränkte die Arme vor der Brust und wartete, bis Cida das Tor geöffnet und zu ihr herangekommen war.

Sie wusste nicht, was sie erwartet hatte. Ihre Suche hatte ihre Gedanken viel zu sehr in Anspruch genommen, als dass sie über das nachgedacht hätte, was sie tun würde, wenn sie Helena erst gefunden hatte. Sie wollte behutsam beginnen. Sich vorstellen, sich herantasten, herausfinden, wer diese Frau war, die dem Mann, den sie selbst zu hassen gelernt hatte, so ähnlich sah. Aber alles, was sie herausbrachte, war ein einziges Wort. »Helena.«

Die junge Frau verschränkte die Arme vor der Brust. »Wer sind Sie?«

»Ich …« Cida räusperte sich. »Ich habe nach Ihnen gesucht.«

Die Hand ihres Gegenübers schloss sich um den Türknauf, so als wollte sie der ungebetenen Besucherin am liebsten die Tür vor der Nase zuschlagen. »Das ist keine Antwort auf meine Frage. Wer zum Teufel sind Sie, und was wollen Sie von mir?«

Cida holte den Briefumschlag mit der Geburtsurkunde darin hervor und hielt ihn ihrer Schwester hin.

Die Miene ihres Gegenübers verschloss sich noch etwas mehr. »Ich wollte das, was sich in diesem Brief befindet, damals nicht, und ich will es heute nicht. Gehen Sie. Na los.« Sie machte eine Handbewegung. »Gehen Sie weg.«

Sie machte Anstalten, die Tür zu schließen, aber Cida hielt sie zurück. »Bitte! Ich bin …« Sie holte tief Luft. »Ich kenne Ihre Mutter. Ich bin aus Brasilien bis nach Pommern gereist, um Sie zu finden.«

Die junge Frau starrte den Brief böse an. »Ich hätte das dumme Ding als Ofenanzünder verwenden sollen.« Sie wandte sich wieder an Cida. »Ich habe diesen Umschlag schon vor Jahren in Tante Sieglindes Wäschetruhe gefunden. Ich habe ihn geöffnet und die Geburtsurkunde gelesen, und dann habe ich alles wieder verschlossen und dahin zurückgelegt, wo ich es gefunden hatte. Ich will nichts davon wissen.«

»Warten Sie …« Cida wusste nicht, was sie sagen sollte. Ein Gefühl der Hilflosigkeit stieg in ihr auf. Sie begann zu begreifen, was vor sich ging. Helena hatte nicht gefunden werden wollen.

»Ich will, dass Sie verschwinden«, erklärte die junge Lehrerin. »Vergessen Sie, dass Sie mich gefunden haben, und gehen Sie zurück nach Hause. Und richten Sie Tante Siglinde aus, dass sie endlich aufgeben soll, nach mir zu suchen.«

»Warum?«, flüsterte Cida.

Helena schüttelte den Kopf. »Seit dem Tag, an dem ich den Briefumschlag geöffnet und die Geburtsurkunde gesehen habe, habe ich versucht, mich von diesem Namen frei zu machen.« Nun machte sie doch einen Schritt auf Cida zu. »Glauben Sie nicht, ich wüsste nicht, wer meine Eltern waren? Ich habe nachgeforscht. Ich bin bis nach Gut Rosenthal gegangen, und ich habe vor meinem eigenen Grab gestanden. Ich habe es sogar geöffnet.« Sie ballte die Hände zu Fäusten und lockerte sie wieder. »Es ist mir egal, wie weit sie gereist sind, hören

Sie? Ich will Sie nicht hierhaben, und diese Urkunde erst recht nicht.«

Sie blickte an Cida vorbei in die Nacht, als erwartete sie noch jemanden. »Wenn Sie mich gefunden haben, dann können es auch andere.« Sie sah über die Schulter ins Schulhaus, in dem eine einzige Gaslampe brannte. Die Kinder schienen gezeichnet zu haben. Manche hatten die Zeichnungen auf ihren Pulten vergessen.

»Wer sucht noch nach Ihnen?«, flüsterte Cida.

Helena zuckte mit den Schultern. »Ich habe keine Ahnung. Irgendwer. Die meiste Zeit dachte ich, ich wäre verrückt, weil ich ständig das Gefühl hatte, verfolgt zu werden. Aber dann kam ein Mann nach Stargard. Ich war auf dem Weg zu Sieglinde – sie wollte nie, dass ich sie in Stargard besuche, doch manchmal bin ich trotzdem gegangen. Ich sah ihn nur von Weitem. Er kam auf einem Pferd über den Neuen Werder geritten. Ich wusste es, verstehen Sie? Aus irgendeinem Grund wusste ich, er war auf der Suche nach mir. Also lief ich nach Hause, packte meine Habseligkeiten in eine Tasche und verschwand.«

Sie schüttelte den Kopf und funkelte Cida an. »Ich habe einmal alles zurückgelassen, und ich dachte, ich hätte dafür gesorgt, dass niemand mich je findet. Und jetzt stehen Sie vor meiner Tür. Ich will, dass Sie gehen.«

»Warten Sie!«, bat Cida. »Ich bin nicht hier, um Sie in Schwierigkeiten zu bringen, das verspreche ich! Bitte hören Sie mir zu, bevor Sie mich wegschicken.« Sie straffte sich. »Ich bin nach Deutschland gekommen, um Sie zu finden, weil meine Mutter, *unsere* Mutter, nach all der Zeit verdient hat zu erfahren, was mit Ihnen geschehen ist.«

Helena wich kaum merklich zurück. »Ich hatte eine Mutter. Damals, als ich noch ein kleines Mädchen war. Ich kann mich kaum noch an ihr Gesicht erinnern – aber ich höre noch die Schlaflieder, die sie mir immer vorsang. Sie war meine

Mutter, aber sie ist schon seit langer Zeit tot. Sie ist verbrannt, zusammen mit meinem Zuhause.«

»Beantworten Sie mir wenigstens eine Frage«, bat Cida, als ihre Schwester Anstalten machte, die Tür ins Schloss zu drücken. »Der Mann, der nach Ihnen gesucht hat. Wie sah er aus?«

Die junge Lehrerin hielt inne. »Schwer zu sagen. Ich habe ihn ja nur von Weitem gesehen. Blondes Haar hatte er, und er trug piekfeine Kleidung.«

Hagen von Neuenstedt, dachte Cida. Es war einleuchtend, offensichtlich, ganz einfach. Vielleicht war es zu einfach. »Wie alt war er?«, fragte sie. »Konnten Sie das erkennen?«

Helena runzelte die Stirn. Sie blickte Cida nun nur noch durch einen Spalt in der Tür hindurch an. »Nein, das konnte ich nicht erkennen. Ich glaube, er hatte einen Bart. Mehr weiß ich nicht. Leben Sie wohl.«

Mit diesen Worten schloss sie die Tür, und Cida blieb allein und mit klopfendem Herzen in der heraufziehenden Abenddämmerung zurück. Ein eiskalter Schauer durchfuhr sie, ein diffuses Unwohlsein, dass sich in ihrem ganzen Körper breitmachte, und erst nach einigen Sekunden begriff sie, dass es Angst war. Sie erinnerte sich an das Automobil, das sie auf dem Weg nach Stargard gesehen hatte, und daran, wie sie gedacht hatte, dass die Person auf dem Rücksitz ihr bekannt vorkam. Sie hatte ihn nur schemenhaft gesehen, doch jetzt war sie sich sicher.

Eine Schneeflocke fiel aus dem Himmel, und sie blickte hinauf zu den Wolken, die den aufgehenden Mond verdeckten. Es schneite. In Gedanken hörte sie wieder die Stimme ihres Onkels. *Es wird bald schneien.*

Sie wich vom Schulhaus zurück. Ihr Herz klopfte jetzt so fest gegen ihren Brustkorb, dass sie sein Pulsieren im ganzen Körper spürte, während ihre Gedanken wie aufgescheuchte Vögel in alle Richtungen zu fliegen schienen.

Irgendwann gelang es ihr, sich aus ihrer Starre zu lösen. Sie hastete zum Tor, band Fred los und sprang auf seinen Rücken. Und sie betete, vielleicht zum ersten Mal in ihrem Leben. Zu Gott, zu den Orisha, zu dem Wolf mit den bernsteinfarbenen Augen. *Bitte lass mich nicht zu spät kommen!*

# Kapitel 14

Sie ließ das Pferd am Waldrand zurück. Ganz in der Nähe, im Schatten einiger mächtiger Kiefern, erblickte sie das Automobil, das sie schon kurz vor Stargard gesehen hatte. Der Fahrer rauchte eine Zigarette, und der Glimmstängel leuchtete immer wieder in der Dunkelheit auf. Der Anblick schnürte ihr die Kehle zu, und sie begann zu zittern. Wenn sie nur nicht zu spät kam!

Auf Zehenspitzen schlich sie durch die Dunkelheit und betete, dass der Fahrer sie nicht entdecken würde. Leise tauchte sie in den Schatten des Waldes und verschwand aus seinem Sichtfeld. Hier, im Schutz der Bäume, lag noch Schnee, und nur der Mond am Himmel beschien die Pfade.

Als sie die Hütte endlich erreichte, war es ganz still im Wald. Kein Knacken im Unterholz, kein Tappen von Pfoten im Schnee, kein Vogel, der von Zweig zu Zweig hüpfte.

Die Tür zu Franz' Hütte stand offen, und kalter Rauch stieg durch den Abzug in den nächtlichen Himmel. In der kleinen Behausung brannte kein Licht, und als Cida hineinspähte, sah sie, dass sich niemand in der Hütte aufhielt.

Sie trat wieder nach draußen und suchte nach Fußspuren im Schnee. Es dauert nicht lange, bis sie sie gefunden hatte. Das Hinken ihres Onkels, das sich nach Osten hin entfernte, und ein Paar schwerer Stiefel, die ihm folgten. Eine Gänsehaut wanderte über ihren Körper, als sie mit zusammengekniffenen Augen ins Dickicht spähte und lauschte. Aber da war nichts.

Und dann hallte ein Schuss durch die Nacht.

Sie zuckte zusammen, und aus den kahlen Bäumen stoben Vögel. Mit klopfendem Herzen blickte sie sich um, doch sie war noch immer allein, und im Wald war wieder Stille eingekehrt.

Sie löste sich aus ihrer Starre und eilte in die Hütte ihres Onkels, um sich nach einer Waffe umzusehen. Ein langes Messer blitzte im Zwielicht auf, und sie griff danach. Damit verließ sie die Hütte und folgte den Spuren im frisch gefallenen Schnee.

Erst sah sie nur ihre Silhouetten auf einer Lichtung zwischen den Bäumen, von Mondlicht umspielt. Der Graf von Answeiler und Franz von Breskow, auf einen Stock gestützt und so schmal, als reichte nur ein Windhauch aus, um ihn davonzutragen. Zu seinen Füßen lag seine Schrotflinte. Erst im Näherkommen erkannte Cida, dass Blut zwischen seinen Fingern hervorquoll.

Der Graf von Answeiler hatte eine Pistole auf ihn gerichtet.

»Sie waren das.« Cida löste sich aus den Schatten. »Die ganze Zeit über.«

Der Graf von Answeiler wandte sich zu ihr um, so gelassen, als hätte er ihr Kommen erwartet. »Fräulein Engel«, sagte er, und seine Stimme klang fast schon freundlich. »Es ist mir eine Freude, Ihr hübsches Gesicht zu sehen.«

Sie holte tief Luft und trat ganz aus den Schatten auf die Lichtung, auf der die beiden Männer einander gegenüberstanden. Sie kannte diesen Ort. Hier war Mamsell Brieger gestorben. Hier hatte sie den Uniformknopf gefunden.

»Cida, geh«, bat Franz Breskow und warf ihr einen flehentlichen Blick zu. Er schien sich nur unter Aufbietung all seiner Kräfte auf seinen Stock zu stützen, und er war bleich wie der Schnee, der um sie herum den Waldboden bedeckte. *Ich habe mich mit meinem Tod abgefunden*, schien der Ausdruck in seinen Augen ihr zu sagen. *Versuch nicht, den Fortgang der Dinge zu verändern.*

Es brauchte all ihre Selbstbeherrschung, nicht zu ihm hinzulaufen. Stattdessen fixierte sie den Grafen von Answeiler. Das Messer in ihrer Hand zitterte. »Sie haben Mamsell Brieger getötet. Nicht wahr?«

Der Graf richtete die Pistole auf sie. Er schien unschlüssig zu sein, ob er sie einfach erschießen oder ob er auf ihre Frage eingehen wollte.

Cida machte noch einen Schritt auf ihn zu. Der Lauf, der jetzt auf sie gerichtet war, erschreckte sie weniger als der Zorn, der nun in ihr aufstieg. »Ich verstehe nicht, warum«, fuhr sie fort. »Warum haben Sie das getan? Was haben Sie mit alldem zu tun?«

»Sie haben jemand anders verdächtigt, habe ich recht?« Der Graf von Answeiler trat näher auf sie zu. »Lassen Sie mich raten: Hagen von Neuenstedt? Eine naheliegende Vermutung, aber falsch. Hagen von Neuenstedt kennt nur einen einzigen Feind, und das ist sein Bruder. Liebe und Hass liegen faszinierend nah beieinander, finden Sie nicht?«

»Sie wissen von ihr«, flüsterte Cida. »Sie wissen von der Tochter des alten Grafen. Woher?«

Wieder antwortete ihr Schweigen, durchbrochen nur vom Pfeifen des Windes in den Ästen. »Es ist jetzt mehr als drei Jahre her«, erwiderte der Graf von Answeiler schließlich. »Da empfing ich späten Besuch auf meinem Gut. Gräfin Eleonora von Neuenstedt war beunruhigt. Ein Grab war geöffnet worden. Wer immer das war, er hatte versucht, es wieder zu schließen – doch die aufgewühlte Erde, die ließ sich nicht verbergen. Die Gräfin hat das Grab mit ihren eigenen Händen ein zweites Mal geöffnet – und nichts gefunden. Nur einen leeren Sarg. Da wusste sie, dass etwas nicht stimmte. Sie hat beobachtet und gewartet. Als schließlich ihre älteste Dienerin verschwand – zusammen mit dem Hausgesetz der Familie von Eichberg –, wandte sie sich an mich. Sie wusste, ich verbrachte meine Zeit damit, Nachforschungen über den Verbleib des alten Grafen von Eichberg anzustellen, und dass ich niemals aufgehört habe, mir zu wünschen, ich hätte seinem treulosen Weib und ihrem feigen Bruder damals eine Kugel in den Schädel gejagt. Die Gräfin bat mich, ihre Dienerin und das verschwundene Hausgesetz zu finden, bevor ihre Söhne es tun würden. Und ich fand sie.«

Er lachte hart auf. »Wenn ich gewusst hätte, dass Franz Breskow sich nur wenige Meter von der Stelle, an der ich sie aufspürte, im Wald versteckte … Erst Sie, Fräulein Engel, haben mich schließlich auf seine Spur gebracht. Die Leute reden, vor allem, wenn eine Fremde immer wieder dasselbe Kaff besucht. Sie hätten vorsichtiger sein sollen.«

Bevor sie etwas erwidern konnte, wirbelte er herum und schoss. Franz brach mit einem ersticken Laut zusammen und sank in den Schnee.

Cida wollte schreien, doch da hatte der Graf schon die Waffe auf sie gerichtet.

Der Schuss krachte, und Cida ließ sich zu Boden fallen.

Die Kugel schlug neben ihr in den Waldboden ein. Erde und Schnee spritzten in alle Richtungen, und als sie die Arme vom Gesicht hob, sah sie den Grafen von Answeiler über sich aufragen.

»Ich wusste sofort, wer Sie sind«, sagte er. »In dem Moment, in dem ich Sie erblickte, habe ich es gewusst. Haben Sie wirklich geglaubt, Ihre Beziehung zu dem jungen Grafen von Neuenstedt würde ein glückliches Ende nehmen? Denn dann sind Sie eine Idiotin. Die Gräfin Eleonora hätte niemals zugelassen, dass Sie am Arm ihres Sohnes zum Traualtar schreiten. Eher würde sie Sie beide töten.«

Mit diesen Worten drückte er ab. Und er hätte sie getroffen, und sie wäre gestorben wie ihre Mutter, hätte ihn nicht in dieser Sekunde ein Stock an der Schläfe erwischt. Der Graf von Answeiler taumelte zurück, der Schuss löste sich und krachte ins Unterholz. Ihr Onkel ragte hinter ihm auf, die

Hände blutig und auf seinen Bauch gepresst, das Gesicht bleich. Er sah aus wie der auferstandene Winter. Er blickte sie noch einen Augenblick lang an, dann sackte er zur Seite und blieb reglos liegen.

Und in dem Augenblick, in dem der Graf von Answeiler sich mit einem zornigen Knurren wieder aufrichtete, löste Cida sich endlich aus ihrer Starre und warf sich auf ihn. Seine Finger schlossen sich um den Abzug, das Messer in ihrer Hand blitzte auf – und als er schwankend zum Stehen kam, hatte er keine Waffe mehr. Die Pistole lag im Schnee, blutbeschmiert, seine Finger waren noch fest darum geschlossen.

Die Gesichtszüge des Grafen verzerrten sich. Bevor Cida sich fassen konnte, hatte er sie mit der unverletzten Hand gepackt und gegen einen Baum geschleudert. Sie gab ein ersticktes Stöhnen von sich und sank in den Schnee.

Er packte sie bei den Haaren. Sein zur Fratze verzogenes Gesicht schwebte über ihr, dort, wo eigentlich der Mond sein sollte, und kurz blickte sie auf die Stelle, an der seine abgetrennten Finger im Schnee lagen. Das Messer lag daneben.

Der Graf von Answeiler schlug zu, und ihr Kopf flog zur Seite. Ihre Hand tastete durch den kühlen Schnee, ertastete Erde, einen Stein … Sie schloss die Faust darum und rammte ihn ihrem Angreifer gegen die Schläfe. Ein Knacken ertönte. Sie schlug noch einmal zu. Und noch einmal. Bis der Graf von Answeiler seitlich in den Schnee sackte. Das Geräusch seines schweren Körpers, der auf dem vereisten Waldboden aufschlug, ging ihr durch Mark und Bein.

Sie kniete jetzt über ihm. Er blutete an der Schläfe, seine Augen waren nach hinten verdreht. Er regte sich nicht mehr, ebenso wenig wie ihr Onkel, dessen schmale Gestalt im Schnee lag, umgeben von einer Blutlache. Cida hörte den nun weit entfernten Nachhall seiner Stimme. *Es wird bald schneien. Vielleicht zum letzten Mal.*

Sie hatte keine Angst mehr. Durch ihre Adern brannte

sich jetzt ein anderes Gefühl, ein dunkleres, schrecklicheres. Sie wollte noch einmal zuschlagen und noch einmal, so lange, bis nichts mehr von dem Mann übrig war, der ihren Onkel getötet hatte.

Jetzt sah sie ihr Spiegelbild, jetzt war sie zurück auf der Fazenda Olivera und sah ihrem Vater in die Augen. Sie war wieder ein Baum, der an den Wurzeln verrottete. Sie wusste, wer sie gezeugt hatte und wessen Blut in ihren Adern floss – ein Teil von ihr hatte es schon immer gewusst, lange, bevor sie seinen Namen kannte. Sie hatte nach Helena gesucht und war eigentlich auf der Suche nach dem gewesen, was sie tief im Inneren war. Sie hatte Friedrich von Neuenstedt von sich gestoßen, weil er in ihren Augen das gewesen war, was sie selbst sein könnte. Das, wovor sie sich am meisten fürchtete, das war sie selbst. Sie konnte diesen Mann töten, und sie wollte es, mehr als alles andere.

Cida hob den Stein ein weiteres Mal. Das Mondlicht fiel auf seine blutverschmierte Oberfläche. Sie hörte sich selbst einen erstickten Schrei ausstoßen – und dann schlug sie zu. Neben den Schädel des Grafen von Answeiler, in den vereisten Boden. Ein Beben ging durch ihren Körper, und dann war alles still.

Das Schluchzen kam nicht aus ihrer Kehle. Es kam von einem anderen Ort, tief in ihrem Innern, und endlich brachen sie alle über sie herein, die Gefühle, die sie so lange in sich eingeschlossen hatte. Die Abscheu, das Schuldgefühl und die Trauer, die dahinter lauerte und alles überschwemmte. Jetzt kamen die Tränen, flossen über ihr Gesicht, tropften von ihrer Nase in den Schnee und auf das blutige Gesicht des Grafen von Answeiler.

Irgendwann stand sie auf und schleppte sich zu ihrem Onkel. Sie presste ihm die Hände auf die Brust und erwartete, sie kalt wie den Schnee vorzufinden, der auf sie herabfiel. Aber er war noch warm. Und unter ihren Fingern fand sie einen Herzschlag. Schwach, langsam – aber er war da.

Sie presste ihr Schultertuch auf die Wunden, um die Blutung zu stillen, doch es wollte nicht zu fließen aufhören. Ihre Bewegungen wurden fester, ihre Bemühungen verzweifelter, während sie selbst immer weiter auskühlte. Und so hörte sie nicht die schweren Schritte, die sich ihr näherten.

Als sie herumfuhr, war es längst zu spät. Der Graf von Answeiler stand über ihr, mit nur einer Hand, das Gesicht zertrümmert. In der verbliebenen Hand hielt er ihr eigenes Messer.

Ein Knurren erklang, und dann sprang ein Schatten über sie hinweg. Das Messer fiel in den Schnee, und Cida wich zurück, ohne den Blick von dem abwenden zu können, was sie sah. Die zottelige Tiergestalt, die an dem leblosen Körper des Grafen von Answeiler zerrte, die bernsteinfarbenen Augen, die sie anstarrten. Bis der Wolf im Unterholz verschwunden war, und mit ihm seine Beute.

»Du bist also doch ein Menschenfresser«, flüsterte Cida.

Irgendwann, es mochten Stunden vergangen sein … oder Tage … oder nur Sekunden, erwachte sie aus ihrer Starre und beugte sich über das bleiche Gesicht ihres Onkels. Sein Körper war viel zu schmal, um solchen Verwundungen und einer solchen Kälte standhalten zu können. Das Gefühl der Hilflosigkeit übermannte sie.

Und da hörte sie es erneut, das Knacken im Unterholz. Sie fuhr auf und spähte in die Dunkelheit. Dort stand eine Gestalt, und für eine Sekunde glaubte Cida, der Graf von Answeiler wäre zurückgekommen.

Doch dann kam die Gestalt näher. Sie trat aus dem Schatten der Bäume, und als das Mondlicht auf ihr Gesicht fiel, rang Cida nach Luft. »Wie hast du uns gefunden?«, flüsterte sie.

Helena kniete neben ihr nieder und legte eine Hand auf

Franz' Brust. »Ich bin dir gefolgt. Ich habe gesehen, wie du in den Wald gegangen bist, und bin dir nachgegangen. Und dann, als ich schon dachte, ich hätte mich verlaufen, habe ich die Schüsse gehört.«

»Er lebt«, sagte Cida. »Wir müssen ihn in seine Hütte bringen.« Sie blickte ihre Schwester flehentlich an. »Allein schaffe ich es nicht.«

Helena hatte den gutmütigen alten Wallach Fred mit in den Wald genommen und vor Franz' Hütte angebunden. »Ich habe gedacht, falls der Wolf kommt, ist ihm das Pferd lieber als ich«, erklärte sie, als sie Cidas fragenden Blick bemerkte, und schob sich die Brille auf der Nase zurecht. »Nun sieh mich nicht so erschrocken an. Es ist ja nichts passiert.«

Sie hatten es mit vereinten Kräften geschafft, den leblosen Franz durch den Wald und bis zu seiner Hütte zu schleifen.

Helena hatte auch die Pistole des toten Grafen von Answeiler vom Waldboden aufgelesen und mitgenommen. »Nur für den Fall«, wie sie sagte.

Während Cida ein Feuer entzündete, entfernte Helena die blutbefleckte Kleidung und besah sich die Wunden. »Eine ist ein Durchschuss«, sagte sie schließlich. »Aber die zweite Kugel ist stecken geblieben. Ich brauche etwas, um sie zu entfernen.«

Alles, was sie hatten, waren eine Zange und das Messer, mit dem Cida dem Grafen von Answeiler die Hand abgetrennt hatte. Mit einem Schaudern säuberte sie es gründlich und reichte es Helena.

»Halt ihn fest«, wies diese sie an, während sie sich über die Wunde beugte. »Falls er zu Bewusstsein kommt.«

Cida packte ihren Onkel bei den Oberarmen und fragte sich beklommen, ob sein geschwächter Körper unter dieser Tortur nicht aufgeben würde. Oder hatte er mit seiner Vorhersage am Ende doch recht gehabt, und dieser Winter würde sein letzter sein? Aber sie widersprach nicht und sah ihrer

Schwester zu, die die Kugel mit wenigen Handgriffen und erstaunlicher Präzision entfernte.

»Vielleicht wird er überleben«, sagte Helena, als sie die Wunden, so gut es eben ging, verbunden und Franz ein Krankenlager bereitet hatten. »Vielleicht auch nicht.«

»Woher weißt du so viel darüber?«, fragte Cida leise. Sie sah nicht ihre Schwester an, sondern betrachtete ihre Schatten an der Wand, umgeben vom flackernden Schein des Feuers.

»Ich habe dies und das aufgeschnappt«, antwortete Helena unbestimmt.

Cida dachte an das Krankenhaus und entschied sich, nicht weiter in die andere Frau zu dringen. Jetzt noch nicht. »Und du bist Lehrerin geworden.«

Helena nickte. »Das wollte ich schon immer werden. Als ich nach Krackow kam, ging ich bei dem alten Volksschullehrer in die Lehre. Er ist letztes Jahr gestorben. Es war schön, nicht länger ein Schattendasein führen zu müssen.«

»Aber hier warst du doch auch ein Schatten«, erwiderte Cida leise.

Helena fuhr auf und blitzte sie an. »Hier war ich zu Hause.«

»Unsere Mutter war auch Lehrerin«, sagte Cida nach einigen Sekunden der Stille.

Jetzt sah ihre Schwester sie wieder an. »Erzähl mir von dir«, bat sie schließlich mit leiser Stimme. Zum ersten Mal klang sie verletzlich. »Sag mir, wer du bist und warum du so weit gereist bist, nur um mich zu finden.«

Doch statt ihrer Schwester von ihrer Reise zu berichten, erzählte Cida von ihrer gemeinsamen Mutter Lotte. Sie beschrieb ihre schiefe Singstimme und ihre Liebe zu Tieren, ihre wilden Geschichten und die Stille, die sie an manchen Tagen umgab. Und sie erzählte, wie sehr Lotte all die Jahre über um ihre verlorene Tochter getrauert hatte.

Als sie geendet hatte, schwiegen sie beide und blickten auf das bleiche Gesicht von Franz Breskow hinab.

»Sehe ich aus wie sie?«, fragte Helena schließlich.

Cida schluckte. »Nein.«

Eine Weile schwiegen sie. »Du bist immer noch die Erbin von Gut Rosenthal«, erwiderte Cida schließlich.

»Ich will es nicht.«

»Du bist die Gräfin von Eichberg«, beharrte Cida. »Du bist …«

»Ich sagte, ich will das nicht!«, rief Helena. Sie sahen sich an, beide gleichermaßen erschrocken.

Irgendwann umfasste Cida die Hand ihres Onkels. »Entschuldige, Onkel Franz. Ich muss noch einmal zurück nach Gut Rosenthal. Ich beeile mich, versprochen.« Seit sie gegen den Grafen von Answeiler gekämpft hatte, ging ihr ein anderes Gesicht im Kopf herum, eines, das sie in den vergangenen Tagen versucht hatte zu vergessen. Sie hatte Friedrich verlassen, doch er hatte sich zu tief in ihr eingenistet, als dass sie die Worte des Grafen von Answeiler hätte vergessen können.

»Ich muss wissen, ob es ihm gut geht«, sagte Cida, mehr zu sich selbst als zu irgendjemand anderen in der kleinen Hütte. »Ich will nur nachsehen. Und dann …« Sie ließ den Satz unvollendet.

»Geh nur«, meinte Helena. Sie blickte immer noch auf Franz hinab, so als versuchte sie, ihre eigenen Gesichtszüge in ihm zu entdecken. »Ich bleibe hier bei ihm.«

»Ich bin bald zurück«, versicherte Cida, bevor sie ihren Onkel und ihre Schwester allein ließ. »Ich komme zurück, und ich bringe Hilfe für Franz.« Sie zögerte einen Augenblick, dann wandte sie sich noch einmal an Helena. »Ich verspreche, ich verrate niemandem, dass du hier bist. Dein Geheimnis ist bei mir sicher. Aber bitte … ich will es unserer Mutter erzählen, wenn ich nach Hause komme.«

Darauf antwortete ihr nur Schweigen. Schließlich zog sie

die Tür von Franz' Hütte hinter sich zu. Kurz bevor sie ins Schloss fiel, sprach Helena schließlich doch.

»Ich bin Lehrerin«, sagte sie leise. »Keine Gräfin.«

Cida erwiderte nichts darauf. Sie schloss nur die Tür hinter sich und fasste nach dem Zügel des alten Wallachs. »Du Armer«, murmelte sie. »Musstest hier in der Kälte stehen. Na, wart's ab, bis du auf Rosenthal bist. Dort kannst du dich ein wenig aufwärmen, bevor ich dich deinem Herrn zurückbringe. Früher war Gut Rosenthal ein guter Ort für Pferde.« Sie wischte sich über das Gesicht und stieg schließlich auf. »Bestimmt macht Friedrich es wieder dazu.«

Als sie den Wald verließ, graute gerade der Morgen. Es hatte die ganze Nacht hindurch geschneit, und nun lag eine weiße Schicht über dem Land – ganz so wie damals, als sie ihre Suche nach Helena begonnen hatte. Es schien ein ganzes Leben seitdem vergangen zu sein.

Fred war ein zuverlässiges Pferd, aber auch gemächlich und langsam, und so erreichte Cida Rosenthal erst, als es schon wieder dämmerte.

Sie ritt durch das Dorf, und so mancher grüßte sie. Erst jetzt wurde ihr bewusst, wie vertraut ihr der kleine Ort mit seinem runden Marktplatz und dem spitzen Kirchturm, mit seinen Bewohnern und dampfenden Schornsteinen geworden war.

Cida blickte zum Haus der Meissners hinüber und dachte mit einem Kloß im Bauch an den Moment, in dem sie Emil so harsch abgekanzelt hatte. Kurz glaubte sie, ein Gesicht und einen Schopf roten Haares hinter der Fensterscheibe zu erblicken – doch nur eine Sekunde später war es verschwunden.

Sie verließ das Dorf nach Osten hin und ritt durch den Wald, der es vom Gut trennte. Hier zwischen den hohen Nadelbäumen war alles still. Einmal erklang ein Knacken im Unterholz, und als sie sich umdrehte, war es ihr, als huschte ein

Schatten zwischen den Bäumen dahin – doch schon im nächsten Augenblick war er verschwunden, und der Wald war wieder still.

Als das Gut vor ihr auftauchte, hielt sie unwillkürlich den Atem an. Die Sonne war untergegangen, der Abend lag über dem Gut, und einzelne Schneeflocken tanzten durch das Zwielicht. Sie dachte an das Märchenbuch von Bettina Stude und daran, dass sie sich der Schönheit dieses Landes, trotz all der schlimmen Geschehnisse, die es beherbergte, nicht entziehen konnte. Fast war es ihr, als könnte sie ihr eigenes Lachen hören, an dem Tag, an dem Friedrich sie zu einer Schlittenfahrt über das Land entführt hatte. Als sie zurück auf das Herrenhaus geblickt hatte, als sie seine Hand gespürt hatte, die ihre umschloss, und die Wärme seines Körpers, da hatte sie sich so ganz gefühlt wie nie zuvor in ihrem Leben.

Sie stieg von Freds Rücken und ging langsam bis zu den Wirtschaftsgebäuden, vorbei an den Koppeln, auf denen die Pferde so reglos standen, als wären sie zu Stein erstarrt. Bei den Wirtschaftsgebäuden begegnete sie niemandem, und als sie einen Blick in den Stall warf, stellte sie als Erstes fest, dass Donner nicht da war. Sie halfterte den alten Kaltblüter hastig ab und führte ihn in eine leere Box, bevor sie sich schließlich straffte und aus dem Stall in die heraufziehende Nacht trat.

Mit klopfendem Herzen betrat sie schließlich das Haus durch den Dienstboteneingang. Vor dem Ofen in der Küche lagen Friedrichs Deutsche Doggen, Brutus und Nero. Einer der Hunde hob den Kopf und begann, mit dem Schwanz zu wedeln, als er sie bemerkte. Doch abgesehen von den Tieren war die Küche verwaist, ebenso die Leutestube.

Cida wagte nicht, durch Rufen auf sich aufmerksam zu machen. Sie hatte das Gewehr ihres Onkels bei sich, und jetzt nahm sie es in Vorhaltestellung. Mit jedem Schritt fiel ihr das Atmen schwerer. Was, wenn ihre Befürchtungen sich bewahrheiteten? Was, wenn Friedrich in Gefahr war? Die Worte von

Heinrich von Answeiler gingen ihr unentwegt im Kopf herum, und ihre Brust schnürte sich noch weiter zu. Was, wenn sie zu spät kam?

Als sie ins Speisezimmer trat, war es draußen vollends dunkel geworden. Sie blieb stehen und hob das Gewehr. »Wo ist Friedrich? Und wo sind die Dienstboten?«

Hagen von Neuenstedt saß auf einem der Stühle und polierte einen uralt wirkenden Revolver. Er sah träge auf. »Fräulein Engel. Und ich hatte um Ihretwillen gehofft, dass Sie nicht zurückkämen.«

Sie machte einen Schritt in den Raum hinein. »Beantworten Sie meine Frage.«

Er seufzte, als wäre er unsagbar gelangweilt. »Die Dienstboten hatten sich einen freien Tag verdient. Ich habe sie nach Hause geschickt und ihnen gesagt, sie sollen nicht vor Morgengrauen zurückkommen. Was meinen Bruder betrifft … er ist nicht hier. Er ist auf der Suche nach Ihnen. Er hatte eigentlich versprochen, zum Abendessen zu Hause zu sein, aber … nun, wie Sie sehen, ist seine Besorgnis um Sie größer als sein Pflichtgefühl seiner Familie gegenüber. Ich habe ihn gewarnt, dass ihm das eines Tages das Genick brechen würde … doch er wollte ja nicht hören, der Narr.«

Cida atmete auf. Er war nicht hier. »Was ist mit der Uniform?«, fragte sie, einem Impuls folgend. »Was ist mit der herausgerissenen Seite?«

Hagen von Neuenstedt hob scheinbar belustigt die Augenbrauen. »Mein liebes Fräulein Engel. Interessieren Sie sich etwa noch immer für Familiengeheimnisse? Ihnen sollte doch mittlerweile bewusst sein, wie gefährlich das sein kann.«

»Die Uniform gehört Friedrich«, beharrte sie. »Aber er hat sie nicht getragen an dem Abend, an dem Mamsell Brieger starb, nicht wahr? Das waren Sie.«

»Richtig«, antwortete Hagen und blickte gedankenverloren aus dem Fenster. »Wie war das noch? Mamsell Brieger verschwand am Heiligabend. Wir suchten das Gelände nach ihr ab, die umliegenden Dörfer … nichts. Wir suchten drei Tage lang, und einmal ritt ich zurück zum Gut und tauschte die Uniform. Meine war nass geworden und steif gefroren. Vielleicht habe ich die Gelegenheit genutzt und mich in den Gemächern meines werten Bruders umgesehen. Keine schmutzigen Geheimnisse, zu meiner Enttäuschung. Mein Bruder ist ganz und gar langweilig.« Er grinste. »Doch ich konnte nicht widerstehen, seine Uniform zu nehmen. Mich ein Mal fühlen wie der große Graf.«

Cida umklammerte das Gewehr noch etwas fester. »Was ist mit dem Blut? Was ist mit der fehlenden Seite aus dem Hausgesetz?«

Seine Mundwinkel zuckten. »Sie benötigen das Gewehr nicht, Fräulein Engel. Erinnern Sie sich? Sie brauchen mich nur zu fragen, und ich sage Ihnen die Wahrheit. Und ich habe auch nicht vor, Sie zu erschießen, falls Sie das befürchten. Ich schwöre Ihnen bei meinem Leben, dass ich Ihnen nichts antun werde. Und was immer ich bin …« Er beugte sich kaum merklich zu ihr vor. »Ein Lügner bin ich nicht.«

Er hielt einen Moment inne und musterte sie, als versuchte er, ihre Reaktion abzuschätzen. Dann fuhr er fort. »Das Blut stammt von Mamsell Brieger. Und jetzt sehen Sie mich nicht so an – ich habe ihr kein Haar gekrümmt. Sie war einer der wenigen Menschen, die ich mochte. Vielleicht, weil sie mich nicht ehrerbietig behandelt hat wie die anderen Dienstboten, sondern wie den Satansbraten, der ich war. Ich habe versucht, sie zu *retten*. Hab die Wunden verschlossen, so gut ich konnte, doch sie war grässlich zugerichtet. Daher all das Blut. Welches Tier da auch immer gewütet hat, das war eine echte Bestie. Dann habe ich ihren Körper aus dem Wald getragen, während sich Friedrich auf die Suche nach der Bestie gemacht hat, die unsere Mamsell auf dem Gewissen hatte.«

Sie schluckte. Wenn das stimmte, hatte Friedrich die

Wahrheit gesagt. Auf einmal wollte sie nichts mehr, als ihn zu sehen und seine Stimme zu hören. Hagen von Neuenstedts Worte gingen ihr unentwegt im Kopf herum. *Er ist auf der Suche nach Ihnen.* Sie wusste, für wen der Revolver bestimmt war, den Friedrichs Bruder in aller Seelenruhe polierte, und auf einmal hatte sie das Gefühl, keine Luft mehr zu bekommen. *Egal, wo du bist … komm nicht hierher!*, flehte sie stumm.

»Was ist mit der herausgerissenen Seite?«, fragte sie, als sie ihre Stimme endlich wiedergefunden hatte.

Hagen von Neuenstedt runzelte die Stirn. »Sie meinen das Stück Papier, um das Mamsell ihre Faust geballt hatte? Ich habe es ihr aus der Hand genommen, bevor ich sie ins Haus gebracht habe, und es in die Tasche gesteckt. Wollte später nachsehen, was es damit auf sich hat, aber …« Er lachte auf. »Ich habe es anscheinend vergessen. Lustig, wie sich das alles fügt, nicht wahr?«

Er und Friedrich hatten wirklich keine Ahnung, dachte Cida. Die Gräfin von Neuenstedt hatte den Grafen von Answeiler auf die Suche nach Mamsell geschickt, und er hatte sie getötet und das Hausgesetz an sich genommen, bevor die Neuenstedt-Brüder sie fanden. Die Gräfin musste auch diejenige gewesen sein, die das Hausgesetz dort oben im Sessel versteckt hatte. Doch weder die Gräfin von Neuenstedt noch der Graf von Answeiler hatten geahnt, dass Mamsell eine Seite herausgerissen hatte, bevor Heinrich von Answeiler sie aufspürte und tötete. Vielleicht hatte sie gehofft, dass die richtige Person sie finden würde.

»Sie haben sie also aufgespürt«, bemerkte der jüngere von Neuenstedt nun, noch immer vollkommen gelassen. »Helena von Eichberg.« Er ließ sich den Namen auf der Zunge zergehen. Dann schenkte er ihr ein verschwörerisches Grinsen. »Ich wusste von dem geöffneten Grab. Mutter dachte, sie könnte es vor uns verheimlichen, und Friedrich dachte, er wäre so unglaublich schlau und könnte es vor Mutter und mir verheimlichen … aber es ist wie damals, als wir noch Kinder waren – wie mit dem Hasen und dem Igel. Ich bin meinem Bruder am Ende immer einen Schritt voraus.«

Hagen kicherte. »Am Anfang hielt ich das Ganze für eine ziemlich öde Geschichte. Erst als Mutter mich schickte, um den alten Doktor einzuschüchtern, wurde mir klar, dass es ein lustiges Spiel zu werden versprach. Also, Fräulein Engel, sagen Sie schon: Wo ist sie? Helena von Eichberg?«

Cida straffte sich. »Ich habe sie in der Tat gefunden. Sie liegt auf einem Friedhof in Stettin.«

Er stieß ein raues Lachen aus. »Und Sie lügen mich auch nicht an?«

»Der Name, unter dem sie zuletzt lebte, war Karoline Hübner«, erwiderte Cida. »Sie starb 1892 an der Cholera. Fahren Sie nach Stettin und besuchen Sie ihr Grab, wenn Sie mir nicht glauben.«

»So fügt sich also alles«, murmelte er und betrachtete sein eigenes, verzerrtes Spiegelbild im polierten Metall der Waffe. »So gut mir dieses Katz-und-Maus-Spiel auch gefallen hat, Helena von Eichberg wäre in der Tat ein Hindernis gewesen. Es wird schwer genug sein, den Tod eines Familienmitglieds zu erklären.«

»Sie wollen das nicht tun«, flüsterte Cida. »Hagen, Sie wollen Ihrem eigenen Bruder nicht wehtun. Das kann ich nicht glauben.«

Wieder dieses Lachen. »Ich sagte Ihnen doch, ich bin kein Lügner, Fräulein Engel. Ich meine jedes Wort, das aus meinem Mund kommt, ernst. Kaum, dass ich laufen konnte, versuchte ich zum ersten Mal, Friedrich mit einem Kissen zu ersticken. Er kann sich daran vermutlich nicht einmal mehr erinnern. Ich hingegen schon.«

Eine Gänsehaut kroch über Cidas Körper. Jetzt wusste sie, woher die Gefahr kam, die sie in Hagen von Neuenstedts Gegenwart empfand. Es waren seine Augen. Darin war gar nichts. Kein Hass, keine Liebe, nichts. Nur eine kalte Leere.

»Es tut mir sehr leid, Fräulein Engel«, sagte Hagen von Neuenstedt nun, und zum ersten Mal, seit sie ihn kannte, schwang ein Hauch von echter Freundlichkeit in seiner Stimme mit. »Ich hätte Sie gern hierbehalten, über den Tod meines Bruders hinaus. Aber auch ich muss Kompromisse eingehen.«

In diesem Moment wurde Cida bewusst, dass sie einen Fehler begangen hatte. Sie sah den Schatten, der hinter ihr über den Boden zuckte, doch ihr blieb keine Zeit mehr herumzuwirbeln.

*Eis*, dachte sie. Es war, als würde sie von einem Eissplitter durchbohrt, aber es war Stahl. Sie sah Hagen von Neuenstedt an, der mit einem stillen Lächeln beobachtete, wie sie den Mund öffnete, um zu schreien – doch es kam kein Laut über ihre Lippen.

Die Kälte verschwand, und immer noch war da kein Schmerz. Nur warmes Leben, das aus ihr herausfloss, das ihren Rock tränkte, und nichts als Taubheit zurückließ. Ihr wurde schwindelig. Sie konnte sich nicht mehr auf den Beinen halten, konnte nicht einmal eine Verwünschung ausstoßen.

Ich werde Friedrich nie wiedersehen, dachte sie, als sie in die Knie sackte und dann zur Seite fiel. Und ich werde meine Eltern nie wiedersehen. Und unseren Hof … Ich wünschte, ich hätte Ihnen gesagt, dass sie immer genug für mich waren. Das Aufschlagen ihres eigenen Körpers klang ohrenbetäubend laut in ihren Ohren. Sie hatte sich nie vorgestellt zu sterben. Aber so musste es sich wohl anfühlen.

Das Gesicht der Gräfin von Neuenstedt über ihr schien im Licht des Kronleuchters zu flackern, ihre Augen waren das Einzige, das noch nicht an den Rändern zerfaserte und in Nichts verging.

»Friedrich«, flüsterte sie.

»Mein unsteter Sohn wird uns vernichten«, sagte die Gräfin von Neuenstedt. »Ich habe keine Wahl. Sie werden sterben, Fräulein Engel, in dem Wissen, dass Sie auch an dem Schicksal meines ältesten Sohnes schuld sind. Es hätte nicht so kommen müssen.«

Und dann wurde es dunkel.

Die Lichter auf Gut Rosenthal erloschen auf einen Schlag, und nur am Rande ihres Bewusstseins begriff Cida, dass es nicht in ihrem Kopf geschah. Im Herrenhaus war es stockdunkel geworden.

Sie hörte den Fluch von Hagen von Neuenstedt und dann, wie aus weiter Ferne, das Knarren einer Tür. Mondlicht, das auf weißblondes Haar fiel. Sie keuchte auf.

Dann krachte ein Schuss.

Cida versuchte, den Kopf zu heben, aber es gelang ihr nicht. Wer hatte geschossen? Ihre Lippen formten Friedrichs Namen, doch es kam kein Ton aus ihrem Mund. Wieder fiel ein Schuss, und dann sah sie sie auf einmal.

Zwei Schatten, die einander gegenüberstanden, erhobene Pistolen, ein Duell in der Finsternis über Rosenthal.

Sie schossen gleichzeitig.

Und einer von ihnen ging zu Boden.

Es folgte Stille, durchbrochen nur von leisem Atem. Cida krallte die Finger in den feuchten Teppich. Bleib wach, dachte sie. Bleib wach. Steh auf. Tu etwas. Aber ihr Körper gehorchte ihr nicht, und ihre Sicht trübte sich. Als ihr Kopf schwer wurde und alles in ihr kalt, so als erstarrte sie von Sekunde zu Sekunde mehr zu Eis, wusste sie, dass es vorbei war.

Und dann kam das Flackern einer Kerze in ihr Blickfeld.

Vor Cida auf dem blutgetränkten Teppich lag Hagen von Neuenstedt. Die Gräfin lehnte hinter ihm an der Wand, eine Hand auf die Brust gepresst und kreidebleich. Und Friedrich … im einen Moment stand er noch an der gegenüberliegenden Wand, zwischen den zwei Fenstern, hinter denen sich der bewölkte Abendhimmel verbarg. Und im nächsten war er bei ihr.

»Cida!« Sie hörte seine Stimme nur noch wie aus weiter Ferne. Das Letzte, was sie wahrnahm, bevor sie im Nichts versank, waren seine Hände, die sich auf ihre Wunde pressten – und das Geräusch eines Automobils, das die Zufahrt zum Gutshof herunterkam und schließlich auf dem Kies bremste.

# Kapitel 15

Sonnenlicht fiel durch die hohen Fenster auf ihr Gesicht, und für eine Sekunde glaubte sie, sie wäre wieder zu Hause in Brasilien. Dann blinzelte sie, und ein großes Gemach schälte sich aus dem Gleißen der Sonnenstrahlen. Ein Frisiertisch, eine Standuhr, ein weltvergessenes Landschaftsgemälde, das eine fuchsfarbene Stute vor einem rosafarbenen Sonnenaufgang zeigte.

Als sie versuchte, sich aufzusetzen, fuhr ein stechender Schmerz durch ihre Seite. Sie stieß ein Wimmern aus, gefolgt von einem Fluch.

Eine Hand legte sich auf ihre. »Sachte.«

Jetzt erst sah sie den Mann auf dem Stuhl an ihrem Bett. Er hatte Ringe unter den Augen, und sein Haar war zerzaust. »Friedrich«, murmelte sie leise, als er sich über sie beugte und ihr eine verwirrte Locke aus der Stirn strich. »Du …« Sie schnupperte. »Ehrlich gesagt … würde dir ein Bad nicht schaden.«

Das verschmitzte Lächeln, das er ihr jetzt schenkte, konnte die Sorge nicht aus seinen Augen und die tiefen Linien nicht aus seinem Gesicht vertreiben. »Du bist wach. Brauchst du etwas? Wasser oder …«

»Später«, antwortete sie und versuchte erneut, sich aufzurichten. Er umfasste sie und stützte sie.

»Was ist passiert?«, fragte sie, als sie endlich saß. »Der Stromausfall, die Schüsse … Ich erinnere mich nur noch an Bruchstücke.«

Seine Miene verdüsterte sich. »Meine Mutter hat dich niedergestochen. Und ich habe auf Hagen geschossen.«

Sie schluckte. »Ist er …«

Ein Kopfschütteln. »Er lebt, und meine Mutter auch. Der Doktor sagt, sie hatte einen leichten Herzanfall, als die Schüsse gefallen sind. Jetzt sind sie beide fort. Konstantin und ein paar alte Freunde von damals vom Militär sind nach Rosenthal gekommen, nachdem sie die Nachricht von dem, was hier geschehen ist, erhalten hatten. Sie eskortieren meine Mutter und meinen Bruder nach Ostpreußen. An der Memel gibt es ein Haus, das unserer Familie schon seit Generationen gehört. Dort hat alles angefangen mit der Familie von Neuenstedt. Vielleicht erzähle ich dir die Geschichte irgendwann einmal. Es ist ein winziges, hässliches Stück Land, das ich ihnen überlasse. Sie stehen dort … sagen wir, unter Hausarrest. Für den Rest ihres Lebens.«

Sie betrachtete ihn. Er war älter geworden, seit sie ihn zum letzten Mal gesehen hatte. Sein Gesicht schien schmaler, und unter seinen Augen sah sie Linien, die dort zuvor nicht gewesen waren. »Es tut mir so leid«, flüsterte sie.

»Ich wusste, dass es mit Hagen und mir eines Tages so kommen würde«, erwiderte er. »Seit wir Kinder waren. Er war immer mein Feind, obwohl ein Teil von mir ihn geliebt hat.« Er schüttelte kaum merklich den Kopf. »Nichts davon muss dir leidtun. Meine Familie war von jeher eine Bande von Schurken.« Er schenkte ihr ein schiefes Grinsen. »Sei froh, dass du meinen Vater nicht kennenlernen musstest.«

»Und …« Sie versuchte, ihre Gedanken zu ordnen. »Und der Stromausfall? Und Onkel Franz! Er ist verletzt im Wald, und … und das Auto … Ich habe ein Automobil gehört, ich bin mir ganz sicher! Und …«

»Scht.« Er streichelte ihre Hand, was sie dazu brachte, sich etwas zu entspannen. »Deinem Onkel geht es gut. Ich erzähle dir alles, versprochen, doch erst einmal kannst du aufhören, dir Sorgen zu machen. Franz Breskow ist ein zäher Knochen, auch wenn er nicht so aussieht. Er wird wieder. Und das mit dem Stromausfall, das war dieser Junge. Emil Meissner.«

Friedrich lächelte. »Ich bin ihm im Garten begegnet. Er wusste, dass du im Haus warst, und er wollte unbedingt helfen … also habe ich ihn gebeten, für eine Ablenkung zu sorgen.« Er runzelte die Stirn. »Er hat den Strommast angesägt. Ein kluges Kind, das muss ich ihm lassen, aber die Reparatur wird noch Wochen in Anspruch nehmen.«

Cida erinnerte sich an das eigenartige Gefühl, beobachtet zu werden, das sie während ihres Ritts durch das Waldstück, das Dorf und Herrenhaus voneinander trennte, überkommen hatte. Eine Welle der Dankbarkeit übermannte sie. »Wir müssen ihm irgendwie dafür danken«, flüsterte sie. »Vor allem, nachdem ich ihn so behandelt habe …«

»Das ist alles schon geklärt«, erwiderte Friedrich. »Der Bursche will Ingenieur werden, und ich denke, das lässt sich einrichten. Er hat unzweifelhaft Talent. Ich werde mit Freuden für seine Ausbildung aufkommen.«

Sie schmunzelte. Ja, in der Tat, Emil Meissner war ein ungewöhnlicher Junge, der diesem Berufsstand und Rosenthal sicher Ehre machen würde. Wenn sie wieder auf den Beinen war, würde sie ihn aufsuchen und ihm selbst für sein Eingreifen danken.

»Und das Automobil«, fuhr Friedrich fort. »Das war unsere Rettung.« Er holte tief Luft und umfasste ihre Hand eine Spur fester. »Es war deine Rettung. Ich hätte …« Er schluckte. »Ich hätte dich nicht retten können. Cida, ich …« Sein Lächeln verschwand, und dieses Mal war sie es, die ihn beruhigte.

»Es tut mir leid«, flüsterte sie, als sie ihn an sich zog und er sie behutsam in die Arme schloss. »Es tut mir alles so leid, Friedrich. Ich hätte dir zuhören sollen. Ich hätte dir glauben sollen.«

»Ich hätte dir die Wahrheit sagen sollen«, erwiderte er. Er

löste sich so weit von ihr, dass er ihr in die Augen sehen konnte. »Ich wusste, die Wahrheit würde dir wehtun, und ich habe es nicht über mich gebracht, es dir zu sagen. Und ich hatte auch Angst. Davor, dass du mich verlassen und zurück nach Brasilien gehen würdest, sobald du deine Antwort hast. Das war dumm und egoistisch von mir.« Er holte tief Luft. »Wenn du wieder zurück nach Hause willst, dann ... dann werde ich der Letzte sein, der dich zurückhält. Ich will nur, dass du weißt, dass sich meine Gefühle nicht verändert haben.«

»Ich will zurück nach Hause«, antwortete sie, und Tränen stiegen ihr in die Augen, als sie daran dachte, dass sie endlich den elterlichen Hof wiedersehen würde ... und ihren Vater ... und Ayana ... und ihre Mutter, der sie sich heute so nah fühlte wie nie zuvor in ihrem Leben. Sie hatte ihnen so viel zu sagen.

Friedrich nickte. »Ich ... ich verstehe. Ich werde ... mich nach einer Passage für dich umsehen, sobald du reisefähig bist. Und ...«

Sie umfasste sein Gesicht und zwang ihn, sie anzusehen. »Ich würde gern zurückkommen. Wenn es dir recht ist. Ich möchte hier auf Rosenthal bleiben – bei dir.«

Er küsste sie – erst ihre Stirn, dann ihre Nasenspitze und schließlich ihre Lippen. »Cida, Engel«, sagte er dann leise. »Würdest du mir die Ehre erweisen, meine Frau zu werden?«

Sie schmunzelte. »Das hast du mich schon einmal gefragt.«

»Ich kann dein Ja nicht oft genug hören.«

Sie reckte das Kinn. »Sind Sie etwa so von sich überzeugt, Herr Graf?«

Er grinste. »Jetzt schon, Fräulein Engel. Jetzt, wo ich weiß, wie verrückt du nach mir bist.«

Sie knuffte ihn. Dann zog sie ihn wieder an sich. »Fein«, meinte sie. »Die Antwort ist ja.«

Friedrich küsste sie ein weiteres Mal, und sie ließ sich mit einem Seufzen in seine Umarmung sinken.

»Was ist nun mit dem Automobil?«, fragte sie, als sie sich wieder voneinander lösten. »Wer …«

Die Tür schwang auf, und eine junge Frau mit schief sitzender Brille, schlammverschmierten Röcken und unordentlich aufgestecktem schwarzem Haar betrat den Raum. »Ich habe Stimmen gehört und dachte, ich sehe einmal nach unserem Dornröschen«, meinte sie und zwinkerte Cida zu.

»Was zum …«, murmelte Cida. »Ich verstehe nicht …«

»Das ist eigentlich nicht so schwer.« Helena blieb vor der Landschaftsmalerei stehen. »Erinnerst du dich an das Automobil vom Answeiler? Sein Fahrer ist ein ziemlich patenter Kerl.«

»Du hast erzählt, du hast ihn mit einer Pistole bedroht«, warf Friedrich ein.

Helena lächelte. »Richtig. Und der gute Mann war dann sehr kompromissbereit.«

Der Rest der Geschichte war schnell erzählt. Als Franz' Zustand sich verschlechtert hatte, hatte Helena sich kurzentschlossen mit Answeilers Pistole bewaffnet und sich auf den Weg zum Waldrand gemacht, wo der Fahrer des Grafen von Answeiler noch immer ahnungslos Zigaretten qualmte und auf seinen Dienstherrn wartete. Die Waffe hatte ihn so weit beeindruckt, dass er Helena bereitwillig in den Wald gefolgt war und den bewusstlosen Franz Breskow bis zum Wagen getragen hatte. Helena hatte ihn dort mit einem Hinweis auf den Aufenthaltsort seines Herrn stehen lassen und war bis nach Rosenthal gefahren.

Im Dorf hatte sie sich durchgefragt, bis sie schließlich vor der Tür des Dorfarztes stand – dieser hatte sich sofort des fiebrig dahindämmernden Franz angenommen. Helena war weiter nach Gut Rosenthal gefahren – zusammen mit Mamsell Huppert und Herrn Walters, die ihren freien Tag in Stettin verbracht hatten und die Helena auf der Zufahrt nach Gut Rosenthal aufgelesen hatte.

Mamsell Hupperts und Helenas beherzter Pflege hatte Cida es zu verdanken, dass sie noch am Leben war. »Herr Walters war da nicht hilfreich«, berichtete Friedrich verdrossen. »Er ist in Ohnmacht gefallen, kaum, dass er dich gesehen hat.«

»Und damit hat er uns allen einen Gefallen getan«, sagte Helena. »Hättest du dich nicht um den armen Herrn Walters kümmern müssen, hättest du Mamsell und mich nur bei der Arbeit behindert, Friedrich.«

»Wie und wo hast du eigentlich gelernt, ein Auto zu fahren«, fragte Cida, bevor Helena sie und Friedrich wieder allein ließ.

Diese zuckte mit den Schultern. »Ich habe vorher noch nie in so einem Ding gesessen, nur zugeschaut. Aber es war kinderleicht. Ich musste nur lernen, der Straße zu folgen – mit einem Baum habe ich kurz Bekanntschaft gemacht, doch ansonsten war es nicht der Rede wert.«

Mit diesen Worten verließ sie den Raum und zog die Tür hinter sich zu.

Cida sah ihr verblüfft hinterher.

»Der Wagen vom Answeiler hat wirklich eine beachtliche Delle«, meinte Friedrich irgendwann. Dann sah er Cida mit gerunzelter Stirn an. »Sie sieht aus wie der alte von Eichberg, nicht wahr?«

»Und …« Cida wandte sich von der Tür ab und musterte Friedrich aufmerksam. Die Anwesenheit seiner Cousine, die jetzt immerhin seinen Anspruch auf Rosenthal zunichtemachte, schien ihn nicht zu bekümmern. »Und ihr habt euch also angefreundet?«

Friedrich runzelte die Stirn. »›Angefreundet‹ ist vielleicht zu viel gesagt. Sie ist … ziemlich eigenartig.«

Cida lachte auf. »Sie ist die Tochter meiner Mutter. Ich habe nichts anderes von Helena erwartet.«

»Das ist außerdem ein Problem«, erwiderte Friedrich von Neuenstedt. »Sie weigert sich, sich mit Helena von Eichberg anreden zu lassen – und auf ›gnädiges Fräulein‹ reagiert sie überhaupt nicht. Sie will weiter Karoline genannt werden, und sie macht die Dienstboten wahnsinnig, weil sie darauf besteht, im Haushalt zu helfen. Und sie hat die Vertretung des Dorflehrers übernommen … Die Leute sind ziemlich verwirrt, und ich, ehrlich gesagt, auch.«

Cida lächelte und legte ihm eine Hand auf den Arm. »Sie ist eben Lehrerin. Ich bin mir sicher, es wird sich alles richten. Wir haben sie gefunden, Friedrich – und sie hat zu uns gefunden.«

# Epilog

Das Wasser schimmerte so blau wie der Himmel, der sich über das grüne Land am Horizont wölbte. Cida lehnte sich an die Reling und betrachtete die weißen Strände, die sie auf ihrem Weg nach Süden passierten, die grünen Berge und die dichten Regenwälder – und schließlich erblickte sie die Bucht, in der Santos lag: unverändert, geschäftig und bunt im Schatten der Serra do Mar.

Sie hatte den kleinen Koffer bei sich, mit dem sie ihre Reise angetreten hatte. Friedrich hatte sie zwar etwas indigniert angesehen – ganz zu schweigen von ihrer liebenswürdigen Zofe Anna, die der festen Überzeugung war, dass sie sich für eine frischgebackene Gräfin ganz und gar nicht standesgemäß verhielt – aber Cida war bei ihrer Entscheidung geblieben.

Jetzt gesellte sich ihr Mann zu ihr an die Reling und legte eine Hand auf ihre. »Hast du Angst?«, fragte er leise. »Davor, nach Hause zu kommen?«

»Und du?«, erwiderte sie und zupfte an seinem Jackett. »Schließlich bist du derjenige, für den es gefährlich werden könnte.«

»Freuen Sie sich etwa darauf, mich unter der Inquisition Ihres Herrn Vater leiden zu sehen, Frau Gräfin?«, murmelte er.

Sie versuchte vergeblich, sich das Grinsen zu verkneifen. »Ein bisschen vielleicht. Was hast du damals noch gesagt, als wir uns zum ersten Mal begegnet sind? Bei einem so hübschen Gesicht wie meinem wirst du einmal Gnade vor Recht ergehen lassen?«

»Zu diesem Satz stehe ich nach wie vor«, raunte er ihr zu, was ihr die Hitze in die Wangen trieb.

»Bitte«, ließ sich Karoline – den Namen Helena von Eichberg wollte sie auch Monate nach ihrem Umzug nach Gut Rosenthal nicht tragen – neben ihnen vernehmen. »Denkt daran, dass ihr in der Öffentlichkeit seid und dass nicht jeder euch zusehen will. Und mit ›jeder‹ meine ich mich.«

»Warum haben wir sie nicht zu Hause gelassen?«, brummte Friedrich, was Cida ein Lachen und ihrer Schwester ein Schnauben entlockte.

Friedrich und Karoline – alias Helena – hatten ein fast schon geschwisterliches Verhältnis zueinander entwickelt, was sich zumeist in sehr viel Augenverdrehen und kindischen Bemerkungen von der einen oder der anderen Partei äußerte.

Cida sah zu ihrer Schwester hinüber, und diese fing ihren Blick auf und zwinkerte ihr zu. Auch Monate, nachdem sie entschieden hatte, auf Gut Rosenthal zu bleiben, wollte Karoline nichts davon wissen, dass sie die Gräfin von Eichberg war. Das einzige Mal, als sie diesen Namen benutzte, war, als sie der Schulbehörde mitteilte, dass sie die Stelle des mittlerweile pensionierten Dorflehrers von Rosenthal besetzen würde.

Und so gehörte Gut Rosenthal zwar auf dem Papier Helena von Eichberg, wurde jedoch weiterhin von Cida und Friedrich, der Gräfin und dem Grafen von Neuenstedt, geführt. Cida hatte Marienstein, das Gut der Neuenstedts in Ostpreußen, dessen Herrin sie nun war, mittlerweile besucht, doch weder sie noch ihr Mann hegten das Verlangen, an diesem Ort zu leben.

»Vergiss nicht, deinen Vater um Sturm zu bitten«, raunte Friedrich Cida zu, als sie in den Bahnhof von Jundiai einfuhren. »Ich zahle ihm, was er will, aber ich muss diesen Hengst für unsere erste Zucht haben.«

»Heißt das, du hast Angst, meinen Vater selbst um Sturm

zu bitten?«, fragte Cida scheinheilig und strich sich den Rock über den Knien glatt.

»Du möchtest unbedingt sehen, wie ich noch einmal vom Hof geworfen werde, nicht wahr, Liebling?«, brummte er.

»Unbedingt«, sagte Cida.

»Ich möchte das auch sehen«, murmelte Karoline.

Anna nickte eifrig, und die drei Frauen brachen über das verdrossene Gesicht des Grafen in Gelächter aus.

Doch alle Ausgelassenheit verflog, als der Zug in den Bahnhof einfuhr und sie die drei Menschen erblickten, die auf dem Bahnsteig auf sie warteten.

Sie stiegen aus, Karoline zuerst und Cida und Friedrich Arm in Arm hintendrein. Ihnen folgten Anna und der junge Diener Karl, der das Gepäck des Grafen trug.

Cida und Friedrich hielten sich im Hintergrund, während Karoline auf die schmale Frau zuging, die ihr reglos entgegenblickte. Lange sahen sie sich einfach nur an – und dann streckte Lotte eine Hand aus und berührte hauchzart Karolines Gesicht. Cida lächelte.

»Du bist wieder da«, sagte Ayana, die ganz langsam auf Cida zugekommen war, und schloss sie in die Arme.

Cida erwiderte die Umarmung. Ayanas Anhänger hatte sie bis zu diesem Tag nicht abgenommen, und die zerbrechliche alte Frau endlich wieder in die Arme schließen zu können, trieb ihr die Tränen in die Augen.

Auch Johann und Lotte blickten jetzt zu ihrer Tochter herüber – und Cida registrierte erleichtert, dass ihr Vater Friedrich zwar mit strengem Ausdruck musterte, immerhin jedoch keine Flinte bei sich trug.

»Ich glaube jetzt an deine Orisha«, flüsterte sie Ayana zu. »Sie haben mich zu ihr geführt.«

»Nein«, widersprach Ayana. »Sie haben dich zu dir geführt.«

# Danksagung

Danke an meine Lektorin und an das ganze Team von beHEARTBEAT, dafür, dass ihr der »Gut Rosenthal«-Saga ein Zuhause gebt. Danke an meine liebe Redakteurin, die meinen Texten ihren letzten Schliff verleiht, und an meine Schreibgruppe – danke für eure Unterstützung und eure hilfreichen Tipps, für die geduldige Beantwortung meiner vielen Fragen, für den gegenseitigen Austausch.

Danke Theo, dass du für mich da bist und auch die kompliziertesten Probleme in meinen Manuskripten mit mir durchsprichst, auch zum zwanzigsten Mal. Mama, Oma, danke, dass ihr mich unterstützt und mit mir mitfiebert – und danke auch all den anderen lieben Menschen in meinem Leben, die hinter mir stehen, sich mein Gejammer anhören und sich mit mir freuen, dass nun auch der zweite Band der »Gut Rosenthal«-Saga das Licht der Welt erblickt.

Vielen Dank auch an euch, Papa und Kaska, für die Dokumentation eurer Reise durch Polen – sie hat mir sehr bei der Darstellung von Städten wie Pyritz (heute Pyrzyce) geholfen.

Und danke dir, liebe Leserin/lieber Leser – dafür, dass du Cida auf ihrer Suche begleitet hast. Bis zum nächsten Buch!

*Der finale Band der berührenden Saga um das Gestüt in Pommern*

Frieda Radlof
GUT ROSENTHAL -
NEBEL ÜBER POMMERN

360 Seiten
ISBN 978-3-404-19253-3

Pommern, 1939: Auf dem Gestüt ihrer Eltern ist Hannah behütet aufgewachsen. Doch die politische Lage verschärft sich, und ihre Mutter muss mit den beiden Brüdern nach Brasilien fliehen. Kurz darauf wird ihr Vater verhaftet und der Krieg bricht aus. Plötzlich ist Hannah allein verantwortlich für das Gut und seine Bewohner ...

Lübbe

*Ein Leben auf den Brettern, die die Welt bedeuten*

Valentina May
DAS THEATER AM PARK – STIMMEN DER HOFFNUNG
Auftakt zur großen emotionalen Theater-Familiensaga

416 Seiten
ISBN 978-3-404-18979-3

Hannover 1914: Das Theater am Park erlebt glanzvolle Zeiten. Familienoberhaupt Fritz von Uhlenberg will sich endlich zur Ruhe setzen und bestimmt seinen Sohn Albert zum Nachfolger. Für Tochter Leonora hingegen hat er einen wohlhabenden Ehemann ausgesucht. Doch Leonora träumt von einer Karriere als Opernsängerin und rebelliert gegen den Heiratsplan des Vaters. Als dann der Erste Weltkrieg ausbricht, verändert sich alles: Albert zieht an die Front, und das Theater verliert Personal, Publikum und Gelder. In dieser schweren Zeit ist es Leonora, die um den Erhalt und die Zukunft des Theaters kämpft. Doch kann sie als Frau in einer von Männern dominierten Welt bestehen?

Lübbe